Robert Sabatier

Eine Kindheit am Montmartre

*Ich schlendere durch die Gassen meiner Erinnerung, wie durch ein altes Stadtviertel, in dem man vor langer Zeit gelebt hat. Diese Nacht war die ergiebigste, denn vor dem Haus Nr. 73 der Rue Labat habe ich einen Freund wiedergefunden. Einen Freund und das sonnigste Jahr meines Lebens.
Ich war achteinhalb Jahre alt. Meine Mutter, die Kurzwarenhändlerin Virginie, war noch am Leben. Ich liebte es, mit meinen Kameraden auf der Straße zu spielen. An diesem Ort begegnete ich David und erfuhr, was Freundschaft ist. Wir hätten gegensätzlicher nicht sein können, er mit seinem kohlrabenschwarzen, und ich mit meinem semmelblonden Haar, er, der stille Junge, und ich, der lärmende Lausbub, er, der gute Schüler, und ich mit meinen schlechten Noten in Mitarbeit und Betragen. Die Zeit, in der diese Erlebnisse spielen, liegt vor derjenigen, die ich in den* Schwedischen Zündhölzern *geschildert habe.
Ich erinnere mich an meine Straße wie an ein Paradies. Immer wieder kehre ich zu ihr zurück, suche Spuren, bemühe mich, sie in meinen Büchern wieder aufleben zu lassen. Die Briefe, die ich von vielen Lesern und Leserinnen erhalten habe, haben die Erinnerungen aufgefrischt. So schrieb mir Madame Proust (der Name ist keine Erfindung von mir) ihre Erinnerungen an jenes Jahr 1930, den Kurzwarenladen, all die bunt zusammengewürfelten Leute, die eine regelrechte Sippe bildeten, an die kleine Welt eines*

»Quartiers«, schilderte ein Bordeauxweingläserservice, eine Krankheit, die ich vergessen, und ihre Mutter, die mich gepflegt hatte...
Madame Prousts Mutter hieß Madame Rosenthal. Sie war eine Freundin von Virginie, Oliviers Mutter, der einen Hauptfigur dieses Romans. Ihrer Erinnerung wollte ich treu sein, wie der so vieler anderer Bewohner meiner Straße, Erwachsene, Kinder, alle möglichen Leute, aber auch dem Duft einer glücklichen Epoche, ihren Gewohnheiten, ihrer Sprache, ihrer besonderen Musik, einer gewissen Vibration, einem in meinem Inneren erzitternden Nachklang. Ich habe versucht, unvergeßliche Augenblicke festzuhalten und habe dabei Ausgelassenheit, unverfälschte Freude, Zärtlichkeit, Rührung empfunden.
Wie Blaise Cendrars könnte ich sagen: »Wieder im Quartier, wie zu meiner Jugendzeit...« Bin ich ein Flaneur, ein Pilger, treibt mich das Heimweh? Ich weiß es nicht. Ich erzähle die einfache Geschichte zweier Kinder, die unzertrennliche Freunde sind und ohne einander nicht leben können, die Geschichte zweier Kinder in der Stadt: David und Olivier.   R. S.

Erstes Kapitel

Es regnete seit den frühen Morgenstunden, aber es war kein trauriges Wasser, das da vom Himmel kam; es bahnte der Sonne den Weg, zeugte vom Zusammenspiel der Elemente, dem subtilen Miteinander von Dunst und Helle. Die runden Buckel der Pflastersteine freuten sich, und auch die Grashalme und Moosflecken zwischen ihnen. Der lebendige Stein lächelte, das Grau wurde zu Silber, mit immer neuen Farbtönungen, grün, blau, gold. In den Rinnsalen murmelte leise das Wasser. Die Rue Labat, eine ganz gewöhnliche Straße an der Flanke des Montmartre-Hügels, die in die Rue Bachelet mündet und mit ihr ein T bildet. Auf ihrer Höhe, oberhalb der fünf Steinstufen und einem halbmondförmigen Platz, verengt sie sich zu einer steilen Gasse mit vereinzelten Häusern, die mehr Schuppen als Wohnungen ähnelten, auf einem Terrain, das ein ziehharmonikaartig gewinkelter und krummer Bretterzaun begrenzte. Hier lag Monsieur Aarons koschere Schlächterei, gerade gegenüber der Polsterei von Monsieur Leopold. Wenn man die Rue Bachelet linker Hand nahm, kam man, gleich hinter der blechernen Trikolore der Wäscherei, in die Rue Nicolet, in der sich ein kleines, einst von dem Dichter Paul Verlaine und seinen Schwiegereltern bewohntes Haus befand. Ging man jedoch rechts weiter, so gelangte man in die Rue Caulaincourt mit ihren gutbürgerlichen Wohnhäusern, gleich hinter der zwischen hohen Gebäuden emporsteigenden endlosen Becquereltreppe.

Am Fuß dieser Treppe, deren Eisengeländer in der Mitte zu Rutschpartien einlud, standen links hinter einer halboffenen Gittertür die metallenen Mülltonnen, ein ausrangierter Waschkübel und ein Haufen eingedrückter Gemüsekisten, denen ein Geruch nach Katzendreck und faulem Kohl entströmte.
Bei den ersten Sonnenstrahlen stiegen Dampfschwaden vom glänzenden Asphalt auf. Ein altes Mütterchen, die Schultern in ein schwarzes, an den Quasten verschnürtes Tuch gehüllt, kam langsam die Treppe herunter und hielt sich am feuchten Geländer fest. Von Zeit zu Zeit drehte sie sich um und maß die zurückgelegte Strecke. Ein Bäckerjunge, ein mit Croissants und Brioches beladenes Holztablett auf der Schulter, überholte sie und pfiff ein Liedchen. Er nahm zwei Stufen auf einmal. Tauben und Spatzen schauten ihm zu. In der Ferne war das metallische Geräusch scheppernder Milchkannen zu hören und dann das Hufgetrappel der Percheron-Pferde auf dem Pflaster.
Unten angekommen, verschnaufte die alte Frau ein bißchen und ging dann entschlossenen Schritts in Richtung Rue Hermel. An einem Fenster schlug eine hübsche Blondine mit einem Teppichklopfer auf einen roten Bettvorleger ein. Sie schreckte auf, als aus dem Müll ein Geräusch zu ihr hinaufdrang. »Sicher wieder eine Ratte«, dachte sie und schloß schnell das Fenster. So konnte sie den kleinen Jungen nicht sehen, der aus der Mülltonne stieg. Er bückte sich, schüttelte den Kehricht ab, zog einen Schulranzen aus Pappmaché hervor und warf ihn sich über die Schulter. Dann faßte er sich an sein linkes Auge: Es tat noch verdammt weh, der Hieb hatte gesessen! Er wischte das geronnene Blut von der Nase und spähte ängstlich in Richtung Rue Bachelet. Da sich nichts regte, blies er die Wangen auf, prustete, streckte sich und murmelte: »Mensch, das war vielleicht eine Keile!« Er hob seinen Pullover, um den rechten Riemen seines Hosenträgers zu richten – er mußte ihn am linken Hosenknopf festma-

chen, da der andere abgerissen war. Den Zeigefinger als Schuhlöffel benutzend, schlüpfte er in seine Gummisandalen, und zum Schluß zog er den Gürtel um seinen Kittel fest. Unmöglich, noch rechtzeitig in der Schule zu sein! Außerdem war seine Hose auf der einen Seite ganz zerrissen. Bestürzt hielt er sich die Hand vor den Mund. Auf dem Hinterkopf stand ihm ein Büschel seines blonden Haars zu Berge. Er hatte meeralgengrüne Augen wie seine Mutter, aber das blutig geschlagene Augenlid verfärbte sich jetzt von rot in blau. Unentschlossen blieb er stehen, stellte sich vor, in diesem erbärmlichen Zustand ins Klassenzimmer zu kommen. Was würde sein Lehrer, Monsieur Tardy, sagen? Und seine Mutter Virginie erst, wenn er so in ihrem Geschäft auftauchte? Sollte er doch lieber Madame Haque besuchen, die, je nachdem, sehr nett oder sehr kratzbürstig sein konnte? Das Wort »Strolch« fiel ihm ein, aber diesmal war nicht er der Strolch. Er senkte den Kopf und schien sich plötzlich an etwas zu erinnern. Schnell hob er den Deckel des Waschkübels. Drinnen kauerte ein noch kleinerer Junge als er; der hielt unwillkürlich schützend seinen Ellenbogen vors Gesicht. Aber dann erkannte er seinen Befreier; beruhigt hörte er ihn sagen:
»Du kannst rauskommen. Sie sind abgehauen.«
»Bist du sicher?«
»Keine Angst, Kleiner.«
»Ich bin kein Kleiner, ich bin neun. Und du?«
»Ich...? äh... achteinhalb.«
Der »Kleine« entstieg dem Waschkübel mit selbstbewußter Miene: Immerhin war er der Ältere. Die beiden Jungs musterten einander. Die Keilerei hatte sie erst zusammengeführt. Der zweite trug einen Kittel aus schwarzem Baumwollsatin mit roter Borte, dicke Nagelstiefel wie sie die Soldaten anhatten, und hatte eine schwarze Mütze mit gebrochenem Schirm auf. Er schniefte, als er aus seinem Versteck kam. Seine Wange blutete. »Es ist nichts«, sagte

er, obwohl ihm auch die Arme und die Brust weh taten. Sie lasen ihre mit Riemen zusammengeschnürten Hefte und Bücher auf.

»Wie heißt du?« fragte er.

»Olivier. Und du?«

»David.«

Sie fügten noch »Olivier Chateauneuf« und »David Zober« hinzu. Davids Haar war dunkel und dicht. Seine fast zu großen schwarzen Augen blickten ernst und erwachsen.

»Bist du aus dem Viertel?« fragte Olivier.

»Ich wohne Rue Labat 73, Paris achtzehn (er ratterte den Satz in einem Zug herunter, und Olivier bemerkte einen leichten Akzent), und du?«

»Rue Labat 75. Der Kurzwarenladen.«

»Die blonde Dame?«

»Das ist meine Mutter«, erklärte Olivier stolz. »Ich bin dort geboren, Nummer 75.«

»Ich wurde weit von hier geboren«, sagte David. »Früher wohnten wir an der Bastille. Wir sind erst seit zwei Monaten hier.«

»Ach? Dann seid ihr also die neuen Mieter.«

»Das sind wir«, bestätigte David und wiederholte: »Rue Labat 73, Paris achtzehn.«

Sie gingen in Richtung Rue Lambert. Olivier hielt es für ratsam, das Geschäft seiner Mutter zu meiden. »Wir sind in der Rue Lambert«, sagte er, und David erwiderte: »Steht ja auf dem blauen Schild.« Olivier murmelte: »Ja, ich weiß...«

Sie schlenderten ganz gemächlich. Im stillen gewann ihre Begegnung an Bedeutung, wurde wichtiger als die Ereignisse, die zu ihr geführt hatten. Olivier erklärte die Lage:

»Es war die Bande von Anatole Sauerkohl, das sind Große. Haben sie dich zur gleichen Zeit wie mich überfallen?«

»Erst als ich ihnen gesagt habe, sie sollen aufhören, auf dir rumzuhacken.«

Olivier nickte anerkennend. Dieser »Kleine« war ihm zu Hilfe gekommen. Er sah ihn interessiert an und erklärte: »Immerhin habe ich Salzkorn ein Bein gestellt und Anatole eine in die Fresse geknallt, und ich bin ihnen auch ganz schön auf die Pelle gerückt... Wenn Loulou und Capdeverre dagewesen wären, hätten wir sie fertiggemacht.«

»Wer sind die?«

»Meine Kumpel aus der Rue Labat. Und dann habe ich dem Anatole gesagt, er könne mich mal.«

Olivier nahm an, David würde ihn bewundernd ansehen. Aber der fragte sich nur, was Anatole David könne. Dann sagte er:

»Ich glaube, ich war k. o.«

»Wir werden dich rächen!« erklärte der zum Zorro gewordene Olivier.

An der Kreuzung Rue Lambert – Rue Labat, dem Polizeirevier gegenüber, wo ein Polizist mit Pelerine, an einen Laternenpfahl gelehnt, auf die Ablösung wartete, fragte Olivier:

»Was machst du jetzt?«

»Ich geh' nach Hause«, sagte David.

»Willst du dich anpfeifen lassen?«

»Anpfeifen?«

»Na ja, anraunzen...«

»Nein. Sie werden nicht mit mir schimpfen. Ich werde alles erklären.«

Olivier schien skeptisch. Er wagte es weder nach Hause zu gehen noch zur Schule. Als sie Madame Vildé mit ihrer schwarzen Plüscheinkaufstasche am Arm und ihrem Fächerportemonnaie in der Hand begegneten, hielt er sich schnell die Hand vor das blaue Auge und schnitt eine Grimasse, um nicht erkannt zu werden.

»Ich weiß noch nicht, was ich tun werde«, sagte er mit

schlecht gespielter Sorglosigkeit. »Vielleicht gehe ich spazieren.«
»Und dein Auge?«
»Na ja, das ist eben ein blaues Auge, ein Veilchen, ein Vergißmeinnicht. Das kann jedem mal passieren. Ich laß mir kaltes Wasser drüberlaufen.«
»Komm doch zu uns«, schlug David vor.
»Ich kenn' euch doch gar nicht«, meinte Olivier, nun plötzlich schüchtern.
»Na und? Komm ruhig mit.«
Olivier wiederholte: »Ich kenne euch doch gar nicht...«, aber er folgte David.

Die beiden Jungs kamen am Kellerfenster von Monsieur Kleins Bäckerei vorbei. Wenn man sich bückte, konnte man ihn im Unterhemd sehen, die Schultern weiß vom Mehl. Bald knetete er den Teig, bald schob er das Brot oder die Kuchen in den Ofen. Es roch appetitlich nach warmer Butter. Olivier schlich sich an der Wand entlang und blickte ängstlich zum Kurzwarenladen hin. Vor der Nummer 73 zeigte David zuerst auf die Hausnummer und dann etwas tiefer auf ein blaues Emailschild mit weißen Buchstaben: *»I. Zober, Schneidermeister, Damenkostüme nach Maß.«* Auf einem Zusatzemblem stand noch: *»Änderungen.«* David verkündete: »Das ist mein Vater!« und Olivier pfiff anerkennend.
Olivier duckte sich, als sie an der Portiersloge von Madame Haque angelangt waren. Sie gingen über den Hinterhof und stiegen bis ins zweite Stockwerk hinauf. An der Tür war das gleiche Schild wie am Eingang, aber ohne den Hinweis *Änderungen.* Olivier schwankte zwischen Neugier und einer Schüchternheit, die ihn zur Flucht drängte. Als David an der Klingelschnur zog, machte er sich ganz klein.
Ein junges Mädchen öffnete die Tür, trat zurück und sagte

etwas auf Jiddisch zu David, wiederholte es dann auf Französisch. Sie war lang und hager, sah zerbrechlich aus, wie eine zu rasch gewachsene Pflanze. Ein roter Zopf mit einer grünen Schleife hing ihr über die Schulter. Auf ihrer Nase tanzten Sommersprossen, der blaßrosa geschminkte Mund wirkte groß in dem dreieckigen Gesicht, die künstlich hochgezogenen Augenbrauen täuschten ständiges Erstaunen vor, und an ihren Ohren funkelten silberne Ringe. Als sie Olivier sah, nahm sie eine Pose ein, die sie wahrscheinlich von einer Modezeitschrift übernommen hatte.

»Das ist meine Schwester, die große Giselle«, erklärte David.

»Guten Tag, Mademoiselle«, begrüßte Olivier sie höflich.

Jetzt hörte man heftiges Husten, dann eine heisere Stimme: »Wer ist da?«, und die große Giselle verkündete theatralisch:

»Es ist David mit einem anderen Jungen.«

»Und warum ist er nicht gegangen zur Schule, der Bub?«

Das Mädchen zuckte die Schultern, zog einen schwarzen Leinenvorhang hoch, und im Licht sah Olivier nun, daß sie einen karminroten Morgenrock und Hausschuhe mit orangefarbenen Pompoms trug. Er wagte nicht, sie anzusehen, fand sie eingebildet.

Die Kinder traten in ein von zwei gardinenlosen Fenstern erhelltes Zimmer. Es roch nach warmem Stoff. Monsieur Zober stand an einem Bügelbrett, stellte ein großes Eisen auf den Kohleofen. Dampf stieg vom feuchten Bügeltuch hoch. Der Schneider setzte sich einen Kneifer auf und blickte die Buben an. Schwarze Weste, weißes Hemd mit weiten Ärmeln und engen Manschetten, rothaarig und mager wie seine Tochter, aber von kleiner Statur. Mit nicht sehr überzeugender Strenge hob er drohend den Zeigefinger.

»Wir sind von Strolchen überfallen worden«, erklärte David.

In diesem Augenblick kam Madame Zober aus der Küche, knotete sich gerade einen Schal um das Haar fest. Auf dem sanften Rund ihres Gesichts hoben sich buschige schwarze Brauen und starre, funkelnde Augen ab, die ihrer Erscheinung etwas Furchteinflößendes verliehen. Sie herrschte sogleich Olivier an:
»Du hast meinen Jungen geschlagen?«
»Nein, nein«, antwortete Olivier schnell. »Es war die Bande aus der Rue Bachelet. Sie sind auf mich losgegangen, und David hat ihnen gesagt, sie sollen aufhören. Deshalb hat er auch eine geknallt gekriegt...«
»Oi, oi, oi!« rief Monsieur Zober aus, »und ins Gesicht geschlagen! Warum?«
»Es ist Krieg«, erklärte Olivier sehr ernsthaft.
»Was redest du hier von Krieg, du?«
»Krieg zwischen der Rue Labat und der Rue Bachelet.«
»Oi, oi, oi«, machte Monsieur Zober wieder.
Unterdessen tastete seine Frau ihren Sohn ab, und wischte ihm die Wange mit einem Taschentuch, das sie mit Spucke befeuchtete. David beteuerte, es tue ihm nirgends weh, wirklich überhaupt nicht. Da packte sie ihn beim Arm, schüttelte ihn und schimpfte:
»Was mischst du dich ein, bei den anderen?«
»Er hat sich nicht geschlagen«, sagte Monsieur Zober. »Er hat nur gesagt, sie sollen aufhören, den dort zu verhauen. Das war gut von ihm.«
»Oi, oi«, jammerte Madame Zober nun ihrerseits.
Sie nahm David mit in die Küche, wo man kurz darauf das Wasser laufen hörte. Monsieur Zober hielt sich das Eisen in Wangennähe, um festzustellen, ob es heiß genug war, und dann bügelte er weiter. Über seinen Kneifer blickend, sagte er zu Olivier:
»Sich schlagen ist nicht gut. Auf die Bank da setze dich.«
Olivier setzte sich auf die Näherinnenbank, verschränkte die Hände auf den Knien und schien sich in Träumereien zu verlieren. In Wirklichkeit beobachtete er die behenden

Gesten, mit denen der Schneider sein Bügeleisen führte. Überhaupt fand er es erstaunlich, einen Mann plätten zu sehen. Wahrscheinlich gab es diese riesigen Bügeleisen nur für Männer. Die Wäscherinnen in der Rue Labat 74, die ständig lachten und sangen, hatten viel leichtere und kleinere Eisen. Für die Leute aus der Nachbarschaft arbeiteten diese kaum, sondern fast nur für die Mädchen des Folies-Bergère. Sie wuschen nachts, bügelten, plissierten, stärkten die Wäsche, die man ihnen in großen Körben brachte, und sie waren immer fröhlich und ausgelassen.

In diesem Zimmer nun lebte der Schneider mit seiner Familie, und hier verdiente er sich auch seinen Lebensunterhalt.

Alles, was man herumstehen und liegen sah, bezeugte es: die beiden zusammengeklappten Feldbetten, über die ein Bettüberwurf gebreitet war, die drei Schneiderpuppen ohne Arme und ohne Köpfe auf dem schwarzen Holzsokkel, einen Mann, eine Frau und einen Knaben darstellend. Über den Schultern der einen Puppe hing ein gelbes Bandmaß, über denen der zwei anderen ein Stück mit Nadeln besteckter Stoff. An der Wand sah Olivier die gerahmten Fotos von Herren in eleganten Anzügen oder Mänteln, in starrer Pose, ein Paar Handschuhe in der linken, einen Spazierstock oder Regenschirm in der rechten Hand, mit feschen Hüten, im sportlichen Überzieher, im Stadtanzug oder in Reisekleidung, Hosen mit messerscharfen Bügelfalten, spitze, bis an die Schulter gehende Jackenaufschläge, Gentlemen und Sportler von unpersönlicher und kühler Vornehmheit.

Olivier bemerkte auch die Singer-Nähmaschine, ein viel größeres Modell als das seiner Mutter, den großen mehrteiligen Spiegel, die riesige Stoffschere, die Blocks mit den Stoffmustern, die Schneiderkreide, die mit Näh- oder Stecknadeln bespickten Samtigel, die Rollen Futterseide, die Garnspulen, kurz, die Gegenstände, die zum Schneiderberuf gehören, und die er gut kannte, weil seine

Mutter sie verkaufte. Nur wirkten sie bei Monsieur Zober anders, weil sie schon Patina angesetzt hatten.

In der Küche redete Madame Zober in lautem Jiddisch auf Giselle ein, und als ihr Mann ihr zurief, sie solle Französisch sprechen, bat sie ihre Tochter, sich um den anderen Jungen zu kümmern.

»Du da, komm mal her!« forderte Giselle Olivier auf.

Er folgte ihr in eine Kammer, deren Wände mit einem Rauten- und Rosenmuster tapeziert waren. Giselle goß Wasser aus einem Krug in die Emailschüssel und begann, trotz Oliviers Protesten und Einwänden, ihm mit einem feuchten Waschlappen das Gesicht zu säubern. Sie spielte mit ihm wie mit ihrer Puppe, kommandierte schnippisch »Still halten!«, »Dreh dich um!«, »Augen zu!«, »Beweg dich nicht!« Zuerst fühlte Olivier sich gedemütigt, aber bald fand er Spaß daran, weil sie ihn zärtlich behandelte, ihm das Haar und die Hände streichelte. Sie entwirrte auch seine Mähne, besprühte ihn mit Eau de Cologne und kämmte ihm einen geraden linken Scheitel. Dann trat sie zurück, bewunderte ihr Werk und sagte:

»Jetzt wart' nur, was ich mit deinem Auge mache!«

Etwas mißtrauisch sah Olivier ihr zu, wie sie Medizinfläschchen mit braunen Papierstöpseln öffnete. Sie benetzte einen Wattebausch mit Arnikatinktur und betupfte damit das geschwollene Auge. Olivier schrie. »Au!«, worauf sie sofort erklärte, er sei verweichlicht wie alle Männer. Einen Augenblick blieben sie ganz still. Sie drückte ihn an ihre Hüfte, und er fand das gar nicht unangenehm. Mit einem frischen in Eau de Cologne getränkten Wattebausch wischte sie ihm ein paar Tropfen Arnikatinktur von der Wange, und dann bat sie ihn zu warten. Einer plötzlichen Eingebung folgend, ging sie von der Krankenpflege zur Schönheitspflege über, schminkte das gelblich blaue Rund des Auges mit einem roten Kreis aus Mercurochrom. Als sie Olivier einen Spiegel reichte, wich er entsetzt vor seinem Bild zurück. Er sah aus wie ein Clown

vom Zirkus Medrano. Er dankte ihr mit kaum vernehmbarer Stimme, und sie rief:
»Mama, wir sind fertig. Ich habe den Verwundeten gepflegt... Wie heißt du übrigens?«
Olivier hätte ihr am liebsten etwas Freches geantwortet, verkniff es sich aber und sagte nur:
»Olivier Chateauneuf. Meine Mama hat das Kurzwarengeschäft nebenan.«
»Mama, er heißt Olivier.«
»Er soll schon kommen«, sagte Madame Zober.
Im Schneideratelier war die ganze Familie beisammen. Als Madame Zober Oliviers bemaltes Gesicht sah, mußte sie unwillkürlich lachen und hielt sich die Hand vor den Mund. Ihr Mann gab vor, aus dem Fenster zu schauen, sein Kneifer fiel auf das Bügelbrett. David starrte verwirrt die große Giselle und dann Olivier an.
»Ich weiß«, sagte Olivier, »ich sehe aus wie... wie...«
»Wozu soll das gut sein, ihm das Auge zu bemalen?« wollte Madame Zober von ihrer Tochter wissen.
Giselle deutete mit einer überdrüssigen Geste an, daß ihre Eltern wieder einmal überhaupt nichts verstanden. Betreten überlegte Olivier, wie er sich wohl aus dieser Affäre ziehen könnte.
»Tut's weh?« fragte David.
»Nicht sehr«, antwortete Olivier, »aber ich sehe aus wie... komisch sehe ich aus.«
Die beiden Jungs lächelten einander zu. Sie wären lieber allein gewesen, um sich zu unterhalten. Der schwarzhaarige David, der semmelblonde Olivier, jeder hätte im anderen das Gegenteil seiner selbst sehen können.
»In welche Schule gehst du?« fragte Olivier.
»In die Volksschule, Rue de Clignancourt.«
»Ich auch«, sagte Olivier, »aber ich habe dich nie gesehen. In welcher Klasse bist du?«
»In Monsieur Alozets Klasse.«

»Und ich bei Monsieur Tardy«, gestand Olivier, den es wurmte, daß David ihm um eine Klasse voraus war.
»Ich bin ja auch ein bißchen älter«, tröstete ihn David. »Ich bin ja neun. Vorher war ich in der jüdischen Schule.«
»Er lernt alles, was er will«, sagte Monsieur Zober. »Er hat Köpfchen, der David, aber er ist der Fünfte in der Klasse, und ich will, daß er der Erste ist.«
Olivier schwieg. Er war eher einer der letzten seiner Klasse. Monsieur Tardy warf ihm vor, unaufmerksam, schwatzhaft und eine absolute Null im Rechnen zu sein. Der schlimmste Tag in diesem Monat würde der sein, an dem er der Mutter seine Zeugnisse zur Unterschrift vorlegen mußte. Virginie würde wieder betrübt die Kolonnen durchgehen, die Bemerkungen des Lehrers lesen und sagen: »Warum gibst du dir nicht mehr Mühe? Monsieur Tardy schreibt doch, daß du viel besser sein könntest.« Olivier verteidigte sich dann immer mit der Behauptung: »Das schreibt er doch jedem rein.« Da sie eigentlich ein sorgloser Mensch war, sagte sie darauf »Ach so«, und fand in ihrem unverwüstlichen Optimismus doch noch Anlaß zur Freude, weil wenigstens eine Note besser als die anderen war. Nun konnte sie eifrig unterschreiben.
Die große Giselle zeigte mit dem Finger auf Olivier, hob ihm den Kittel hoch und sagte:
»Seine Kleider sind ganz zerrissen.«
»Ist nicht so schlimm«, beteuerte Olivier.
Monsieur Zober setzte sich den Kneifer auf und betrachtete den Schaden mit Kennerblick.
»Deine Hose werde ich dir flicken. Gib her.«
»Ist doch nicht nötig.«
Aber Giselle knöpfte ihm bereits die Hosenträger auf. Madame Zober wollte diese Reparatur selbst vornehmen. Ihr Mann ließ ihr den Willen, nicht aber ohne zu klagen:
»Oi, oi, oi! Ich bin nicht mehr der Herr im Hause Zober. Ich bin die Frau von meiner Frau! Was hab' ich zu sagen? Überhaupt nichts.«

Monsieur Zober hatte eine seltsame Aussprache, seine *a* klangen fast wie *o*, seine *ü* wie *ie*. Olivier grinste und verstand nichts. Madame Zober machte sich an die Arbeit. Sie nähte wie Virginie, mit den gleichen Gesten, nur viel schneller. David fragte seinen neuen Freund »Na, wie fühlst du dich?«, und der antwortete »Prima!« Die große Giselle drehte sich kokett vor dem Spiegel, Monsieur Zober besserte eine Weste aus. Er fragte Olivier, ob die Geschäfte im Kurzwarenladen gut gingen, und dieser antwortete mit einem Satz, den Virginie darauf immer zu sagen pflegte: »Man soll sich nicht beklagen, vielen geht es schlechter als uns.« Madame Zober schien dem zuzustimmen. Olivier stellte fest, daß sie eine ganz kleine Nase, ganz weiße Haut und eine Warze zwischen den Augen hatte. David sah ihr ähnlich, während die große Giselle mehr ihrem Vater nachschlug. Sie rief ihrer Tochter zu, sie solle aufhören, Grimassen vor dem Spiegel zu schneiden und lieber den Tee machen. »Magst du Tee?« fragte sie Olivier. Er gestand, noch nie welchen getrunken zu haben.

»Fertig ist die Hose«, rief sie und warf sie ihm lachend zu. Olivier bedankte sich und meinte, jetzt sei alles in Butter. »In Butter, wie die Fliege sagte«, fügte er hinzu, einen damals geläufigen Ausdruck benutzend, dessen Bedeutung längst vergessen ist.

Schön. Alles wandte sich zum Besten. Mit Ausnahme des von der großen Giselle dekorierten Auges. Und der Schule. Olivier dachte an den Beginn des Unterrichts. Monsieur Tardy ruft dann immer die Namen der Schüler in alphabetischer Reihenfolge auf, und jeder antwortet »Hier!«, einige »Hier, Herr Lehrer!«, andere »Präsent!« und die Witzbolde »Präsident!«, worüber der Lehrer die Stirn runzelt. Heute früh hatte sich niemand auf Chateauneuf gemeldet, und jetzt war auf der Liste ein Kreuz vor seinem Namen.

Ahnte er, daß David sich mit den gleichen Gedanken

herumschlug? Für ihn bedeutete das Fehlen in der Schule etwas sehr Schlimmes, weil er nun einen Tag verpaßt hatte und so viele Dinge nicht lernen würde. Darüber machte sich Olivier die wenigsten Sorgen. War es nicht viel schöner, draußen herumzulaufen, als den Federhalter ins Tintenfaß zu tunken, mit gespitzter Zunge Hauptstriche und Aufstriche zu zeichnen, oder langweilige Gedichte auswendig zu lernen? In seinem Innern entschloß er sich, erst am nächsten Tag wieder zur Schule zu gehen.
Die große Giselle brachte ein rundes Tablett, auf dem ein versilberter Samowar, einige gerade schlanke Gläser und ein Teller mit Kümmelbrötchen standen. Madame Zober goß die amberfarbene Flüssigkeit in die Gläser und riet Olivier, das seine beim Trinken oben am Rand zu fassen, um sich nicht die Finger zu verbrennen. David zeigte ihm, wie man es macht. Sie gaben Puderzucker hinein und klapperten mit den Löffeln beim Umrühren. Der Dampf beschlug Monsieur Zobers Kneifergläser, die er sich an seinem Hemd klar wischte.
Ich muß meiner Mutter erzählen, daß ich Tee getrunken habe, dachte Olivier. Würde sie ihm vorwerfen, diese Leute, die er nicht kannte, besucht zu haben? Ach, das würde er noch früh genug erfahren! Inzwischen ließ er sich den Tee schmecken, und auch das Brötchen, das er im gleichen Rhythmus wie David aß. Er fühlte sich wohl. Von Zeit zu Zeit murmelte er ein »Danke« oder ein »Danke vielmals«. David konnte den Blick nicht von ihm wenden. Wie gern hätte Olivier mit ihm über die Schule geplaudert, die Straße, die Kumpel, die Keilerei, seine vagen Rachepläne. Er sagte:
»Spielst du nie auf der Straße?«
»Ich kenne die anderen nicht gut.«
»Er wird sich nicht auch noch auf der Straße herumtreiben, der Kleine!« rief Giselle aus.
»Du gehst ja auch auf die Straße«, erwiderte David, »und deine Spaziergänge...« Der Blick, den er seiner Schwe-

ster zuwarf, war vielsagend. Er wußte einiges... Sie sagte: »Ach, halt doch den Mund!« und Monsieur Zober sagte: »Oi, oi, oi! Diese beiden da!«

»Auf der Straße haben wir viel Spaß«, fuhr Olivier fort. »Mit Loulou und Capdeverre und dem kleinen Schlack...«

»Man muß nur aufpassen auf die Autos«, bemerkte Monsieur Zober.

»Autos gibt's bei uns fast keine«, erklärte Olivier. »Nur manchmal, wenn Vetter Baptiste uns mit seinem Taxi besuchen kommt.«

Madame Zober teilte das letzte Brötchen für die beiden Jungen. Giselle nahm Oliviers Kopf zwischen ihre Hände, schaute sich sein Auge an, meinte, dank ihrer Pflege gehe es ihm schon viel besser, kraulte ihm zärtlich das Haar, streckte David die Zunge heraus und sagte, sein Freund sei viel hübscher als er. David zuckte die Schultern.

»Ich glaube, ich gehe heute nachmittag noch nicht zur Schule«, sagte Olivier.

»Du«, sagte Monsieur Zober zu David, »wirst gehen zu Onkel Samuel. Du wirst ihm sagen, heute ich gehe nicht zur Schule. Und er hat immer etwas, was du von ihm lernen kannst. Er ist schon in Amerika gewesen.«

»Mein Onkel Samuel ist gerade aus Amerika zurückgekommen«, erklärte David, und Olivier machte bewundernd: »Toll!« David fuhr fort: »In New York ist er gewesen, und dort haben wir auch noch andere Vettern, die Schneider sind.«

Was hatte er nicht alles seiner Mutter zu erzählen! Vielleicht würde sie ihn wegen seines blauen Auges dann weniger schimpfen? Er wischte sich den Mund und erklärte, er müsse nun nach Hause, obwohl seine Mutter ihn bestimmt gehörig schimpfen würde.

Monsieur Zober stand auf, blickte sich in seiner Werkstatt um, rückte einen Stoffballen zurecht, kratzte sich den Kopf. Ein paar gute Aufträge wären ihm willkommen. Vor dem Spiegel blieb er stehen. War das wirklich er, dieses hagere, blasse Männlein mit all den Runzeln und Falten im Gesicht? Er, der Isaak Zober, der vor zwanzig Jahren in dem so fernen Dorf die umschwärmte Esther im Sturm erobert hatte? Er sah die um die kupferfarbene Kuppel der Synagoge gedrängten Hütten im Geiste vor sich. Madame Zober blickte ihn von der Seite an. Sie erriet, was ihm durch den Kopf ging. Auf Jiddisch erklärte er, er sei seit fünf Uhr früh auf und habe sich jetzt einen Spaziergang verdient.

»Mein Vater wird einen Spaziergang machen«, übersetzte David seinem neuen Freund.

»Du verstehst das?«

»Manchmal, aber nicht immer.«

Auch Olivier hörte zu Hause eine fremde Sprache, wenn die Landsleute seines vor zwei Jahren verstorbenen Vaters und Virginies in den Laden kamen und in ihrem Dialekt schwatzten.

Monsieur Zober band sich eine Krawatte mit schwarzblauem Rautenmuster um, schlüpfte in eine Jacke mit Rückenspange und setzte sich eine große Schiebermütze auf, die er vor dem Spiegel in die richtige Lage zu bringen versuchte – etwas schief, aber nicht zu sehr, mehr in die Stirn, oder lieber mehr nach hinten. Das dauerte eine ganze Weile, währenddessen Giselle und ihre Mutter sich totlachten.

»Nu? Kann ich mir nicht anschauen meinen Kopf, so lange wie es mir paßt? Bin ich nicht a freier Mensch?«

Er nahm mehrere Male die Mütze ab, um David und Olivier auf lustige Art zu grüßen.

»Siehst du, der David hat gefunden einen Freund«, sagte er zu seiner Frau.

Dieser kleine Goi gefiel ihm gut. Er merkte, daß die beiden Buben einander sympathisch waren und erinnerte sich daran, daß er als Kind in Polen einen Spielkameraden gehabt hatte, einen Jungen, dem Olivier ähnelte. Er hatte die gleiche Mischung aus Neugier und Zurückhaltung besessen. Wie hatte er noch geheißen? Moische oder Mardochai?

»Vielen Dank, Madame Zober. Und dankeschön... äh... Mademoiselle Giselle«, stammelte Olivier, als er nach seinem Schulranzen griff.

»Ich werde mit ihm gehen«, sagte Monsieur Zober, »und David kann auch mitkommen, wenn er will.«

Sie stiegen die Treppe hinab, die Kinder voraus, Monsieur Zober hinten ihnen, eine Zigarettenspitze zwischen Daumen und Zeigefinger haltend. Madame Haque, die dicke Portiersfrau mit dem rot und gelblich gefärbten Haar wusch gerade die Fliesen ihres Hauseingangs. Der Schrubberbesen stieß schäumende Wasserfluten auf den Gehsteig hinaus, und sie mußten warten, bis die Frau innehielt, sich auf ihren Besenstiel stützte. Dann huschten sie mit großen Schritten, auf Zehenspitzen an ihr vorbei. Monsieur Zober zog an seinem Mützenschirm und sagte ein paar Worte zu ihr, worauf sie antwortete: »Von Zeit zu Zeit muß es wohl sein.« Dann bemerkte sie Olivier und rief: »Schaut euch doch bloß diesen kleinen Teufel an!«, was Olivier mit einem Reklamespruch konterte: »Mit Hühneraugen zum Teufel gehen, er vertilgt sie auf nimmerwiedersehen!« Sie drohte ihm mit dem Besenstiel.

Olivier hatte wenig Eile, nach Hause zu gehen, und folgte David und seinem Vater. Sie bogen rechts in die Rue Lambert ein, stiegen dann die Rue Nicolet hinauf. Ein Rundgang um den Häuserblock.

»Der Strolch, der euch geschlagen hat, mit dem seinen Eltern werde ich reden ein Wort«, sagte Monsieur Zober.

»Anatole hat keine Eltern«, erklärte Olivier. »Nur eine Großmutter, und der ist es egal, was er macht. Die ist immer beduselt.«

»Na schön, dann nicht. Aber wenn du willst, werde ich deiner Mutter sagen, daß es nicht war deine Schuld.«

»Ach, das wäre sehr nett von Ihnen, Monsieur Zober!« sagte Olivier.

Die Sonne hatte die Spuren des Regens auf dem Gehsteig verschwinden lassen, und aus den Fenstern drang bereits der Geruch nach Abendessen. Ein Radio plärrte blechern einen Foxtrott, ein Dreikäsehoch namens Riri, die Hand am Griff seines heimgebastelten Rollers, pinkelte in den Rinnstein. Der bogenförmige Strahl glänzte wie Gold. Alles schien im Zeitlupentempo zu geschehen. Die drei beeilten sich nicht.

Olivier versprach David, ihn in allerlei einzuweihen und ihm manches zu zeigen. Sein buntschillerndes Auge versteckte er. Die beiden Kinder beobachteten alles gleich interessiert. David etwas zurückhaltender als Olivier, der mit der Selbstsicherheit eines Herrn der Straße auftrat. Im Gegensatz zu David kannte er nichts anderes auf der Welt. Wenn in Büchern oder Filmen, die er im Kino sah, von anderen Ländern, Städten, von Wüsten, Meeren oder Dschungeln die Rede war, so verlegte er sie in seine Straße, spielte Trapper und Indianer, Tarzan, mimte Schießereien unter Gangstern oder ließ ein Stück Holz wie ein Schiff auf hoher See in der Gosse treiben.

Virginie ging nie besonders streng mit ihm um, aber wenn er sich schlecht benahm, schmollte sie. Und das war schlimmer als eine Bestrafung. Er hätte lieber eine Tracht Prügel bezogen. Wenn sie ihm grollte, wurde es plötzlich kalt, die Zeit stand still, das Ticken der Uhr klang wie ein Vorwurf, und er mußte warten, bis Virginie wieder besänftigt war und zu singen begann. Dann fing das Leben wieder an, normal zu werden. Sein blaues Auge würde sie vielleicht mitleidig stimmen. Er könnte ja ein bißchen übertreiben, um sich verhätscheln zu lassen...

»Schau mal da rüber«, sagte Olivier zu David, »das ist doch Anatole.«

Der Angreifer kam, einen Ballen Wäsche schleppend, aus der Wäscherei, gefolgt von seiner gebückt und müde trippelnden Großmutter. Er trug eine zu kurze Hose, ein schwarz-gelb gestreiftes Trikot und wirkte ziemlich lum-

pig. Olivier steckte die Daumen in den Gürtel seines Kittels und stolzierte wie ein Gangsterboß. David versuchte, es ihm nachzutun. Monsieur Zober hob anklagend die Hand, und Anatole beschleunigte seinen Schritt.
»Siehst du, jetzt kneift er, weil er Schiß hat«, sagte Olivier prahlerisch.
»Nur weil mein Vater da ist«, bemerkte David.
»Und richtig doof sieht er aus mit seinem Wäschepaket. Eines Tages werde ich es ihm geben!«
Sie waren auf die Höhe der Rue Labat gelangt, gingen am großen Haus Nr. 77 vorbei und standen nun vor dem Kurzwarenladen. Virginie bediente gerade eine Kundin und hatte ein Lächeln aufgesetzt, das sie selbst als kaufmännisch bezeichnete.
»Warten wir, bis die Kundin ist gegangen«, sagte Monsieur Zober.
Gegenüber, beim Klempner Boissier kreischte eine Metallsäge. Ein Löter, die schwarze Brille auf der Nase, ließ Funken stieben.
Während Olivier David aus dem Blickfeld lockte, sah Monsieur Zober sich das Schaufenster genauer an. Die Auslagen enthielten Rollen mit Garn, Stopf- und Heftfaden, Glanzseidenband, Einwickelband, Hosenumschlagleiste, Köperband, Tresse, Rundschnur, Schleifenband, Spitzenborte, Monogrammtuch mit roten Buchstaben, Strickwollen verschiedener Arten, wie Merinos, Zephyr, Angora, Säuglingskleidung... Monsieur Zober bewunderte auch die große Auswahl an Nähnadeln, Stecknadeln, Stricknadeln, Fadenziehern, Scheren aller Größen, und die Kästen mit den Perlmutt-, Horn-, Schildpatt-, Holz-, Zelluloid- und Metallknöpfen. Er nickte anerkennend.
Gleichzeitig sah er nun durch die andere Seite des rechten Schaufensters die Geschäftsinhaberin und war fasziniert vom goldenen Schimmer ihres üppigen, zu einem Knoten zusammengebundenen Haars, ihrem langen weißen

Hals, dem Glanz der grünen Augen und dem hübschen rosigen Mund. Eine matte Glasperlenkette schmückte die weiße Leinenbluse mit Spitzenborte. An den fein gerundeten Ohren tänzelten Gehänge aus imitierter Jade. Bald sah Monsieur Zober nur noch diese Frau. Doch plötzlich verspürte er Schüchternheit. Würde er sich trauen, diese Dame anzusprechen, deren Name *Mme. Wwe. Virginie Chateauneuf* in englischer Schrift an der Ladentür stand? Er wiederholte sich »Virginie«, dann »Chateauneuf«, dachte an seinen eigenen Namen »Isaak Zober« und kam sich sehr fremd vor.

Als die Kundin gegangen war, zögerte er noch. Er, der sich nach den Erfahrungen des Exils und der Leiden tapfer geglaubt hatte, war plötzlich handlungsunfähig wegen einer Frau. Sollte er den kleinen Jungen allein hineingehen lassen? Schließlich ging es ihn ja nichts an.

»Gehst du nun rein, Papa?« fragte David.

»Ob ich reingehe? Oi, oi, oi, David! Hat der Junge eine Eile! Nu, ich hab mir angeschaut das Schaufenster.«

Monsieur Zober rieb sich die Hände, als ob er sie einseifen wollte, zupfte an seiner Krawatte, zog an seiner Jacke, bewegte die Schultern dabei, entschloß sich endlich, die Klinke zu drücken, zuckte zusammen, als die Türglocke ertönte, und trat ein, von den Kindern gefolgt. Olivier versuchte sich hinter David zu verstecken.

Im Laden roch es nach getrockneten Blumen, Kamillen, Lindenblüten und Lavendel. Auf dem Tresen aus weißem Holz war ein Zentimetermaß befestigt. Dahinter standen Schränke aus Nußbaumholz mit langen Reihen winziger Schubfächer, und auf jedem von ihnen ein Etikett mit handgeschriebener Angabe des Inhalts. Aus einigen hingen Bänder oder Spitzenborten heraus. Ein Glastopf enthielt glatte oder gerillte hölzerne Stopfeier, in offenen Kartons lagen Strumpfhalterklammern, Strumpfbänder mit Schleifen oder Blumenschmuck, Sockenhalter, und an der Wand hingen Gitterleinwandvorlagen für Stickereien.

»Guten Tag, was darf es sein, mein Herr?« fragte Virginie mit ihrer singenden Stimme.

»Bitte sehr, nichts will ich, bitte schön. Ich bin gekommen für eine Erklärung über alles«, verkündete Monsieur Zober mit tapfer entschlossener Stimme, während er seine Mütze abnahm.

»Eine Erklärung? Aber, aber...«

Virginie hatte sich kaum von ihrer Überraschung erholt, als sie Olivier bemerkte. Sie ging um den Ladentisch herum, ihr blauer Rock umflatterte ihre langen Beine, packte Olivier bei der Hand und schalt ihn.

»Was machst du denn hier? Du hast dich in der Schule geschlagen? Schön sieht dein Auge aus! Ein echter Hanswurst! Er hat sich in der Klasse gebalgt. Sind Sie von der Schule, Monsieur?«

»Oi, oi, oi«, antwortete Monsieur Zober. »Von der Schule bin ich nicht. Warten Sie, Madame, ich werde erklären...«

»Ja«, sagte David, »mein Vater wird alles erklären. Aufs Erklären versteht er sich.«

Monsieur Zober trat einen Schritt zurück, räusperte sich, legte sich die Hand auf die Brust und setzte an:

»Nicht Olivier ist schuld. Mein Sohn David hat gesagt: Strolche haben die beiden geschlagen und überfallen auf der Straße. Und meine Tochter Giselle, sie ist prima, wie Krankenschwester, sie hat das Auge gepflegt mit viele Medikamente, mit viel zu viele...«

»Ach, ich kenne meinen Knaben! Der denkt doch nur an Balgereien!« sagte Virginie.

»Ich hab' doch nichts getan«, jammerte Olivier kläglich.

»Du wirst noch mal im Zuchthaus enden!«

»Er ist sehr nett«, erklärte Monsieur Zober.

»Nett, der hat nur ein Auge, und er hat zwei!«

»Aber eins tut mir ganz gehörig weh«, stöhnte Olivier. »Au! Au! Wenn du wüßtest, wie weh es mir tut! So weh...«
»Geschieht dir recht. Zeig mal her...«
Sie kniete nieder, nahm sanft seinen Kopf in ihre Hände. Er lächelte reumütig, und sie fragte: »Tut es dir wirklich weh?« Olivier gestand: »Ein kleines bißchen, aber nicht sehr...« Virginie berührte das Lid mit der Fingerspitze, und er hatte den Eindruck, geheilt zu sein. Sie schüttelte den Kopf. Ohne diese Tinktur wird es weniger schlimm aussehen. Jetzt wandte sie sich entschuldigend Monsieur Zober zu.
»Sie werden gewiß verstehen, daß man mit den Kindern streng sein muß, Monsieur... Jedenfalls danke ich Ihnen, daß Sie ihn mir gebracht haben. Und dieser Kleine ist Ihr Sohn? Er sieht artiger als der meine aus.«
Olivier versuchte, David zuzuzwinkern. Das Gespräch würde jetzt ohne sie weitergehen. Olivier hätte gern seinen neuen Freund ins Hinterzimmer geführt, um ihm diesen Raum zu zeigen, den er für besonders luxuriös hielt, und auch einen Karton mit allerlei Schätzen, einem Plüschteddybären, Bleisoldaten, diversem Spielzeug, Murmeln, Dominosteinen, Prospekten, die Virginie »ihre Reliquien« nannte, aber er behielt sich das Vergnügen für später vor. Zuerst wollte er den Erwachsenen zuhören.
»Ich bin der Schneider Zober von Nummer 73 nebenan.«
»Aber natürlich, wie dumm von mir! Ich erkenne Sie wieder, Monsieur Zober.«
»Mich? Sie erkennen mich?«
»Wissen Sie, in dieser Straße bleibt man nicht unbemerkt.«
Olivier setzte sich auf einen hohen Hocker hinter der Kasse. David stand wie angewurzelt da und blickte auf seine Stiefelspitzen. Auch er hörte zu.
»Ich habe mich niedergelassen als Schneider in Paris.

Viele Kundschaft hat man mir gesagt. Gute Arbeit für Schneider wie ich bin. Aber was ist? Kein Geschäft, überhaupt nichts. Und Sie? Auch wie ich?«
»Man darf sich nicht beklagen, anderen geht es schlechter als uns.«
»Für Änderungen geht es noch, Flickschneiderei ja, aber der Rest, das ist schwer. Ich mache schöne Damenkostüme, nicht teuer, für Sie...«
»Wissen Sie, Monsieur Zober, ich mache auch in Halbgroßhandel und kann Ihnen gern Rabatt geben für das, was Sie laufend brauchen. Die Tapezierer bedienen sich auch bei mir. Sie haben also nichts zu verlieren. Und ich gebe sogar Kredit.«
Monsieur Zobers Augen strahlten. Diese Unterhaltung gefiel ihm. Gern hätte er den Gedankenaustausch mit dieser geschäftstüchtigen Frau fortgesetzt, aber er sprach noch nicht lange genug Französisch, und sein Vokabular war zu beschränkt. Ach, wenn er Polnisch, Deutsch oder Jiddisch mit ihr sprechen könnte, das wäre etwas anderes. Dann hätte er die Worte gefunden, um ihr zu erklären, was für ein guter Schneider er war, wie er die Kunst seines Handwerks beherrschte und immer drei Anproben machte. Vielleicht würde Madame Chateauneuf ihm Kunden schicken?
Und doch gelang es Monsieur Zober, seine Schüchternheit zu besiegen. Er fand, da ihm die richtigen Worte fehlten, ausdrucksvolle Gesten, legte viel Aufmerksamkeit in seinen Blick, nahm elegante Posen ein. In diesem Moment wiedergefundenen Selbstvertrauens erstrahlte sein Gesicht. Vergessen waren die Geldsorgen, vergessen die Trübsal des Alltags! David entdeckte einen ihm bisher unbekannten Vater, einen Mann von der Art Onkel Samuels, der sich überall wie zu Hause fühlt. Olivier lauschte den Sätzen, die sich auf den Lippen der Erwachsenen formten, ahnte sogar manchmal die Antworten seiner Mutter voraus. Er liebte ihre Stimme, die zum Singen von

Romanzen wie geschaffen schien, und auch die Monsieur Zobers, deren Reiz in der Unsicherheit der Wortwahl lag.
»Als Witwe mit einem Geschäft habe ich es nicht immer leicht gehabt«, sagte Virginie.
Und Monsieur Zober beschloß, ihr nicht gleich von der langen Reise mit seiner Frau Esther zu erzählen, wie sie von Stadt zu Stadt gezogen waren, nach Odessa, nach Konstantinopel, nach Wien, nach Köln in die Judenstraße, wo David das Licht der Welt erblickt hatte. In Polen hatte man ihn immer nur Kaftane nähen lassen, aber in Deutschland hatte ihm ein guter Meister die Kunst, Stadtkleider zu schneidern, beigebracht. Um selbständig zu arbeiten, war er nach Paris gezogen, in die Hauptstadt der Welt. Dort hatte ihm ein Friseur in der Rue des Rosiers seine krausen Schläfenlocken abgeschnitten, und er war ein moderner Mensch geworden.
Jugenderinnerungen stiegen in ihm auf, Fiedel- und Ziehharmonikaklänge, Düfte von warmer Hühnersuppe, Kuchen, Talg, der Gesang der Frauen, die Schreie der Kinder. Davon würde er Virginie erzählen, nicht aber von den Pogromen, den Beschimpfungen, dem Schweiß und der Angst, der Flucht, den schmutzigen Eisenbahnwaggons, den Bündeln mit seiner armseligen Habe... Nein, nur nicht vom Unglück reden, das sich nur allzu bald wieder einstellen könnte.
Virginie betrachtete erstaunt diesen kleinen Mann von gewöhnlichem Aussehen, der sich so aufmerksam und charmant zeigte, wenn er sich gut unterhielt, und den sie wirklich vornehm fand. Der Handwerker und die Ladenbesitzerin verstanden einander auf Anhieb, hatten sie doch eine Gemeinsamkeit: Beide hatten mit Schneiderzubehör zu tun. Olivier sagte sich: »Es klappt ja gut zwischen den beiden«, und das brachte ihm David noch näher. Virginie wurde vertraulicher:
»Mein Mann und ich, wir kamen aus dem Massif Central,

und wir waren auch Fremde in Paris... wenn auch ein bißchen weniger als Sie. Aber man gewöhnt sich daran.«
»Meine Frau, die Esther, sie hat Angst, auszugehen. Für sie ist es schwer.«
Monsieur Zober lächelte, und sein resigniertes und zugleich ironisches Mienenspiel setzte sich über alle Schwierigkeiten hinweg. Er vergaß seine Sorgen und hörte Virginie zu, teilnahmsvoll, bereit, ihr in jeder Hinsicht zu helfen. Er war ja ganz in der Nähe.
»Sie werden sehen, Monsieur Zober, bald fühlen Sie sich hier wie zu Hause. Zum Glück leben die Leute in dieser Straße in bestem Einvernehmen, und jeder mag jeden, wenn auch ein paar komische Käuze darunter sind...«
»Und auch ein paar Strolche«, fügte Olivier hinzu.
»Ich kenne einen nicht weit von hier, der wird es noch mit mir zu tun kriegen!« erklärte Virginie.
So endete die erste Begegnung. Monsieur Zober verneigte sich, drückte Virginie die Hand, hielt den Wunsch zurück, sie ihr mit allem Respekt zu küssen. Sorgfältig setzte er sich die Mütze auf, bevor er hinausging, grüßte noch einmal und öffnete unbeholfen die Tür.
Olivier, der auf den Ladentisch gestiegen war, sprang mit gespreizten Armen herunter, wie es ihm Monsieur Barbarin, der Turnlehrer, beigebracht hatte. Virginie ermahnte ihn:
»Mach bloß keine Faxen! Es reicht mir für heute.«
Olivier schüttelte David kräftig die Hand. Die beiden Kinder lächelten glücklich, rührten sich nicht vom Fleck, konnten voneinander nicht lassen.
»Kommst du, David?« fragte Monsieur Zober.
»Auf Wiedersehen, Monsieur Zober, auf Wiedersehen, David«, sagte Olivier.
»Du könntest auch danke sagen«, bemerkte Virginie.
»Und vielen Dank, Monsieur Zober! Salut, David!«
»Auf Wiedersehen, Olivier«, sagte der kleine Junge.

Zweites Kapitel

Virginie hielt den moirierten Füllfederhalter in der Hand; sie hatte gerade ein »Briefchen« an Monsieur Tardy, Oliviers Lehrer, verfaßt, um dessen Abwesenheit zu entschuldigen, und setzte jetzt »Wwe. Chateauneuf« darunter. Olivier las: »Der Schüler Olivier Chateauneuf, mein Sohn, konnte infolge eines kleinen Unfalls nicht...« Er grinste. Kein Wort darüber, daß er am Nachmittag zur Schule gehen mußte.
Da es jedoch nicht ratsam war, in der unmittelbaren Umgebung zu bleiben, schlenderte er, den Ranzen über die Schulter gehängt, in Richtung Porte de Clignancourt, an den *fortifs*, den ehemaligen Befestigungsanlagen vorbei, einem ausgedehnten Hügelgelände ländlichen Charakters. Dort irrte er zwei Stunden lang herum, setzte sich von Zeit zu Zeit ins Gras, um nachzudenken. Nachdem Virginie die Tinktur weggewaschen und ihm Kompressen aufgelegt hatte, war die Schwellung des Auges zurückgegangen. Um den spöttischen Blicken der Passanten zuvorzukommen, rollte er die Schultern wie ein Boxer im Ring.
Über die Ursachen der Schlägerei war er absichtlich sehr vage geblieben. Niemand würde erfahren, daß Leimtopf Anatole und sein Leutnant Salzkorn ihn überrascht hatten, als er mit Kreide auf die hölzernen Fensterläden der Schusterei einen Satz schrieb, der mit »Anatole und Salzkorn sind...« begann. Er suchte noch nach dem passenden Ausdruck, mit dem er seine Feinde aus der Rue Bachelet

bezeichnen konnte, als sie plötzlich vor ihm aufgetaucht waren. Salzkorn, der Rothaarige mit der blauen Hose und dem roten Trikot, hatte herausfordernd gefragt:
»Na, was sind wir? Los! Schreib's schon...«
»Er kneift bestimmt«, meinte Anatole.
Olivier, der sich plötzlich von den beiden eingekeilt sah, begriff sofort, daß er nicht unbeschadet davonkommen würde. So beschloß er, heldenhaft zu sein, wie Bara und Viala zusammengenommen. Er ballte die Fäuste und versuchte es zuerst mit Ironie.
»Na, ihr seid eben... ihr wißt schon, was.«
»Sag das noch mal!«
Da er nicht wiederholen konnte, was er nicht gesagt hatte, war Olivier auf den Schlag ins Auge nicht gefaßt. Es folgte ein wirres Handgemenge. Glücklicherweise bemerkte er einen fremden, schwarzhaarigen Jungen und konnte seine Feinde ablenken. Unter wilden Drohungen hatten sie dann gemeinsam die Flucht ergriffen.
Der Anlaß der Feindseligkeiten lag schon lange zurück. Wer hatte als erster beschlossen, den Jungs der Nachbarstraße das Betreten seiner eigenen Straße zu verbieten? Nach Perioden relativer Ruhe belebte sich der Krieg wieder, und wehe dem unglücklichen Einzelgänger wie Olivier!
Während er die Festungswälle weit zurückliegender Kriege durchwanderte, sann er über die Möglichkeiten eines Vergeltungsfeldzugs nach. Zuerst einmal die Truppenbestände. Die Streitkräfte der Rue Bachelet waren beträchtlich, denn in den engen Häusern lebten kinderreiche Familien. Die Rue Labat beschränkte sich für ihn auf den Teil zwischen der Rue Lambert und der Rue Bachelet. Jenseits der Rue Custine gehörte die Rue Labat, obgleich sie noch den gleichen Namen trug, zu einer anderen Welt. Außerdem war mit den Kindern des höchsten Gebäudes, der Nummer 77, nicht zu rechnen. Sie hätten zwar für ihr Leben gern auf der Straße gespielt,

aber ihre Eltern erlaubten es ihnen nicht. Das Haus mit seinen Keramikfliesen – liliengemustert am Eingang – war eher protzig, gutbürgerlich. Oliviers Vetter Jean hatte dort einmal in einem Mädchenzimmer gewohnt, aber er diente jetzt als Soldat beim 6. Kürassierregiment in Verdun. Wäre er hier, dann hätten Anatole und Salzkorn sich nie getraut, ihn anzugreifen. Ein Kürassier! Da denkt man doch sofort an Stahlpanzer, klirrende Säbel und stampfende Pferde!

Olivier zählte an den Fingern ab: »Capdeverre *eins*, Loulou, *zwei*, Jack Schlack, *drei*, Elie, *vier*...« Er kam bis sieben, fügte David mit einem Fragezeichen hinzu, zögerte bei Ernest, der an der Ecke der beiden kriegführenden Straßen wohnte, dachte an Saint Paul und an ein paar andere Jungs aus der Rue Lambert, mit der ein Bündnis sich geradezu aufdrängte. Man müßte sich Waffen und Schilde besorgen, einen Führer wählen. Er selbst käme dafür in Frage, vielleicht aber doch eher Capdeverre, der kräftigste unter ihnen. Mit Kreideinschriften würden sie ihre Feinde überall mit den übelsten Schimpfwörtern und bösesten Verhohnepipelungen anschwärzen. Olivier sagte mit lauter Stimme:

»Rue Bachelet, Pinkelarschklosett!«

Dieses Wort gefiel ihm, wenn es auch kaum einen Sinn ergab. Er wiederholte es immer wieder, lachte vor sich hin, und eine Alte, die Löwenzahn pflückte, zeigte ihm einen Vogel.

Die Zeit verging wie im Flug. Er wollte bei Schulschluß zurück sein. An der Ecke der Rue Ramey, vor Giés Apotheke, wo seine Mutter ihn auf die automatische Waage zu stellen pflegte, und den Ausgabezettel mit seinem Gewicht immer sorgsam verwahrte, wartete er auf seine Kameraden.

Zuerst sah er Jack Schlack in Begleitung seines großen Bruders. Es folgten die unzertrennlichen Loulou und Capdeverre, beide in der gleichen Klasse wie er. Loulou trug

eine schwarze Pelerine mit angehäkelter Kapuze und eine Mütze, die er sich bis über die Augen gestülpt hatte. Seine Eltern, russische Emigranten, arbeiteten in einem Kabarett auf den Champs-Élysées. Der dunkelhaarige, auffallend hübsche Junge wurde von den anderen sehr bewundert, weil er Step tanzen konnte. Capdeverre in seinem grauen Kittel mit schwarzen Manschetten hatte einen Schutzmann zum Vater. Immer der erste im Turnen und der letzte in der Klasse, war ihm die Schule verhaßt; seine Mutter aber fand ihn so schlau, daß sie behauptete, er könnte den Eskimos Eis verkaufen.
»He da, Kumpels«, rief Olivier mit triumphierendem Lächeln.
»He da«, antworteten die anderen wie aus einem Mund.
»Du hast Keile gekriegt«, bemerkte Capdeverre.
»Und wie!« gestand Olivier, »aber Anatole und Salzkorn haben auch ganz schön was abbekommen. Ich hatte einen dabei, er heißt Zober. Sein Vater ist der Schneider aus Nummer 73.«
Dann aber mit ernster Miene:
»Wir brauchen unbedingt eine Armee!« und um Capdeverre zu gewinnen, fügte er hinzu: »Du könntest unser Anführer sein!« worauf Loulou sagte: »Das müssen wir noch sehen...« Olivier wußte, daß er seine Kumpel überzeugen würde.
Sie setzten sich an einen Tisch vor dem Café-Tabac *L'Oriental*, in Erwartung, vom Kellner vertrieben zu werden, was dann auch bald geschah. Sie versuchten es weiter im *Café des Artistes*. Dort ließ man sie aber in Ruhe, und so standen sie wieder auf und bestaunten die Schweizer Taschenmesser im Schaufenster des Farben- und Eisenwarenladens von Monsieur Pompom, der immer einen weißen Kittel und eine Melone trug.
Loulou und Capdeverre mußten nach Hause, um Schularbeiten zu machen und ein Gedicht von André Theuriet auswendig zu lernen. Außerdem hatte Capdeverre eine

Strafarbeit auf: Er sollte hundert Zeilen abschreiben, weil er Papierkugeln an die Decke geschnippt hatte. Diesmal konnte er leider nicht auf den fleißigen Tricot zurückgreifen, der fix und fertige Schreibzeilen verkaufte oder sie gegen farbige Abziehbilder oder Sem-Sem-Gummi eintauschte, denn die Strafarbeit mußte aus einem bestimmten Buch, *Tiere, die man Bestien nennt*, von André Demaison, abgeschrieben werden.

Inzwischen suchte jeder einen Vorwand, um das Nachhausekommen hinauszuzögern. Sie spielten gerade Speichelschlucken vor dem Schaufenster der Bäckerei-Konditorei Klein, wo Cremeschnitten, Eclairs, Mokkatorte, Rumauflauf, Windbeutel mit Schlagsahne, Blätterteigkuchen und Obsttortletts reihenweise auslagen, als sie einen schwitzenden Kohlehändler sahen, der einen mit schweren schwarzen Säcken beladenen Handkarren zog. Papa Gastounet, an die Mauer gelehnt, die Baskenmütze schief über dem einen Auge hängend, sah dem sich abmühenden Mann spöttisch lächelnd zu. Plötzlich ertönte eine Stimme:

»Donnerwetter, will denn niemand ihm helfen? Wart' nur, guter Mann...«

Es war Bougras, der Bärtige mit der Löwenmähne, dessen verkehrt geknöpfte Weste allen Symmetriegesetzen Hohn sprach. Er, der eines Tages Oliviers Freund sein sollte, hatte eine schallende Stimme. Dann schob er den Karren, und die drei Jungs Loulou, Capdeverre und Olivier stemmten sich auf die Deichseln. Gastounet entfernte sich achselzuckend und brummte: »Was braucht der sich einzumischen!« Endlich hielten sie vor der Nummer 78, wo die alte Grosmalard, die Portiersfrau, aus dem Fenster meckerte, man solle ihr bloß nicht wieder die Treppe schmutzig machen.

Um Bougras zu danken, streckte der Kohlemann ihm den Ellenbogen hin, den dieser drückte, und dann schenkte er den Kindern ein weißes Lächeln auf schwarzem Grund.

Darauf faltete er einen leeren Sack an seinen Ecken zusammen, legte ihn sich um den Nacken und begann, seine schweren Lasten von Etage zu Etage zu schleppen. Ein Anthrazitsplitter fiel auf den Gehsteig und glitzerte wie ein Juwel in der Sonne.

Bougras schlenderte davon, wischte sich die Handflächen an seiner Cordhose ab, und Olivier trat in den Kurzwarenladen seiner Mutter, rief den anderen von der offenen Tür aus noch ein »Salut« zu, um klar zu machen, daß er gerade mit ihnen aus der Schule gekommen war.

Virginie bediente gerade eine Kundin, stellte Schubladen über Schubladen auf den Tisch und beteuerte, der Kurzwarenhandel sei zwar sehr schön, aber es gäbe wirklich zuviel auf dem Markt. Olivier hatte einen ereignisreichen Tag hinter sich. Als die anderen aus der Schule gekommen waren, war David nicht dabei; wahrscheinlich war er im Klassenzimmer geblieben, um seine Schularbeiten gemeinsam mit anderen zu machen. Olivier schlug sein Lesebuch auf, fand die Seite mit dem Gedicht von André Theuriet, stützte sich auf die Ellenbogen und warf sich in die Positur des fleißig und konzentriert Lernenden. Er las jedoch nicht, denn eigentlich war es ihm völlig egal, was dieser blöde Dichter da geschrieben habe. Und so fand ihn Virginie. Sie lobte ihn, gab ihm ein Küßchen, doch als sie seine mit Kohlenruß beschmierten Hände sah, konnte sie sich eine Unmutsäußerung nicht verkneifen.

Von Reue ergriffen, lernte Olivier wenigstens die erste Strophe des Gedichts auswendig. Falls Monsieur Tardy ihn aufrufen sollte, würde er es so langsam wie möglich aufsagen. Der Lehrer wäre dann bestimmt überzeugt, daß er den Rest ebenso gut kannte, würde ihn in Ruhe lassen und zum nächsten übergehen. Den Entschuldigungsbrief seiner Mutter hatte er in seinem Geschichtsbuch versteckt, das er keinesfalls aus dem Ranzen nehmen wollte. Jetzt spielte er mit einem Zelluloidball und wartete auf das Abendessen.

Virginie konnte die alte Murer nicht loswerden, die Portiersfrau des Hauses, deren Hund, ein schwarzer Dackel mit rotgelben Pfoten namens Wursti, seinen Fettwanst bis in den Hinterladen schleppte, wo Olivier ihm Fratzen schnitt. Die gräßliche alte Schachtel erzählte Klatschgeschichten über die Mieter oder kritisierte andere Portiersfrauen wie Adrienne oder die Grosmalard, die sich einbildeten, wer weiß was zu sein, weil sie ein paar Mieter mehr hatten als sie. Olivier haßte diese Giftkröte. Sie verbot das Spielen in *ihrem* Hof und sogar auf *ihrem* Gehsteig, fegte ständig die Kreidestriche des Himmel-und-Hölle-Spiels weg und lachte boshaft dabei.

»Ich muß jetzt wirklich das Essen machen«, hatte Virginie schon mehrmals gesagt, aber die alte Tratsche redete immer weiter.

Olivier wurde ungeduldig, rief: »Wann gibt's denn endlich was zu knabbern!« und: »Hab' ich einen Kohldampf...« Er ging ins Schlafzimmer. Hier roch alles nach Virginie, nach dem Duft ihres Jasminparfums, das sie an Ausgehtagen durch ein feineres mit Namen *Un jour viendra* ersetzte. Das Mobiliar bestand aus einem Spiegelschrank, einem großen Bett aus Palisander, zwei Nachttischchen mit Marmorplatten und einem Frisiertisch mit halbmondförmigem Spiegel. Hinter einem grünen Plüschvorhang hingen ihre Kleider und Mäntel auf einem Garderobenständer. Von einem gewissen Hang zum Luxus zeugten ein Bettüberwurf mit grellfarbigem Blumenmuster, ein bunter Teppich aus samtartigem Jacquardstoff, in dem rotbraune und goldene Töne vorherrschten, eine Zierpuppe mit wallendem Zigeunerrock und blonden Ringellocken auf dem Bett, zwei runde Kissen mit graurosa Rautenmuster und Rüschenbesatz aus Kunstseide.

»Die sollen bloß nicht glauben, daß ich mir das gefallen

lasse!« fügte Madame Murer einer Erzählung hinzu, der Virginie nicht zugehört hatte.
»Ich kann mich sehr gut in Sie hineinversetzen«, sagte sie einfach aufs Geratewohl.
»Ja, aber Sie können sich ja überhaupt nicht vorstellen, wie es bei mir zugeht«, erwiderte die andere giftig.
Jetzt fing sie schon wieder an, diese Schwatztante! Olivier knabberte an einer Brotkruste und zerkaute ein Stück Würfelzucker. Dann setzte er sich in den Korbsessel. Der hintere Teil des Ladens, das sogenannte Eßzimmer, diente als Waschraum, Küche und Wohnzimmer. Ein vierteiliger Leuchter mit einer Kuppel in der Mitte und vier Tulpengläsern, von denen nur eins hell wurde, erleuchtete den Raum. Im Notfall konnte man auf den Leuchtzylinder des Gashahns zurückgreifen. Wenn man den einen Teil des runden Tisches herunterklappte, konnte man ihn an die Wand schieben. Er war aus dem gleichen polierten Nußbaumholz wie die zweiteilige Anrichte mit ihren beiden Glastüren, hinter denen eine plissierte, in der Mitte von einer Schleife gehaltene Gardine hing. Zwischen den beiden Vitrinen lagen an ihrem angestammten Platz die Medaillonrahmen mit den Familienfotos. Am Abend zog Virginie Oliviers Sesselbett aus. Vier Korbstühle, ein Emailherd mit eingelassenem Heißwasserbecken und kupfernem Griff vervollständigte das Mobiliar. Auf dem schwarzen Marmorkamin stand eine Pendeluhr mit Säulengehäuse zwischen zwei schweren Vasen. Und auf einer Kommode neben der Tür zum Hausflur thronte der Radioapparat, ein vierröhriges Cynedin Sektor L. L.-Gerät. Lucien, der Radiomechaniker der Rue Lambert, hatte in die Kommodentür einen Antennenrahmen eingebaut und eine Erdung, deren Draht an die metallene Matratzenunterlage im Schlafzimmer angeschlossen war. Olivier drehte den Knopf und hörte die Stimme Georges Peeters, der die Sportergebnisse kommentierte.

»Olivier, Kinder haben nicht mit dem Radioapparat zu spielen«, rief Virginie ihm aus dem Laden zu.

Diese Ablenkung gab endlich Madame Murer den Hinweis, sich zu verabschieden. Virginie zog den Türriegel zu und streckte allen Klatschweibern der Erde die Zunge heraus. Dann schaute sie sich Oliviers Auge an, gab ihm ein Küßchen auf die Schwellung und prüfte nach, ob seine Hände sauber waren.

»Du hast sicher Hunger... ich konnte sie einfach nicht loswerden.«

»Die Murer ist eine Kuh mit vier Hörnern«, sagte Olivier.

»Essen, essen«, wiederholte sie im Singsang, »was soll ich nur machen?« Sie nahm eine schwarze Pfanne vom Haken, wickelte ein Paket Butter aus, briet zuerst Zwiebeln, schälte dann ein paar Kartoffeln, die sie in feine Scheiben schnitt, und während Olivier den Blick über die blauen Karos auf dem Wachstuch schweifen ließ, deckte sie den Tisch. Er blickte etwas kleinlaut auf. Plötzlich hatte er Schuldgefühle, war nahe daran, seine Eskapade zu gestehen. Als sie die Eier rührte, summte sie *Parlez moi d'amour*. Virginie sang ständig: Schlager, Gassenhauer, realistische Balladen vom Elend der Vorstädte, alte Romanzen. Jetzt knipste sie das Deckenlicht an, und der gelbe Schimmer der Lampen warf runde Flecken auf das gebohnerte Parkett.

»Wenn du willst, schalte ich das Radio an.«

»Nein, ist nicht nötig.«

»Und deine Schularbeiten?«

»Ach... wir hatten nicht viel auf.«

Über die golden gebratenen Kartoffeln goß Virginie die Eier und drehte die Gasflamme herunter. Nach kurzer Zeit schob sie den mit Kartoffeln gefüllten Eierfladen auf einen Teller und ließ ihn dann mit der anderen Seite wieder in die Pfanne gleiten. Ein köstlicher Duft verbreitete sich im Zimmer, bei dem einem das Wasser im Munde zusammenlief. Virginie sang *La Maison Grise*,

wickelte den gekochten Schinken aus dem Wachspapier, stellte die Speisen auf den Tisch, glättete sich den Rock auf den Schenkeln und setzte sich Olivier gegenüber, der »Miam Miam« sagte und sich den Bauch rieb. Sie aßen mit gutem Appetit und tranken Limonade mit einem kleinen Schuß Rotwein dazu.
»Dein Freund David scheint ein netter Junge zu sein«, sagte sie.
»Ich kenne ihn noch nicht sehr gut...«
»Mal was anderes als gewisse Bürschchen, mit denen du sonst verkehrst. Dem sieht man an, daß er sich nicht ständig auf der Straße herumtreibt. Er scheint gut erzogen zu sein.«
Olivier antwortete nicht. Er hatte keine Lust, von David und von seiner neuen Freundschaft mit ihm zu reden. Deshalb blieb er zurückhaltend, als seine Mutter fortfuhr:
»Und sein Vater! Er sieht zwar nach nichts aus und spricht nicht gut Französisch, aber er ist vornehm. Man merkt ihm an, daß er tief empfindet, und er hat einen gewissen Charme...«
»Findest du?«
»Ja, slawischen Charme. Er muß Russe sein. Die Russen habe ich gern, besonders die Weißrussen wie Monsieur Simontieff, der in der Nummer 77 wohnt. Der soll ein ehemaliger General sein.«
Olivier hörte »Weißrusse« und fragte sich, ob es auch schwarze, grüne, gelbe und orangefarbene gäbe; Russen in allen Farben. Für Virginie war das Kochen wie ein Spiel. Die Inspiration kam ihr immer im letzten Augenblick, aber das Ergebnis war stets köstlich, wie diese Kartoffeln in ihrem duftenden Eierauflaufgewand. Sie stellte Fragen, die sie sich selbst beantwortete.
»Möchtest du Schokolade? Nein, keine Schokolade. Aber ein bißchen Hunger hast du noch? Ja, du hast noch ein bißchen Hunger. Warte. Marmelade? O weh, keine mehr da. Ach! Weißer Cremekäse mit Puderzucker...«

Olivier liebte es, seiner Mutter zuzuhören und zuzusehen. Mit ihrem ovalen Gesicht, den grünen, leicht blau schattierten Augen, der feinen Stupsnase, den samtigen Wangen, den hübschen Ohren, den perlweißen Zähnen und dem ausdrucksvollen und zarten rosigen Mund ähnelte sie der Schauspielerin Florelle. Und auf ihrer schlanken, gut proportionierten Figur wirkte der billigste Fetzen, den sie sich umlegte, wunderbar elegant. Nach der großen Trauer um ihren Mann und dem Jahr der Halbtrauer hatte sie sich geschworen, nur noch Farben zu tragen. Da sie jedoch abergläubisch war, wovon der gelöcherte Sou zeugte, den sie ständig in ihrem Portemonnaie aufbewahrte, hatte sie dann sogleich auf Holz geklopft.

»Du bist also bei diesen Leuten gewesen. Erzähl mir mal, wie es bei ihnen aussieht.«

»Ganz nett«, sagte Olivier, »weniger gut als bei uns, aber nicht schlecht. Lauter Schneidersachen liegen da herum, und er bügelt mit einem ganz großen Eisen.«

»Und wie ist Madame Zober?«

»Die redet nicht viel. Nur manchmal auf Ausländisch, von dem ich kein Wort verstehe. Ein bißchen dick ist sie auch, und sie scheint Angst zu haben, daß man ihre Tolle sieht. Sie meckert ständig, aber sonst ist sie sehr nett. Und dann hat David eine Schwester, die sie die große Giselle nennen. Aber sie ist gar nicht so groß. Ich finde sie ein bißchen hochnäsig. Sie hat mir das Auge bemalt.«

Gibt es etwas Herrlicheres, als Puderzucker über fließend weichen, cremigen Weißkäse zu streuen und ihn dann zu genießen? Aber da stellte Virginie eine peinliche Frage:

»Hast du in der Schule auch gut gearbeitet? Du weißt doch, wenn du nicht gut lernst, werden all deine Kameraden Vorarbeiter und du nur ein Handlanger.«

Seine Mutter hatte ja keine Ahnung: Für ihn stellte sich diese Frage gar nicht, er würde ja ohnehin Boxer werden. Oder, je nach der Begeisterung des Augenblicks, Matrose, Opernsänger oder Kürassier. Ein Nicken war immer noch die beste Antwort, zumal seine Mutter nie lange beim gleichen Thema blieb. Jetzt summte sie *Ramona*, während sie den Tisch abräumte und das Wachstuch mit einem feuchten Lappen wischte. Dann zündete sie sich eine *Primerose* an, eine Zigarette mit einem Rosenblattmundstück.

»Die Schaufensterläden müssen geschlossen und mit den Stangen verriegelt werden.«

»Ich geh' schon«, sagte Olivier.

Draußen glitten ein paar Schatten vorbei. Vor der Haustür der Nummer 73 plauderte die große Giselle mit einem unbekannten Jungen. Einige Fenster waren noch erleuchtet, aber allmählich wurde es überall dunkel. Von der Rue Bachelet her hörte man einen eisernen Rolladen herunterkrachen. Nach getaner Arbeit kehrte Olivier fröstelnd ins Zimmer zurück, wo Virginie in der *Heilkunde für die Familie* von Onkel Paul blätterte.

»Wir könnten ein Feuerchen machen.«

»Das mach' ich schon«, sagte Olivier.

Er verspürte den Wunsch, nett zu seiner Mutter zu sein, um für sein Schulschwänzen Abbitte zu tun. Außerdem machte er gern Feuer. Zuerst legte er ein zerknittertes Exemplar des *Excelsior* auf den Kaminrost, entfernte den Draht von den Bündeln der kleinen, an einem Ende in Harz getränkten Holzscheite, die man beim »Bougnat«, dem Kohlehändler, im Fünferpack kaufen konnte, zog das Sieb mit den Kohleresten zur Seite, nahm den Feuerhaken und das Kratzeisen heraus und schüttete Holzkohle ein. Das metallische Rascheln, mit dem die Stücke aus dem dicken, zylinderförmigen Papier glitten, gefiel ihm besonders. Jetzt riß er ein Schwefelholz auf der Reibfläche an, beugte sich zurück, weil er den Geruch nicht mochte, und schon züngelte die blaurote Flamme über das Papier, um in einem schönen Hellblau aufzuleuchten.

Um den Vorgang besser überwachen zu können, hockte er sich auf den Kordelteppich. Virginie machte das Licht aus, und nur noch die tanzenden Flammen erhellten das Zimmer. Sie griff nach ihrer Handarbeit und zog ihren Stuhl heran. Wie sie es in Taulhac, ihrem Heimatdorf in der Nähe von Puy-en-Velay, gelernt hatte, häkelte sie hübsche Fausthandschuhe, die sie in ihrem Laden ausstellte und an Leute, die aus der gleichen Gegend stammten, verkaufte. Ganz in ihre Arbeit vertieft, schaute sie nur auf, um einen kurzen Blick auf Olivier und das Feuer zu werfen. Dem angenehmen Duft des brennenden Holzes folgte der schärfere Geruch der Holzkohle. Virginie legte noch eine Schaufel voll Bernot-Briketts auf.

Die Wangen von der Hitze der Flammen gerötet, betastete der Junge von Zeit zu Zeit sein geschwollenes Auge, während seine Mutter ihn zärtlich betrachtete. Er dachte an die Keilerei vom Morgen, an die Flucht, an das Versteck in den stinkenden Mülltonnen, an David und seine Familie, an seine Kumpels... Virginie sagte nur:

»Ach! So ist das Leben schön!«

Während Olivier gegen den Schlaf ankämpfte, verspürte er im flackernden Schein der Flammen ein ganz neues Wohlempfinden, eine Mischung aus Ruhe, Freude und Zärtlichkeit, und es schien ihm, als webten seine Mutter, das Feuer und er selbst gemeinsam an einem Netz von wunderbarer Geborgenheit, voller ungeahnter Wonnen. Er konnte noch nicht wissen, daß dieses Gefühl das Gefühl des Glücks war.

So sehr Monsieur Zober sich bemüht hatte, die Qual des unsteten Exildaseins zu lindern, indem er sich nach bestem Vermögen anpaßte, so war seine Frau Esther allem Wechsel gegenüber widerspenstig geblieben. Als sie, in Paris angekommen, in der Rue des Ecouffes gewohnt hatten, sprach sie nur Jiddisch, und da man sie in den Läden verstand, machte sie sich nicht die Mühe, Französisch zu sprechen, obgleich ihr Mann sie stets dazu anhielt. Ein Instinkt gebot ihr, die Tradition zu bewahren, als deren Hüterin sie sich fühlte.

In der Rue Labat versetzte sie die Ladenbesitzer durch ihre argwöhnische Art in Erstaunen, sich nach dem Preis einer Ware zu erkundigen, dann in gespielter Überraschung zu gestikulieren, um ein ehrliches Kaufgespräch mit all seinen Weigerungen und Zugeständnissen einzuleiten, dessen Endergebnis zwar dem Händler und der Kundin von vornherein klar war, ihnen jedoch gemäß der guten Tradition gestattete, einen langen Wortwechsel zu führen und eine gewisse Komplizenschaft herzustellen. Aber leider ging hier niemand auf das Spiel ein, und selbst ihre Glaubensgenossen zeigten sich verärgert und gaben ihr zu verstehen, daß sie diese läppischen Gewohnheiten längst abgelegt hatten. Nein, in diesem Lande wußte man nicht zu leben.

Insgeheim stellte sie sich vor, daß sie, wenn die Zeit der Prüfungen vorüber wäre, in ihr heimatliches Dorf mit den Strohdächern zurückkehren würde, wo sie als Kind ihres Vaters, ihrer Mutter und ihrer Namensheiligen das Licht der Welt erblickt hatte. Dort war sie Isaak Zober begegnet, als er seine *Bar Mizwa* feierte, den Tag seiner religiösen Volljährigkeit, an dem er die Gebete gesagt, eine Stelle aus dem Talmud kommentiert und eine Lobrede auf seine Eltern gehalten hatte. Jahre später waren sie gemeinsam in einen auf den Boden gezeichneten Kreis getreten, und die Hochzeitsgäste hatten vor der Segnung durch den Rabbi einen Teller zerschlagen und *Masel-tow* gerufen. Gemäß einer Folge von Riten hatte die Hochzeitsfeier ihre Sünden getilgt, und zum Schluß wurde verkündet, daß »zwischen Mann und Frau, wenn sie dessen würdig sind, die göttliche Erhabenheit wohnt, weil sie sonst ein Feuer verzehren wird.«

Wie fern waren diese Tage! Isaak hatte Esther erklären müssen, daß sie die Synagoge, den Marktplatz, den Fluß oder den Wald ihrer Heimat nie mehr wiedersehen würden. Durch die Fügung des Schicksals mußten sie immer in Städten leben und nur ein einziges Dorf in ihrer Erinnerung bewahren. Sollte dieser Marsch durch die Wüste denn nie aufhören?

Onkel Samuel hatte ihnen die Wohnung in der Rue Labat verschafft, und das Stadtviertel gefiel ihnen. Hier lebten Familien, die aus Mitteleuropa oder Afrika, aber auch aus den ärmeren französischen Provinzen wie der Bretagne oder der Auvergne eingewandert waren, und deren Lebensgewohnheiten, über alle Unterschiede der Nationalität, der Rasse oder der Religion hinweg, die Gemeinsamkeit des Dorflebens beibehalten hatten.

»Esther, du weißt«, sagte Monsieur Zober, »es gibt in diesem Viertel eine Menge Juden, mit denen du kannst reden, alles was du willst.«

Madame Zober stimmte ihrem Mann mit einem vertrauensvollen Lächeln zu, das ihr rundes Gesicht verwandelte und ihren dunklen Augen wieder den jugendlichen Glanz der einst so schlanken kleinen Esther verlieh. Er fuhr fort:

»Sogar Sephardim, die anders sind als wir, aber trotzdem gute Juden.«

Eine Zigarette hinter ein Ohr geklemmt, einen Bleistift hinter dem anderen, schnitt er das Futter einer Jacke zu, während Esther Knöpfe auf eine Weste nähte. Mit lyrischem Schwung rief er aus:

»Solange es gibt Schneiderarbeit, werden wir nicht leiden Not, niemals!«

Hinter dieser Behauptung verbarg sich eine Sorge, denn es blieben nur noch wenige Fünf- und Zehnfrancsscheine in der Vichy-Pastillen-Blechdose; das Besteck und die Silberbecher für die Schabbesmahlzeiten waren auf der Pfandleihe. Würde man sie eines Tages auslösen können? Zober erklärte:

»In der Hauptstadt der Welt sind wir, dort wo man hat

gemacht die Menschenrechte, und nicht mehr in der Wüste.«
Jedesmal wenn Esthers Augen so schelmisch dreinblickten, fühlte er sich der Schwatzhaftigkeit bezichtigt, und er erinnerte sich an den Spruch Salomos: »Unnütze Worte führen zur Hungersnot«. So schwieg er.
David saß auf der kleinen Bank und las ein illustriertes Heft, das Olivier ihm geliehen hatte: *Die Furchtlosen*, der Kampf Buffalo Bills gegen die Rothäute, deren Häuptling eine Federhaube trug, und deren Krieger sich eine einzige Feder in das Haar auf den Hinterkopf steckten. Er hatte Olivier während der Pause auf dem Schulhof wiedergesehen. Dort war seinem Freund eine Demütigung widerfahren, denn der Hof wurde durch einen Kreidestrich in zwei Hälften getrennt, die eine für die »Großen«, die andere für die »Kleinen«, zu denen Olivier gehörte. Den Rücken an die Mauer gelehnt, hatten sie, jeder auf seiner Seite, miteinander geplaudert.
»Wo läuft sie wieder herum, diese Giselle? Kann sie nie sein zu Hause?« fragte Madame Zober.
»Sie macht den Kurs für die Schreibmaschine«, wandte Monsieur Zober ein.
»Das sagt sie so...«
David nahm die Gelegenheit war, um einen lange vorbereiteten Wunsch zu äußern.
»Wenn ich nicht hier wäre, wüßte ich, wo ich hinginge...«
»Oi, oi, oi, wo hast du gesagt, soll das sein?« wollte sein Vater wissen.
»Ich würde mit Olivier spielen. Dann hätten wir Spaß!«
David sah, wie die Miene seines Papas sich aufhellte, aber seine Mama machte alle Hoffnungen zunichte.
»Was? Willst du auf die Straße gehen? Damit die anderen dich schlagen auf den Kopf und ins Gesicht? Willst du werden ein *Ganetz*?«
»Der Olivier Chateauneuf ist kein Ganetz und überhaupt kein Bengel, weil seine Mutter ihn erzogen hat wie wir

David, und weil er höflich ist, wie man kann nur sein, das sage ich dir.«
»Eine Menge kleine Juden spielen auf der Straße«, sagte David.
»Als ich war klein wie er, habe ich auch auf der Straße gespielt...«
»Und du bist gewesen vielleicht kein Bengel?«
»Doch, ich bin es gewesen, und ich habe genommen eine Frau von der gleichen Art«, erwiderte Monsieur Zober lachend.
Die gute Laune war wiederhergestellt. David nutzte diese Chance, um überzeugend zu erklären, er würde nicht auf der Straße spielen, sondern in einer Ecke des Kurzwarenladens, wo er und sein Freund gemeinsam und unter der Obhut Madame Chateauneufs ihre Schularbeiten machen könnten.
»Oi! Der David redet wie ein Advokat. Morgen werde ich gehen in den Laden wegen dem, was ich für die Arbeit brauche, und wofür die Dame mir Rabatt und Kredit gibt, und dann frage ich, ob sie ist einverstanden.«
»Immer hat er recht, der Isaak«, sagte Esther. »Also halte ich den Mund und mache das Essen.«
»Wenn der Jude recht hat, sind die Stockschläge nicht fern«, zitierte Monsieur Zober.
Und während Esther den Teig des Butterkuchens zu kneten begann, nahm er seinen Kneifer ab, fuhr mit der Zunge über die Gläser, die er dann putzte, und warf David einen wohlwollenden Blick zu.

Unter einem grau lächelnden Märzhimmel tagte ein Kriegsrat vor der Waschküche der Rue Labat 74, aus der die Geräusche der klappernden Bügeleisen und die Stimmen der Wäscherinnen drangen. Alle Jungen der Straße hockten dort auf dem Bordstein oder dem Pflaster, außer Capdeverre, der stehend an seinem Muskelstrecker Marke *Unbesiegbar* zog. Elie und Tricot hatten sich ein

Stück Lederriemen um die Handgelenke gebunden. Die Stimmung war zugleich kriegerisch und besonnen. Virginie, die sie durch ihr Schaufenster beobachtete, fragte sich: »Was hecken die bloß schon wieder aus?«

Olivier, dessen Auge geheilt war, nahm aktiv an der Debatte teil, die er ja, was die anderen zu vergessen schienen, veranlaßt hatte. Der von Virginie im vorigen Jahr gestrickte quergestreifte Pullover schnürte ihm die Brust ein, hob jedoch die kräftigen Umrisse seines Oberkörpers hervor, was ganz seiner kriegerischen Haltung entsprach.

Um Capdeverre herum saßen Loulou, von den Feinden wegen seines dichten und krausen Haars »Läusekopf« genannt, Jack Schlack, der sich über alles lustig machte, Toudjourian, ein hochgewachsener verträumter Bursche, und Tricot, der streitsüchtigste von allen. Saint-Paul aus der Rue Lambert hatte Elie Leibowitz mitgebracht, den Sohn des Tapezierers, der als einziger ein Paar geräuschvoller Rollschuhe besaß.

»Wir sind fast zehn!« erklärte Loulou mit gespreizten Fingern.

»Bildet euch darauf bloß nichts ein«, meinte Olivier. »In der Rue Bachelet sind sie noch mehr.«

»Aber wir sind die Stärkeren«, erwiderte Capdeverre und ließ seinen Muskelspanner los, dessen einer Griff Tricots Nase streifte.

»Die haben auch Große«, bemerkte Jack Schlack.

»Große Knalltüten!« sagte Olivier verächtlich.

Sie schwiegen eine Weile, denn eine Wäscherin trat heraus und hängte einen Vogelkäfig an den Haken des Fensterladens. Und dann kam der, den man den Hundertjährigen nannte, die Straße hinauf. Er hinkte; man erzählte, dieser alte Kommunarde habe in Neukaledonien eine Sträflingskugel am Bein geschleppt, und das sei die Ursache seiner Verkrüppelung. Alle Kinder riefen im Chor: »Guten Tag, Monsieur«, aber der Mann hörte sie nicht. Madame Haque lehnte sich singend aus ihrem Fenster. Olivier meinte, sie habe eine Stimme wie eine Blechpfanne.

»Je mehr wir sind...« fuhr Tricot fort.

»Zwölf, das wäre gut, aber nicht dreizehn, denn das bringt Unglück«, behauptete Toudjourian.

»Wir sollten Boissier und Shoulard dazunehmen«, sagte Olivier.

»Die werden nicht wollen, die sind viel zu feige!«

»Ich hätte da vielleicht einen Freund, der Zober heißt. David Zober. Er wohnt in der Nummer 73. Er ist zwar klein, aber verdammt schlau!«

Dedée Chamignon, die an ihrem Fenster im Erdgeschoß saß, hatte ihre Puppe fallen lassen und wollte sie wiederholen; Olivier tat ihr den Gefallen, und das brachte ihn auf eine Idee.

»Die könnten wir auch mitnehmen.«

»Keine Mädchen!« bestimmte Capdeverre.

»Vielleicht als Krankenschwester?« fragte Loulou.

»Es wird keine Verletzten geben!« erklärte Jack Schlack.

Loulou ergriff eine Initiative. Er ging in die Café-Bar *Transatlantique* an der Ecke der Rue Bachelet und kehrte mit Ernest zurück, dem Sohn Ernests. Der ältere Ernest war der Besitzer des bei den Säufern des Stadtviertels besonders beliebten Lokals. Er zeichnete sich durch einen starken Wuchs und einen Haarschnitt à la Jeanne d'Arc aus, ganz wie Bicot, der Held der illustrierten Zeitschriften. Doch der Neue enttäuschte.

»Ich kann nicht. Versetzt euch mal in meine Lage; wir sind an der Ecke der beiden Straßen. Und dann sind wir Geschäftsleute, und da kann ich mir nicht erlauben...«

Seine Worte wurden mit lauten Buh-Rufen aufgenommen, und man bedachte den Jungen mit den schimpflichsten Ausdrücken wie feige Memme, Schlappschwanz, Drückeberger, Waschlappen, Hosenscheißer usw. Während er sich entfernte und ihnen eine lange Nase schnitt,

behauptete Loulou, er sei bestimmt ein Spion und würde denen von der Rue Bachelet alles erzählen.«
»Wir müssen verdammt aufpassen«, sagte Tricot.
»Und dann sind wir Geschäftsleute, und da kann ich mir nicht erlauben«, äffte Olivier die weinerliche Stimme des Verräters nach. »Hat meine Mutter etwa kein Geschäft?«
Virginie öffnete ihre Ladentür und rief beim Klang der Glocke über:
»Olivier, hast du deine Schularbeiten gemacht?«
»Heute gibt es keine Schularbeiten«, antwortete er, widersprach sich jedoch gleich darauf. »Ich mache sie morgen, morgen ist Donnerstag*.«
Capdeverre meinte, es sei notwendig, sich mit Waffen zu versorgen. Olivier schlug vor, aus Teilen seines Baukastens Steinschleudern zu basten. Elie besaß eine Korkenpistole, Toudjourian einen Zündplättchenrevolver. Sie beschlossen, in Blumengeschäfte zu gehen und die gespaltenen Weidenruten aus den Körben zu ziehen, um Pfeile und Bögen daraus zu machen. Die Fischbeinstäbe der Regenschirme könnten zum gleichen Zweck verwendet werden. Bretter sollten gesammelt werden, um daraus Säbel zu schneiden. Geschälte Zweige und Äste würden Stöcke ergeben. Jeder trug seine eigenen Ideen bei: Salatkörbe als Kopfschutz und Topfdeckel als Schilde.
»Wir brauchen Korkenpistolen«, sagte Capdeverre.
»Und Pfeilpistolen«, fügte Tricot hinzu.
»Die gibt es bei Pompom im Farbengeschäft«, wußte Olivier.
»Und was kosten sie?«
Sie kamen überein, die Kosten gemeinsam zu bestreiten. Toudjourian erklärte, er traue sich nicht, sein Sparschwein aufzubrechen, würde aber versuchen, die Münzen aus dem Schlitz zu ziehen. Capdeverre verkündete, er besäße einen ganzen Fünfer und zeigte einen achtmal

---
* Donnerstag ist in Frankreich schulfreier Tag.

gefalteten Fünffrancsschein. Jeder kramte in seinen Taschen, holte ein Arsenal an Bindfäden, Gummiband, Murmeln und verklebten Bonbons hervor, und fand dann jeweils auch ein paar Münzen.

»Meine Mutter gibt mir am Donnerstag zwei Francs, um ins *Marcadet-Palace* zu gehen«, sagte Olivier, »aber ich will ins Kino...«

»Du kannst dich ja reinschmuggeln«, riet ihm Tricot. »Geh einfach durch den Hinterausgang rein.«

»Und wenn ich erwischt werde?«

»Wenn schon! Dann wirst du angebrüllt, kriegst vielleicht 'ne Ohrfeige und Schluß. Danach versuchst du's nochmal. Dann haben sie dich längst vergessen.«

Elie erzählte, er bekäme zehn Sous von seinem Vater, wenn er ihm eine Matratze auskämmte. Olivier holte manchmal das Brennholz für Monsieur Klein, aber der bezahlte ihn mit Kuchen. Capdeverre fand es schade, daß es nicht schneite, denn die Portiers in der Rue Caulaincourt gaben einem immer eine Münze, wenn man den Gehsteig sauberfegte. Jemand machte den schamlosen Vorschlag, die Kinder der Ladenbesitzer sollten ein bißchen aus der Kasse klauen, was allgemeine Empörung hervorrief. Jack Schlack verkündete, er habe seine Masche, seine *combine*, und alle sangen im Chor »*j'ai ma combine*«, den Schlager von Georges Milton. Ein Fenster ging auf, und ein Alter schrie:

»Kann man denn nicht in Ruhe schlafen? Maul halten, ihr Apachen!«

Apachen... Olivier wiederholte das Wort. Ja, sie würden »die Apachen der Rue Labat« sein und die »Knalltüten der Rue Bachelet« besiegen. Es gab eine heftige Diskussion.

»Wir sind doch keine Apachen«, entrüstete sich Elie.

»Nein, aber es wird ihnen angst machen«, entgegnete Tricot.

Capdeverre ließ seine Muskeln spielen und sprang dreimal mit beiden Füßen gegen die Mauer. Olivier wollte es ihm nachtun, fiel aber auf den Hintern. Elie und Jack Schlack führten ein Scheinduell mit Schwertern vor, schossen dann mit imaginären Pistolen aufeinander. Tricot drehte seine Baskenmütze wie einen Kreisel am Zipfelfaden, Toudjourian machte Lang- und dann Luftsprünge. Olivier ergriff wieder das Wort und erzählte mit vielen Übertreibungen von den angeblichen Missetaten der Knalltüten der Rue Bachelet. Sie überlegten sich Racheakte: Ihnen die Schuhe ausziehen, ihnen die Mütze wegnehmen und sie sich gegenseitig zuwerfen, um die Blödköpfe laufen zu lassen, ihnen die Hosenträger abschneiden, ihnen den Hintern mit Schuhwichse einreiben, die Hauswände der Rue Bachelet mit Beschimpfungen beschmieren, Gefangene machen und ihnen befehlen, ein Loblied auf die Apachen der Rue Labat zu singen... Saint-Paul, der ein wenig schmollte, brachte eine Beschwerde an:

»Ihr redet nur von der Rue Labat. Und die Rue Lambert? Sind wir vielleicht ein Dreck?«

»Na, viel seid ihr nicht!« sagte Capdeverre.

»Immerhin«, warf Olivier ein, »ist da noch Riri, der Sohn vom Bäcker.«

»Was? Der Dreikäsehoch? Der ist doch erst fünf Jahre alt!«

»Er wird die Munition tragen! Der ist helle, kann ich dir sagen, heller als du«, erwiderte Olivier, dem Capdeverres Überheblichkeit auf die Nerven ging.

»Übrigens sind wir die ›Kraftmeier von der Rue Lambert‹«, fügte Elie hinzu. »Wir haben vor keinem Angst!«

Ausgerechnet in diesem Augenblick rief ihn sein Vater von der Straßenecke:

»Elie, marsch, nach Hause, und ein bißchen dalli!«

»Geh nur, Schnullerbaby«, neckte ihn Loulou mit dümmlicher Stimme. »Sonst wird Papa böse.«

»Schnullerbaby! Sag das nicht noch mal!«

Die beiden Jungen maßen sich mit wütenden Blicken, schubsten sich mit den Schultern und tauschten Be-

schimpfungen aus, wie »Heringsflosse«, »Speckschädel«, »Matschbirne« oder »Stinkwanze«. Capdeverre und Olivier griffen ein. »Keinen Krieg im eigenen Lager«, herrschte letzterer sie an. Die Gegner trennten sich mit drohend erhobenen Fäusten. Loulou winkte lässig wie ein Musketier, der den Fehdehandschuh wirft, während Elie verächtlich die rechte Faust in die linke Handfläche schlug, bevor er an der Straßenecke verschwand.
»Das fängt ja gut an!« sagte sich Olivier.

Am Donnerstagmorgen war Monsieur Zober früh aufgestanden und widmete seiner Toilette vor dem Spültisch ganz besondere Aufmerksamkeit. Am Vorabend hatte ihm seine Tochter Giselle das Haar geschnitten, war sich dabei, ganz zu unrecht allerdings, wie eine große Meisterin vorgekommen, hatte an seinem roten Schopf herumgeschnipselt, war zurückgetreten, um ihr Werk zu bewundern, hatte seinen Kopf bald nach links, bald nach rechts gedreht, so daß die Prozedur sehr langwierig geworden war. Doch Isaak, seit Generationen mit Geduld gewappnet, hatte sich nicht beklagt.
Im undankbaren Alter der Metamorphose war noch nicht abzusehen, ob die große Giselle sich zu einem herrlichen Schmetterling oder zu einem unbeholfenen Insekt entwickeln würde. Mit der Schere in der Hand verkündete sie, ihren geheimen Ehrgeiz verbergend, daß sie Friseuse zu werden gedenke. Doch die Postkarten in ihrer Handtasche mit den Fotos von Bebe Daniels, Clara Bow, Janet Gaynor, Norma Shearer und anderen Filmschauspielerinnen machten unmißverständlich klar, was Giselle insgeheim wirklich werden wollte: ein Filmstar.
Als Monsieur Zober in den Spiegel blickte, drückte sein Gesicht Verwirrung aus. Nur eine kleine runde Insel war auf seinem Schädel geblieben. Giselle hatte ihm versichert, diese moderne Frisur mache ihn jünger, während Madame Zober abgestoßen die Nase rümpfte. David war

furchtsam in seiner Ecke geblieben, hatte sich in seine Lektüre vertieft und hoffte inständig, daß sein Haar von der Schere seiner Schwester verschont bleiben würde.
Während Esther den Tee zubereitete, betupfte sich Isaak die frisch rasierten Wangen mit etwas *Eau de Gorlier*. Seine Frau machte ihn darauf aufmerksam, daß er sich bereits am Vortag rasiert habe. Er antwortete:
»Jeden Tag rasiere ich mich, wenn ich will!«
Obgleich es ihr verboten war, hatte Giselle sich die Lippen rot geschminkt, dann die Schminke wieder abgewischt, sie dann noch einmal aufgetragen, da es schwierig war, es zugleich sehen und nicht sehen zu lassen.
Als Monsieur Zober sich seine schönste Krawatte umband und in eine Weste schlüpfte, blickte Esther fragend ihre Kinder an, die Verständnislosigkeit mimten.
»Das schöne Kostüm zieht er sich jetzt an, an einem Wochentag!« rief sie aus.
Monsieur Zober konnte seine Ungeduld nicht beherrschen.
»Wozu du beklagst dich? Immer das gleiche. Es ist nicht Schabbes, es ist nicht Purim, und du rasierst dich, und du ziehst dir an den schönen Anzug...«
Da Esther errötete und verlegen die Schultern zuckte, versuchte er es ihr zu erklären.
»Höre zu, was ich dir sage. Wenn du dich kleidest wie ein Schnorrer, der geht betteln, wird niemand bei dir bestellen den prima Anzug mit Weste und Anproben und allem. Wenn du bist ein reicher Schneider, werden kommen alle Kunden zu dir.«
David ließ sich die von seiner Mutter zubereiteten köstlichen Krapfen mit Marmelade schmecken. Monsieur Zober trank rasch seine Schale Tee, betrachtete sich im Spiegel, rieb sich etwas Brillantine in die Handflächen und glättete sein Haar. Dann steckte er sich ein Ziertaschentuch in die Reverstasche, nahm eine lässige Haltung an und ging pfeifend im Zimmer auf und ab.

Es folgte eine heftige Diskussion zwischen den beiden Eheleuten. Alles was sie sagten wurde auseinandergenommen. Manchmal begann ein Satz auf Jiddisch und endete auf Französisch, oder umgekehrt, um den Argumenten mehr Gewicht zu geben. Worum ging es? Es ging darum, ob es schicklich wäre, David in den Laden von Oliviers Mutter mitzunehmen. Esther war allen Leuten gegenüber mißtrauisch, die Speck aßen und das Lamm in der Milch seiner Mutter kochten. Monsieur Zober versuchte ihr mit Vernunft beizukommen.
»Wenn du nicht ausgehst, wird nie eine Bestellung kommen. Und Samuel wird sich sagen: Den Zobers habe ich geholfen, und sie tun nichts. Wenn du, Esther, würdest reden auf der Straße zu den Leuten, würden die Kunden kennen den Zober. Du gehst nicht aus, und du wirst weiß im Gesicht.«
Auf eine bittere Bemerkung seiner Frau über die Schwierigkeiten der Anpassung, antwortete er mit einem Hinweis auf die traurige Vergangenheit.
»Als wir wurden herumgestoßen von die Soldaten und die Pferde, war es da vielleicht besser? Hier sagt niemand ein Wort gegen uns. David geht in die Schule und hat viele Freunde. Giselle ist geworden ein schönes junges Mädchen und elegant und alles. Und *koscher* können wir essen...«
»Und Geld brauchen wir, und kein Geld ist nicht da...«
Isaak antwortete nicht. Er überlegte. Eine große, jedoch durch nichts begründete Hoffnung brachte ihn zu der Behauptung, es würden schon Bestellungen eintreffen. Nachdem er seinen Kneifer gegen eine Brille mit achteckigen Gläsern ausgetauscht hatte, steckte er sich eine Gauloise in die Zigarettenspitze und sagte zu Esther, sie sei eine wunderbare Frau, zu Giselle, sie würde immer schöner, und zu David, er mache ihm alle Ehre. Dann nahm er einen Krapfen und verschlang ihn genüßlich. Esther wurde wieder ruhiger.

Jetzt nahm Monsieur Zober ein Gebetbuch, das auf dem seidenen *Taless* neben dem siebenarmigen Kerzenleuchter lag, und steckte es in seine Tasche.
»Nacher ich gehe in die Synagoge.«
In Gedanken näherte er sich bereits den samtenen Vorhängen vor der Thora und erbat den göttlichen Segen für die Seinen. Madame Zober reichte David ein wollenes Halstuch und ermahnte ihn, höflich zu sein, keinen Lärm zu machen, kein Essen anzunehmen, außer vielleicht einem Bonbon, aber nicht mehr, und danke zu sagen...
Und Monsieur Zober, Schneidermeister von Beruf, ohne Kunden und ohne Geld, verließ dennoch fröhlich pfeifend die Wohnung, gefolgt von seinem Sohn David, der sich freute, seinen Freund Olivier wiederzusehen.
Madame Zober schalt die große Giselle, deren Nichtstun ihr auf die Nerven ging, und öffnete dann weit die beiden Fenster, um den lästigen Brillantinegeruch loszuwerden.

Weil er später in die Synagoge gehen wollte, hatte sich Isaak eine Jarmulke, eine kleine runde Kappe unter die Mütze gesetzt, und jetzt, da er in den Kurzwarenladen trat, wollte er sie unauffällig mit der Mütze abnehmen. Aber sie fiel zu Boden, und Virginie fragte sich, warum dieser charmante Herr gleich zwei Kopfbedeckungen trug. Wie es der Anstand gebot, und wie sie es in einem Ratgeber für gutes Benehmen gelesen hatte, sagte sie: »Bitte machen Sie sich keine Umstände, Monsieur«, aber er bestand darauf.
Während sie über die nahenden Frühlingstage plauderten, führte Olivier nach einem »Darf ich, Mama?« seinen Freund ins Hinterzimmer, um ihm seine Schätze zu zeigen.
Virginies Blondhaar hing ihr locker über die Schultern, und ein breiter Gürtel schnürte ihren langen plissierten Rock aus beigefarbenem Stoff. Zu ihrem tiefgeknöpften Mieder hatte sie sich ein seidenes Halstuch umgebunden,

das, anstatt den Ansatz ihres Busens zu verbergen, die Aufmerksamkeit auf einen kleinen Ausschnitt ihrer köstlich samtigen Haut lenkte. Monsieur Zober schluckte, richtete sein Ziertaschentuch und blieb stumm: Er fand keine Worte. Wie gern hätte er dieser schönen Frau einige Sätze auf Jiddisch gesagt! Virginie kam ihm zu Hilfe und spann das unerschöpfliche Thema weiter:

»Die Nächte sind noch kühl. ›Der April weiß nicht, was er will...‹, Aber wir sind erst im März, im kalten Vorfrühling, und Sie haben keinen Mantel an. Monsieur Zober, Sie sind ein junger Mann...«

Der Schneider lauschte begeistert dieser Musik, und als er sich zu antworten bemühte, gab er seiner Stimme einen melodischen Klang.

»In Polen, im alten Land, wo ich bin geboren, da ist es so kalt! Viel kälter als hier, sehr große Kälte im Winter...«

»Ich bin aus dem Massif Central«, vertraute Virginie ihm an. »Und da weiß ich, was Kälte ist. O là là! Aber sehen Sie, ich bin trotzdem so kälteempfindlich! An den Winter habe ich mich nie gewöhnen können.«

Während der Einleitungen zu einem Gespräch, das, wie Isaak und Virginie ahnten, bald vertraulicher sein und in gegenseitigen Sympathiekundgebungen münden würde, saßen die beiden jungen Freunde auf dem Fußboden und freuten sich an dem, was der Spielzeugkasten bot. Olivier zog die widerspenstige Feder einer *Pacific Mountain* Lokomotive auf und versuchte dann, die gebogenen Elemente der Schienen zusammenzufügen. Die Lokomotive rollte holpernd über das Gleis, und die Kinder machten »Tsch... Tsch...«, um sie zu ermutigen. Die bunten Bleisoldaten waren zum größten Teil verstümmelt. Ferner fanden sie Kettenspulen, ein Vorhängeschloß, eine Holztrompete, kleine Knochen aus der Fleischerei von Monsieur Linde in der Rue Ramey, einen Meccano-Baukasten, Zelluloidbälle, ein abgegriffenes Kartenspiel, Murmeln, drei Würfel und einen Pappbecher, zwei Dominosteine aus einem verlorengegangenen Spiel...

»Hast du viele Spielsachen?« fragte Olivier.

»Zwei: Ein Stehaufmännchen, das mir Onkel Samuel geschenkt hat, und einen Brummkreisel, und mein Vater hat ein Tricktrackspiel, aber er spielt nie damit. Und dann habe ich Bücher...«

»Ich habe eine Menge Illustrierte unter dem Ladentisch, und eine Menge Bücher, die ich später mal lesen werde. Mein Vetter Jean, der bei den Kürassieren ist, leiht sie mir.«

Das alles gehörte zu den »massenhaften Dingen«, die sie sich anzuvertrauen hatten. In der Schule unterhielten sie sich während der Pausen, aber sowie sie einander verließen, fiel ihnen immer noch irgendeine wichtige Mitteilung ein, die sie vergessen hatten.

»Papa«, erzählte David, »liest uns abends aus den Büchern von Moses vor und...«

»Verstehst du denn das Zeug?«

»Mein Vater erklärt es...«

»Ist er ein Gelehrter? Weiß er alles?«

»Fast alles. Er spricht viele Sprachen, und jetzt will er Englisch lernen.«

Olivier pfiff bewundernd. Er hätte von seinem Vater erzählen können, der im Krieg gewesen war, hätte David die Orden in der Schublade zeigen können, aber er zog es vor, in die Kiste zu greifen und einen Plüschbären hervorzuholen, den er vor die Spieleisenbahn setzte.

»In meinen Büchern«, sagte David, »sind eine Menge Abenteuer mit Löwen und Gorillas, Krokodilen und Tigern...«

»Keine Elefanten? Oder Leoparden?«

»Doch, und sogar auch Nilpferde und Giraffen. Ich leihe sie dir.«

»Und ich leihe dir dafür *Gédéon*.«
»Ich lese die ganze Zeit«, sagte David.
»Weil du nicht auf der Straße spielst.«
»Ich möchte ja schon. Meine Mutter sagt nein, aber Papa würde es mir erlauben... Trotzdem will ich auch lesen.«
»Aber doch keine Bücher zum Lernen?«
»Papa sagt, daß man aus allen Büchern etwas lernen kann.«
»Und deine Schwester, liest die auch?«
»Nur Filmgeschichten und Liebesromane.«
Da betrat Madame Papa das Geschäft. Sie nickte Monsieur Zober, der über ihr wohnte, etwas distanziert zu. Monsieur Zober verneigte sich, tat dann sehr beschäftigt und blätterte in einem Katalog. Madame Papa hatte das Gespräch in einem Augenblick unterbrochen, als es gerade interessant zu werden begann. Virginie hatte von ihrer Ankunft in Paris erzählt, von einem sehr unfreundlichen Taxichauffeur, von ihrer Einrichtung in Château Rouge vor dem Kauf des Ladens. Monsieur Zober beschrieb ihr die Rue des Écouffes und die Mansardenwohnung, wo sie in einem einzigen Zimmer zusammengepfercht gelebt hatten, und dann vom Besuch Samuels, seines Vetters, den sie alle aber wie die Kinder Onkel Samuel nannten, ihrem Wohltäter... Endlich ging Madame Papa mit ihren Einkäufen hinaus. Einige Meter schwarzes Band und eine große Nadel, die zum Festhalten der Strickmaschen diente.
»Zuerst hatte ich Mühe, mich an diese große Stadt Paris zu gewöhnen, und an all die Menschen«, fuhr Virginie fort. »Aber dann habe ich mich eingelebt. Und jetzt gefällt es mir eigentlich sehr gut hier.«
»Auch mir gefällt es, oh ja! Und wie es mir gefällt!«
Paris gefiel ihm immer besser, seit er mit der schönen Geschäftsfrau plauderte. Er fühlte sich begeistert, geriet in lyrischen Schwung.
»Madame Esther Zober, was meine Frau ist, verstehen Sie,

sie hat zu mir gesagt: Warum geht unser David nicht an die frische Luft, und warum hat er nicht einen Schulkameraden im gleichen Alter? Alle beide könnten spielen im Laden, ganz artig... und nicht stören, überhaupt nicht im geringsten...«

»Gewiß, Monsieur Zober, Ihr David ist wirklich sehr lieb. Der meine ist ein kleiner Teufel, aber er hat einen guten Kern. Ständig redet er von David. David hier, David dort... Man kann schon sagen, daß er ihn gerne mag. Und dabei fehlt es ihm nicht an Spielkameraden in der Straße... Er erzählte mir auch von Ihnen und von Madame Zober und von Ihrer ältesten Tochter, die ihn gepflegt hat, die aber größer als er ist...«

»Diese Giselle, sie macht mir Sorgen, das muß ich schon sagen. Faul ist sie, und nur an ihre Figur denkt sie, und die Augen schminkt sie sich schwarz, und den Mund schminkt sie sich rot, und sie putzt sich und ziert sich, aber die Kurse für Sekretärin in der Ecole Pigier, da geht sie nicht immer hin, oder sie geht woanders hin, was weiß ich...«

»Sie ist noch jung.«

»Fünfzehn Jahre wird sie bald sein.«

»Das ist ein schwieriges Alter«, sagte Virginie. »Man nennt es auch die Flegeljahre.«

»Die Flegeljahre!« Dieser Ausdruck gefiel Monsieur Zober so gut, daß er ihn lachend wiederholte. Wie witzig war doch diese junge Frau, und wie geistreich! Sie erklärte ihm noch, daß Jugend keine Tugend kennt und diese für ihn so neuen Klischees entzückten ihn. Plötzlich dachte er an Esther, und es wurde ihm seltsam peinlich dabei zumute. Er war in den Laden gekommen, um Einkäufe zu machen, hatte aber seine Liste vergessen. Ein andermal.

»Ich werde Sie lassen, weil Sie haben sicher Arbeit zu tun.«

»Danke für Ihren Besuch, Monsieur Zober.«

Isaak verbeugte sich vor Virginie und gab ihr die Hand.

Die Jarmulke und seine Mütze setzte er sich erst draußen wieder auf. Falls genügend Männer in der Synagoge wären, würde er den Kaddisch sagen, um das Andenken seines Vaters zu ehren. Als er die Straße hinaufging, wurde er sich gewahr, daß er sich in der Richtung geirrt hatte.

In der geheimen Hoffnung, David anzuwerben, erzählte Olivier ihm von den kriegerischen Plänen der »Apachen der Rue Labat«. Um die Mittagszeit wollte Virginie den kleinen Jungen zum Essen einladen, aber er lehnte höflich ab. Olivier schenkte ihm einen seiner Dominosteine, eine Doppelsechs. Als David am Nachmittag in den Laden zurückkehrte, überraschten ihn die Worte der Mutter Oliviers:

»Dein Vater hat gesagt, daß es deiner Mutter lieber wäre, wenn du an der frischen Luft bist. Ihr solltet jetzt beide draußen spielen.«

Bevor David antworten konnte, zog Olivier ihn zur Tür und rief begeistert:

»Komm, jetzt fängt der Spaß erst richtig an.«

DRITTES KAPITEL

Auf diesen ersten Donnerstag folgten weitere frohe Tage, die ihnen die Freiheit der Straße bescherte. Olivier wurde Davids Führer und Mentor. Am Abend spähten die beiden Buben nacheinander aus, um unter dem Vorwand gemeinsamer Schularbeiten noch ein bißchen zusammenzusein. Die große Giselle kam ihnen unwillkürlich zu Hilfe. Nach dem Abendessen behauptete sie, sie ersticke in der Wohnung und müsse ein bißchen frische Luft schnappen. Monsieur Zober sagte:
»Nimm den David mit, damit er auf dich aufpaßt.«
David zog Olivier gleich ins Vertrauen. »Meine Schwester Giselle hat einen Liebsten!« Aber gleich darauf hatte er den Finger an den Mund gelegt und hinzugefügt: »Nicht weitersagen, streng geheim!« Kaum waren sie aus dem Haus, da lief Giselle zur Rue Custine, wo ein Junge sie erwartete, und David klopfte an Oliviers Tür.
David kannte jetzt alle Jungs zwischen acht und zwölf Jahren, die der Bande der Rue Labat angehörten. Die Bande war überaus aktiv. Die Hilfe, die sie den Ladenbesitzern, Portiers, Lieferanten und den Kundinnen der Waschküche in der Rue Bachelet antrug (sie betätigten sich sogar in feindlichem Gebiet), entsprach eigennützigen Plänen, denn es ging darum, das Kriegsbudget, dessen Schatzmeister Loulou war, aufzurunden.
Der kleine Riri, der sich ihnen angeschlossen hatte, erwies sich als einer der Angriffslustigsten. In der Rue

Bachelet hatte er einen persönlichen Feind von der gleichen Größe wie er, der den Spitznamen »Schnittchen« trug, und gegen den er einen unstillbaren Haß hegte. Der von Natur aus friedfertige David scheute zwar vor aktiver Teilnahme an den Unternehmungen der Bande zurück, nahm aber an den Versammlungen teil.
Olivier teilte seine Zeit auf zwischen der Bande und dem Zusammensein mit David. Sie bildeten ein ebenso unzertrennliches Paar wie Loulou und Capdeverre. Da diese beiden donnerstags mit Monsieur Barbarin die Gymnastikhalle besuchten, hatten David und Olivier den Tag immer für sich ganz allein.
Zweimal hatte Madame Zober ihren Sohn in Virginies Laden begleitet, aber im Gegensatz zu ihrem Mann war sie nicht lange geblieben. Virginies Einladung zum Kaffee schlug sie unter dem Vorwand dringlicher Besorgungen ab. Obwohl Virginies Wesen nicht ihrem Geschmack entsprach – sie fand sie zu kokett mit ihrem offen zur Schau gestellten üppigen Haar und ihren übertriebenen freimütigen Allüren – hatte sie einen guten Eindruck von ihr gewonnen. Das »Madame Zober«, welch eine Freude, Sie kennenzulernen«, war ihr sofort zu Herzen gegangen.
David erlebte Tage voller Zauber. Die Straße bot ein ständiges Schauspiel, in dem Hausfrauen, Passanten und Bauchladenhändler die Akteure waren. Olivier fühlte sich in dieser Welt zu Hause – wie ein Fisch im Wasser, pflegte Virginie zu sagen. Sie war wie eigens für sein Vergnügen geschaffen, und nie hätte er sich vorstellen können, daß sein Freund all diese Dinge anders sehen könnte als er. David dagegen, gemäß einer Gewohnheit der Seinen, selbst in der Freude Zurückhaltung zu üben, fand all diese Überschwenglichkeit, all diese maßlosen Reden verblüffend. Olivier fragte David nach einer Erklärung dafür, doch dieser blieb ihm die Antwort in Worten schuldig, fand alles einfach lustig und lachte. Dieses Lachen schließlich wirkte ansteckend auf Olivier.

»Da, schau dir das mal an!« sagte Olivier.
Die Hände als Sprachrohr benutzend, schrie Caviglioli, der herumziehende Glaser, mit einer Stimme, die alle Fenster der Gegend erzittern ließ, sein »Gla-a-a-a-ser, wer braucht einen Gla-a-a-a-a-ser!« und schleppte seine zusammengeschnürte Last von Scheiben verschiedener Dicke, auf der die Sonnenstrahlen tanzten. In einem Sack trug er Hammer und Meißel, das Klappmetermaß, den Diamanten, das Lineal und den Topf Scheibenkitt, von dem er manchmal einem Kind ein Klümpchen zum Modellieren von Männchen oder Kugeln schenkte.
Während David sich bemühte, die übereinanderliegenden Scheiben zu zählen, die quadratischen von den rechteckigen zu unterscheiden und die Flächenmaße zu schätzen, malte Olivier sich genüßlich aus, wie es wäre, den ganzen Stapel mit einer Steinschleuder zu zertrümmern. Ohne den Mann richtig nachahmen zu können, schrie er mit ihm diesen seltsam tönenden, wie aus uralten Zeiten stammenden Ruf. Jeder der beiden Jungen sah das Schauspiel auf seine eigene Weise.
Papa Poileau, ein pensionierter Beamter der städtischen Verkehrsbetriebe, leicht zu erkennen an seiner Kartoffelnase, seinem schweren Schritt, seinen Radfahrerschuhen (obgleich er kein Fahrrad besaß) und seiner Uniformjacke mit den Initialen S. T. C. R. P. *(Société des Transports en Commun de la Région Parisienne)*, ging mitten auf der Straße mit seinem Hund spazieren, einer ockerfarbenen Promenadenmischung mit wedelndem Schwanz und wachsamen Augen.
»Jetzt paß mal auf, David«, sagte Olivier und schloß an: »Guten Tag, M'sieur Poileau! im Autobus war's nicht so schön, nicht wahr?«
»Tag, Kleiner!«
Er wußte, was Olivier von ihm erwartete, stellte sich jedoch unwissend, um sich ein bißchen bitten zu lassen.
»Wie geht's, M'sieur Poileau?«

»Mal so, mal so. Es geht, wie man's nimmt.«
»Sie haben da aber einen netten Hund (Olivier schmeichelte dem Tier), und intelligent ist er, richtig klug... Weißt du, David, der macht das Ding mit der Mütze... M'sieur Poileau, könnten Sie das mit der Mütze meinem Freund Zober zeigen? Er kennt es noch nicht.«
Papa Poileau setzte eine inspirierte Miene auf. Er schien zu überlegen und willigte schließlich ein. Dann stieß er einen kurzen Pfiff aus. Der Hund wedelte immer rascher mit dem Schwanz, wand und drehte sich, um seine Ungeduld zu bezeugen. Der Mann bückte sich, der Hund legte ihm die Vorderpfoten auf die Schenkel, dann auf die Brust, nahm ihm dann behutsam die Mütze vom Kopf und hielt sie am Schirm im Maul. Zur Belohnung bekam er ein Stück Zucker, das er seinem Herrn sehr artig aus den Zähnen pflückte. Sie klatschten der Doppelnummer Beifall, und Papa Poileau zeigte sich stolz und zufrieden.
»Du kennst ja alle Leute auf der Straße!« sagte David bewundernd.
»Und ob!«
Sie setzten sich an die Hausmauer neben das Kellerfenster von Monsieur Klein. Als der Bäcker und Konditor außer Hörweite war, rief Olivier dem Lehrling zu: »Lulu, hast du nicht ein Stück Brot für uns?« Zum Spaß spießte der Bäckerjunge eine Kruste auf eine Stange und schob sie Olivier zu, der sie zwischen den Gitterstäben herausnahm.
»Olivier, wer ist der, der keine Haare hat?«
»Ein Russe. Er heißt Silvikrin.«
In gutem Glauben hielt Olivier diesen Bewohner der Rue Nicolet wirklich für einen Russen. Er wußte nämlich nicht, daß *Silvikrin* der Markenname eines angeblich den Haarwuchs fördernden Kopfwassers und nur der Spitzname dieses Mannes war.
»Und die, die ihren Regenschirm nicht aufmachen kann?«
»Die? Die heißt... äh... Madame (es folgte ein Gemur-

mel, das seine Unwissenheit verbergen sollte), und das ist kein Regenschirm, sondern ein Sonnenschirm. Du siehst doch, daß es nicht regnet. Deshalb kriegt sie ihren Sonnenschirm nie auf.«

»Aber die Sonne scheint ja auch nicht.«

»Das sage ich doch die ganze Zeit«, erwiderte Olivier mit offensichtlicher Unaufrichtigkeit.

Die Ankunft eines Autos in der Rue Labat war immer ein Ereignis. So versprach das Tuten eines Taxis eine Sensation. Der Wagen kam aus der Rue Bachelet und hielt an der Ecke der Rue Labat vor Monsieur Aarons Fleischerladen. Als David die eleganteste Frau, die er je gesehen hatte, aussteigen sah, war er sprachlos vor Bewunderung. Er zeigte sie Olivier, der jedoch gleichgültig dreinblickte. Sie ging ständig auf und ab, während der Chauffeur im *Transatlantique* Wechselgeld holte.

»Die ist schön wie im Film«, sagte David, »ja und wie im Theater!«

Das Strohhäubchen über dem platinblonden Haar, der lässig über die eine Schulter hängende schwarze Fuchs, der gemusterte Seidenmantel, die Netzstrümpfe, die Boxkalfschuhe, das alles schien der Gipfel des Luxus. Als sie im Haus Nummer 77 verschwunden waren, fragte David: »Wer ist die Dame?«

»Ach, das ist Mado. Die haut ganz schön auf die Pauke ...«

»Auf die Pauke?«

»Na ja, auf die Pauke, auf den Putz, sie treibt sich herum und geht auf den Bummel!«

»Und sie riecht so gut!«

»Sie ist eben eine Kokotte.«

Oliviers abschätzende Vorurteile stammten eigentlich von seiner Mutter, die diese Mado überhaupt nicht mochte. Wenn sie in den Laden kam, um irgendwelchen Flitterkram zu kaufen, verhielt Virginie sich äußerst kühl und distanziert.

Gegen Abend kehrten die Arbeiter heim, und dann belebte sich die Straße. Aus den Fenstern drang der Duft nach Ragout, die Männer gingen in ihre Wohnung hinauf, kamen wieder herunter, um eine Zigarette auf der Straße zu rauchen oder ein Glas im Bistro zu trinken. David und Olivier trafen sich mit ihren Freunden und zögerten die Heimkehr möglichst lange hinaus.

»In der Turnhalle war vielleicht was los!« erzählte Loulou. »Capdeverre hatte Schneckenmuscheln in den Hosentaschen, und als er am Trapez seinen Handstand machte, sind sie alle herausgekullert. Haben wir uns einen Ast gelacht!«

»Und wer ist vom Reck auf die Fresse geplumpst?« fragte Capdeverre.

»Ich, der Loulou aus Honolulu!« gestand Loulou.

»Du bist so leicht wie der Vogel Elefant!«

»Und du bist ein langer Lulatsch.«

»Besser n'Lulatsch als 'n Tolpatsch.«

Ein Zwischenfall unterbrach die Diskussion. Ein Knirps auf einem Fahrrad kam die Straße herunter. Da er zu klein für den Sattel war, hatte er ein Bein durch den Rahmen gesteckt, und das Rad neigte sich gefährlich in der Abfahrt.

»Schnittchen!« rief Olivier aus.

Die halsbrecherische Zickzackfahrt wurde mit höhnischem Gelächter begrüßt. Der Kleine drückte auf die Bremsen, aber nur die des Vorderrads funktionierte, und er stürzte.

»Plumps Ratterbums!« sagte Jack Schlack.

»Vielleicht hat er sich wehgetan«, sagte David.

»Geschieht ihm ganz recht!« meinte Riri.

Die Inhaberin der Wein- und Spirituosenhandlung *La Bordelaise* war aus ihrem Laden gekommen und untersuchte das blutende Knie des Kleinen. Der war jedoch mehr um das Fahrrad als um seine Wunde besorgt. Er bog das Rad gerade und schob es weiter. Schweigend sah die Bande ihn vorüberziehen; Schnittchens Mut beeindruckte sie, aber das Verstummen der Witzeleien wurde von diesem als eine Beschimpfung empfunden, und er streckte ihnen die Zunge heraus.

Loulou berichtete, daß die Sammlung für Kriegszwecke bisher 13 Frs 95 eingebracht habe. »Wie im Basar«, bemerkte Saint Paul. Sie beschlossen, bei 20 Frs. aufzuhören. Erst dann würden sie die Feindseligkeiten eröffnen.

»David, geh in Deckung! Da kommt deine Mutter...«

Madame Zober trat aus Aarons Schlächterei, ein gelbes Fleischpaket in der Rechten, eine Flasche Limonade in der Linken.

Olivier sagte: »Wir müssen David verstecken, und mich auch.«

David und Olivier kauerten sich an die Hauswand und zogen die Köpfe ein, während Capdeverre, Loulou, Tricot, Saint-Paul, Jack Schlack, Toudjourian und Riri sich schützend vor ihre Kameraden drängten und dabei in ein Handgemenge gerieten. Bald fielen sie alle übereinander, fuchtelten und strampelten und bildeten eine zappelnde Pyramide, aus der Geschrei und Gelächter ertönte. Nachdem Madame Zober im Hauseingang Nummer 73 verschwunden war und keine Gefahr mehr bestand, ging das Spiel trotzdem noch eine Weile weiter. Als wieder Ruhe eingetreten war, sagte David:

»Jetzt muß ich aber doch nach Hause.«

Das mußten sie eigentlich alle. Es wurde spät, und der Laternenanzünder mit seinem langen Stab mußte jeden Moment vorbeikommen. Aus der Waschküche, wo die Frauen aßen, hörte man das Geklirr der Blechnäpfe. Die jüngste holte den Vogelkäfig und zirpte: »Meine Piepmätzchen, meine Piepmätzchen...« Oberhalb der Stufen der Rue Bachelet hockten Amar und seine Freunde beim Würfelspiel, und in der Rue Lambert leuchtete bereits die Glaskugel vor dem *Hôtel de l' Allier*.

»Na, wird's bald!« rief Madame Capdeverre aus dem Fenster.

»Olivier, Olivier, es ist Essenszeit...« ertönte Virginies klingende Stimme.
»Jetzt aber dalli, sonst setzt es was!« schrie Madame Saint Paul.
Gastounet kam die Straße herauf, klopfte mit seinem Stock auf das Pflaster, ballte bedrohlich die Faust und rief den Buben zu:
»Diese Bengel, die reinste Affenbande... wenn's nach mir ginge, würde ich euch schon Zucht lehren!«
Affenbande! Er wußte nicht, wie recht er haben sollte, denn seine Worte lösten ein affenartiges Gelächter und Gejohle aus, das von Grimassen, Sprüngen, Verrenkungen und schrillem Quietschen begleitet wurde. Bougras, der an seinem offenen Fenster Brot und Wurst aß, grinste verschmitzt.

In den stillen Nachmittagsstunden kam Madame Rosenthal, einen Stickkorb in der Hand, über die Straße und stieß die Tür des Kurzwarenladens auf.
»Wenn ich Sie störe, Virginie, sagen Sie es mir ruhig...«
Nein, sie störte nicht, ganz im Gegenteil! Oliviers Mutter schätzte die Gesellschaft dieser von allen geachteten Dame aus der Nummer 78. Sie, die selbst eine große Familie hatte, fünf Mädchen und einen Jungen, war die Freundin aller Kinder und Notleidenden. Stets aufopferungsbereit, leistete sie Hilfe auf ganz natürliche Art. Olivier sollte sich später, als er schon erwachsen war, noch oft an ihre besänftigende Gegenwart erinnern, an ihre schönen grünblauen Augen, ihr vertrauendes Lächeln und jene mutspendende Energie, die ihr Gesicht ausstrahlte.
»Ich habe ein Stück Kuchen für Olivier mitgebracht.«
»Olivier, bedanke dich!«
Olivier hatte bereits mit den Augen gedankt, und mit einer leichten Bewegung der Lippen. Die Ernsthaftigkeit Madame Rosenthals ließ sie älter als ihre Freundin erschei-

nen. Virginie verließ ihren Ladentisch, stellte zwei Stühle einander gegenüber, und sie setzten sich. Die eine stickte, die andere nähte, und sie blickten von ihrer Arbeit nur auf, wenn sie miteinander sprachen.
»Schöne Blumen haben Sie, Virginie.«
»Mit Blumen ist man immer in guter Gesellschaft.«
Sie redeten von der Frau des Maurers, die so viel durchgemacht hatte, von Monsieur Kupalski, dem Krämer, der Gänse züchtete und keine Käufer fand, vom Rheuma Monsieur Leopolds, von Gastounets Gicht, vom Elend der Leute, von all den Familien in der Straße, über die man alles wußte. Nie kam ein boshaftes Wort über Madame Rosenthals Lippen. Sie sagte nur: »Was wollen Sie, so sind die Leute nun einmal...« oder mit plötzlicher Entschlossenheit: »Dem werde ich die Leviten lesen, diesem Säufer!« Olivier liebte es, ihnen zuzuhören. Im Gegensatz zu den meisten Leuten vermied sie den Jargon, den Argot, sagte nie ein unanständiges Wort, drückte sich stets gewählt aus, wie eine Lehrerin.
An diesem Tag zimmerte sich Olivier ein Schiff aus einem kleinen Brett, mit Nägeln als Masten und zwei Korken als Schornsteinen. Madame Rosenthal riet ihm, es zu beflaggen. Im allgemeinen zog er die Spielsachen vor, die er sich selbst bastelte. Tante Victoria, die man nie sah, weil sie mit Virginie nicht gut stand, schickte ihm jede Weihnachten ein Geschenk. Im letzten Jahr war es der Meccano-Baukasten Nummer 3 gewesen. Der Chauffeur von Onkel Henris Druckerei hatte ihn gebracht und seine schwarze Mütze gelüftet. »Sie selbst bemüht sich nicht zu uns«, sagte Virginie. »Wir sind ihr nicht fein genug.«
Olivier beschloß, sein Schiff schwimmen zu lassen. Der Schlüssel des Gaszählers eignete sich gut zum Öffnen des Hydranten der oberen Rue Bachelet. Während Virginie ihrer Freundin ein Gläschen Banyuls einschenkte, ging er hinaus und ließ das Wasser der städtischen Stra-

ßenreinigung in den Rinnstein laufen. Bald mußte er rennen, um das Schiff zu begleiten und es herauszunehmen, bevor er das Gully erreichte. Schön wäre es, wenn David mitspielen würde; er könnte das Schiff unten auffangen. Sie könnten auch den Fluß mit ein paar zusammengeschnürten Säcken stauen.
Aber leider packte ihn Madame Albertine Haque beim Arm und hielt ihn an, als er den Gehsteig entlang lief. Wütend sah Olivier sein Schiff im fatalen Schlund des Gullys versinken.
»Wo läufst du denn hin, du kleiner Strolch?« wollte sie wissen.
»Das geht Sie einen Dreck an!«
»Du unverschämter frecher Bengel! Ich muß mal mit deiner Mutter reden.«
»Ist mir doch egal!«
Unmöglich, diese Portiersfrau! Immer war sie hinter ihm her, ob mit Schmeicheleien oder Meckereien. Wenn sie ihm ein Butterbrot offerierte, mußte er ihr als Gegenleistung seine Aufmerksamkeit schenken.
»Komm in meine Loge.«
»Nein.«
Aber er folgte ihr doch. Nachdem sie ihn eingeladen hatte, sich auf ihr altersschwaches Sofa zu setzen, dachte er, sie würde ihm eine Leckerei schenken. Statt dessen zog sie eine Schildpatt-Tabaksdose aus der Tasche ihrer Strickjacke, die sie nicht mehr zuzuknöpfen vermochte, nahm eine Prise zwischen Daumen und Zeigefinger, stopfte sie sich in die Nasenlöcher und prustete genüßlich. »Ekelhaft«, fand Olivier. Aber er hätte es gern einmal versucht, um zu sehen, ob er niesen würde.
Was sie alles zu erzählen hatte, diese Haque! Und da sie das Arsenal ihrer Worte erneuern mußte, stellte sie verfängliche Fragen:
»Ist deine Mutter nett zu dir?«
»Na ja.«

»Bekommt sie manchmal Herrenbesuch?«
»Klar. Vettern oder Leute aus der Haute Loire.«
»Sagt sie...«
Zuweilen besuchten die in Paris ansässigen Landsleute aus Saugues die Witwe Chateauneuf. Olivier kannte die für diese Gegend typischen Namen gut: Lonjon, Cubizolles, Amargier, und dann war da noch der Vetter Baptiste und die Brüder Boulanger und Boulangier. Dem einen hatte man auf der Geburtsurkunde ein i eingefügt. Sie redeten über Oliviers Großeltern, über Onkel Victor, und wenn sie von seinem Vater sprachen, sagten sie »der arme Pierre«, weil er tot war.
»Und mit Madame Rosenthal, worüber redet deine Mutter mit der?«
Der Instinkt gebot Olivier, seine Antworten auf ein Minimum zu beschränken. Die Haque machte Andeutungen und seufzte dabei vielsagend. In der Straße wohnten immer mehr seltsame Leute, die alle etwas zu verbergen hatten, aber sie, Madame Haque, sie wußte Bescheid! So erfuhr Olivier, daß die Zobers zwei Mieten schuldeten, daß der Mieter im ersten Stock dauernd arbeitslos war, daß Madame Papa sich heimlich betrank, daß die Mado sich als Luxuskokotte ihre Brötchen verdiente. Die Grosmalard hielt ihr Haus nicht sauber; Gastounet, der sich als Held des Krieges 14–18 ausgab, hatte in der Etappe gedient; Ernest, der Wirt vom *Transatlantique*, goß die Reste aus den Gläsern in die Flaschen zurück und panschte seinen Wein; Papa Poileau hatte mehr Flöhe als sein Hund...
Um sich Oliviers Gunst einzuhandeln, erklärte sie, es seien leider nicht alle Leute wie Virginie, diese mutige, arbeitsame, geschäftstüchtige und immer saubere Frau. Sie habe übrigens ganz recht, Männer bei sich zu empfangen, das sei durchaus verständlich, denn eines Tages würde sie bestimmt wieder heiraten, und dann hätte Olivier einen neuen Vater. Das gefiel Olivier gar nicht, und er

weigerte sich, diese Möglichkeit in Betracht zu ziehen. Eine Nachricht betrübte ihn allerdings:
»Das ist wie bei den Zobers. Nun ja, sie zahlen ihre Miete nicht pünktlich, aber sie sind nicht die einzigen, da mache ich ihnen keinen Vorwurf. Obwohl, obwohl...«
»Obwohl was wohl?« fragte Olivier.
»Obwohl sie gut daran täten, besser auf ihre Giselle aufzupassen! Die mit diesem großen Lümmel, der von ich weiß nicht woher kommt. Ich höre sie hinter meiner Jalousie bis mitten in die Nacht hinein schmusen.«
Der dunkelhaarige Junge war Olivier bereits unangenehm aufgefallen. Trotz seiner achteinhalb Jahre war er dem Charme der großen Giselle erlegen. Sie pflegte ihn auf beide Wangen zu küssen und duftete immer so schön nach Veilchenparfüm.
Madame Haque reichte ihm jetzt ihren Milchbehälter aus Metall, dessen Deckel mit einer Kette befestigt war, und bat ihn, zur Milchfrau zu gehen, die sie hartnäckig Madame Hauser nannte, nach dem Namen der Molkereihandlung *Achille Hauser*, für die sie arbeitete.
»Wieviel soll ich nehmen, Madame Haque?«
»Madame Hauser weiß Bescheid. Du sagst ihr, es sei für mich.«
Nachdem sie ihm Geld gegeben hatte, sagte sie, man würde ihm zwei Sous herausgeben, die er für sich behalten könne. Er beteuerte, es sei doch nicht nötig, aber sie war taktvoll genug, darauf zu bestehen. Draußen, mit der Kanne in der Hand, überlegte er. Zwei Sous, das war der Preis eines Lutschbonbons bei Mutter Cassepatte in der Rue Lambert. Er hatte zwei Francs fünfzig auf die Seite gelegt, die er sich jedoch nicht beeilte, Loulou für das Kriegsbudget auszuhändigen. Nach einer inneren Debatte lief er in die Rue Ramey und kam bald darauf mit einer zwischen zwei Waffeln geklemmten Portion Eis – Himbeer und Vanille – zurück, die er zusammendrückte, um an den Seiten zu lecken.

Im Milchladen rief er vernehmlich »Guten Tag«, und während er wartete, an die Reihe zu kommen, schaute er sich die drei Butterballen mit dem an zwei Stäben befestigten Butterdraht an, die Eier in den großen Gläsern, die verschiedenartigsten Käsesorten wie Hartkäse, Trockenkäse zum Reiben, Weichkäse, Quark, weißer Cremekäse, gelber Fettkäse, Schimmelkäse, und in der Betrachtung all dieser quadratischen, zylindrischen, dreieckigen und runden Formen dachte er an den Geometrieunterricht, in dem er nicht gerade glänzte.

»Ich hole die Milch für die ... äh ... für Madame Haque.«

»Ach ja«, sagte die vermeintliche Madame Hauser. »Für sie sind es eindreiviertel Liter.«

Sie schöpfte mit zwei Meßkellen, einer großen und einer kleineren. Als sie ihm die zwei Sous herausgab, ermahnte sie ihn, die Milch nicht unterwegs zu vernaschen, was ihn erst auf die Idee brachte – aber nein! Nach Madame Rosenthals Kuchen und dem köstlichen Eis war es einstweilen genug. Mit einem letzten Blick auf die runden Camembert- und die dreieckigen Briepackungen ging er hinaus.

»Das hat aber lange gedauert!« bemerkte Madame Haque.

»Es war ganz voll. Die Leute standen Schlange ...«

Madame Haque stellte einen Teller mit gebutterten Lebkuchenscheiben vor ihn hin, und auf dem Herd kochte Phoscaopulver in heißem Wasser, dem sie etwas Milch hinzufügte.

»Du verdienst es zwar nicht, aber ich habe dir Schokolade gemacht.«

»Nein danke, ich habe keinen Hunger.«

»In deinem Alter hat man immer Hunger.«

Na, wenn sie darauf besteht ..., dachte Olivier bei sich. Sie band ihm eine Serviette um den Hals, und sie setzten sich an den Tisch. Wenn ein Klümpchen Lebkuchen in die Flüssigkeit fiel, nahm sie eine dunklere Farbe an. Olivier

fischte diese schwimmende Insel mit seinem Löffel und betrachtete sie mit einer kleinen Grimasse. Das Beste war noch der Satz in der Tasse, weil da ein Rest Zucker blieb.
»Schmeckt ganz prima«, sagte Olivier, während er sich den Mund wischte, und dann fügte er höflicherweise hinzu: »Sie können wirklich kochen, Madame Haque, das muß man sagen!«
Ihr zufriedenes Lächeln ließ den goldenen Zahn sehen, auf den sie sehr stolz war. Sie leerte den Topf in die Tasse ihres Gastes, stellte ihn vor ihn hin und empfahl ihm, den Satz auszukratzen. Während Olivier mit dem Finger im Topfgrund rieb und den Halbmond betrachtete, den seine Zähne in den Lebkuchen geprägt hatten, begann Madame Haque sich zu schminken. Den Lippenstift in der Hand, blickte sie in den Spiegel auf dem Tisch, malte eine Herzform weit über ihre Oberlippe, um dem Mund mehr Fülle zu geben, tupfte sich zwei orangerote Flecken mit der Puderquaste auf die Wangen. Olivier verbarg mit Mühe ein Grinsen.
»Arbeitest du gut in der Schule?« fragte sie.
»Mal so, mal so, es kommt drauf an.«
Dank David hatte er einige Fortschritte gemacht. Die Nutztiere, das Gesetz der Schwerkraft, der Punkt, wo zwei in entgegengesetzte Richtungen fahrende Züge sich begegnen, das Datum der Schlacht von Marignan, das Huhn im Topf von Heinrich IV., was gab es da alles zu lernen! Er hatte sich noch ganz gut in der kniffligen Frage des Partizip Perfekt geschlagen und eine gute Zensur für seinen Aufsatz bekommen. Nur eins wurmte ihn: Wenn er gut arbeitete und versetzt würde, käme er in die Klasse von Monsieur Alozet, aber dann wäre David wieder in einer anderen. Keine Möglichkeit, ihn einzuholen!
»Du wirst doch nicht weitersagen, was ich dir erzählt habe, du kleine Quasselstrippe?«
Was Madame Haque erzählt hatte? Das interessierte ihn überhaupt nicht. Er bedankte sich höflich und trat zufrie-

den auf die Straße hinaus. Die Aprilsonne strahlte. An den Fenstern standen Blumentöpfe neben den Vogelkäfigen. Tauben hockten erwartungsvoll in der Nähe der Bäckerei. Olivier beschloß, ein Pferd zu sein, lief im Trab und schnalzte mit der Zunge ein Klick Klock. In einer plötzlichen Verwandlung wurde er eine Lokomotive, bewegte die Arme wie Pleuelstangen und stieß dabei ein immer rascheres Tsch, Tsch aus. Dann machte er sich zum Flugzeug, die Pleuelstangen wurden Tragflächen, und er brummte in künstlerisch gezielten Wendungen.

Einige kleine Mädchen spielten mit einem Gummiball, den sie an die Mauer warfen und auffingen. »Tag, ihr Pimperlieschen«, rief Olivier ihnen zu. Myriam zuckte die Schultern, und Josette fragte ihn, was er sich eigentlich einbilde. Da die Mädchen ihn einschüchterten, bedachte er sie stets mit Spötteleien. Er dachte an die große Giselle und den langen Lümmel, der sie in den dunklen Ecken abknutschte, und das versetzte ihn in Wut. Bevor er die Flucht ergriff, sprang er auf Lili zu und zog sie am Zopf.

Alles langweilte ihn – außer David. Ludo, der Jüngste der Familie Machillot saß in seinem Holzauto. »Schiebe mich«, bat er. Olivier tat ihm den Gefallen, aber an der Ecke der Rue Bachelet blieb er stehen. Oben auf den Stufen hatten sich Anatoles Knalltüten versammelt. Während er umkehrte, sagte er: »Eine Stinkwut habe ich!« dann: »Jetzt platzt mir der Kragen!« und das brachte ihn zum Lachen. Jack Schlack winkte ihm von seinem Fenster zu. Er hielt seine kleine Schwester vor sich auf den Sims. »He, he, die Olive!« rief er. Olivier verbat sich, bei diesem Namen genannt zu werden, aber der andere fuhr fort: »Olive, weißt du das Neueste? Salzkorn hat Läuse! Das haben sie in der Schule entdeckt. Man wird ihm den Schädel kahl scheren.«

Endlich eine gute Nachricht. Jack Schlack mimte das Lausen, suchte im Haar seiner Schwester, zerdrückte die angeblichen Tierchen mit seinen Fingernägeln und aß sie

– wie die Affen im Zoo. Olivier machte es ihm nach, kratzte im Gewirr seiner blonden Mähne und glaubte schließlich ein Jucken zu verspüren. Rasch klopfte er dreimal auf das Holz des Fensterladens.
Dann rief er mit lauter Stimme, damit die Feinde ihn hörten:
»In der Rue Bachelet, da tanzen die Mäuse, da haben alle Leute Läuse!«
Darauf trat er vergnügt in den Kurzwarenladen und verkündete Madame Rosenthal und seiner Mutter, daß heute schönes Wetter sei.

Eine Folge von Regengüssen unterbrach eine Weile die kriegerischen Vorbereitungen der Kinder in den beiden Straßen. Die Versammlungen in den Hauseingängen wurde von den Portiersfrauen mit schroffen Worten aufgelöst; jeder kehrte zu sich nach Hause zurück, und man sah die Kindergesichter hinter den beschlagenen Fensterscheiben traurig in die Sintflut blicken.
Monsieur Zober hatte seinen Regenschirm geöffnet und bemühte sich, die Pfützen zu meiden. Er versuchte, ein vergnügtes Gesicht zu machen und vor sich hin zu pfeifen. Im Augenblick, da das Mißgeschick seine Macht zeigte, entwaffnete er es und reagierte mit einem wahnwitzigen Optimismus auf die Widerwärtigkeiten des Lebens. Gewiß, es gab auch Rückfälle, Anwandlungen von Melancholie, in deren Verlauf er sich als ein vom Unglück verfolgter Schlemihl fühlte – gerade er, der dreimal täglich die Gebete sprach, die Psalmen rezitierte und regelmäßig die Synagoge in der Rue Sainte-Isaure besuchte, aber er behielt seine Klagen für sich, da er Esther und die Kinder beschützen wollte.
An diesem Tag fühlte er sich trotz des Regens glücklich, denn er hatte zwei erfreuliche Besuche gemacht; den einen bei Samuel, den zweiten bei der Kurzwarenhändlerin. Mit Virginie war er jetzt immer öfter ins Gespräch

gekommen. Im Gegensatz zu der sauertöpfischen Esther hatte Virginie stets ein freundliches Lächeln auf den Lippen. Sie brachte ihm die liebenswürdige Aufmerksamkeit einer Dame entgegen, die das Leben kennt und nicht nur zuhören kann, sondern auch durch eigene Ideen dazu beiträgt, das Gespräch zu einem wahren Gedankenaustausch zu machen.

Virginie gefiel sich in Monsieur Zobers Gesellschaft. Dieser schüchterne, höfliche und aufmerksame Mann stimmte sie verträumt, wenn er ihr von den Etappen seines bewegten Lebens erzählte. Für sie, die nur von Langeac nach Paris gereist war, führten Städtenamen wie Odessa, Konstantinopel oder Köln verständlicherweise zu exotischen Traumvorstellungen. Da wurden die Dritterklassewagen der Emigranten zu Luxuszügen, zu einem Orient-Expreß, dem der Duft jener *Abdullah* Zigaretten anhaftete, die sie manchmal rauchte. Wenn er von seinem Dorf erzählte, aus dem man ihn verjagt hatte, was sie kaum begriff, so sah sie es ähnlich wie ihr Heimatdorf Taulhac, nach dem sie sich immer noch zurücksehnte. So fanden der Verbannte aus dem fernen Osteuropa und die aus ihrer französischen Provinz Ausgewanderte eine Gemeinsamkeit in ihrem Heimweh, und das brachte sie einander näher. Auf die aus biblischen Zeiten stammenden Sprüche Monsieur Zobers antwortete Virginie mit ihrer simplen Lebensphilosophie, die sich in volkstümlichen Formulierungen ausdrückte, wie »Man muß das Leben eben nehmen, wie es ist«, »ein Unglück kommt selten allein«, oder »Wenn man keine Hoffnung mehr hat, nimmt man den Hemdzipfel und trocknet sich damit die Tränen«.

»*Schalom*, Esther!«

Monsieur Zober, die in einem Duft von Artischocken die Abendmahlzeit bereitete, war überrascht, ihren Mann in einem so fröhlichen Ton zu hören. Ihre finanzielle Lage war katastrophal; abgesehen von kleinen Sachen wie das Wenden eines Rocks und das Auftrennen einer Hose hatte

Zober keine Arbeit, und es gab wirklich keinen Grund zur Freude.

»Esther, setz dich auf den Stuhl da, und höre mich an. Du wirst sehen.«

Damit zog er sechs Hundertfrancsscheine aus seiner abgegriffenen Brieftasche und legte sie nebeneinander auf den Tisch. Esthers Verblüffung durchlief mehrere Phasen. Zuerst blieb sie stumm und schaute auf das Geld. Dann hob sie fragend die dichten Brauen. Und schließlich blickte sie ihn so argwöhnisch an, als ob er, der ehrliche Isaak, soeben eine Bank ausgeraubt hätte. Als ihre strahlende Miene auf sich warten ließ, wurde er zornig in seiner Ungeduld.

»Geld lege ich vor deiner Nase hin, Geld, was uns rettet das Leben, und du machst ein Gesicht wie ein toter Fisch, und du sagst kein Wort nicht!«

»Ich sage, das Geld kann nicht gekommen sein von ganz allein.«

Monsieur Zober verteilte die Scheine in einer neuen Anordnung und erklärte:

»Du wirst gehen zu Madame Haque, was ist die Portiersfrau, und bezahlen eine Miete. Nicht zwei, damit es nicht wird eine Gewohnheit, verstehst du?«

Als Madame Zobers Gesicht aufleuchtete, hielt er einen der Scheine hoch.

»Diesen da schau dir an, mit dem Schmied, der Dame und dem nackten Buben, der kommt von der *Banque de France*, sage ich dir, was wird bezahlen für den Stoff... aber warte, ich werde erklären. Englisches Tuch, beste Qualität, reine Wolle, für ein schickes Kostüm, ganz modern und alles, was ich werde machen für die Dame, und für welche Dame? Für Madame Zober, und sie wird sein elegant und fesch...«

Esther protestierte. Wozu ein Kostüm, wo sie nie ausging? Ihr Mann stellte sich in seiner Begeisterung bereits Familienbesuche mit den gutgekleideten Kindern vor, Spaziergänge auf den Boulevards, und vielleicht sogar einen Nachmittag in einem großen Café, wo ein Orchester spielte.

Rasch holte er aus dem Schrank zwei Gläser und eine Flasche Schnick*, in der ein Stück Sellerie schwamm, und als er einschenkte, zitterte seine Hand vor Erregung. Dann hob er sein Glas und sprach den *Kidusch*, den Segensspruch für festliche Anlässe.

»Auf der Pfandleihe ist es immer noch, das Silberzeug«, sagte Madame Zober, nachdem sie einen Schluck getrunken hatte.

»Morgen ich werde es holen«, erwiderte Monsieur Zober mit einem Blick auf die Geldscheine, die zusehends dahinzuschmelzen schienen.

Nachdem Madame Zober sich über alle Möglichkeiten, wie ihr Mann zu soviel Geld gekommen war, den Kopf zerbrochen hatte, ging ihr plötzlich ein Licht auf. Mit anklägerischer Gebärde wandte sie sich an Isaak.

»Du glaubst, die Esther ist dumm wie eine Kuh, aber sie weiß...«

»Gar nichts weiß sie, sage ich dir.«

»Sie kennt dich und deine Art. Es ist dir geworden eine Gewohnheit. Man leiht sich, und man kann nicht geben zurück. Man gibt aus, was man nicht hat...«

»Und ganz neue Schuhe für David, und ein Schal für Giselle, und ein Radioapparat...«

Um sie abzulenken, zählte er alles Mögliche auf, aber Esther blickte ihm direkt in die Augen. Und je mehr sie ihn anstarrte, desto verlegener wurde er. Schließlich wich er ihrem Blick aus, wandte sich der elektrischen Glühbirne an der Decke zu und rief aus:

»Diese Frau! Immer weiß sie alles! Sie guckt mich an wie ein Rebbe**, und ich weiß nicht, was ich soll tun in

---

* Billiger Fusel
** Jiddisch für Rabbi

meinem Schmerz. Sagen soll ich ihr, erzählen soll ich ihr, was sie will wissen, nu, so sage ich ihr: Ich habe geliehen das Geld von einem Mensch, was ist wie ein Freund und Bruder, und ich werde bezahlen zurück...«
»Samuel! Ich weiß alles, Isaak. Geld hat er, viel Geld hat er gemacht mit seinen Maklergeschäften, was weiß ich. Und nu, was denkt er, der Samuel von uns? Ein Dreck ist die Familie Zober, ein Dreck, ein Nichts. Und der Vetter Isaak, was ist der? Ein Schnorrer, was hält auf die Hand.«
»Niemals! Das denkt er niemals!« empörte sich Isaak.
Plötzlich beredt geworden, stürzte er sich in lange Erklärungen, brachte Französisch, Jiddisch und Polnisch durcheinander und erzählte: Samuel hatte ihn in seiner schönen Wohnung in der Rue Caulaincourt empfangen. Die Geldfrage hatte sich ganz von selbst im Laufe des Gesprächs ergeben. Eine Weigerung, das angebotene Darlehen anzunehmen, wäre eine Beleidigung gewesen. Es handelte sich ja nur um die Behebung einer Panne, wie bei einem Automobil, dessen Motor nicht anspringt, und wo es genügt, einmal kräftig anzukurbeln, und schon läuft er besser. Wie sollte er das ausschlagen?
»Der Samuel kann auch sehen ohne Brille. Er hat gesagt, einfach so: Wenn es für dich keine Arbeit gibt in Frankreich, nu, so wirst du packen deine Koffer und gehen nach Amerika.«
»Nach Amerika? Isaak, bist du meschugge?«
»Nach Amerika hat *er* gesagt, ich nicht. Da sind viele Leute, was du kennst, der Sohn von Apfelbaum, was bei uns hat gemacht gute Schuhe, und jetzt, was macht er jetzt in New York? Anzüge macht er. Und wieviel? Zehn? Viel mehr, hundert, dreihundert oder tausend im Monat. Engrosgeschäfte wie du dir nicht kannst vorstellen. Angestellter bei ihm werde ich sein. Später werde ich Teilhaber, oder ich werde mich machen selbständig...«
Amerika! Das war zuviel. Madame Zober faßte sich an die Kehle, glaubte zu ersticken. Sie öffnete das Fenster,

lehnte sich hinaus, und der Regen netzte ihr Gesicht.
»Esther, Esther...« wiederholte Isaak und stützte sie wie eine Ertrinkende. Sie machte sich frei, ging zum Tisch und setzte sich, den Kopf in die Arme vergraben.
Monsieur Zober versuchte ihr gut zuzureden. Was wäre das Dasein, wenn man nicht träumte? Von einem Tag zum anderen zu leben, daran hatte man sich zu sehr gewöhnt. Da mußte es einem ja bei einem Blick in die Zukunft schwindlig werden. Aber ein anderes Schicksal war doch immerhin vorstellbar. Wer weiß, ob die Zobers nicht ihren Weg weitergehen sollten, wie Moses in der Wüste?
Als seine Frau aufblickte, sah er eine solche Trostlosigkeit in ihren Zügen, daß ihn Rührung ergriff.
»Mach dir keine Sorgen, Esther«, rief er aus, »wir werden bestimmt nicht gehen nach Amerika. Wir könnten, habe ich gesagt, und nicht mehr. Und das Geld von Samuel, das ist der Auftrag für Anzüge, was ich werde machen später...«
Er fügte hinzu:
»Kundschaft werde ich haben, und Reklame und Prospekte überall bei den Leuten. Du wirst sehen...«
Besänftigt trank Esther einen Schluck Schnaps, der jedoch einen Hustenanfall auslöste. Dann legte sie, praktisch veranlagt wie sie war, die Geldscheine in die Blechschachtel und stieß dabei einen tiefen Seufzer aus.
Als David mit seinem triefenden Wachstuchmantel, der nach Gummi roch, aus der Schule heimkehrte, waren Ruhe und Frieden wiederhergestellt. Fröhlich begrüßte er seine Eltern.
»Schalom, Mama! Guten Tag, Papa!«
Während er die Metallhaken seines Regenmantels aufknöpfte, lachte er vor sich hin. Dann zeigte er auf den Packen seiner Bücher und Hefte, als ob sich eine Offenbarung darin befände. Esther und Isaak lächelten gerührt. Es war ihr Sohn, dieser so muntere, schwarzhaa-

rige kleine Kerl, der aus der Schule kam und sich seine Stiefel auszog, um in ein Paar Bettschuhe zu schlüpfen.
»Jetzt werde ich euch mal was zeigen«, sagte er. »Papa, setz' dir deinen Kneifer auf, dann siehst du besser.«
Damit schnallte er den Riemen seines Packens auf, wischte die Wassertropfen von einem Buch und zeigte triumphierend sein Zensurenheft. Er reichte es seinem Vater mit der Empfehlung, alles zu lesen, was Monsieur Zober dann auch sehr aufmerksam tat und dabei mit dem Finger über jede Zeile fuhr.
»Dein David«, sagte er sehr feierlich an Esther gewandt, »dein David... er ist intelligent, viel mehr wie wir und... (er hob zwei Finger) was ist er geworden? Der Zweite in seiner Klasse, der Zweitbeste in seiner Klasse sage ich dir...«
»Von dreiunddreißig«, fügte David hinzu.
»Von dreiunddreißig! Dreiunddreißig, was alle haben Vater und Mutter von hier und nur reden Französisch zu Hause und nichts anderes, und David Zober, ist nicht einmal geboren hier, und er ist Zweiter!«
Er nahm David auf den Schoß. Welch ein Abend! Wie rasch war alle Traurigkeit der Freude gewichen.
»Zweiter ist er. Und vielleicht wird er bald sein Erster.«
»Das ist fast nicht möglich«, sagte David, »weil nämlich der erste Besnard ist, und an den kommt keiner ran.«
»Du wirst ihn schlagen!«
Monsieur Zober betrachtete seinen Sohn mit liebevoller Zärtlichkeit. Er sprach so gut Französisch, ohne diesen Akzent, den seine Eltern nicht loswurden. Mit seinen neun Jahren kannte er eine Menge Worte, und er war Zweiter!
»Und morgen ist Schabbes!« verkündete er. »Ein freudiger, ein schöner Schabbes!«
»Aber nie ist er da, dieser David der Zweite«, bemerkte Madame Zober. »Bei Madame Chateauneuf ist er, sitzt dort herum, was weiß ich, und seine Arbeit für die Schul, die macht er wann? Das frage ich mich...«

»Ach...«, sagte David, »das ist es ja gerade, weil ich mit Olivier arbeite. Er hat auch drei Plätze Vorsprung gewonnen.«

»Aber nicht den zweiten?«

»Er nicht«, gestand David, ohne zu erwähnen, daß er in einer anderen Klasse war. »Wir schuften schwer, wir beide.«

»Die Giselle hat gesagt, daß du spielst auf der Straße«, hielt Madame Zober ihm vor.

»Die ist eine blöde Petze!«

»Sie ist deine Schwester, du mußt sein höflich«, ermahnte ihn Monsieur Zober.

David war so auf seine Freiheit bedacht, daß er die Stirn hatte, zu erklären:

»Ohne Olivier wäre ich nicht Zweiter!«

»Und immer du gehst zu ihm, aber nie kommt er zu uns«, bemerkte Madame Zober.

»Man hat es ihm nicht gesagt, und er traut sich nicht.«

»Es ist besser, im Laden zu lernen«, sagte Monsieur Zober.

»Unreines Fleisch ißt sie, die Madame Kurzwarenhändlerin, und Fische ohne Schuppen...« klagte Madame Zober.

Ein lautes Pochen an der Tür unterbrach die Debatte. Es gehörte zu Giselles Eigenheiten, nie die Klingel zu benutzen. David öffnete ihr. Völlig durchnäßt, vor Kälte zitternd, mit triefendem Haar, ein Bild des Jammers, faltete sie die Hände wie eine Märtyrerin. Madame Zober sprang auf, holte ein Frottiertuch, rieb ihr das Gesicht und das Haar. Giselle bewegte sich wie ein Automat, hob den Arm, streckte in einer trostlosen Mimik eine ihrer roten Haarsträhnen in die Luft, brach dann in langes Gelächter aus und drehte sich im Kreise wie eine Tänzerin. Sie spielt mal wieder eine ihrer Rollen, die blöde Petze, sagte sich David. Als sie die beiden Gläser und die Schnapsflasche auf dem Tisch erblickte, rief sie:

»Den Schnik mag ich nicht, es lebe der Wodka!«

Jetzt begann sie einen russischen Tanz und versuchte,

David mit sich herumzuwirbeln, aber er entwand sich ihr. Darauf erklärte sie, sie wisse sehr gut, daß sie verrückt sei, man brauche es ihr gar nicht erst zu sagen. Sie zog ihr mit Zeichen der Methode Prévost-Delaunay bemaltes Heft aus dem Stenographiekurs der École Pigier aus ihrem pitschenassen Pullover, warf es auf das Klappbett und stolzierte mit den Allüren einer Femme fatale in ihr Zimmer. David hielt sich die Hand vor den Mund und prustete vor Lachen, während man Giselle »Die Rosalie, die macht das nie...« singen hörte.
Monsieur Zober blickte seine Frau an und dachte an die junge Esther, als sie noch seine kleine Braut, seine *Kalle* war, die er unter die *Chupe*, den Traubaldachin geführt hatte. Spuren ihrer einstigen Schönheit waren noch zu erkennen, aber sie hatte viel Kummerspeck angesetzt, und es waren weniger die Jahre als die Sorgen, die sie verändert hatten. Unwillkürlich stellte sich der Vergleich mit Virginie ein, und er fühlte sich schuldig. Doch als er sich ein zweites Glas Schnik genehmigte und seinem Sohn David, dem Zweitbesten seiner Klasse, zulächelte, wurde es ihm wieder wohl. Die Daumen in die Ärmelausschnitte seiner Weste gestemmt, die Beine ausgestreckt, wie in Erwartung eines köstlichen Mahls, gab er sich einem jener Träume hin, die bereits Wirklichkeit sind, solange man sich in ihnen wiegt.

Als endlich die Sonne wieder schien, saßen David und Olivier auf dem Bordstein vor dem Haus Nummer 77 der Rue Labat. In der Gosse hatten sich Pfützen gebildet, auf denen das Licht und die Schatten spielten. Die Kinder trugen Halsketten aus leeren Garnspulen und beobachteten die am unteren Ende der Straße, an der Kreuzung der Rue Ramey und Custine vorbeifahrenden Autos und Pferdewagen. Stadt und Land lebten noch in gutem Einvernehmen.
Mademoiselle Marthe, die Putzmacherin im Erdgeschoß,

die alle Arten von Bibis, Hauben, Kapuzen, Kappen, Mützen, Glockenhüten für Damen, sowie Zipfelmützen und Pomponhäubchen für kleine Mädchen herstellte, steckte den Kopf aus dem Fenster und sagte: »Na Kinder, wie geht's?« ohne eine Antwort zu erwarten. Vor der Tischlerei spielten die anderen Kinder der Straße Bockspringen. Von Zeit zu Zeit riefen sie: »Wollt ihr nicht mitspielen?« Die beiden Jungen antworteten: »Wir kommen gleich«, rührten sich aber nicht.

Jetzt kam dieser pomadisierte Fatzke, den man den »schönen Mac« nannte, die Straße herauf, den Filzhut mit vorn heruntergestülpter Krempe im Nacken, die Sportjacke mit ausgestopften Schultern, die Flatterhose mit den sogenannten Bauchhaltetaschen, gelbe Schuhe aus Krokodillederimitation. Bevor er in das Haus Nummer 77 trat, warf er den Kindern einen giftigen Blick zu und befahl ihnen, woanders zu spielen. Als er außer Hörweite war, rief Olivier ihm mit einer abfälligen Handbewegung »Bahnhofslude!« nach. Er bezeichnete Mac als einen Zuhälter, aber weder er noch David wußten, was dieses Wort bedeutete. Olivier erzählte, seine Mutter habe den Kerl einmal in hohem Bogen rausgeschmissen.

Im ersten Stock der Nummer 78 versuchte ein kleines Mädchen, einen Sonnenstrahl in ihrem Taschenspiegel einzufangen, um David und Olivier mit dem über den Gehsteig schweifenden Lichtfleck zu blenden. »Das schafft sie nie«, meinte David. Weiter oben, oberhalb der Stufen, kam Madame Rosenthal mit einem Stuhl in der Hand aus Monsieur Leopolds Werkstatt. Ein mit Säcken beladenes Dreirad hielt vor der Wäscherei.

Und die Kinder schwatzten. Immer hatten sie sich etwas zu erzählen, und wenn sie einen Augenblick schwiegen, gingen ihnen stets die gleichen Dinge durch den Kopf, denn all ihre Gedanken bezogen sich auf die Straße, auf ihre Familie und auf die Schule. Dann hörten sie das Kratzen der Kreide auf der Wandtafel, die kurzen klopfenden Stöße, wenn der Lehrer beim Diktat mit einer Art von triumphierender Gewalt die Akzente setzte und die Interpunktionen betonte. David hörte die Nähmaschine oder das Knistern des Kügelchens aus weißem Teig, das seine Mutter gemäß der Tradition vor dem Backen des Sabbatbrots ins Feuer warf.

David und Olivier begannen viele ihrer Sätze mit »Mein Vater hat...« oder »Meine Mutter ist...«, denn beide bewunderten ihre Eltern sehr. Olivier sprach dann von den Kriegsvorbereitungen, die kaum Fortschritte machten, seit es keine Vorfälle mehr zwischen den Kindern der rivalisierenden Straßen gegeben hatte. Natürlich nahmen die beiden Freunde an den gemeinsamen Spielen teil, wie Räuber und Gendarmen, Himmel und Hölle, Sackhüpfen, Fangball, Murmeln, Federball, aber ihre eigenen Spiele, die nur ihnen gehörten, und die aus einer an Geheimnissen reichen Komplizenschaft entstanden, waren anderen Zuschnitts; eine mysteriöse Zeichensprache, das Betrachten eines verwundeten Zinnsoldaten, der Austausch von Abziehbildern oder illustrierten Heften, Rätselraten, geflüsterte Vertraulichkeiten, grundloses Gelächter. Jeder Vorwand kam ihnen gelegen, um sich wiederzusehen: David erklärte sich stets bereit, den Mülleimer herunterzutragen, Olivier stahl sich in den Hinterhof des Hauses Nummer 73, und auf sein Pfeifsignal kam sein Freund ans Fenster.

Frauen trugen ihre Wäsche zum Einweichen ins große Becken der Waschküche, um sie am folgenden Tag dort zu waschen. An einem Fenster der Nummer 74 schwenkte eine Hausfrau ihre Salatschleuder, ein Vorübergehender sprang beiseite, um nicht bespritzt zu werden, und rief empört: »Das ist doch nun wirklich die Höhe...« Virginies Ladentür klingelte, sie schaute nach den Kindern aus. Davids Ruhe und Friedfertigkeit und Oliviers ungestümer Tatendrang wirkten wohltuend aufeinander.

»He! He! Zober, Chateauneuf, kommt, ich lade euch ein!«

Es war Ernest, der Sohn Ernests, des Schankwirts der Bar *Transatlantique*. Seine Beine verschwanden unter der zu langen Kellnerschürze seines Vaters, die er hochgezogen und an der Taille über der Bauchtasche zugeschnürt hatte. David und Olivier überquerten die Straße und traten in das Bistro, wo die sogenannte Küchentrulle an einer Ecke der Theke ganz allein ihr Glas Weißwein schlürfte, Zentimeter nach Zentimeter, mit der langsamen Regelmäßigkeit einer geübten Trinkerin.

»Vater ist seine Pensionsrente holen gegangen. Ich bin der Wirt und spendiere den Apéro. Was soll's sein?«

Die Eingeladenen glucksten vor Begeisterung. Nach langem Hin und Her entschlossen sie sich für zwei *Diabolo-Menthe*, Limonade mit Pfefferminzsirup, die der junge Schankwirt behende servierte, wonach er die Flaschen mit großem Getöse in ihre Metallbehälter zurückfallen ließ.

»Wenn mein Alter kommt, muß ich schnell die Gläser verstauen.«

»Wir gießen uns rasch einen hinter die Binde«, sagte Olivier. »Prost!«

»Chin-Chin!« sagte Ernest, der Sohn Ernests.

Olivier und David tranken um die Wette, und dabei rann ihnen die grüne Flüssigkeit über das Kinn.

»Die reinste Säuferbrut!« brummte die Küchentrulle.

Sie hatte eine gewölbte Stirn; ihre Nase und ihr Kinn wippten in einer ständigen Kaubewegung auf und ab. Ganz in schwarz, das Kopftuch mit einer Sicherheitsnadel befestigt, verströmte sie den Armutsgeruch der alten Stadtviertel. Aber sie hatte auch den Mut dieser Leute, er kam in ihren stahlblauen Augen zum Ausdruck. Sie brummte, ganz ohne Boshaftigkeit.

»Ihr seid mir drollige Kerlchen«, sagte sie. »Die reinsten Faxenmacher!«

»Mein Vater wird gleich hier sein«, sagte Ernest, »und dann ist Feierabend!«

In der Tat diskutierte bereits eine Gruppe Stammgäste vor der Tür. Olivier erkannte Papa Poileau, Gastounet und die jungen Leute namens Chéti. Amar, Petit-Louis und Paulo, die Freunde seines Vetters Jean, des Kürassiers. Als Ernest, Ernests Vater, seine Bar betrat, zogen die Kinder die Schultern ein, aber er streichelte ihnen die Köpfe im Vorübergehen. Heute schien dieser große Bursche mit dem Bürstenhaarschnitt überhaupt guter Laune zu sein, denn er sagte zu seinem Sohn:
»Servier deinen Freunden eine Grenadine, Junge. Aber setzt euch dort in die Ecke, Kinder; es kommen noch eine Menge Gäste.«
Zur abendlichen Aperitifstunde war die Bar bald voll. Der Lärm und das Gläsergeklirr am Schanktisch wurde übertönt vom lauten Durcheinander der Gespräche, Zurufe, Witzeleien, des Gelächters, aber auch vom ernsthafteren Wortwechsel, dem Olivier und David mit respektvoller Aufmerksamkeit zuhörten. Die eben erst mit Putzpaste Marke *Le Sabre* gescheuerte Theke verlor ihren Glanz, bedeckte sich mit runden Glasrändern und mit Spritzern aller Arten, die rußig blauen Tabakwolken vernebelten die Luft. Es roch nach Schweiß, Anis, Wermut, Wein und Bier. Olivier flüsterte David die Namen der Neuangekommenen zu. Papa Poileau trank seine Gläschen Bier, die man ihm in einer Kanne aus dem Eisschrank servierte. Der Tischler Loriot punktierte seine Rede, indem er mit dem Löffel seines Pernod auf den Tisch klopfte, ein Penner, der von dem nachts in den Markthallen aufgelesenen Abfall lebte, schlürfte geräuschvoll an seinem bis zum Rand gefüllten Glas Rotwein, die Küchentrulle protestierte, weil man ihr nicht genug Platz ließ, Amar verlangte seinen *Export-Cassis*, Bougras trat ein und verkündete, er käme, um seine Medizin einzunehmen, zwei Arbeiter aus Boissiers Werkstatt brachten den Geruch von Schmieröl und Feilstaub herein. Olivier und David genossen ein verbotenes Vergnügen.

Gastounet, Trauerbinde am Ärmel, Baskenmütze auf dem Kopf, Watte in den Ohren, suchte eine Gelegenheit, sich hervorzutun und wartete auf den günstigen Augenblick. Mit einem zweideutigen Lächeln lauschte er Monsieur Faillard, dem ehemaligen Warenhausverkäufer, der Mado eines Abends ihr Strumpfband hinter einem Haustor hatte aufhängen sehen. Papa Poileau wiederholte zum xten Mal, daß »die Politiker alle im Trüben fischen«. Andere Bemerkungen fielen:
»Montmartre ist nicht mehr wie früher. Überall bauen sie die großen Häuser hin – wie in Paris.«
»Daran sind nur die Amerikaner schuld.«
»Was du nicht sagst!«
»Und mit den neuen Ton- und Klangfilmen wird man im Kino bald nicht mehr reden dürfen.«
»Das ist eben der Fortschritt.«
»Ein schöner Fortschritt...«
Adrienne, eine kleine Maus mit geschminktem Gesicht, hatte sich zur Küchentrulle gesetzt, und jetzt bemühten sich die beiden, in dieser Männerwelt ein bißchen ihren Platz zu behaupten. Adrienne erzählte gerade ihren Tag:
»... und dann habe ich meinen kleinen Haushalt besorgt, gefegt und Staub gewischt, den Piepmätzen Hanfsamen gegeben, ein Stück Lunge für die Katze gekocht, und dann habe ich mir das Gesicht gewaschen, meine kleine Toilette gemacht, und dann...«
Die anderen murmelten spöttisch, und Bougras, der an der Theke stand, sagte zu Ernest:
»Was die für einen Stuß von sich gibt...«
Adrienne, die ein feines Ohr hatte, reagierte empört:
»Mit Ihnen rede ich nicht! Nein wirklich, was bildet der sich eigentlich ein? Mit diesem Schwengel rede ich überhaupt nicht«, und mit kreischender Stimme fügte sie hinzu: »Anarchist! Ein Anarchist sind Sie!«
»Schwengel, Schwengel...« rief Bougras aus. »Das ist ja toll! Ich, ein Schwengel? Soll ich dir mal zeigen, was ein

Schwengel ist? Pardon, das war nicht für Sie bestimmt, Madame Adrienne, das war nur so in die Luft gesagt.«
Nach diesem Streit hob Gastounet den Finger, um sich zu Wort zu melden, und alle schauten den auf die Decke gerichteten Zeigefinger an. Er hielt eine Schmährede über die Übel Frankreichs, die Ministerien, in denen nur Stümper und Diebe sitzen, die sich die Taschen vollstopfen, um dann anderen, noch schlimmeren Platz zu machen.
»Es ist wie hier in unserem Viertel«, sagte er. »Bald wird es nur noch artfremde Ausländer geben.«
»Wen meinen Sie denn damit?« fragte der junge Amar, der aus Algerien stammte.
»Dich nicht, mein Junge. Dein Vater hat im Krieg gekämpft.«
»Also wen?«
»Im allgemeinen.«
»Und was bedeutet ›im allgemeinen‹, Monsieur Gaston?«
»›Im allgemeinen‹ bedeutet ›im allgemeinen‹. Ich kenne hier einen, der Dinge ›in die Luft‹ sagt. Ich sage ›im allgemeinen‹.«
Bougras fühlte sich betroffen. Er nahm sein Glas Rotwein, beugte sich vor, zog den Bauch ein, um sich nicht zu bekleckern, und trank einen großen Schluck. Dann stellte er das Glas hin und blickte Gastounet scharf an.
»Sie brauchen mich nicht so anzustarren«, sagte dieser. »Wenn Sie etwas zu sagen haben, dann sagen Sie es . . .«
»Na schön, da Sie darauf bestehen . . .«
Bougras imitierte Gastounets Fistelstimme und äffte seine großsprecherische Art nach.
»›Es ist wie in unserem Viertel. Bald wird es hier nur noch artfremde Ausländer geben‹.« Und dann fuhr er in seinem gewöhnlichen Ton fort: »Ich finde aber eher, daß es in diesem Viertel mindestens einen Hornochsen gibt.«
»Das soll doch nicht etwa mir gelten?« fragte Gastounet, obgleich er dessen sicher war.
»Nein, das war nur ›im allgemeinen‹ gesagt.«

Gelächter ertönte. David und Olivier rückten ein Stück vor, um die beiden Männer besser zu sehen, den feixenden Bougras und den zornigen Gastounet.

»Ich warne Sie, Bougras, überlegen Sie sich gut, was Sie sagen, Sie haben es mit einem ehemaligen Frontkämpfer zu tun!«

»Und ich«, sagte Bougras, »bin ein neuer Frontkämpfer. Auf Ihr Wohl!«

»So? Und was bekämpfen Sie? Die Gesellschaft?«

Bougras ließ sich Zeit, bevor er antwortete. Er kratzte sich den Kopf, fuhr sich durch den Bart, schien nachzudenken und verkündete dann:

»Ich bekämpfe die Arschlöcher!«

Während neues Gelächter ertönte und Olivier David zuflüsterte: »Er hat ein unanständiges Wort gesagt!«, während der Schankwirt ein »Meine Herren, ich bitte Sie...« in den Saal rief, bereitete Gastounet eine Entgegnung vor. Bougras, wieder in versöhnlicher Laune, trank Adrienne und der Küchentrulle zu. Inzwischen war Gastounet an die Tür getreten und zeigte auf Aarons koschere Schlächterei.

»Da, schaut euch mal diesen Metzgerladen an, schaut euch das an! Würdet ihr euer Fleisch bei dem kaufen? Und Kupalski mit seinen Mazzen, wie würden euch die schmecken? Und woher kommen diese Leute? Wißt ihr das? Bald wird es hier nur noch Schnippelschwänze geben!«

»Sie haben Ihnen doch nichts getan«, bemerkte Papa Poileau.

»Ich bitte Sie, meine Herren...« wiederholte Ernest, der Vater Ernests.

Olivier bemerkte, daß David errötete und ganz verschreckt um sich blickte. Sein Instinkt sagte ihm, daß Davids plötzliche Angst in Beziehung zu Gastounets Rede stehen mußte. Und dann fiel ihm Madame Zober ein, wie sie mit einem Fleischpaket aus Aarons Schlächterei gekommen war.

»Wir hauen ab, David«, sagte er. »Komm, wir spielen noch ein bißchen auf der Straße.«
Sie schlichen sich unbemerkt hinaus. Die frische Luft roch gut. Auf der Straße spielten die anderen Fußball mit einem geplatzten Ball. Olivier machte eine Weile mit, kam dann wieder zu David zurück. Um ihn zu erheitern, führte er sein ganzes Repertoire von Grimassen vor und sagte:
»Papa Poileau kann sogar mit den Ohren wackeln.«
David schwieg, und Olivier fuhr fort:
»Dieser Gastounet, der ist vielleicht 'ne Matschbirne! Er quasselt wie eine Ente. Man versteht überhaupt nichts. Und Sachen erzählt er...«
»Er mag die Juden nicht. Er nennt uns Schnippelschwänze.«
»Er mag niemanden. Die Haque hat es gesagt, er ist ein Mensch ohne Liebe, hat sie gesagt, und er mag sich selbst nicht einmal. Aber Bougras, der hat ihn ganz schön auf die Palme gebracht, das war vielleicht ein Ding!«
Olivier überlegte einen Augenblick und fragte dann:
»Was ist das eigentlich, ein Schnippelschwanz?«
David fühlte sich peinlich berührt, fürchtete, bei seinem Freund auf Unverständnis zu stoßen. Trotzdem erklärte er es ihm mit leiser Stimme. Als er noch ein Baby war, hatte der *Sadik* ihn auf den Schoß genommen, und dann wurde er in die Gemeinschaft Abrahams eingeführt, mit dem Versprechen, die Weihung zu empfangen, auf die dann die Gebete und eine gute Mahlzeit folgten. Das alles hatte ihm sein Vater erläutert. Und die Weihung...
»Das ist die Beschneidung«, erklärte er. »Danach benetzt man dem Baby den Mund mit Wein und...«
»Wie bei Heinrich IV«, unterbrach ihn Olivier, »und dann reibt man ihm auch die Lippen mit Knoblauch ein?«
»Nein, nicht mit Knoblauch.«
»Aber was ist das denn nun genau? Wie wird es gemacht?«
David erklärte es ihm so gut, wie er konnte. Olivier zeigte sich verblüfft. Dieses Wort »Beschneidung« hatte er schon

einmal im Postkalender gelesen, »Fest der Beschneidung Christi«. Das mußte David ihm genauer beschreiben. Als Olivier sich endlich davon überzeugt hatte, daß das Ganze keine Verschrobenheit war, rief er:
»Au! Das muß aber weh tun!«
Ihn hatte man einmal operiert – die Polypen – und einigen seiner Freunde waren die Mandeln entfernt worden. Allein der Gedanke ließ ihn erschaudern.
»Nicht so sehr«, sagte David, »und dann ist man ja noch ein Baby und weiß nichts; es ist wie eine kleine Schnittwunde und gar nicht schlimm.«
»Aber einen Piephahn hast du doch noch?«
»Klar, was denkst du denn?« sagte David.
Es war die Zeit der Abendsuppe. Überall gingen die Lichter an, in den Läden, in den Fenstern, in den Hauseingängen. Zwei Gäste des *Transatlantique* torkelten vorbei, beschuldigten einander, besoffen zu sein. Die Straße roch nach warmem Brot. Die Kinder verkrümelten sich. Olivier dachte an die Szene im Bistro zurück, und er legte David die Hand auf die Schulter.
»Laß nur, mach dir nichts draus...«
»Mir macht es nichts aus.«
»Dem Gastounet sage ich nicht mehr guten Tag.«
»Es macht mir wirklich nichts aus, ganz bestimmt.«
Sie drückten einander die Hand, länger als gewöhnlich.

VIERTES KAPITEL

Capdeverre, der es von Ernest erfahren hatte, verbreitete die Nachricht: Die »Knalltüten der Rue Bachelet« verbündeten sich mit den Rotznasen der Rue Lecuyer. Olivier und Saint Paul schlugen vor, den Beistand der Rue Nicolet zu gewinnen, aber wie sollten sie das anstellen? Tricot hatte die Idee, den zukünftigen Bundesgenossen einzureden, daß die Knalltüten sie nicht ausstehen konnten. Es würde genügen, beschimpfende und mit Anatole Leimtopf oder Sandkorn unterschriebene Sprüche an die Wände zu schmieren. Dieser Machiavellismus wurde von Jack Schlack entschieden abgelehnt. Ihm kam es mehr auf die Qualität der Rüstung als auf die Quantität der Truppenbestände an. Olivier behauptete, eine zu große Armee würde den Sieg weniger ruhmvoll machen. Schließlich zog Jack Schlack eine schwarze Pistole aus der Tasche, die sich in nichts von den anderen Faustwaffen unterschied.
»Damit fürchten wir niemanden!«
»Das ist doch nicht etwa ein richtiger Ballermann?« beunruhigte sich Olivier.
»Viel schlimmer noch!« behauptete Jack Schlack.
In der linken Hand hielt er eine große angeschnittene Kartoffel, schob sie in den Lauf seiner Waffe, streifte dann die äußere Hülle ab, zielte auf einen imaginären Feind, drückte ab. Es machte ›Pluff‹, und der Schütze lud wieder auf.
»Na wenn schon«, sagte Riri verächtlich. »Das ist doch bloß 'ne Kartoffelpistole.«

»Aber damit sind wir die Stärkeren!« sagte Toudjourian.
»Moment mal! Als Chef habe ich wohl auch was mitzureden«, rief Capdeverre.
»Hier gibt's keinen Chef«, sagte Tricot.
»Ruhe!« befahl Capdeverre. »Ich habe hiermit beschlossen, daß wir Kartoffelpistolen brauchen.«
»Und Kartoffeln«, fügte Olivier hinzu.
Der Schatzmeister Loulou geriet in Verlegenheit. Die Verlockung einer roten Zuckerpfeife mit gelbem Stiel war stärker als seine Ehrlichkeit gewesen; er hatte sie mit dem Geld des Kriegsbudgets gekauft. Blieb ihm noch genug für dieses Arsenal? Vielleicht würde Monsieur Pompom ihm einen Rabatt gewähren?
Gerade dann vernahmen sie ein kriegerisches Getöse. Eine feindliche Truppe, bestehend aus Anatole, Salzkorn, Lopez, Doudou, den Brüdern Machillot, Schnittchen und den Jungen aus der Rue Lécuyer kam die Straße heruntergestürmt. Der Angriff gelang. Die »Apachen der Rue Labat« fanden sich alle auf dem Pflaster niedergestreckt, sogar Capdeverre, der Muskelprotz, während die Angreifer weiterliefen und sich mit höhnischen Beschimpfungen nach ihnen umdrehten.
Allgemeine Bestürzung. Die Feinde hatten sich damit begnügt, sie zu Boden zu werfen, und waren dann geflohen. So eine Feigheit! Die besiegten Helden einigten sich auf einen sorgfältig vorbereiteten Gegenschlag. Aber Capdeverre und Loulou mußten zur Turnstunde. Jeder hatte irgend etwas zu tun. So beschlossen sie, sich am folgenden Tag während der großen Pause im Schulhof zu treffen, wo sie versuchen würden, Truppen anzuwerben.
»Auf in den Kampf!« rief Tricot.
»Die machen wir fertig!« krähte Riri.
»Total fertig«, fügte Olivier hinzu.
Bestürzt, doch ungebeugt und mit neuem Mut trennten sich die »Apachen der Rue Labat«. Für sie war der Krieg erklärt.

An diesem Donnerstagnachmittag, dem beliebtesten Tag der Woche, ging Olivier in den Hinterhof der Nummer 73, um sein übliches Pfeifsignal zu geben. David erschien am Fenster, hob eine Hand mit gespreizten Fingern und rief: »In fünf Minuten!«
Inzwischen betrat Madame Rosenthal in ihrem mausgrauen Kleid den Kurzwarenladen, wo sie Virginie in Tränen aufgelöst fand.
»Aber Virginie, was ist denn los?«
»Ach, Madame Rosenthal, es ist nichts, wirklich nichts, nur ein bißchen Katzenjammer. Es geht vorüber... es ist schon vorbei. Ich werde Kaffee machen, und wir setzen uns in den Laden wie gewöhnlich. Ich muß noch ein paar Sofaknöpfe für Monsieur Leibowitz mit Stoff besetzen.«
»Störe ich Sie auch wirklich nicht?«
»Madame Rosenthal, Sie stören mich nie.«
Madame Rosenthal setzte sich auf den gedrechselten Holzstuhl vor dem Ladentisch, steckte ein Stopfei in eine Socke und nahm ihr Nähzeug heraus. Sie hörte das Knarren der Kaffeemühle, die Virginie zwischen den Schenkeln hielt, und dann das Summen des Wasserkessels. Beunruhigt schüttelte sie den Kopf.
Nachdem Virginie behutsam das kochende Wasser in die Filterkanne gegossen und den angenehmen Duft genossen hatte, fuhr sie sich mit einem Gesichtslappen über die Augen und legte sich ein bißchen Tokalon Reispuder auf. Als sie mit dem Tablett zu ihrer Besucherin zurückkehrte, erklärte sie:
»So, jetzt habe ich keinen Kummer mehr. Ich war gestern abend mit meinem Freund aus und bin spät nach Hause gekommen.«
»Olivier hat Sie nicht gehört?«
»Mein Freund hat sich vor der Tür verabschiedet, und ich bin auf Zehenspitzen hereingekommen. Olivier schlief wie ein Engel.«
Um so besser. Die Kinder müssen ihre Ruhe haben und

sollen sich geborgen fühlen. Man kann nie wissen, was in ihren Köpfen vorgeht.«
»Es ist sehr spät gewesen, und heute früh war ich furchtbar müde. Nach dem Frühstück habe ich mich in den Korbsessel gesetzt und bin eingeschlafen. Und da hatte ich einen Alptraum. Ach, was für ein schrecklicher Alptraum...«
»Das ist doch nichts, Virginie. Ein böser Traum. Darüber braucht man sich doch keinen Kummer zu machen.«
»Ich war in einem Eisenbahnzug. Der Bahnhof verschwand in einer Rauchwolke. Ich wollte aussteigen, aber der Wagen war verschlossen. Auf dem Bahnsteig stand Olivier und rief nach mir. Er rief nach mir, und ich konnte mich weder bewegen noch sprechen. Ich sah ihn durch die Scheibe, und der Zug fuhr ab, rollte, rollte immer schneller. Und Olivier schrie ›Mama, Mama!‹, aber ich wußte, daß ich tot war.«
»Mama!«
Virginie schreckte auf. Olivier kam plötzlich in den Laden gestürmt, gefolgt von David.
»Olivier, du hast mich erschreckt. So kommt man doch nicht in einen Laden, das weißt du doch!«
»Mama, kann ich mit David mal eben wohingehen, nicht weit von hier?«
»Ja, aber paß gut auf. Wenn du die Straße überquerst, schaust du zuerst nach links und dann nach rechts, bevor du losrennst.«
»Ich weiß doch, wie man über die Straße geht!« protestierte Olivier.
»Das will ich hoffen!«
Er holte seinen Ranzen und schnallte ihn sich auf den Rücken.
»Du mußt mal mit deiner Mama zu mir kommen«, sagte Madame Rosenthal zu David. »Dann mache ich euch einen schönen Nachmittagskaffee.«
»Und dein Butterbrot?« fragte Virginie ihren Sohn.

»Alles in Ordnung. Komm, David, wir hauen ab.«
Nachdem die Kinder draußen waren, legte Virginie die Stoffstücke und das Nähzeug zurecht, um die Sofaknöpfe für Monsieur Leibowitz einzufassen.
»Es ist nicht so sehr der Alptraum«, sagte sie, »aber ich bin furchtbar abergläubisch.«
»Das ist aber nicht vernünftig. Aberglaube ist doch Unsinn.«
Madame Rosenthal kannte Virginies Schwäche. Ein Nichts genügte, um ihr den Tag zu erhellen oder ihn zu verderben. Zum Glück gab es gegen die bösen Zeichen, wie gekreuzte Messer, verschüttetes Salz oder verkehrt liegendes Brot, auch gute, wie ein vierblättriges Kleeblatt, der Schornsteinfeger, oder Gegenmittel, wie Salz über die Schulter oder auf Holz klopfen. Zu den glückbringenden Dingen gehörte auch Lulus Buckel, aber sowie man ihn berührte, schrie er: »Das kostet fünf Francs! Sie schulden mir fünf Francs!« und er ließ einen nicht los, bis man ihn bezahlt hatte.
»Sie sind so lebensfroh, Virginie. Sie lachen und Sie singen. Sie sind nicht für Tränen geschaffen.« Und dann fand Oliviers Mutter wieder zu ihrer Sorglosigkeit zurück, und sie begann zu plaudern. Madame Rosenthal lächelte, wenn Virginie, die eifrige Illustriertenleserin, ihr bewundernd von den zweihundertfünfzig Paar Schuhen Gloria Swansons oder gerührt von den Erinnerungen Marcelle Chantals erzählte.
»Einen hübschen Veilchenstrauß haben Sie da, Virginie. Sie duften so gut! Sind die von Ihrem Kavalier?«
»Nein, die sind nicht von ihm.«
»Es fehlt Ihnen nicht an Anbetern. Kein Wunder, wo Sie so hübsch sind.«
»Ach, Sie wissen ja, wie die Männer sind. Die denken nur an eins... Nein, dieser da ist viel netter. Es war Monsieur Zober, der Vater des kleinen David, der mir damit gedankt hat, daß ich mich um seinen Sohn kümmere. Der und

Olivier sind unzertrennlich, und ich bin sehr froh darüber. Dieser Kleine ist für sein Alter sehr fortgeschritten, und er hat einen guten Einfluß auf meinen Springinsfeld.«
»Könnte es nicht sein, daß Monsieur Zober ein kleines bißchen in Sie verliebt ist?«
»Oh nein, der nicht«, sagte Virginie lachend, »das ist nicht seine Art. Aber was für ein charmanter Mann!«
»Ich bin ihm letzte Woche begegnet. Er hat es mir zwar nicht wirklich gesagt, aber ich verstand, daß er von der Pfandleihe kam, wo er sein Silber versetzt hat. Ich weiß, daß sie in Schwierigkeiten sind.«
»Madame Zober ist ziemlich zurückhaltend.«
»Das ist durchaus verständlich. Man muß sich einmal in ihre Lage versetzen. Ich bin katholisch, aber mein Mann ist jüdisch, und da kenne ich ein bißchen das Milieu. Diese Leute sind neu in Frankreich angekommen und müssen sich erst einleben. Sie haben Schwierigkeiten mit der Sprache, aber nach ein paar Jahren oder einer Generation sind sie assimiliert. Schauen Sie, der kleine David ist der Zweite in seiner Klasse.«
»Aber sie haben Gewohnheiten, die sie nicht ablegen wollen. Sie haben ihre eigenen Händler, ihre Geschäfte, und sie essen nicht wie alle anderen...«
»Sagen Sie mir, Virginie, wo kaufen Sie Ihre Wurstwaren?«
»Bei Castanier in der Rue Ramey, weil sie dort die Spezialitäten aus der Auvergne haben, die direkt aus Saint-Chély-d'Apcher kommen.«
»Sehen Sie, was Sie tun, tun die eben auch. Es ist das gleiche.«
»Das ist wahr«, gab Virginie zu.
Ein Klopfen an der Schaufensterscheibe unterbrach das Gespräch. Virginie stand auf.
»Es ist offen, Monsieur Bougras, kommen Sie herein!«
»Störe ich nicht?«

Bougras trat ein, sichtlich verlegen, wiegte sich von einem Fuß auf den anderen, wie ein dicker Bär. Nach einigem Räuspern zog er eine Rolle Garn aus der Tasche und sagte: »Ich kriege es nicht fertig, diesen verdammten Faden in diese verflixte Nadel einzufädeln.«

Virginie sagte: »Ich mache das schon.« Im Nu hatte sie den Faden in der Öse und gab ihm Rolle und Nadel zurück.

»Ich habe keine Feenfinger«, brummte Bougras. »Dankeschön, Madame Chateauneuf.«

»Wenn Sie was zu nähen haben...« erbot sich Madame Rosenthal.

»Nähen kann ich. Trotzdem vielen Dank.«

Als Virginie ihn schwerfällig über die Straße stapfen sah, sagte sie:

»Der ist schlank wie eine Tonne.«

»Komischer Kauz, dieser Bougras«, bemerkte Madame Rosenthal. »Wie es scheint, züchtet er bei sich zu Haus Kaninchen.«

»Das muß ja gut riechen! Und ein Anarchist soll er auch sein, habe ich gehört.«

»Der? Der würde keiner Fliege etwas zuleide tun, aber er hat eben seine Ideen. Wenn er ›*Le temps des cerises*‹ singt, ist es zum Weinen schön.«

Zuweilen kam eine Kundin herein, Virginie bediente sie, fragte dann, was es sonst noch sein dürfe, zeigte ihre Gitterleinwand für Stickereien, Hutnadeln, Zierknöpfe aus Straß, ein Nähzeugnecessaire in Form einer Samtkatze, oder sie empfahl eine besondere Wolle und erklärte das Strickmuster.

»Glauben Sie, Sie werden einmal wieder heiraten, Virginie?«

»Das sollte mich wundern.«

Virginie hatte Madame Rosenthal anvertraut, daß sie mit einem »Herrn« befreundet sei, der in Vichy wohne und regelmäßig wegen seiner Geschäfte nach Paris komme. Seine Zuneigung für Virginie war nicht mit Ansprüchen verbunden. Von Zeit zu Zeit verbrachten sie gemeinsam einen Abend und bemühten sich dann, gegen die Trübseligkeit ihres alltäglichen Lebens anzukämpfen. So hatten sie gestern im Flitterglanz der Pariser Nacht und unter den vielfarbenen Blitzen der elektrischen Leuchtreklamen einen Stadtbummel gemacht, Nachtlokale besucht, wie das *Viking, Jockey, College Inn* oder das *Placido Domingo*, Cocktails getrunken und den Boston oder die Biguine getanzt, um schließlich in den frühen Morgenstunden im russischen Restaurant *Pékar* Fleischklöße in Paprikasoße zu essen.

Die Zeitschrift *La Mode Française* bot Virginie eine Auswahl von Schnittmustern für Kleider, die sie sich selbst nähte, mit nicht zu tiefem Busenausschnitt, weil sie nicht für eine »von denen« gehalten werden wollte; schicke und einfache Kleider wie zum Beispiel ihr neuestes aus Lamé mit enganliegendem Mieder, tiefangesetzter Taille und einem schwingenden, weiten Rock.

»Wie macht sich Ihr Olivier in der Schule?«

»Es geht, und er macht sogar Fortschritte. Aber er läuft zuviel auf der Straße herum. Ich kann ihn schließlich nicht einsperren.«

»Ach, die Kinder brauchen nun einmal Bewegung. Sie müssen sich ein bißchen austoben können.«

»Wenn er artig ist und gut lernt, gehe ich mit ihm in den Luna Park oder ins *Trianon Lyrique*.«

»Ich glaube, er wird den Luna Park vorziehen.«

Virginie wickelte die Knöpfe für Monsieur Leibowitz in ein Stück weißes Seidenpapier. Madame Rosenthal blieb noch eine Weile, um ihrer Freundin in der für sie typischen Sanftmut all das zu sagen, was diese von ihr erwartete. Als sie den Laden verließ, war Virginie beruhigt, hatte ihren Alptraum vergessen, und sang: *»Ich habe ein Herz, das nach Liebe sich sehnt.«*

Mit seinem Ranzen auf dem Rücken kam sich Olivier wie

ein Wüstenforscher vor. David hatte eine komische Hose an; sie hing ihm bis über die Knie, mit giftgrünen Stoffstreifen aus königsblauem Grund, und sie baumelte an einem Paar ausrangierter Hosenträger seines Vaters. Olivier trug einen enggeschnürten Flechtgürtel auf der zu kleinen Hose eines einst weißen Matrosenanzugs, den Virginie braun gefärbt hatte.

Um eine Begegnung mit den Feinden der Rue Bachelet zu vermeiden, machten sie einen Umweg über die Rue Lambert. Aus dem Polizeikommissariat kam wieherndes Gelächter. Der Schutzmann mit seiner Pelerine trat in den Hauseingang, um seine Kippe zu rauchen, die er beim Wachestehen versteckte. Etwas weiter, im *Bon Picolo*, saß Gastounet. Er hielt sein Glas mit beiden Händen fest, als fürchtete er, man wolle es ihm wegnehmen, und diskutierte mit Straßenarbeitern. Olivier machte eine abwertende Geste in seine Richtung und sagte verächtlich:

»Der sabbert dich an und redet dir ein, es regnet.«

Sie überquerten die Straße, hielten einander bei der Hand, wie man es sie im Kindergarten gelehrt hatte, und jeder glaubte, den anderen zu führen. Die steile Treppe zur Rue Becquerel gab Olivier Gelegenheit, seinem Freund zu zeigen, wie man den glatten Seitenrand auf den Hacken herunterrutschen kann, ohne sich den Hosenboden schmutzig zu machen.

»Ich werde dir den Weihnachtsmann zeigen. Ich weiß, wo er wohnt.«

Sie kletterten tapfer weiter in die höchsten Höhen von Paris. Olivier suchte in Davids Augen das gleiche Vergnügen, das er selbst empfand. In der Geographiestunde hatten sie gelernt, daß Frankreich, ein Land mit gemäßigtem Klima, gleich weit vom Äquator wie vom Nordpol entfernt, wie ein Sechseck geformt, der Garten der Erde, mit einem Umfang von vierzigtausend Kilometern, durch die Natur seines Bodens als das wunderbarste, und in der Geschichte seit unseren Ahnen, den Galliern, als das größte aller Länder galt. Von diesem Paradies war Paris die Hauptstadt, und da Montmartre es überragte, konnte sich nichts auf der Welt mit ihm vergleichen, was allein schon die Tatsache bewies, daß die ganze Welt hierher kam, um die Place du Tertre zu bewundern und diesen Hügel, den so viele Maler und Schriftsteller verherrlicht hatten.

Montmartre wurde von seinen Einwohnern maßlos und mit chauvinistischer Überheblichkeit geliebt. Sie waren überzeugt, daß man nirgendwoanders so gut wie auf der *Butte* zu leben wußte, wo die Luft am reinsten und leichtesten ist, zur Gesundheit der Seele beiträgt. Eine Luft, in der sich die spöttische Schlagfertigkeit des Pariser Straßenjungen, des *Gavroche*, des *Titi* oder des *Poulbot* entwickeln konnte. Bezeugt durch jene Sprache, in der sich volkstümliche Redewendungen ländlichen oder städtischen Ursprungs und der *Argot* zu einem unnachahmlichen Ton vermengen.

Olivier war von diesem Geist geprägt, David ließ ihn ganz auf sich wirken. Gewiß, sie machten vieles einander nach, aber auf der Schule der Straße gehörte Olivier gewissermaßen einer höheren Klasse an als David und gab seinem Freund Nachhilfeunterricht.

Nach einem steilen, von Brennesseln gesäumten Pfad kamen sie in ein Gassengewirr, wo sie Dorfbewohnern und herumstreunenden Gören begegneten. Oberhalb der Rue des Saules gelangten sie vor ein ländliches Haus mit einem Bretterzaun und einem großen Schild, auf dem *Le Lapin Agile* geschrieben stand. Vor der Tür saß ein bärtiger, Pfeife rauchender Mann.

»Das ist er«, sagte Olivier, »das ist der Weihnachtsmann.«

»Ach so«, meinte David, sichtlich zweifelnd.

»Ich weiß sogar seinen wirklichen Namen, Frédé heißt er. Das hat mir meine Mutter erzählt. Die Künstler kommen zu ihm und singen und bezahlen nichts für ihre Getränke.«

»Er sieht wie ein Rabbi aus.«
»Findest du?« Olivier hatte keine Ahnung, was dieses Wort bedeutete.
Sie liefen am Hang des Hügels entlang. Reste einer Wildnis mit verwahrlosten Hütten, in denen Lumpensammler, arme Künstler und Landstreicher hausten, erstreckten sich zwischen zierlichen Villen mit gepflegten Gärten und Schwertlilienbeeten. Die Kinder kamen an baufälligen, mit geteerten Strebepfeilern gestützten Gebäuden vorbei, an Grashügeln, an ausgetretenen Wegen, an Treppen, die nirgendwohin führten. Hier gab es eine bunte Folge von Schuppen, Werkstätten, Trödlerläden, Devotionalienhandlungen, rauchigen und geräuschvollen Kneipen. In den Hauseingängen oder auf den Vorstufen hielten sich ganze Familien auf. Die ländliche Stille schien den Lärm aufzusaugen und ihn in die Ferne, über die Dächer der Stadt zu leiten.
Auf dem Deckel einer Gaslaterne saß ein Knirps und verulkte die Vorübergehenden.
»Klettern wir zu ihm rauf?« schlug Olivier vor.
Sie versuchten es, aber der Kleine da oben verteidigte seine Stellung. Um nicht angepinkelt zu werden, mußten sie rasch den Rückzug antreten. Da Olivier annahm, der Schlingel habe nun seine Munition erschöpft, ermutigte er David, einen neuen Angriff zu wagen, aber der andere überhäufte sie mit einer Flut von Drohungen, behauptete, er könne noch jede Menge pinkeln, und er würde seine Kumpel zur Hilfe rufen. Beeindruckt erklärten die Angreifer, seine Laterne sei ihnen völlig schnuppe, und sie sei überhaupt bloß eine ganz miese, jämmerliche Funzel.
Etwas weiter trat ein Scherenschleifer auf das Pedal seines Wägelchens und drehte einen Wetzstein, aus dem die Funken stieben. Als sie dem Mann bei der Arbeit zuschauten, erbot er sich, ihr Messer zu schleifen, falls sie eins hätten. Olivier zog ein Reklametaschenmesser in

Form eines Autos aus der Tasche. Der Scherenschleifer fuhr mit dem Finger über die Klinge und erklärte, dieses Messer sei so stumpf wie das Knie seiner Großmutter. Olivier gestand, daß er »nicht einen Pimperling« habe, aber die Arbeit wurde ihm gratis gemacht. Sie bedankten sich und setzten ihren Weg fort.

»Du wirst sehen«, sagte Olivier, »jetzt fängt der Spaß erst richtig an!«

Nur ihm war bekannt, daß er der Besitzer eines Stücks Brachland auf der Butte Montmartre war. Alle Kinder strebten nach der Herrschaft über die vorläufig noch ungenutzten Gelände, auf denen bald Mietshäuser stehen würden, und die man mit phantasievollen Namen bezeichnete wie »Zum Alten Bau«, »Die Einsame Dame«, »Zum Lehmgrund«, »Am Taubenschlag«, »Bei den Rohren«, »Toter Mann«, »Die Unterirdischen«, »Malvenfeld« oder »Bei den Kletterfelsen«.

»Hier gehen wir hin«, sagte er und schob die Bretter eines Zauns beiseite.

Zu seiner Enttäuschung stellte er fest, daß der untere Teil des Geländes von Pfadfindern besetzt war. So führte er seinen Freund zum oberen Teil, wo zwei Clochards schliefen. Sie richteten sich auf einem Schutt- und Geröllhaufen ein.

»An die Arbeit!«

Sie errichteten schnell eine Burg und grenzten sie mit einer Reihe von Steinen ab. Davids an einen Zweig geknotetes Taschentuch diente als Flagge. Am Himmel verlustierten sich weiße Wolken mit der Sonne, verhüllten und enthüllten sie, ballten sich zusammen, stoben auseinander.

»Ist das nicht 'ne Wucht?« fragte Olivier.

»Hier sind wir wie die Könige«, sagte David.

Olivier breitete den Inhalt seines Ranzens auf den Boden aus: Vier Kartoffeln, eine ausgezinkte Gabel, das kleingeschnittene Holz einer Lattenkiste, drei Schnitten mit Johannisbeergelee, zwei Tafeln Schokolade Marke *Les Gourmets*, Zeitungspapier, eine Schachtel Schwefelzündhölzer.

Das Feuer brauchte lange, bis es endlich brannte. Zweimal mußten sie es wieder anzünden und nach trockenem Reisig suchen. Während die Schalen der Kartoffeln verkohlten, blieb das Innere immer noch roh. Sie schauten nach unten, wo das helle Feuer der Pfadfinder loderte, betrachteten interessiert die dreieckig gefalteten und unter dem Hals mit einem Lederring befestigten grünen Baumwolltücher, die mit Taschen besetzten Khakihemden, die flachkrempigen Filzhüte, die blauen Wollstrümpfe mit grünem Revers und den mit Gummiband befestigten Wimpelstreifen, die Tuchhosen und vor allem die an den Gürtelhaken hängenden Requisiten: Feldflasche mit Becher, Messer in der Lederscheide, Trillerpfeife, und dann die ringsum aufgestellten Rucksäcke, das Zelt, das Feuer... Und jetzt stimmten sie mit männlicher Stimme ein Lied an:

> *»Mein Hut der hat drei Ecken,*
> *Drei Ecken hat mein Hut.*
> *Und hätt er nicht drei Ecken,*
> *Dann wär es nicht mein Hut.«*

Bei jedem Refrain dieser langen Leier wurde dem Hut eine Ecke mehr hinzugefügt, vier, fünf, sechs, sieben, acht Ecken. Es nahm kein Ende.

David war voller Bewunderung. Er näherte sich dem Lager, aber die im Kreis sitzenden Pfadfinder schenkten ihm keine Aufmerksamkeit. Olivier zuckte gereizt die Schultern und bemühte sich, die Okkupanten seines Gebiets lächerlich zu machen.

»David, schau dir mal den da an, mit seinen krummen Dackelbeinen, der reinste Gartenzwerg. Das sind bestimmt keine richtigen Pfadfinder.«

»Meinst du?«

»Blöde Hornochsen sind sie! Total vertrottelte Armleuchter! Eine ganz miese Bande!«

Dann spielten sie wieder, und da sie über keine Ausrüstung verfügten, fanden sie alles herrlich und entwickelten einen regen Erfindungsgeist. So verwandelte ihre Phantasie die Schutthalde bald in einen Palast, bald in einen Dschungel, eine Steppe oder eine Wüste. Tapfer bissen sie in die ungekochten Kartoffeln und beteuerten sich gegenseitig, daß sie köstlich schmeckten. Mit um so größerem Vergnügen machten sie sich dann an die Marmeladenbrote und die Schokolade, deren Spuren noch eine Weile ihre Münder verschmierten.

»Die Wölflinge, die verstehen was, aber doch nicht diese Pfadfinder«, erklärte Olivier. »Loulou ist sogar schon mal dabei gewesen. Man hat sie ans Meer verschickt.«

»Loulou hat wirklich das Meer gesehen?«

»Klar. Er hat sogar Krebse und Krabben gefischt.«

»Und Walfische? Hat er die gesehen?«

»Natürlich!« log Olivier. »Auch Pinguine und Seelöwen.«

Um Loulou nicht mit zuviel Prestige auszuschmücken, schaltete er rasch auf Sätze um, die alle mit »Wenn ich wollte...« begannen, was ihm als Sprungbrett für alle nur möglichen Abenteuer diente, obgleich man, wie Madame Haque zu sagen pflegte, »mit Wenns Paris in eine Flasche stopfen könnte«.

»Wenn ich wollte, würde ich nach Afrika gehen und Löwen und Panther jagen... Wenn ich wollte, würde ich zu den Indianern gehen... Wenn ich wollte, würde ich ein Flugzeug nehmen...«

»Mein Vater hat gesagt«, erzählte David, »wir fahren nach Amerika, aber das sagt er bloß so, und das bringt meine Mutter richtig auf die Palme.«

»Amerika ist nicht schlecht«, meinte Olivier, der sich an die Episode aus dem Bilderheft erinnerte, in der die Kinder Zig und Floh und der Pinguin Alfred in Gesell-

schaft ihrer Freundin Dolly und deren Onkel, dem Millionär Artie Shocke das Land der Wolkenkratzer entdecken.
»Dort werden wir dann immer sein, sagt Papa.«
Da jeder in der Straße seine Träume hatte, war Olivier höflich genug, ihm Glauben zu schenken. Er sagte sogar, es sei eine gute Idee.
»Meine Schwester Giselle findet es fabelhaft, weil sie dort zum Film gehen will.«
»Ich würde lieber Flieger werden. Oder nein, lieber Gangster oder Cowboy oder...«
Jetzt schien ihnen das Pfadfinderlager lächerlich. Als sie ihr Grundstück verließen und sich gelobten, wiederzukommen, waren die uniformierten Jungen bei der fünfunddreißigsten Ecke ihres Huts angelangt.
»Die sind ja total bescheuert mit ihrem doofen Lied«, sagte Olivier verächtlich und begann »Das ist die Liebe der Matrosen« zu singen, worin David bald einstimmte.

Auf Umwegen gelangten sie zur Parkanlage auf der Place Constantin-Pecqueur, wo David auf Oliviers Schultern stieg, um den Becher der Wallace-Fontaine zu erreichen. Die Häuser der Rue Caulaincourt erschienen ihnen riesengroß mit ihren Fassaden, den Restaurants, den vielfarbenen Läden und all den Menschen, den Autos, den Omnibussen, den prächtigen Lieferwagen. Und all die Gläser mit den bunten Bonbons, die langen Reihen der Cremeschnitten und Obsttörtchen, die Schaufenster voller Spielzeug... da könnte man Stunden verbringen, die Nase an die Scheibe gedrückt, den Finger ausgestreckt, um sich gegenseitig seine Lieblingssachen zu zeigen.
»Hier wohnt mein Onkel Samuel, dort oben im fünften Stock.«
Olivier ließ den Blick über das schöne Gebäude schweifen, fand die bezeichnete Etage und fragte:
»Welches Fenster?«
»Er hat alle fünf Fenster.«

»Was? Fünf Fenster?«

»Ja, und sogar auch einen Fahrstuhl für drei Personen.«

»Das kenne ich«, erklärte Olivier, der sich an einen Besuch bei Dr. Lehmann mit seiner Mutter erinnerte.

Dieser David, dem sah man es wirklich nicht an, daß er einen Onkel mit einer Wohnung in einem so schönen Haus hatte! Um ihm nicht nachzustehen, erzählte Olivier von seinem Onkel Henri und seiner Tante Victoria, die er kaum kannte.

»Die haben auch einen Fahrstuhl, aber sie benutzen ihn nicht, weil es bei ihnen zwei Treppen gibt.«

Olivier sah nicht die Unsinnigkeit seiner Behauptung, aber David fragte sich, wie man gleichzeitig auf zwei Treppen hinaufsteigen kann.

Eine Begegnung ließ ihn diese Frage vergessen. An der Ecke der Rue Francœur saßen sich Loulou und Capdeverre rittlings auf einer grüngestrichenen Bank bei einer Partie Knöchelchenspiel gegenüber. David und Olivier kamen mit Geschrei über die Straße gerannt.

»Na, ihr beiden«, sagte Capdeverre, »wo seid ihr denn gewesen?«

»Das ist ein Geheimnis«, antwortete David.

»Wenn man euch fragt, sagt ihr, ihr wißt es nicht«, fügte Olivier hinzu.

»Wenn ihr es nicht sagen wollt, dann laßt es eben bleiben!«

»Die zwei beiden sind das reinste Liebespärchen«, meinte Loulou verächtlich.

»Was geht dich das an, du Arschgesicht?« erwiderte Olivier.

»Soll ich dir mal die Fresse polieren?«

Sie rangelten sich ein bißchen, bevor sie alle vier auf der Bank Platz nahmen und die Beine immer schneller baumeln ließen. Olivier stieg auf die Rückenlehne und machte akrobatische Kunststücke. Vier Männer in grünen Kitteln kamen im Gänsemarsch vorüber und verteilten

Handzettel. Die Jungen verlangten einen ganzen Stapel, bekamen aber nur jeder einen. David und Olivier machten Schiffchen aus den ihren, Loulou fertigte ein Flugzeug, befeuchtete die Spitze mit Spucke und stieß es in die Luft, Capdeverre versuchte, den seinen zu einer Taube zu falten, zerriß ihn aber schließlich.

»Was machen wir jetzt?« fragte Olivier.

Zwei Pferde zogen einen Karren. Sie rannten ihnen nach und kletterten, einander helfend, auf die Plattform.

»Wir reisen gratis«, sagte Loulou, und sie ahmten das ›Töff, Töff‹ der Hupen nach, das Klingeln der Straßenbahn, das Brummen der Motoren.

An der Ecke Rue Lambert sprangen sie ab, wo Elie und Saint Paul, die Hände in den Hosentaschen, herumbummelten, gefolgt von Riri, der sie fragte, ob sie Bonbons hätten.

»Wenn wir Bonbons hätten, hätten wir sie längst aufgegessen, Riri«, sagte Olivier.

Das brachte Capdeverre auf eine Idee. Er näherte sich einer Marktfrau, die ihre Karre in Richtung Rue Ramey schob, und fragte sie:

»'Tschuldigung, Madame, hätten Sie zufällig einen Bonbon?«

»Einen was?«

»Einen Bonbon.«

»Und was sonst noch? Eine Frechheit haben diese Bengels von heute!«

Um ihm nicht nachzustehen, wetteiferten Loulou und Olivier an Dreistigkeit miteinander. Sie liefen in die Läden, stellten die gleiche Frage und türmten, ohne auf die Antwort zu warten. David sah, daß auch er etwas tun müßte. Er wandte sich an einen Tattergreis mit wackelndem Kopf und stellte ihm die Frage. Da der alte Mann taub war, kam eine überraschende Antwort:

»Ich glaube, das ist in der Gegend der Gare du Nord. Frag mal den Zeitungshändler.«

Das Spiel begann langweilig zu werden, als plötzlich Capdeverre die schöne Mado bemerkte, die gerade die Straße heraufkam.
»Eine tolle Puppe!« sagte er bewundernd.
»Wie aus dem Panoptikum«, witzelte Olivier.
Leicht gekleidet, im Kostümrock und champagnerfarbener Bluse aus Crepe Marocain, das platinblonde Haar in Dauerwellen gelegt, schlenderte die Schöne lässig daher.
»Wie eine Prinzessin sieht sie aus«, sagte David.
Olivier spielte den Gleichgültigen, Capdeverre pfiff. Als sie an ihnen vorbeikam, trat Loulou auf sie zu, lächelte sie an und sagte:
»Guten Tag, Mademoiselle, wissen Sie zufällig, wie spät es ist?«
»Guten Tag, Kinder. Aber natürlich weiß ich, wie spät es ist.« Sie blickte auf die an ihrer Halskette hängende Uhr. »Es ist halb sieben.«
»Danke, Mademoiselle«, fuhr Loulou fort. »Also bald Essenszeit, nicht wahr? Ich wollte Sie noch was fragen: Hätten Sie zufällig einen Bonbon, bitte?«
Sie bereiteten sich auf die Flucht vor, aber Mados Stimme hielt sie zurück.
»Aber ja, das trifft sich gut. Ich habe gerade welche in meiner Handtasche...«
Sie reichte ihm ein Päckchen Pfefferminzbonbons. Als die Jungen verschüchtert zurückwichen, griff sie selbst in die Tüte und verteilte die eingewickelten Bonbons.
»Zwei für Olivier, zwei für Loulou, zwei für... wie heißt du? David? Also zwei für David...«
»Sie kennt sogar meinen Vornamen«, stellte Olivier erstaunt fest. Schlagartig hatte sich Mado die Herzen der Kinder erobert. Als sie im Hauseingang Nummer 77 verschwand, wurde sie mit den schmeichelhaftesten Beiworten bedacht.
»Immerhin war ich derjenige, der sie angesprochen hat«, sagte Loulou.

»Sie ist wirklich sehr nett«, bemerkte David.

»Na ja«, gab Olivier zu, »schlecht ist sie jedenfalls nicht.« Da Chéti und Petit-Louis gerade in Richtung Rue Bachelet gingen, winkten Capdeverre und Loulou den anderen zu, ihnen zu folgen. Olivier begann sich mit diesen beiden Zwanzigjährigen über das Boxen zu unterhalten, und so kamen sie, in Begleitung der Großen, unbeschadet an den vollzählig versammelten »Knalltüten der Rue Bachelet« vorbei. Sie nutzten die Gelegenheit, um ihnen lange Nasen zu schneiden und die Zunge herauszustrecken.

Es war ein ereignisreicher Abend. Jetzt, da die Tage länger wurden, blieben die Leute vor dem Abendessen länger auf der Straße. Aus den offenen Fenstern drang der Lärm vom Geschirr, und ein Radioapparat verbreitete die Ziehharmonikaklänge Frédo Gardonis. Frauen schwatzten miteinander von Fenster zu Fenster, man wünschte einander guten Appetit, Mütter bemühten sich unter Androhung von Popoklatsche, ihre Kinder zu versammeln.

Olivier und David zögerten das Vergnügen möglichst lange hinaus. In fröhlicher Übereinstimmung brauchten sie nicht viel Worte zu machen, machten einander mit Kopfzeichen auf die interessanten Dinge aufmerksam. Die große Giselle, die gerade aus der Nummer 73 kam, setzte diesem glücklichen Zustand ein Ende.

»Du treibst dich noch herum, David, du Schlingel«, fuhr sie ihren Bruder an. »Du wirst zum Essen erwartet. Ich werde erzählen, daß du auf der Straße warst.«

»Wenn du nichts sagst, schenke ich dir einen Pfefferminzbonbon.«

»Geh hinein, und dann werden wir sehen.«

»Na schön, dann werde ich auch mal türmen. Wiedersehen, David, bis dann!« sagte Olivier.

»Vielleicht bis später, wenn ich den Mülleimer runterbringe«, versprach David.

Olivier drückte auf die Türklinke des Kurzwarenladens, in dem ein angenehmer Vanilleduft wehte.

Bei Anbruch der Nacht, einer warmen Mainacht, die den Sommer ahnen ließ, hörte David zu seiner unangenehmen Überraschung, daß Giselle sich anbot, den Mülleimer hinunterzubringen. Er protestierte. Das war doch seine Arbeit. Um den Streit durch ein salomonisches Urteil zu schlichten, verkündete Monsieur Zober, er würde es selbst tun und die Gelegenheit nutzen, ein bißchen frische Luft zu schnappen und eine Zigarette zu rauchen.
Madame Zober, die Hände in die Hüften gestemmt, bemerkte:
»Alle wollen sie gehen zum Müll. Das Mädchen, der Junge, der Mann, was nichts anderes hat zu tun...«
»Einer muß ziehen den Kürzeren«, erklärte Monsieur Zober feinsinnig.
»Aber ich mache es doch immer!« klagte David.
»Schon gut, du wirst gehen«, entschied Monsieur Zober.
»Aber ich gehe mit«, sagte Giselle. »David hat nämlich Angst alleine im Dunkel.«
»Ich hab' doch keine Angst. Wovor soll ich Angst haben?«
»Er sagt es nicht, aber er fürchtet sich vor den Katzen und Mäusen.«
»Wenn es gibt Katzen, wo soll es geben Mäuse?« fragte Monsieur Zober.
Zärtlich gerührt lauschte er den Streitereien seiner Kinder auf der Treppe, setzte sich an den Tisch, den Esther abräumte, und überflog, ohne es zu lesen, das Exemplar einer wochenalten jiddischen Zeitung.
»Wenn du willst ausgehen, bleibe nicht hier«, sagte Madame Zober.
»Vielleicht will ich, vielleicht will ich nicht.«
Um sich die Zeit zu vertreiben, fuhr Isaak mit dem Magneten über den Fußboden und las die herumliegenden Näh- und Stecknadeln auf. Als er wieder aufstand, trat er vor den Spiegel, rückte seine Krawatte zurecht und glättete sein Haar. Esther blickte ihn von der Seite an. Seit einiger Zeit trug er nicht nur den schönen Anzug an Wochenta-

gen, um die Kunden anzulocken, die dennoch nicht kamen, sondern frisierte sich dazu noch ganz modern, mit einem Scheitel in der Mitte, das Haar glatt gestrichen mit rosa Brillantine, die er dick auftrug.

»Einen Kopf hast du, was mich bringt zum Lachen!« sagte Esther.

»Samuel, er macht es auch so, mit schöne Frisur, und elegant ist er, und schön wie ein Zitronenbaum, was blüht in der Sonne«, erwiderte Isaak.

»Samuel ist gewesen in Paris so lange wie ein Franzose.«

»Und ich bin nicht ein Franzose wie er? Wählen kann ich, wenn ich will, und wenn es gibt Krieg, ich werde gehen in den Krieg«, empörte sich Isaak und fügte hinzu: »Diese Frau! Immer sie macht alles schlecht!«

»Aber dein Kopf, da muß ich lachen!«

Monsieur Zober starrte an die Decke. Dann setzte er sich auf einen Stuhl vors Fenster, die leere Zigarettenspitze zwischen den Zähnen, und dachte an den Prospekt, von dem er einige Entwürfe in seiner Rocktasche verwahrte. Und wenn nun David, der Zweitbeste seiner Klasse, ihm bei der Niederschrift helfen würde? Oder Samuel? Ja, Samuel kannte sich in solchen Dingen aus.

»Samuel, ich muß gehen zu ihm, weil er will spielen Schach mit mir am Abend.«

»Wozu er kommt nicht hierher, wenn er will spielen Schach?«

»Soll er tragen das Schachspiel, was schwer ist wie was weiß ich?«

Monsieur Zober beschäftigte sich mit einem geheimen Plan. Esther wußte nämlich nicht, daß er einen vierfach gefalteten Hundertfrancsschein in einer verborgenen Ecke seiner Brieftasche verwahrte. Sie, die alles erriet, hatte keine Ahnung von den Träumereien, die ihm durch den Kopf gingen. So ahnte sie auch nicht, daß er beim Lesen der Heiligen Schrift stets dem *Schir Haschschirim* oder dem Hohelied Salomos, das Rabbi Akiba zum heiligsten aller Bücher erklärt hatte, besondere Aufmerksamkeit widmete. Wenn er dieses lyrische und so bildhaft ausgeschmückte Gedicht las, sah er Sulamith, die Hüterin der Weinberge vor sich und wurde selbst zu ihrem Geliebten Salomo. Dann küßte er ihre lieblich in den Kettchen stehenden Wangen und ihren Hals in den Schnüren, und die Augen der Schönen waren Tauben und ihre Haare wie eine Herde Ziegen, und er hörte ihre süße Stimme: »Oh küsse mich mit dem Kuß deines Mundes! Denn deine Liebe ist lieblicher als Wein!« und er antwortete: »Du bist schön, meine Freundin, lieblich wie Jerusalem...« Doch die, die die Züge Sulamiths annahm, war nicht schwarz und von der Sonne verbrannt, sondern blond, und sie hieß Virginie.

Nachdem Isaak seiner Neigung widerstanden hatte, mußte er es sich schließlich eingestehen: Er war verliebt, das heißt zu allen Absurditäten bereit, zu schmachtenden Seufzern, zu Blumengeschenken, die Oliviers Mutter zuerst entzückt, jedoch jetzt mit einiger Kälte entgegennahm, so schien es ihm jedenfalls, obgleich er dann wieder in der Sorglosigkeit der Geliebten Entschädigung fand, wenn sie zum Schluß doch die duftenden Sträuße bewunderte und in eine Vase stellte, während sie ihn ermahnte, in Zukunft keine solche Dummheiten mehr zu machen.

»Sie kommen nicht nach Hause, diese beiden«, sagte Monsieur Zober und nahm seine Mütze. »Ich werde gehen und sehen, was sie treiben.«

Esther seufzte. Was hatten sie nur alle, daß sie das Heim verließen, um auf dieser Straße herumzustreunen? Was tun, um sie zurückzuhalten? Die Tapete wechseln, einen Spannteppich hinlegen, die Klappbetten umgruppieren? Sie öffnete den Schrank und zählte die dank Samuels Darlehen gekauften Vorräte: Ein Sack Mehl, einige Gläser Salzgurken, eingelegte Heringe und in Essig marinierte Gemüse, Honig, sechs Flaschen *Richon-le-Sion* Wein, Gewürze. Beim Anblick dieser Dinge fühlte sie sich etwas wohler.

Trotzdem bot sie all ihre Kräfte auf, um gegen die wieder aufsteigenden Tränen anzukämpfen, wehrte sich heftig, warf sich vor, eine wahre Heulerin zu werden, ein Klageweib. Dann blickte sie auf die Laterne der Thora. Alles ruhte auf ihr. Ohne die heiligen Gesetze würde das Chaos einbrechen. Doch einstweilen mußte der Teig zubereitet und das Geschirr gewaschen werden, und dieser Gedanke erfüllte sie mit neuer Freude, denn auch die bescheidenen Aufgaben sind eine *Mizwe*, d. h. gottgefällige Taten, durch die die Hausfrauenarbeiten sich in religiöse Handlungen verwandeln.

Und da alle ausgingen, würde auch sie ausgehen. Jawohl, sie würde sich ihr buntes Kleid anziehen und diese Madame Rosenthal besuchen, die sie schon so oft eingeladen hatte. Gewiß, diese Dame, die so gut Französisch sprach, schüchterte sie ein wenig ein, aber ihr Gesicht drückte Güte aus, und sie gehörte bestimmt nicht zu der Sorte wie einige in der Rue des Écouffes, die sie eine Polackin genannt hatten.

Während sie behutsam die Gläser und Teller in warmem Wasser mit Soda spülte, summte sie ein hebräisches Lied, das sie in ihrer Kindheit gelernt hatte.

Inzwischen hatten David und Giselle den Mülleimer in die Tonne auf dem schmutzigen kleinen Hinterhof geleert und gingen auf die Straße hinaus.

»Erwartest du wieder deinen Schmuser?« erkundigte sich David.

»Halt' den Schnabel, du häßliche Ente!«

»Wenn Mama wüßte, daß er ein Teppichhändlertyp ist . . .«

»Das ist nicht wahr, du Lügner, Möbel verkauft er.«

»Aber ein Scheich wird er wohl sein, mit seiner schwarzen Hautfarbe, was?«

»Nein, falsch getippt, er ist jüdischer als du. Léon Benhaïm

heißt er, und er kommt aus Marrakesch in Marokko. Das kennst du nicht einmal!«
»Ist mir doch schnuppe«, sagte David. »Kommt er?«
»Das geht dich einen Dreck an. Er ist auf Reisen, wegen seiner Arbeit.«
»Und warum gehst du aus?«
Sie zuckte mit den Schultern. Sie ging aus, weil sie allein sein wollte. Mit verschränkten Armen schlenderte sie die Straße hinauf, ohne sich um ihren Bruder zu kümmern. Dann setzte sie sich auf die Stufen der Rue Bachelet, schaute in den Himmel, suchte den runden Mond und die wenigen sichtbaren Sterne. Wenn sie sieben Sterne zählte und Léon, der sich in der Touraine befand, das gleiche tat, war die Gemeinsamkeit im Liebesglück gesichert. Diesen Léon mochte sie zwar ganz gern, aber sie empfand nicht mehr für ihn als für Daniel, seinen Vorgänger. Einen Flirt mußte man schließlich haben, sei es auch nur, um es ihren Freundinnen Jacqueline und Yvonne nachzutun, die immer so stolz waren, nach Schulschluß vor der École Pigier von Verehrern erwartet zu werden.
Da die Fensterläden des Kurzwarenladens verriegelt waren, trat David in den Hausflur, um durch das auf den Hof gehende Fenster zu schauen. Durch die Strickgardinen sah er Virginie, die in einem Buch las. Neben ihr saß Olivier und zählte seine Murmeln. Weil er nicht an die Scheibe zu klopfen wagte, gestikulierte er eine Weile, bis sein Freund seine Anwesenheit bemerkte.
»Mama, David ist da. Er wartet auf dem Hof.«
»Dann laß ihn herein. Was macht er überhaupt da draußen um diese Zeit?«
»Er geht runter, um den Mülleimer zu leeren.«
»Ich verstehe«, sagte Virginie lachend.
Nachdem sie *Das Neue Kochbuch* von Madame Blanche Caramel auf den Tisch gelegt hatte, ging sie die Tür zum Hausflur öffnen.

»Komm herein, David«, sagte sie und streichelte ihm den Kopf.
»Hast du deine Schularbeiten gemacht?« fragte David Olivier.
»Ja, warum?«
»Ich wollte dir ein bißchen helfen.«
Schließlich brauchten sie einen Vorwand. Virginie holte eine runde Platte mit einem halben Milchreiskuchen unter einer dicken Karamelschicht aus der Anrichte sowie zwei Teller und zwei kleine Löffel.
»Ich bin sicher, daß du Milchreis magst, David, und ich habe zwei Teller hingestellt, weil Olivier ein solcher Vielfraß ist...«
David erinnerte sich zwar an die Ermahnungen seiner Mutter, nichts anzunehmen, aber wie konnte man diesem Vanilleduft und dem cremigen Karamelüberguß widerstehen? Virginie gab ihm eine große Portion; Olivier, der bereits davon gegessen hatte, erhielt eine kleinere.
»Vielen Dank, Madame«, sagte David.
»Eßt nicht zu schnell, sonst wird euch noch schlecht!«
Olivier und David ließen es sich schmecken. Der weich gekochte Reis, die Rosinen, der Zucker, die Vanille, die Milch und der Karamel. Ein wahres Fest für den Gaumen!
»David, wird deine Mama sich auch nicht beunruhigen?«
»Noch nicht. Giselle ist mit mir runtergegangen.«
»Man sollte sie nicht allein draußen lassen...«
»Oh doch! Das gefällt der Giselle, das Alleinsein. Dann legt sie sich die Hand auf die Brust und glotzt in den Himmel, weil sie an ihren Schatz denkt.«
»Man muß sie bei ihren Träumen lassen«, sagte Virginie amüsiert über Davids mimische Darstellung.
Die Kinder tranken Limonade. David hielt es für angebracht, von der Schule zu reden; er erzählte, er habe morgen eine Schriftliche in Erdkunde, und Olivier sagte, morgen sei Aufsatztag, und das war ein Fach, in dem er noch ganz gut abschnitt.

»Wie es scheint, bist du der Zweite deiner Klasse, David. Olivier, du solltest dir daran ein Beispiel nehmen.«
»Vielleicht kriege ich eines Tages die Medaille, Mama.«
Es klopfte diskret an die Tür, Virginie ging öffnen, und die Kinder hörten.
»Ach! Sie sind es, Monsieur Zober. Kommen Sie Ihren David holen?«
David schob rasch seinen Teller fort. Olivier zeigte sich berunruhigt.
»Dein Vater. Wird er meckern?«
»Nein, er sagt nie ein Wort.«
Virginie begrüßte den Gast an der Tür.
»Aber nein, Sie stören ganz gewiß nicht, Monsieur Zober. Kommen Sie nur herein. David ist hier, mit seinem unzertrennlichen Freund.«
»Ich wollte gerade gehen, Papa«, sagte David.
Monsieur Zober drehte verlegen seine Mütze in den Händen. Da er nur den Laden kannte, betrachtete er andächtig das Zimmer, in dem die schöne Kurzwarenhändlerin wohnte und machte ihr Komplimente.
»Wirklich schön es ist hier, und so modern, so elegant und großer Luxus die Möbel.«
»Es ist gemütlich, sonst nichts. Setzen Sie sich in diesen Sessel, und machen Sie es sich bequem.«
Sie schraubte den Deckel der Glasdose mit den Weinbrandkirschen auf und stellte zwei Likörgläser auf den Tisch. Zu Davids Erstaunen war sein Vater ohne weiteres bereit, der Einladung zu folgen, denn schon fischte er die erste Kirsche mit dem Löffel heraus, während Virginie die ihre beim Stengel nahm. Sie holte eine Untertasse für die Kerne.
»Hmm, es schmeckt gut, sehr gut«, sagte Monsieur Zober.
»Ich mache sie selbst.«
Danach schwiegen sie eine Weile. Olivier zeigte David, wie man das Sesselbett herauszieht, und Monsieur Zober meinte, es sei äußerst praktisch.

Er nahm seine Brille ab, legte sie in seine Mütze, die er auf den Knien hielt, schlug die Augen nieder, schaute langsam wieder auf und richtete einen zärtlich anbetungsvollen Blick auf Virginie, der zugleich Flehen und leidenschaftliches Verlangen ausdrückte.
Oh weh, sagte sie sich, er darf sich um Gottes Willen keine falschen Hoffnungen machen! So gab sie sich etwas kühl und fragte:
»Wie geht es Madame Zober?«
»Nicht schlecht, gar nicht schlecht.«
»Gewöhnt sie sich an die Gegend? Und Ihre Tochter? Wissen Sie, die wird aber wirklich sehr hübsch...«
Virginie räumte den Tisch ab. Monsieur Zober aß immer noch weiter Kirschen. Sie lenkte das Gespräch auf alltägliche Dinge. Die Geschäfte wären nicht besonders, die Leute hätten kein Geld, aber wenigstens könne man das schöne Frühlingswetter genießen, den wunderbaren Monat Mai, nicht wahr? Einen Laden zu haben, sei ganz schön, aber all die Verpflichtungen...
Monsieur Zober nickte, antwortete einsilbig oder wiederholte, was Virginie gesagt hatte. Sie schaute auf die Penduhr, Monsieur Zober trank sein Glas aus, führte es aufs neue an seine Lippen, obgleich es leer war. Endlich stand er auf. Und jetzt schien er plötzlich in Eile zu sein. Bevor er hinausging, nahm er Virginies Hand, beugte sich im rechten Winkel über sie und küßte sie. Sie zog die Hand rasch zurück, und er schlug die Augen nieder.
Als sie mit Olivier allein war, seufzte sie und sagte: »Ach, diese Männer, sie sind doch alle gleich!«
Draußen legte Monsieur Zober die Hand auf Davids Schultern. Die Familie Machillot kam gerade aus dem *Moulin de la Chanson* zurück, wünschte ihnen eine gute Nacht, und Monsieur Machillot erklärte vergnügt:
»Dieser Mauricet! Haben wir gelacht! Haben wir gelacht!«
Monsieur Zober rief die große Giselle, die unter den Sternen träumte, und dann sagte er rasch zu David:

»Die Mama, sie braucht nicht zu wissen von der Einladung und von den Kirschen und was weiß ich.«
»Ja, Papa, ich werde ihr nichts erzählen.«

Fünftes Kapitel

Sonntags morgens, wenn Olivier noch schlief, pflegte sich Virginie ihrer Morgentoilette zu widmen. In ihrem himmelblauen Morgenrock stand sie vor dem über dem Spülstein hängenden Spiegel und frisierte sich das lange Haar mit zwei Brenneisen, die sie abwechselnd über die Flamme hielt. Um die richtige Temperatur zu erhalten, probierte sie es zuerst mit Zeitungspapier, das dann eine bräunliche Farbe annahm. Ihre Hände flatterten geschickt, und bald wellte sich ihre blonde Mähne anmutig auf beiden Seiten.

Sie hatte sich den Körper mit Kernseife gewaschen und sich dann die Haut mit einer Kräutermilchcreme eingerieben. Vor und zurücktretend, sich bald zur einen, bald zur anderen Seite neigend, aufmerksam, kritisch, betrachtete sie sich, machte sich schön zu ihrem eigenen Vergnügen, aber auch, weil sie eine gewisse Vorstellung davon hatte, wie ein Sonntag sein müsse. Gekämmt und mit Eau de Toilette besprüht, ging sie in ihr Zimmer und stellte sich nackt vor den Spiegel des Kleiderschranks. Beim Anblick ihrer Schönheit verspürte sie ein Angstgefühl und fuhr sich mit der Hand ans Herz. Nachdem sie ihre Unterwäsche angezogen hatte, das Höschen, den Büstenhalter, das Mieder, den Unterrock und die Combinaison, zog sie sich ein weißes Satinkleid an, das sich an ihre Hüften schmiegte und mit blauen Bändern besetzt war.

Olivier erwachte, tat jedoch, als ob er noch schliefe, schloß die Augen mit einem schelmischen Lächeln. Sie beugte

sich über ihn und gab ihm einen Kuß. Ein Duft von Seife und Parfüm umfing ihn, er schlug die Augen auf, machte sie wieder zu, stand schließlich auf, protestierte ein wenig, aber nur der Form halber. Aus dem Hof kamen die knisternden Nebengeräusche eines Radioapparats, und dann hörte man Charpini, den Sänger mit der Frauenstimme, und seinen Partner Brancato.
Im Herdbecken brodelte das für Oliviers Toilette bestimmte heiße Wasser. Jetzt kam der gefürchtete Augenblick. Virginie holte eine flache Flasche mit gelbem Etikett aus dem Schrank. Olivier sagte: »Oh nein!«, und sie antwortete: »Oh doch!« Es handelte sich um den vermaledeiten Lebertran, von dem er jeden Morgen einen Eßlöffel einnehmen mußte. Er fügte sich, schnitt eine scheußliche Grimasse, und dann setzte er sich an den Tisch, tunkte seine Butterschnitten in den Milchkaffee, um die gelben Flecken an der Oberfläche der Flüssigkeit zu betrachten. Ein Sonnenstrahl drang durch die Gardinen. Seine Mutter bewegte sich mit Anmut, ließ mit jedem Schritt den Saum ihres Kleides um ihre Beine wirbeln. Während sie an einem Zwieback knabberte, suchte Olivier nach passenden Worten, denn er wollte ihr ein Kompliment machen.
»Mama, am Sonntag bist du ganz irre schön.«
»Nur am Sonntag?«
»Ach... die anderen Tage auch, aber am Sonntag...«
Sie lachte, und drehte sich einmal im Kreis, gab ihm einen Kuß und sagte:
»Was für einen galanten Sohn ich habe!«
Oliviers Sonntagskleidung lag auf einem Stuhl bereit: Ein Matrosenanzug mit blauem Kragen und weißer Litze, Lacksandalen und diese blöde Matrosenmütze, die er nicht gern trug.
Virginie goß noch etwas kaltes Wasser in das Becken, tauchte einmal kurz den Waschlappen hinein und legte ihn auf die Linoleumplatte.
»Daß du dich auch gut wäschst und an allen Ecken

einseifst, besonders die Ohren und den Hals! Aber paß auf die Augen auf, da brennt die Seife. Ich mache jetzt mein Bett, und dann reibe ich dir den Rücken ab.«

Obwohl Olivier die Waschungen nicht liebte, gehorchte er ohne Protest. Es blieb ihm immerhin noch das Vergnügen, sich die Hände einzuseifen, Daumen und Zeigefinger zu einem Ring zu schließen und Seifenblasen zu pusten. So saß er im Becken und spielte. Ein komischer Tag, der Sonntag! Man freut sich, daß er kommt, und gleichzeitig fragt man sich, was man anstellen soll. Am Sonnabend sagt man sich: »Au fein, morgen gibt's keine Schule!«, aber wenn der Tag einmal da ist, denkt man an den Montag, an dem man schon wieder hin muß. Nun ja, so ist das Leben.

»Oh, du hast das ganze Zimmer naßgespritzt ... Dreh dich um.«

»Es ist kalt, Mama.«

»Du bist mir ein Zimperling! Komm heraus, ich trockne dich ab.«

Sie tat es sorgfältig, zuerst mit dem Frottiertuch, dann mit dem Handtuch. Darauf kämmte sie ihn, gab etwas Duftwasser auf sein Haar. Auch seine Kleider rochen gut nach Lavendel.

Um sich nützlich zu machen, begann er die Schuhe seiner Mutter zu putzen.

»Aber Olivier, du spuckst ja auf meine Schuhe!«

»Damit spare ich Schuhwichse, aber du wirst sehen, wie ich sie so auf Hochglanz bringe!«

Immerhin öffnete er die Büchse Schuhcreme Marke *Eclipse*, deren Deckel zwei Sterne zierten, ein weißer und ein schwarzer. Monsieur Tardy warf ihm immer vor, auf dem Mond zu sein.

Jemand klopfte an die Tür zum Hausflur. Virginie sagte:

»Geh aufmachen, das ist Comaco ... Guten Tag, Monsieur Comaco.«

Comaco, der Clochard, hatte seine Gewohnheiten. Jeden

Sonntag machte er seine Runde und stopfte die verschiedenartigsten Gaben in seinen Sack. Allerdings verbreitete er einen widerlichen Gestank, den man jedoch höflicherweise nicht zur Kenntnis nahm.
»Hier sind Ihre zwanzig Sous, Comaco«, sagte Virginie, »und ich habe Ihnen einen Camembert auf die Seite gelegt.«
»Tausend Dank, Madame«, krächzte Comaco, »der liebe Gott wird es Ihnen vergelten.«
»Einen guten Sonntag, Monsieur Comaco. Passen Sie auf die Stufe auf.«
Angezogen, schmuck und flott, so daß man den Eindruck erhielt, sie wollten ausgehen, saßen Mutter und Sohn auf ihren Stühlen und schienen wie auf Besuch. Sie waren elegant, frisch gewaschen und parfümiert, und fragten sich, wozu. Sie konnte nicht ausgehen, weil sie sich selbst sonntags nicht weigerte, eine Kundin, die an die Ladentür klopfen könnte, zu bedienen.
Olivier hatte eine Strafarbeit zu machen. Er mußte fünfzigmal schreiben: »Ich darf nicht während des Naturkundeunterrichts schwatzen.« Um schneller vorwärtszukommen, beschloß er, alle »Ich«, dann alle »darf« usw. untereinanderzuschreiben. Während seine Mutter den Stiel einer Pfanne mit Draht reparierte, hielt er den Augenblick für gekommen. Zuerst legte er alles, was er brauchte, vor sich auf den Tisch: Schreibheft, Löschblatt, Tintenflasche mit Einbuchtung zum Hinlegen des Federhalters. An diesem kaute er eine Weile versonnen, klaubte sich dann die grünen Lackfarbsplitter von den Zähnen. Dann beschloß er, die Feder zu wechseln. In einer Blechschachtel hatte er eine Auswahl dieser am Schnabel gespaltenen Metallkiele mit Namen wie Spitzfeder, Bajonettfeder, Xfeder, Kugelfeder, Breitschriftfeder, Rundschriftfeder, Kanzleifeder oder Entenfeder. Solch eine wählte er, da sie wie ein Vogelkopf geformt war und ihm amüsanter erschien. Er steckte sie in den

Halter, leckte sie, tauchte sie in die Tinte und begann seine Zeilen.

»Machst du deine Schularbeiten, Olivier?«

»Ach, ich schreibe da nur eine Sache mehrere Male, damit ich sie nicht vergesse.«

»Es ist doch nicht etwa eine Strafarbeit?«

»Ach wo! Natürlich nicht.«

Warum lächelte seine Mutter? Nachdem er einen Aufstrich gemacht hatte, drückte er fester, aber hie und da spreizten sich die beiden Teile des Schnabels, und dann entstanden zwei parallele Linien, die er mit Tinte ausfüllen mußte. Als er endlich fertig war, zählte er nach und stellte fest, daß er einundfünfzig Zeilen geschrieben hatte. Mit Hilfe des Lineals strich er die überzählige durch und zeichnete seinen Namen in Druckbuchstaben: Olivier Chateauneuf. Jetzt blieb ihm nur noch die Rechenaufgabe mit den beiden Teilen: *Lösung* und *arithmetische Verrichtung*. Aber das hatte Zeit bis zum Abend und würde ihm Gelegenheit bieten, länger aufzubleiben.

Während er ein Stück Würfelzucker kaute, betrachtete er eins der Fotos im Glasrahmen. Es stellte seinen Vater dar, in Heeresuniform, mit nach oben gezwirbeltem Schnurrbart. Andere Fotos zeigten Virginie als kleines Mädchen mit Zöpfen, als Backfisch in komischer Pose, als Braut mit weißem Schleier. Auf einem Familienporträt, unter dem *Saugues 1914* geschrieben stand, war eine Gruppe von sechs Personen zu sehen: Oliviers Großeltern und ihre vier Kinder. Die Oma, in einem schwarzen Tuchkleid und weißer Haube, machte ein verängstigtes Gesicht, der Opa trug einen Trachtenhut der Auvergne mit breiter Krempe, eine offene Joppe und darunter eine von einer Uhrkette durchzogene Weste; er hatte sogar eine Krawatte umgebunden. Seine Hand ruhte auf der Schulter der Ältesten, jener Victoria, von der Olivier noch nicht wußte, welche Rolle sie einmal in seinem Leben spielen sollte.

Viele Jahre später wird Olivier auf diesem einfachen, von

einem fahrenden Fotografen aufgenommenen Bild die ganze Geschichte der Seinen lesen, auf jedem Gesicht die ihm eigene intime Wahrheit erkennen. Da war der Stolz des Handwerkers, der sich mit seiner Familie im Sonntagsstaat vor die Kamera stellte, seine heitere Ruhe, die Rechtschaffenheit eines Arbeiters ohne Tadel. Tante Victoria in ihrem Stadtkostüm schien bereits dem Bürgerstand anzugehören. Oliviers Vater blickte finster und rebellisch drein, als ob er schon wüßte, was der Krieg aus ihm machen würde. Dann waren da noch eine Tante Maria, die im Alter von zwanzig Jahren starb, und Onkel Victor, auf dem Bild noch ein vergnügt schmunzelndes Kind mit Bauernbluse.

»Mama, fahren wir mal nach Saugues?«

»Vielleicht, aber nicht dieses Jahr.«

Seufzend räumte er seine Bücher und Hefte fort. Virginie hatte die Pfanne repariert und reichte ihm jetzt ein Tuch.

»Da du nichts mit dir anzufangen weißt, könntest du zum Bäcker gehen und meine Ofenschüssel holen. Halte sie gut aufrecht und verschütte nichts. Ich bezahle später. Madame Klein wird es aufschreiben.«

Da hatte er eine gute Gelegenheit, einen Spaziergang zu machen. Bevor er hinausging, warf er einen Blick in den Spiegel und pfiff vergnügt vor sich hin. Das Wetter war schön. Von der Rue Bachelet her ertönte der vertraute Ruf: »Kleider, Wäsche, Tücher, Bänder, alles beim Alteisenhändler!« Olivier lief, sich den Alten anzuschauen, der seinen Holzkarren schob und zu den Fenstern hinaufblickte. Um ihn zu verulken, ahmte er seine näselnde Stimme nach. Madame Haque rief ihm von ihrem Fenster zu:

»Du spielst schon wieder den Hanswurst, du Schlingel!«

»Mach ja bloß Spaß, Madame Haque. Wünsche Ihnen einen schönen Sonntag.«

Er ging schnell vorbei, um keine Einladung zu riskieren, denn er wollte lieber auf der Straße sein, etwas sehen,

etwas hören, Begegnungen machen. Lili, die kleine Italienerin, kam mit einer Zelluloidpuppe unter dem Arm aus dem Hausflur. Niedlich, hübsch aufgeputzt mit ihrer Matrosenbluse und der glänzend schwarzen Bubikopffrisur, näherte sie sich Olivier mit einem koketten Lächeln.
»Willst du mit mir spielen?«
»Mit Puppen spiele ich nicht. Ich habe wichtigere Dinge zu tun.«
»Aber einmal haben wir zusammen Hochzeit gespielt, weißt du noch?«
Der Brautschleier war ein Siebtuch aus Tüll gewesen, Loulou, der Bräutigam, hatte sich eine rote Papierblume ins Knopfloch gesteckt, Olivier, Capdeverre und all die anderen waren dem Paar in einer Prozession gefolgt.
»Da war ich noch klein«, sagte Olivier.
»Du bist hübsch, weißt du?« sagte das Mädchen.
Das brachte Olivier in Wut. Was bildete sie sich eigentlich ein? Und diese Art, ihn anzuschauen, dieses betörende Lächeln, das ihm gar nicht behagte, weil es ihn verwirrte. So wurde er ausgesprochen gemein und behauptete verächtlich, sie habe eine ganz miese Puppe. Lili entfernte sich mit einem überlegenen Lächeln.
»Eine ganz miese Puppe hat sie«, wiederholte Olivier laut, als Madame Ramelie ihn kreuzte. Da sie mit dem Kopf wackelte, glaubte er, sie stimme ihm zu.
Unwillig, schon jetzt die Schüssel beim Bäcker abzuholen, legte er sich das Handtuch über den linken Arm und spielte Kellner.
Der Sonntagmorgen roch nach Milchbrot. Da man die guten Kleider schonen mußte, bewegte man sich mit einer Vorsicht, die den Leuten etwas Linkisches, Unbeholfenes verlieh. Selbst die Vergnügtesten gaben sich feierlich. Die Gesten des täglichen Lebens vollzogen sich im Zeitlupentempo. Einige fummelten ständig an ihrer Krawatte, andere strichen sich verlegen über die Jackenaufschläge. Man fand Verhaltensformen wieder, die seit dem letzten

Sonntag in Vergessenheit geraten waren. Auf den Gesichtern der frisch rasierten Männer sah man zuweilen Schnittwunden oder Spuren von Talkumpuder. Die Kinder wuchsen zu rasch, und ihre Kleider waren immer zu klein – oder zu groß, wenn sie die ihrer älteren Geschwister auftragen mußten.

Aus den offenen Fenstern hörte man die Leute singen oder zanken. Olivier, der die Straße hinauf- und herunterging, hörte nicht auf, guten Tag zu sagen. Im Handel kennt man doch jeden, nicht wahr? Und dann fühlte man sich auf der Straße nicht wirklich draußen, denn sie gehörte allen, war wie eine Verlängerung des eigenen Heims, wie ein Vorgarten. Ein Lächeln lag in der Luft.

Bougras stand an seinem Fenster, ein paar Nägel in den Mund geklemmt, und besohlte seine Schuhe mit einem Stück Autoreifen. Nacheinander klaubte er die Nägel, als ob er sich Barthaare auszupfte, und schlug dann entschlossen mit dem Hammer drauf, während er dabei eine Art dumpfes Brüllen ausstieß.

Madame Grosmalards Grünpflanzen verstellten den Gehsteig. Die Wäscherinnen arbeiteten am Sonntagmorgen. Das Klappern der Bügeleisen gehörte zur Symphonie der Straße, wie auch das Lachen und Singen, als ob die schwere Arbeit des Waschens und Bügelns so lustig wäre. Der Tischler Loriot mit seinem weinroten Gesicht und den Haaren voller Sägespäne fegte vor seiner Tür, wo es nach Holz und Harz roch. In der Rue Lambert reparierte ein Russe in seiner kleinen Werkstatt alle möglichen Gebrauchsgegenstände mit erstaunlicher Geschicklichkeit. Eine Schiefertafel am Fenster verkündete: »Hier wird mit Altem Neues gemacht!« Sein Nachbar Lucien, der Radioapparate reparierte und Zeitschriften wie *Der Bastlerfreund* oder *Funk und Technik* verschlang, behauptete, eine neue elektrische Glühbirne erfunden und beim *Concours Lépine*, der jährlichen Erfindermesse, vorgeführt zu haben, aber wie immer sei ihm jemand dazwischen gekommen und habe vor ihm ein Patent angemeldet. Er sprach von Machenschaften, setzte dann aber seine Experimente fort.

Auf das »guten Tag« Oliviers antworteten die Erwachsenen immer, nannten ihn »kleiner Kerl« oder »Fratz«. Er erblickte Capdeverre, der gerade seine Initialen in die Mauer über dem Kellerfenster des Bäckers einritzte. Es gab fast keinen freien Raum mehr, denn dort häuften sich die eingeritzten oder gemalten Werke mehrerer Generationen: Mit Pfeilen durchbohrte Herzen, Liebesgeständnisse, obszöne Zeichnungen, die viel zur Aufklärung der Kinder beitrugen, Beschimpfungen, an diesen oder jenen gerichtet, oder auch für alle bestimmt, wie jenes: »Wer das liest, ist beschissen!«

»He!« sagte Olivier.

»He!« sagte Capdeverre, während er sich bemühte, sein Werk in ein Viereck einzufassen, »bist du nicht mit dem kleinen Zober? Ihr beide seid wie Pat und Patachon!«

»Und du mit Loulou, ihr seid wie Dick und Doof.«

»Willst du eine in die Fresse?«

»Versuch's mal. Dann kannst du deine Knochen zählen!«

»Hau bloß ab, bevor ich dich zu Hackfleisch mache, du Olive, du!«

Das Hinzukommen von Elie, Jack Schlack, Tricot, Toudjourian und Riri setzte dem Streit ein Ende. Toudjourian brachte Neuigkeiten:

»Die Typen von der Rue Bachelet planen einen Angriff auf unsere Straße. Salzkorn hat Riri verhauen und ihm gesagt, er und sein Vater seien Rußkis aus Stankpeterspups...«

»Skalpieren werden wir sie!« gelobte Olivier.

Gerechterweise gab Toudjourian allerdings zu, daß Salzkorn Riri überrascht hatte, als dieser auf sein Fahrrad pinkelte.

»In der Pause habe ich Mauginot eine Wucht verpaßt«, sagte Capdeverre. »Er hat es gleich dem Hilfslehrer gepetzt, und der hat mir hundert Zeilen aufgebrummt.«

»Ich habe Lopez eine Runde Eier reiten lassen«, sagte Toudjourian.

»Und ich... ich pflaume sie ständig an«, fügte Olivier hinzu.

Sie traten zurück, um Mado vorbeizulassen, die ihren Samojedenspitz spazieren führte. Der Dackel der alten Murer kam ihn beschnuppern, und Mado nahm ihren Luxushund schützend in die Arme. Die Portiersfrau, die mit ihrem Besen ins Leere fegte, rief: »Da schaut euch die mal an, mit ihrer Salontöle!« Capdeverre trat auf den Dackel zu und sagte:

»Ei, du süßes Schnuckerchen, willst du ein Zuckerchen von deinem Frauchen?«

»Du, ich werde mal ein paar Worte mit deinem Vater reden«, drohte die Frau, »damit er dir ordentlich die Flöhe schüttelt!«

Jetzt begannen alle Kinder zu bellen, dann zu miauen, um schließlich alle Arten von Tieren nachzuahmen. Der schöne Mac stand vor der Nummer 77 und streichelte Mados Spitz, um sich bei seinem Frauchen anzubiedern.

»Der macht aber auch alle Frauen an, dieser Affe«, sagte Olivier.

»Er erzählt, daß er Boxer ist«, sagte Tricot. »Boxer, daß ich nicht lache! Wenn der Boxer ist, ist's meine Großmutter auch.«

Nachdem sie ein paar Linke und ein paar Uppercuts ins Leere gelandet hatten, wurde es ihnen langweilig, und sie suchten nach neuen Einfällen.

»Wir könnten die Grosmalard ein bißchen aufziehen«, schlug Jack Schlack vor.

»Oder auf die Klingeln drücken«, sagte Elie.

»Kinder, ihr habt Sorgen«, sagte Olivier, sein Handtuch schwingend. »Ich muß zum Bäcker...«

Als Olivier die Straße hinunterging, sah er Madame Zober, beladen mit Tapetenrollen und einem Einkaufsnetz voller

Gemüse – Kohl, rote Rüben, weiße Rüben –, Salat und Kartoffeln. Sie kam aus dem Seifen- und Farbenladen. Mit ausgestreckten Armen lief er auf sie zu.
»Kann ich Ihnen helfen, Madame Zober?«
»Oh! Schwer wie Blei für dich.«
Um sich bei Davids Mutter beliebt zu machen, hätte Olivier Hanteln und Gewichte gehoben, wie der Weltmeister Rigoulot. Außerdem wollte er in seinem Matrosenanzug einen guten Eindruck erwecken. So nahm er das Netz und trug es über der Schulter.
»Ich bin stark, Madame Zober. Und David auch. Wir sind beide stark. Schönes Wetter heute, nicht wahr, Madame Zober?«
»Sehr schönes Wetter mit Sonne, was scheint überall.«
Olivier überquerte den Hausflur, den Hof, stieg die Treppe empor. Von Wohnung zu Wohnung wechselten die Küchengerüche. Im ersten Stock angelangt, zog er die Klingel, und die große Giselle öffnete die Tür. Sie war im Hemd und trug Lockenwickler. Entsetzt wich sie zurück und schrie:
»Schau mich nicht an, du darfst mich nicht anschauen!«
Olivier lächelte wie jemand, der schon Schlimmeres gesehen hat, trat beiseite und ließ Madame Zober den Weg frei. Sie legte die Tapetenrollen auf den Nähtisch und kam zurück, um ihm das Netz abzunehmen. Zögernd überlegte sie, ob sie ihm die Hand geben sollte, lächelte verlegen. Olivier wußte nicht, daß ein Kind eine erwachsene Person einschüchtern konnte.
»Also Mama, sag ihm doch schon, er soll hereinkommen...«
Giselle erschien wieder, nachdem sie sich ein Handtuch wie einen Turban um das Haar geschlungen hatte. Madame Zober meinte, Olivier habe vielleicht gar keine Lust, hereinzukommen.
»Aber natürlich hat er Lust. Ich kenne ihn gut! Er ist wie David, neugierig bis dorthinaus!«

So war Olivier zum zweiten Mal bei seinem Freund zu Hause, aber David war mit seinem Vater spazieren gegangen. Er blieb stehen, die Hände auf dem Rücken verschränkt, schämte sich so auszusehen, als ob er auf etwas wartete, und wollte gerade »Nein danke« sagen. Aber er kam nicht dazu, denn Giselle steckte ihm einen Bonbon in den Mund, zog ihn in ihre Kammer, setzte sich aufs Bett und nahm ihn auf ihren Schoß. Er versuchte sich zu wehren; sie schmeichelte und streichelte ihn, als ob er ein Kätzchen wäre, und rief:
»Mama, weißt du was? Jetzt habe ich einen Schatz, sage ich dir, er ist mein Schatz...«
»Das ist nicht wahr!« protestierte Olivier.
»Es ist wahr, daß es nicht wahr ist, aber du bist trotzdem mein Schatz, wenn auch nur zum Spaß!«
»Ich bin nicht dein Schatz! Ich bin niemandes Schatz!« Er kämpfte sich frei.
Aber dabei war das Tuch unter seinem Arm zu Boden gefallen. Um nicht lächerlich zu wirken, band er es sich wie einen Schal um den Hals. Diese Giselle trieb es wirklich zu weit! Er brummte vor sich hin: »Was ist bloß mit den Mädchen heute los!« Madame Zober schnitt das Gemüse für den Borschtsch. Er schaute ihr interessiert zu, drehte sich von Zeit zu Zeit um, um zu sehen, was Giselle machte. Sie hatte ihn längst vergessen, nahm sich ihre Lockenwickler ab und sang »*J'ai deux amours*«.
»Also Madame Zober, ich gehe jetzt...«
Wie er es bei Monsieur Zober gesehen hatte, wenn dieser Virginie begrüßte, verneigte er sich, die Arme an den Körper gelegt, und sagte:
»Auf Wiedersehen, Madame Zober, hat mich sehr gefreut.«
Sie lächelte. Wenn Madame Zober lächelte, verwandelte sich ihr Gesicht, und dann ging ein Strahlen von ihr aus, das sie jünger machte. Er fand, daß diese sonst so streng aussehende Dame sehr nett sein konnte.

»Meine Giselle, sie ist meschugge wie was weiß ich!«
»Sie amüsiert sich«, sagte Olivier.
»Und du, wann du willst spielen hier mit David, du kannst immer kommen.«
»Vielen Dank, Madame Zober, vielen Dank...«
In der offenen Tür drehte er sich noch einmal um und ließ seine Armmuskeln spielen.
»Falls Sie mal wieder Pakete zu tragen haben, sagen Sie es mir nur.«
Im Hof plauderte Silvikrin mit Madame Papa, die sich aus ihrem Fenster lehnte. Er trug einen flachen Strohhut, Butterblume genannt, mit einem breiten schwarzen Band. Olivier hörte ihn sagen:
»Wissen Sie, Madame Papa, man kann nichts gegen die Natur.«
Er fragte sich, was das bedeutete. Die Erwachsenen sagten manchmal recht seltsame Dinge, und wenn man sie um eine Erklärung bat, taten sie wer weiß wie geheimnisvoll. Auf derartige Fragen antworteten sie mit »Das ist nichts für dich« oder »Du willst alles wissen, ohne Lehrgeld zu zahlen.« Zu seinem Bedauern pflegte sogar seine sonst so aufgeschlossene Mutter zu sagen: »Das ist nichts für Kinder. Du wirst es noch früh genug erfahren...«
Olivier hätte fast vermutet, die Erwachsenen wüßten die Antworten nicht einmal selbst, aber dann war ihm das doch unmöglich erschienen.
Draußen trieben die zappligen, frechen, geschwätzigen »Apachen der Rue Lambert« ihre Tollheiten. Ungeachtet ihrer Sonntagskleider lärmten sie, machten Luftsprünge, Mauersprünge, stellten sich ein Bein und brachten einander zu Fall. Wenn einer den anderen den Rücken kehrte, versetzte ihm einer einen »Spicker«, einen raschen Stoß mit zwei Fingern in den Hintern, wenn es nicht eine schmerzliche Kopfnuß war.
Capdeverre und Toudjourian, der eine mit Riri, der andere mit Elie auf den Schultern, machten einen Reiterkampf.

Tricot und Jack Schlack, einander gegenüber hockend, machten Froschsprünge und versuchten, sich mit den Handflächen vom Boden abzustoßen. Olivier und Saint-Paul, die Ellbogen auf den Bordstein gestemmt, trugen eine Runde Armdrücken aus.
»Oh, die Drecksau!« rief Riri plötzlich.
Die Drecksau war eine Taube, die dem Jungen soeben auf den Kopf gekackt hatte. Die Spiele wurden unterbrochen. Der weiße Vogeldreck rann dem Armen über die ganze Stirn. Tricot lachte als erster, bald gefolgt von den anderen. Sie blickten himmelwärts, als ob sie einen neuen Bombenangriff erwarteten. Hatten sich die Tauben mit den Knalltüten der Rue Bachelet verbündet? Madame Haque rief aus ihrem Fenster:
»Komm in meine Loge, du kleiner Rotzbengel, ich werde dich sauber machen.«
Bald danach erschien Riri wieder, frisch gewaschen und nach Kölnisch Wasser duftend. Die Hände auf dem Rücken verschränkt trat er aus dem Haus, maß die Lachenden mit einem verächtlichen Blick, streckte dann die Faust zum Himmel empor und schrie:
»Tod den Tauben!«
Der Schlachtruf riß alle mit. Steinschleudern, Pistolen, Pusterohre wurden hervorgeholt. Saint-Paul übergab Riri die voll geladene Kartoffelpistole. Eine Taube hockte sich gerade auf die Fensterstange der ersten Etage im Haus Nummer 77. Riri schlich sich heran, nahm den Vogel ins Visier, eine schiefergraue Ringeltaube mit blauem Hals und rosa und grünen Flecken. Dann winkelte der Schütze den linken Arm, um seiner Waffe Halt zu geben, kniff ein Auge zu, zielte und schoß. Ein Pluff ertönte, und die Taube flatterte ohne Eile auf das Dach des gegenüberliegenden Hauses.
»Jungejunge, das war ein Volltreffer!«
Wenn Riri auch seine Rache als gesühnt erklärte, so stellte Olivier doch fest, daß der Vogel kaum Schaden

genommen hatte. Außerdem mangelte es dieser Waffe, die eine viel zu voreilige Begeisterung erregt hatte, ganz entschieden an Geräuscheffekt. Diesem lächerlichen Pluff hätte zumindest ein knallendes Tatata folgen müssen, um beeindruckend zu sein. Und wenn eine Taube dabei so gut davonkam, wie würde es dann erst mit den kräftigen Jungen der Rue Bachelet sein?
»Eine Pfeilpistole wäre besser gewesen«, sagte Toudjourian.
»Oder sogar eine Korkenpistole«, fügte Tricot hinzu.
Einmütig wurde diese Waffe, mit der sie ihren Krieg führen wollten, abgelehnt. Wenn Loulou sie nur nicht bereits gekauft hätte!
»Der Loulou läßt sich überhaupt nicht mehr sehen...«
In der Tat sah man den jungen Steptänzer nur noch selten. Wie sollte er auch den Kumpeln erklären, ohne der Unterschlagung beschuldigt zu werden, daß er einen Teil des Kriegsbudgets für Karamelbonbons, Lakritzen, Kokusnußsplitter und jene riesigen Lutscher ausgegeben hatte, die nach und nach die Farbe wechseln, während sie im Munde zergehen?
Da ertönten die drei Glockentöne von Virginies Ladentür, und die junge Frau rief mit gespielt strenger Stimme:
»Olivier, solltest du etwa meine Besorgung vergessen haben?«
»Nein, Mama, ich geh' schon!« sagte Olivier und riß sich rasch das Handtuch vom Hals.
Die Freunde verstreuten sich, doch er bummelte noch herum, hoffte David und seinen Vater zu sehen, blickte die Straße hinunter. Männer mit ihren Sportzeitungen unter dem Arm, *La Veine* oder *Paris Sports*, kamen aus dem Wettbüro der P. M. U. Einer sagte: »Im vierten Rennen bin ich auf Nummer sicher!« Schnittchen rief Olivier aus sicherer Entfernung zu, er sei ein »dreckiger Auvergnake«, worauf Olivier zurückschrie, Schnittchen sei »eine Scheibe Arschpastete in Kackgelee«. Der Wortstreit

hätte kein Ende genommen, wenn Madame Rosenthal nicht erschienen wäre. Olivier grüßte sie höflich, und dann kam Madame Vildé aus dem Square Saint-Pierre mit ihrem Klappstuhl unter dem Arm und ihrem Sonnenschirm, die ebenfalls gegrüßt werden mußte.

»Höchste Zeit, daß ich gehe...« sagte sich Olivier zum xten Mal. Und David war immer noch nicht zu sehen! Er blickte auf. An jedem Fenster war etwas los: Ein Rothaariger im Unterhemd rasierte sich mit seinem Käsemesser, eine Frau streckte sich gähnend, eine andere trocknete sich ihr Haar in der Sonne, Bougras döste, den Kopf in die Arme gestützt, vor sich hin. Fast überall hingen Vogelkäfige, Wäsche hing trotz aller Verbote zum Trocknen aus. Papa Poileau, den Autobusfahrschein zusammengefaltet unter den Ehering gesteckt, kehrte vom Friedhof zurück und freute sich, seinen Hund wiederzusehen. Schutzmänner gingen durch den Hausflur ins *Transatlantique*, um sich ein während des Dienstes verbotenes Gläschen zu genehmigen. Als Olivier vor Monsieur Kleins Schaufenster stand und sehnsüchtig die leckeren Pyramidenkuchen betrachtete, erschienen Amar, Chéti, Paulo und Petit-Louis, die Freunde seines Vetters Jean, von dem Virginie gestern eine Postkarte aus Verdun erhalten hatte. Sie trugen ihre in die noch feuchten Frottiertücher gewickelten Badehosen unter dem Arm. »Die Glücklichen!« seufzte Olivier. Er liebte das Schwimmbad und seine Riten: Die mit Kreide auf der Schiefertafel der Umkleidekabine geschriebenen Initialen, die Dusche vor dem Bad, die ersten Schritte auf den nassen Fliesen, die Stimmen der Leute in diesem vom Widerhall erfüllten Ort, das Aufplatschen der Springer, das vergnügte Planschen im kleinen Becken, das Wagnis, es im großen zu versuchen. Wenn man herauskam, war man hungrig, verließ die Rue des Amiraux und ging in die wohlbekannte Rue des Bains, um im Café Pierroz Hörnchen zu essen und den ratternden und klickenden Spielautomaten zuzuschauen.

Olivier ahmte den Schritt der jungen Leute nach und gab ihnen die Hand.
»Tag Chéti, Tag, Petit-Louis, Tag Paulo, Tag Amar... Wie war das Wasser?«
»Ein Gedicht, kleiner Wicht!«
»Komm doch auch mal, Junge. Wenn Jean zurück ist, nimmt er dich mit.«
»Wir haben eine Karte von ihm gekriegt. Es geht ihm gut, aber der Dienst kotzt ihn an, und er hat Schiß, daß ihm seine Arbeit bei der Druckerei flöten geht.«
Die jungen Leute zeigten sich besorgt. Bald mußten auch sie zum Militärdienst, und das warf alle ihre Pläne über den Haufen. Petit-Louis sagte: »Das hat man davon!« Olivier behauptete plötzlich:
»Ich wollte eigentlich auch ins Schwimmbad gehen, aber meine Mutter, die meckert ständig an mir rum.«
Peinlich berührt, weil das glatt gelogen war, trat er in die Bäckerei, um die Schüssel für Madame Chateauneuf abzuholen. Er reichte Madame Klein das Handtuch, sie ging zum Ofen hinunter und wickelte es um die ovale Backpfanne, in der eine leckere Speise die ganze Nacht geschmort hatte. Olivier liebte es, all die goldkrustigen Brote anzuschauen, deren Namen er gut kannte: Tresse, Wurstformbrot, Milchbrot, Kreuzbrot, Stange, Strippe, Rundbrot, Schlitzbrot, Vierpfundbrot, Bauernbrot, die auf schönen, mit blankpolierten Messingstäben gestützten Metallregalen lagen. Hinter dem Ladentisch aus weißem Marmor hing ein großer, mit goldenen Girlanden und Ährengarben verzierter Spiegel und darüber ein Schild mit der Inschrift: *Wiener Brot*«. Die Bäckerin pflegte die Hörnchen und Zuckerwecken in weißes Seidenpapier zu wickeln, dessen Enden sie mit einem geschickten Griff in Schleifchen faltete, und dieses Papier konnte man zum Kammblasen verwenden oder zur Verfertigung von Fallschirmen, wenn man an jede Ecke einen Faden band und einen Korken dranhängte.

»Hier hast du die Schüssel«, sagte Madame Klein, »aber halt' sie gut oben am Knoten des Handtuchs fest und gib acht...«
»Keine Bange«, versicherte ihr Olivier.
Mit einem lautstarken Auf Wiedersehen ging er hinaus, blieb verblüfft auf der menschenleeren Straße stehen. Aus den Häusern drang das Klappern von Tellern. Alle saßen bereits bei Tisch. Als er vor Madame Haques Fenster vorbeikam, rief er ihr »guten Appetit« zu, und sie antwortete: »Gleichfalls!« Und plötzlich ertönte das tiefe C der *Savoyarde*, der großen Glocke des *Sacré Cœur*, deren Bronzestimme geradezu vom Himmel zu fallen schien. Olivier eilte nach Hause und brachte seiner Mutter die Nachricht:
»Mama, es ist zwölf.«
»Was du nicht sagst!« antwortete Virginie.

Monsieur Zober war zu Samuel gegangen, um ihn zu bitten, ihm einen aus den Vereinigten Staaten erhaltenen Brief zu übersetzen. Er kehrte mit einem Grammophon, einem Dutzend Schallplatten und einem Lehrbuch beladen zurück.
»Au fein!« sagte die große Giselle. »Jetzt können wir die neuesten Schlager hören!«
»Schlager! Ich werde dir geben Schlager! Nix Schlager, Platten von Linguaphon, mit was du kannst lernen Englisch, und mit Buch, wo alles steht drin.«
Mit erhobenem Zeigefinger, wie ein Chef, der seinen Leuten Anweisungen erteilt, verkündete er:
»Die ganze Familie wird lernen Englisch. Du, Esther, meine liebe Madame Zober, du, Giselle, weil es ist gut für Sekretärin, und du, David, damit du nicht immer gehst spielen woanders.«
Um wirksamer gegen diesen Beschluß zu protestieren, antwortete ihm Esther auf gut Jiddisch. Es sei schon schwer genug, Französisch zu sprechen, mit all den Leu-

ten in den Läden, die nichts verstehen, und jetzt sollte sie auch noch eine weitere Sprache lernen? Seit einiger Zeit jage dieser Isaak Zober, weil er nichts Besseres zu tun habe und mit dem Kopf in den Wolken schwebe, nur noch Hirngespinsten nach und wisse nicht mehr, was er sich als nächstes ausdenken solle.

»Wozu soll ich lernen Englisch?«

»Weil du bald sehen wirst den Tag, wo es dir wird nützen, und dann wirst du sein zufrieden in deinem Kopf, weil du wirst wissen, genug, daß du kannst hören und reden.«

»Und wieso? Du willst vielleicht, Gott behüte, gehen nach Amerika?«

»Ei, ei, ei«, machte Monsieur Zober.

Er klappte den Deckel des Grammophons auf, legte die Platte Nummer eins auf den Drehteller, kurbelte an, setzte den Arm mit der Nadel auf die Rille. Giselle trat näher, und sie hörte die Stimme jenes Unbekannten, der ihnen bald vertraut sein würde. Er sprach englische Worte aus, wiederholte sie dann auf Französisch, und das Ganze in einem liebenswürdigen Ton, der Vertrauen einflößte.

»Phantastisch!« sagte Giselle.

»Der moderne Fortschritt«, sagte Monsieur Zober, den Kopf seiner Tochter streichelnd, »der Mann redet so viel, wie du willst, Giselle, und du wirst lernen ganz von selbst.«

Mit einem Blick zur Küche fügte er hinzu:

»Deine Mutter, die Mama, sie versteht nichts.«

Vater und Tochter schauten einander an, dann die Platte, staunend und verwundert, wie man es damals noch war, wenn man Radio hörte, telefonierte oder ein Flugzeug am Himmel sah.

»Damit kann man auch Musikplatten spielen«, sagte Giselle.

»Man wird sehen«, sagte der Vater, »aber Englisch zuerst.«

Als David heimkehrte, führte Monsieur Zober das Ganze noch einmal vor. Das Kind zeigte sich begeisterter als die

anderen. Seine Lippen bewegten sich, und er sprach bereits die englischen Worte aus. Isaak war überzeugt, daß er, mit seiner Intelligenz, der Zweitbeste seiner Klasse, bald ebenso gut Englisch sprechen würde wie sein Onkel Samuel.
»Und Olivier? Können wir es ihm zeigen?«
»Er kann kommen und hören, soviel er will«, versprach Monsieur Zober.
Esther verbarg ihre Ablehnung in einem geheimen Winkel ihres Herzens und beschloß, nach außen guten Willen zu zeigen. Dennoch waren ihre Worte nicht ohne Ironie.
»Die Familie Zober, was will sein so französisch, sie werden jetzt anfangen zu reden englisch, und die Esther? Sie versteht nicht? Auch gut. Soll sie bleiben stumm.«
»*No my dear!*« sagte Giselle, die sich bereits in Hollywood glaubte.
»Mama«, sagte David, »wir werden Französisch sprechen, ganz bestimmt!«
Seine Mutter gab ihm einen Kuß. Bis zum Essen, das aus Rübensuppe und frischen Heringen bestand, herrschte eine wahre Kakophonie im Schneideratelier; jeder wiederholte die englischen Worte, und man verglich die Aussprachen untereinander. David kurbelte aufs neue an, sein Vater legte eine neue Platte auf, Giselle steckte die eben gespielte in ihre Hülle zurück. Madame Zober hielt sich die Ohren zu. Trotzdem gefiel es ihr, alle Mitglieder der Familie so einträchtig um den Gegenstand eines gemeinsamen Interesses versammelt zu sehen. Vielleicht würden sie jetzt weniger oft ausgehen.
Gegen Ende der Mahlzeit bekam Monsieur Zober Besuch. Ein junger Briefträger hatte einen dreiteiligen Anzug für seine bevorstehende Hochzeit bestellt und erschien zur zweiten Anprobe. Der Schneidermeister in seiner Weste, das Nadelkissen unter dem Arm, wies seinen Kunden an, ganz gerade zu stehen, während er die Änderungen vornahm und dabei ein fachliches Gespräch führte:

»Sehr korrekt für die Trauung, sage ich Ihnen, und später Sie werden tragen den Anzug am Sonntag, wann Sie haben ein Fest, und Sie werden sein superelegant wie ein Lord aus England...«

David bewunderte seinen Vater. Der Briefträger, eine immerhin wichtige Persönlichkeit, schien ganz verlegen, während Monsieur Zober sich mit Kunstfertigkeit und Präzision um ihn kümmerte. Es war nur schade, daß der Kunde den Stoff selbst geliefert hatte, das schmälerte den Gewinn.

»Sie werden sagen zu allen Briefträgern: Zober macht gute Preise für alle, nicht teuer, weil er mag die Post.«

Sie trafen eine Verabredung für die letzte Anprobe. David stellte sich bereits vor, wie ganze Bataillone von Briefträgern sich auf der Treppe drängten, um Anzüge zu bestellen. Nachdem der zukünftige Bräutigam gegangen war, sagte Monsieur Zober zu David:

»Und das ist nicht alles. Um vier Uhr, wo wird er gehen hin, der David? Zu Samuel, was sein Onkel ist. Und was wird er bringen von dort nach Hause? Das Paket mit den Prospekten für die Reklame von Schneidermeister Zober...«

»Ja, Papa. Kann ich Olivier mitnehmen?«

»Ihr werdet gehen alle beide, und er wird dir helfen zu tragen.«

»Ich schwänze heute meinen Kurs«, sagte Giselle.

Sie würde ihren Freundinnen erzählen, daß sie Englisch lernte, und später könnte sie ihren Verehrer mit gut gelernten englischen Sätzen beeindrucken.

»Wenn du kommst von der Schul«, sagte Esther zu David, »du wirst holen zuerst bei mir die Überraschung für Samuel, was ich schon habe beschlossen in meinem Kopf.«

Monsieur Zober setzte sich ans Fenster, um zu nähen. Daß er sich heute als ein Mann mit Entschlußkraft erwiesen hatte, erfüllte ihn mit neuem Selbstvertrauen. Und wenn

Virginie sich auch distanziert zeigte, so schrieb er das einem jener Paradoxe zu, die zum Wesen der Damen gehören. Der Brief aus New York, der eine Idee Samuels in greifbare Nähe rückte, erfreute und erschreckte ihn zugleich. Amerika schien ihm bald wie ein dem gelobten Land ähnliches Paradies, bald wie ein Ort des Grauens. Je nach der Wendung, die seine träumerischen Gedanken nahmen, fühlte er sich mit ganzer Seele entweder als Pionier oder aber er fand diese Idee einer neuen Auswanderung absurd. Denn trotz seiner finanziellen Schwierigkeiten liebte er Frankreich, Paris, Montmartre und, genauer gesagt, die Rue Labat.

Er dachte an die Worte Samuels, dieses so kultivierten, in Religion, Geschichte und Gesellschaft so bewanderten Mannes, und diese Worte hätte er Satz für Satz wie Sprichwörter wiederholen können:

»Wir Juden hören nicht auf, vom Sturm gejagt zu werden; der Wind der Wüste hat uns von Ägypten nach Palästina getrieben, die Nomaden Arabiens und die Moabiter haben uns verfolgt, aber wir sind immer noch da, Isaak!«

Und dann entsann er sich der Einzelheiten des Gesprächs: »Den Ruhm Mose's, die Leier Davids, das Wort Jesaias, das Blut der Makkabäer, das alles bewahren wir, Isaak!«

»Samuel, was du sagst, ist gut, aber davon gehen die Geschäfte nicht, und die Kinder müssen essen.«

»Du hast den Trost der heiligen Schrift, und wenn die Geschäfte hier nicht gehen, dann versuche es woanders.«

»Die Esther ist müde, es ist zuviel für sie, immer zu reisen herum.«

»Deine Geschäfte gehen schlecht? Könnte das nicht das Zeichen sein, daß du weiterziehen mußt?«

Wie ein Prophet redete er, dieser Samuel. Aber er hatte ja keine Ahnung, daß gewisse Bande Isaak in dieser Straße zurückhielten, wenn auch seine Neigung ohne Hoffnung blieb. Während er nähte, dachte er an Virginie, die immer so fröhlich, so angenehm im Umgang war, und er idealisierte sie, begeisterte sich, erfand neue Liebesstrategien, oder aber er verzweifelte, fühlte sich zu stummer Bewunderung verdammt.

Wie war es möglich? Er, sonst so vernünftig und reif, benahm sich wie ein Halbwüchsiger. So hatten also weder die Jahre, noch die Schicksalsprüfungen ihn zu verwandeln und ihm die im Herzen blühende, kleine blaue Blume zu zerstören vermocht. In seiner Inbrunst sprach er zu ihr, legte ihr Geständnisse ab, wobei er seine Lippen bewegte und heiße Worte flüsterte.

»Jetzt redet er schon ganz allein mit seinem Mund für sich selbst, dieser Engländer da!« sagte Madame Zober.

Die Wohnung roch nach Zimt. Esther hatte Strudel gebacken, dieses köstliche Blätterteiggebäck mit Äpfeln, das David dem Onkel Samuel bringen sollte. Monsieur Zober wandte sich an seinen Sohn:

»David, du wirst bringen zu Onkel Samuel die Kuchen, was hat Mama gebacken, und du wirst ihm sagen meinen Dank für die Prospekte, was er hat gemacht für Reklame für Schneiderei von deinem Vater. Samuel hat zu mir gesagt, daß er sich hat gefreut zu sehen seinen David Zweitbester in der Klasse, seinen David, was er liebt wie der *Sandik* liebt das kleine Kindlein am Fest der Beschneidung...«

Er beschloß, Apfelbaum, dem Vetter in Amerika, nicht gleich zu antworten und lieber abzuwarten, bis er besser Englisch konnte. Dann würde er ihm schreiben, daß er es sich noch überlegen müsse. Er fühlte sich von beidem magisch angezogen: vom Abenteuer, das ihn zum Erfolg bringen könnte, und von der Straße und seiner Liebe. Während Madame Zober ihren Ofen heizte, stieß er einen tiefen Seufzer aus, Ausdruck seiner Hoffnungen, seiner Unschlüssigkeit und seiner Befürchtungen.

Hinter ihrem Ladentisch, in ihrem grauen, in der Taille

von einem Gürtel zusammengehaltenen Kittel, schrieb Virginie mit Tintenstift die Bestellung auf den Abschriftblock: Norwegische Walfischstäbe, Schnittmusterrollen, Stoßband Größe 25, Spitzeneinsatz, Gipüre, Effilierscheren, Nadelassortiments... Während sie die Blätter in einen Umschlag steckte, sang sie *Ramona*, den immergrünen Schlager. Dann legte sie sich das Bandmaß um die Hüften, die Taille und die Brust, aß einen Schokoladenstengel und sagte zu sich: »Ich kann das Naschen nicht lassen!«
Heute abend würde sie mit ihrem Freund ausgehen und das strohfarbene Kleid, weiße Schuhe, eine gelbe Mütze und ihre emaillierte Glaskette tragen. Falls es kühl werden sollte, könnte sie sich den halblangen Frühjahrsmantel um die Schultern hängen. So gerne sie ausging, machte es ihr auch nichts aus, zu Hause zu bleiben.
Olivier war eben mit dem netten kleinen David einen gewissen Monsieur Samuel besuchen gegangen, der, wie Olivier erzählte, in der Rue Caulaincourt eine Wohnung mit fünf Fenstern hatte. Sie könnte auch in einem solchen Haus wohnen, wenn sie wollte, denn ihr Freund hatte es ihr angeboten, aber nein! das sähe zu sehr nach ausgehaltener Frau aus. Sie brauchte diesen Laden, die Öffnung zur Straße, das Kommen und Gehen der Kundschaft, die Freiheit. Und was würde ihr Olivier tun, eingeschlossen zwischen vier Wänden?
Monsieur Zober trat ein, blickte auf die Klingel, als ob er sich schämte, das Geräusch verursacht zu haben.
»Guten Tag, Monsieur Zober. David ist nicht hier, er ist mit Olivier zu einem Monsieur Samuel gegangen. Aber kommen Sie nur herein. Kann ich etwas für Sie tun?«
Er schlug seine Jacke auf, brachte einen Feldblumenstrauß hervor und überreichte ihn ihr mit einer Verbeugung.
»Blumen für Sie«, sagte er.
Doch in das »Sie« legte er eine solche Inbrunst, daß

Virginie überlegte, wie sie ihn abkühlen könnte, ohne ihn zu verletzen. So hielt sie ihm eine kleine Rede:
»Blumen machen immer Freude, Monsieur Zober. Da kann man nicht nein sagen. Madame Zober muß eine sehr glückliche Frau sein, denn Sie schenken ihr doch bestimmt auch sehr oft Blumen, nicht wahr?«
Während sie den Strauß entgegennahm, errötete Monsieur Zober. Virginie fügte in einem liebenswürdigen, jedoch festen Ton hinzu:
»Ich muß Sie schelten, Monsieur Zober. Es ist nicht vernünftig von Ihnen. Was sollen die Leute denken? David ist stets herzlich willkommen bei mir, das ist mir ein Vergnügen und verdient nicht all diese Aufmerksamkeiten...«
»Es ist nicht wegen diesem David«, unterbrach Isaak sie. »Es ist etwas anderes. Es ist, weil...«
»Ich erlaube Ihnen nicht, es zu sagen, Monsieur Zober.«
Er verschränkte die Finger, blickte zu Boden, las eine Stecknadel auf und legte sie auf den Ladentisch. Oh la la! sagte sich Virginie, es ist nicht nur ein kleiner Flirt, er scheint ernstlich verknallt zu sein, oh la la! Während sie ins hintere Zimmer ging, um eine Vase zu holen, sang sie leise vor sich hin:
»Bescheidene Blumen, so einfach und schlicht,
Doch aus denen die Stimme des Herzens spricht...«
Trotz allem gerührt, weigerte sie sich, dem Gefühl nachzugeben. Dieser Monsieur Zober war so charmant, selbst in seiner Unbeholfenheit. Das mußte der slawische Charme sein. Daß er ihr ein wenig den Hof machte, wäre weiter nicht schlimm, aber große Liebeserklärungen... das ging entschieden zu weit. Sie stellte die Blumen in die Vase, machte das Fenster zum Hof auf, hoffte, die Katzen würden die Gelegenheit nicht wahrnehmen, um hereinzukommen.
Als sie in den Laden zurückkehrte, stand Monsieur Zober in die Lektüre der Inschriften auf den Schubfächern vertieft hinter dem Ladentisch.

»Ich konnte keine Vase finden«, log Virginie.
Sie wagte ihn nicht anzuschauen. Was sollte sie ihm antworten, falls er auf seiner Torheit beharrte? Aber seine beschämte Miene ließ erkennen, daß er auf dem Rückzug war. Er lachte, schüttelte den Kopf, schien bereit, sich über sich selbst lustig zu machen.
»Immer muß er reden, dieser Isaak Zober, immer seine Zunge sie rennt ihm davon von ganz allein. Oi, oi, oi, und gack, gack, gack, macht er wie ein Huhn!«
»Die Worte sind manchmal schneller als die Gedanken, Monsieur Zober.«
»Respekt ich habe für Sie und große Hochachtung, Madame Chateauneuf, so groß wie was weiß ich...«
Ohne Übergang begann er sie mit allem Möglichen zu unterhalten, redete über die schwüle Hitze draußen, die Reklame, die er plante, die Qualität des verstärkten Fadens, der soliden Arbeit und der gut genähten Knöpfe, erzählte ihr vom Grammophon und den Englisch-Schallplatten, von denen auch Olivier lernen könnte.
»Die Giselle, meine Tochter, sie will spielen Schlager auf dem Grammophon. Ich sage nein und werde nachgeben später...«
Schon als junger Mann hatte er die Musik geliebt, aber nicht nur die alten Volkslieder, sondern auch die, die man »klassisch« nennt, und er nannte Komponisten wie Haydn, Bach oder Mendelssohn. Solche Erwähnungen schmeichelten Virginie. Man fühlt sich manchmal so einsam und verlassen im Leben, nicht wahr, hat niemanden, dem man sein Herz ausschütten kann, und dann lauscht man der Musik und findet das Leben wieder schön.
»Wenn Sie so reden, Monsieur Zober, höre ich Sie gern.«
Ermutigt gab er sich dem Eindruck hin, daß die Worte sich ganz von selbst einstellten, daß seine Sätze sich mühelos bildeten, daß er geistreich und verführerisch wirkte, und er wurde wieder kühner, erinnerte sich an den in seiner Brieftasche verborgenen Hundertfrancsschein.

»Madame Chateauneuf, sage ich mir, sie ist eine Witwe, ganz allein mit ihrem Sohn Olivier, und sie arbeitet die ganze Zeit, und nie geht sie aus, und sie sollte haben ein bißchen Zerstreuung, das Konzert für Musik, das Theater auf dem Boulevard mit elegante Leute im Saal, und nachher das Restaurant bei den Markthallen, wo sie kann essen schöne Austern...«

Virginie blickte auf die Straße hinaus, spielte die Gleichgültige, hörte ihm kaum zu.

»Ein Abend vielleicht, die Madame Chateauneuf sie wird gehen aus mit einem Freund, was hat Respekt für sie und Freundschaft, und was wird sein zufrieden, nur zu sein mit ihr... und dieser Freund könnte sein Isaak Zober.«

»Das wäre sehr nett, Monsieur Zober, daran zweifle ich nicht. Aber zufällig gehe ich ziemlich oft aus. Sogar heute abend bin ich mit einem Freund verabredet.«

»Oh! Ah!« stammelte Monsieur Zober verdattert. »Nicht gleich, nicht jetzt, habe ich gesagt, aber später vielleicht, für einen Abend, um zu haben Abwechslung von Kummer und Sorgen...«

»Ach, da kommt gerade Madame Zober vorbei«, sagte Virginie.

Isaak bückte sich plötzlich unter dem Vorwand, einen Schnürsenkel festzubinden. Er brauchte lange dazu, und als er sich wieder aufrichtete, blickte er verlegen zur Straße hinaus.

»Da sehen Sie es, Monsieur Zober. Es ist nicht möglich.«

»Immer du machst Träume, Isaak, und wenn du wachst auf, aus der Traum.«

»Seien Sie nicht so enttäuscht. Wir können trotzdem gute Freunde bleiben.«

Da Monsieur Zober schon wieder einen ängstlichen Blick auf die Straße warf, sagte sie:

»Keine Bange, Ihre Frau hat Sie nicht gesehen. Übrigens hatte ich mich geirrt. Es war gar nicht sie, die vorbeikam.«

Hier entdeckte Monsieur Zober eine gewisse Perfidie.

Aber das tat seinen Gefühlen keinen Abbruch. Virginie ging also mit einem Freund aus. Das konnte nur eine Lüge sein, die ihr die Scham und die Rechtschaffenheit diktiert hatte. Es sollte genügen, einen günstigen Augenblick abzuwarten, um die Einladung noch einmal vorzubringen. Wie angenehm würde es sein, mit dieser schönen Frau auszugehen, mit ihr einen Theatersaal oder ein Restaurant zu betreten.

Sie schwieg, und er glaubte, darin ein Zeichen der Ermutigung zu sehen. Doch jetzt ging er auf eine höchst absurde Art vor. Das, was er sich nicht traute, ihr auf Französisch zu sagen, weil die Worte ihm zu eindeutig erschienen, flüsterte er auf Englisch.

»*I love you... I love you...*«

»Monsieur Zober«, erwiderte Virginie energisch, »ich verstehe kein Englisch, und selbst wenn ich wüßte, was diese Worte bedeuten, so will ich sie nicht gehört haben.«

Monsieur Zober senkte den Kopf. *I love you!* Er wiederholte es sich. Er hatte es gesagt. Er hatte gewagt, es zu sagen. Virginie legte ihm die Hand auf den Arm und sprach leise:

»Es schmeichelt mir, Monsieur Zober, aber alles trennt uns. Zwischen uns kann es keine Zukunft geben, und das wissen Sie sehr wohl... Finden Sie sich damit ab, und seien Sie nicht traurig. Alles geht vorüber, und auch das ist bald vorbei.«

»Niemals! Niemals!« rief Isaak aus.

Damit stürzte er zur Tür und lief hinaus, um ziellos bis in die Nacht herumzuirren, von Straße zu Straße, ohne zu wissen, wo er sich befand, um in seinen Gedanken zu reisen und nach langer Wanderung, am Ende seiner Verzweiflung, in einem Augenblick der Wonne am Klang ihrer Stimme, im Anblick ihres Lächelns einen Halt zu finden, ein Körnchen Hoffnung, das aufkeimen und wachsen würde.

Nachdem David und Oliver sich lange die Schuhsohlen auf der Matte saubergetreten hatten, wie ein Emailschild es empfahl, und – da sie den Fahrstuhl nicht zu benutzen wagten – über den roten, mit Messingstäben befestigten Teppich die schöne Treppe hinaufgestiegen waren, lasen sie die Initialen Samuels auf dem Türvorleger. Zögernd blickten sie einander an, und dann stellte sich David auf Zehenspitzen, um auf den Klingelknopf zu drücken. Onkel Samuel öffnete ihnen mit einem Ausruf herzlichen Willkommens.

»*Schalom*, Onkel Samuel.«

»*Schalom Aleichem*, David, mein großer Junge!«

»Das hier ist Olivier, mein Freund.«

»*Schalom*, Olivier.«

»*Schalom* heißt guten Tag«, erklärte David seinem Freund.

»Guten Tag, Monsieur«, sagte Olivier.

»Guten Tag«, antwortete Onkel Samuel lachend.

Sie traten in ein Vorzimmer, das Olivier riesig groß erschien. Selbst bei Dr. Lehmann, der eine Spieluhr hatte, war es kleiner. Und wie diese Möbel, diese großen Vasen und die Spiegel glänzten! Auf dem Boden lagen so schöne Teppiche, daß man nicht darauf zu treten wagte. Und dann diese Armleuchter, die am hellichten Tag all die farbenreichen Gemälde anstrahlten, die Glastüren mit den gerafften Gardinen, welch ein Luxus!

David überreichte die Strudel seinem Onkel, der das mit einem Schleifenband verschnürte Paket öffnete.

»Hmm! Wenn Esther sie immer noch so gut bäckt, werden wir richtig schlemmen, Kinder. Was wollt ihr lieber: Tee oder Schokolade?«

»Nein danke«, flüsterte Olivier.

»Schokolade, Onkel Samuel!« rief David erfreut.

»Das hatte ich mir gedacht.«

Im Bibliotheks- und Schreibzimmer betrachtete Olivier die Bücherreihen in den Regalen und Glasschränken. Die

meisten Bücher waren in Leder gebunden und trugen Titel in goldener Aufschrift. Er fragte sich, ob Monsieur Samuel sie alle gelesen hatte, hielt es jedoch für unmöglich. Die Schreibunterlage, der Federkasten, die Löschwiege, das Scherenfutteral, das ganze Schreibtischzubehör war aus dem gleichen grünen Leder mit Silberborte. Sogar ein Telefonapparat stand auf dem Tisch. Monsieur Samuel drückte auf eine Klingel, und sogleich erschien ein Hausmädchen mit weißer Schürze und einer Schleife im grauen Haar. Wie in einem Film.
»Melanie, nehmen Sie dieses Paket«, sagte Onkel Samuel, »und bringen Sie uns die Kuchen mit heißer Schokolade in den Salon.«
Inzwischen forderte er die Kinder auf, auf einem braunen Ledersofa Platz zu nehmen, da er noch eine Arbeit zu erledigen hatte. Mit einer Lupe prüfte er einige Edelsteine, die er dann in verschiedene Kuverts steckte und mit einem Füllfederhalter beschriftete.
»Ich übe einen recht seltsamen Beruf aus«, erklärte er.
Ohne ihn wirklich zu verstehen, nickte Olivier höflich. Ihn faszinierten die Bücher viel mehr als die Diamanten. Hinter den karmesinroten, von Kordeln mit Quasten zurückgehaltenen Vorhängen filtrierten die Fensterscheiben das Sonnenlicht. Die Kinder tauschten rasche Blicke aus. Nachdem Olivier seinem Freund David Montmartre gezeigt hatte, führte dieser ihn in seine nicht weniger an Wundern reiche Welt ein.
Onkel Samuel trug eine weinrote Hausjacke mit braunen Schnuraufsätzen und eine Kappe auf dem Kopf. Mit seinem schwarzen, dünnen Schnurrbart ähnelte er dem Schauspieler William Powell. Seine Augen strahlten Intelligenz aus, während er mit präziser Geste die Steine in seine langen Finger nahm, hie und da innehielt, um seinen Gästen zuzulächeln, oder ihnen mit einer witzigen Bemerkung half, sich in der ungewohnten Umgebung heimisch zu fühlen.

»Also Olivier ist dein Freund, David? Ihr beide müßt ja allerhand anstellen!«
»Nicht zuviel«, murmelte Olivier.
»Wir haben einfach viel Spaß«, sagte David.
»Du wohnst auch in der Rue Labat, Olivier? Und was machen deine Eltern?«
»Ich habe nur meine Mutter. Sie ist Kurzwarenhändlerin in unserer Straße.«
»Rue Labat 75«, ergänzte David.
»Der Sohn des Schneiders und der Sohn der Kurzwarenhändlerin, das paßt gut zusammen«, bemerkte Onkel Samuel.
Dann erinnerte er sich und sagte:
»Ach ja, natürlich! Die schöne Kurzwarenhändlerin ist also deine Mutter.«
Isaak hatte ihm von ihr erzählt. Olivier, der das nicht wußte, war stolz, eine so berühmte Mutter zu haben. Der Duft nach Schokolade stieg ihnen in die Nase. Onkel Samuel legte die Steine auf ein Kissentablett und schloß sie in einen hinter einem Gemälde verborgenen Safe ein. Dann trommelte er mit den Zeigefingern auf der Schreibtischplatte und summte eine Jazzmelodie.
»Die Schokolade ist serviert«, verkündete das Hausmädchen.
»Lassen wir sie nicht warten«, sagte Onkel Samuel.
Der Salon war in ein mildes Licht getaucht. Olivier sah einen Konzertflügel, Möbel aus markettiertem Rosenholz, gepolsterte Lehnsessel mit gestreiftem Seidenüberzug. Wenn man eine Tür öffnete, erzitterten die Plättchen eines Deckenleuchters aus venezianischem Kristall wie ein zartes Glockenspiel. Olivier schaute sich die Bilder an den Wänden an, die sich sehr von denen unterschieden, die er kannte. Onkel Samuel zeigte sie den Kindern und nannte auch die Maler, mit denen er, wie er sagte, befreundet war: Epstein, Altman, Pascin...
Auf einem niedrigen Tisch thronte die silberne Schokola-

denkanne inmitten der Porzellantassen, der achteckigen Teller, auf denen je eine gefaltete Serviette von der Größe eines Taschentuchs und eine Mokkagabel lag. Es duftete nach Schokolade und dem Zimt der warmen Strudel. Da die Sitze zu hoch für die Kinder waren, hockte sich Onkel Samuel auf den Teppich und lud David und Olivier ein, es ihm nachzutun.

»Die Schokolade ist bereits gezuckert, Monsieur«, sagte das Hausmädchen.

Die cremige Flüssigkeit lief in die Tassen. Olivier befürchtete, sich ungeschickt anzustellen, wenn er den Kuchen mit der Gabel essen müßte, aber Onkel Samuel nahm ein Stück mit der Hand, biß hinein und sagte genießerisch: »Ich esse sie am liebsten so!«

»Das schmeckt aber gut«, sagte David.

»Saugut sogar«, entfuhr es Olivier, aber dann besann er sich und sagte: »Ich meine ausgezeichnet.«

»Du wirst Esther meinen Dank bestellen, David.«

Die Kinder hatten die Münder voller Schokolade, aber sie trauten sich nicht, die makellosen Servietten zu benutzen, und so leckten sie sich wie die Katzen sauber. Olivier hätte gern Fragen über Amerika gestellt, über die Wolkenkratzer und die Cowboys, aber da er nicht wußte, wie er es anfangen sollte, blieb er stumm.

»Wenn ihr mich wieder besuchen kommt, zeige ich euch Filme mit meiner *Pathé-Baby*. Dann könnt ihr Charlie Chaplin sehen...«

Oliviers Bewunderung übertrug sich von Onkel Samuel auf David. Er sagte sich: Dieser David ist wirklich ein toller Typ! Er läßt sich nichts anmerken, bewahrt immer die Ruhe, vergnügt sich an allem beim bloßen Zusehen, ist der Zweite seiner Klasse und hat diesen sagenhaften Onkel!

Als der Zauber zu Ende war, standen sie im Vestibül vor einem Stapel Pakete in braunem Packpapier: Zobers Reklame.

»Jeder von euch nimmt eins«, sagte Onkel Samuel, »und den Rest werde ich liefern lassen. Hoffentlich nützt es etwas.«

Er schnürte die Pakete zu, hängte noch einen Drahtgriff mit Schutzrolle aus Pappe dran. Auf jedem Paket klebte ein Exemplar mit Reklame, das die Kinder interessiert betrachteten. Zwischen zwei Zeichnungen, von denen die eine einen schick gekleideten eleganten Herrn mit schwarzer Jacke und gestreifter Hose, die andere eine Dame in Kostüm und Schleier-Hütchen darstellte, stand der Name Zober in englischer Schrift, dahinter *Tailor*. Für die, die das nicht verstanden, war *Schneider* hinzugefügt. Olivier las: »Nur eine Adresse: 73, Rue Labat, Paris XVIII., darunter in kleinerer Schrift auf drei Zeilen: *Die besten Stoffe. Die modernsten Modelle. Die niedrigsten Preise.*«

»David, du wirst Isaak sagen, daß er nichts zu bezahlen hat. Der Drucker ist ein Freund von mir, und er hat die Abzüge gratis auf Abfallpapier gemacht. Die Zettel sind in verschiedenen Farben.«

Er küßte David und schüttelte Olivier die Hand.

»Wollt ihr den Fahrstuhl nehmen, oder geht ihr lieber zu Fuß?«

»Ach ja, bitte den Fahrstuhl«, sagte David.

Onkel Samuel betätigte einen Hebel, der die hydraulische Maschine in Bewegung setzte, und als der Fahrstuhl hielt, sagte er:

»Ihr drückt auf den Knopf mit dem P., das heißt Parterre oder Erdgeschoß, und dann dürft ihr nichts mehr anfassen, verstanden?«

Dankend traten sie in die Kabine. Onkel Samuel drückte wieder auf den Hebel und winkte ihnen freundlich nach.

Schweigend gingen David und Olivier mit ihren Paketen die Rue Caulaincourt entlang, und jeder suchte auf dem Gesicht des anderen den Widerschein seiner eigenen Gedanken. Sie wagten es, in die Rue Bachelet einzubiegen, als ob ihre Last ihnen Schutz böte. Dann begegneten sie Capdeverre, Loulou und Ernest, dem Sohn Ernests. Sie warfen ihre guten Vorsätze über Bord und spielten mit ihnen.

Vor der Nummer 73 trennten sie sich. David nahm Oliviers Paket. Sie hatten sich so viel zu sagen, zogen es aber vor, damit bis später zu warten.

»Ich werde sehen, daß ich den Mülleimer runterbringen kann«, sagte David.

»Komm durch das Fenster zum Hof rein. Wir lassen es immer offen, wenn schönes Wetter ist.«

»Bis dann, Olivier«, sagte David.

»Bis dann«, antwortete Olivier, »und guten Appetit.« Allerdings hatte er nach dem Strudel und der Schokolade wirklich keinen Hunger mehr.

Sechstes Kapitel

Es machte den Jungen der Rue Labat entschieden mehr Spaß, die Schlacht vorzubereiten, als sie sich wirklich zu liefern. Eine Kleinigkeit genügte denn auch als Vorwand, die Kampfhandlung hinauszuschieben. Da gab es so viele Ablenkungen: Murmeln, Knöchelspiel, Kreisel, Reifenspiel, Ballspiele, das Aufkeimenlassen von Erbsen und Linsen in feuchter Watte, das Wettgehen, bei dem man wie eine Ente mit den Ellbogen fuchtelte, wie es die Sportler bei den Meisterschaftskämpfen tun, und während die Bande stets bereit war, Versteck oder Fuchs im Loch zu spielen, nahm sie gelegentliche Scharmützel hin, ohne entscheidende Vergeltungsmaßnahmen zu treffen.

Sehr beliebt war das neu entdeckte Biberspiel, das darin bestand, gemeinsam durch die Straßen zu ziehen und zu versuchen, als erster einen Schnurrbart-, Spitzbart- oder Vollbartträger zu melden, was jeweils Punkte einbrachte. So rief man »Biber«, »Doppelbiber« (wenn es ein Vollbart war), und die besonders kühnen fragten »Wer stinkt denn da?«, worauf ein anderer antwortete: »Der Ziegenbock.«

Diesem unartigen Spiel folgte das Melden lächerlicher oder als lächerlich befundener Damenhüte. Die Arme, die einen mit Früchten, Blumen, Fransen, Quasten, Federn oder künstlichen Vögeln geschmückten Hut trug, mußte allerlei Spötteleien über sich ergehen lassen. Der eine begann: »Das ist aber ein schöner Hut, den Sie da haben, Madame!«, während die anderen kicherten. Lächelte sie

freundlich, so ließ man sie in Ruhe. Protestierte sie jedoch, so hörte sie Bemerkungen wie: »Der ist ihr Staubwedel auf den Kopf gefallen!« oder »Schau dir mal das Krähennest an!« oder »Die führt ihren Gemüseladen spazieren!«
Bei einem anderen Spiel mußte man im Gänsemarsch gehen; der erste führte die groteskesten Bewegungen vor, die die anderen ihm nachmachten. Zum Spielen hatte man wirklich nur die Qual der Wahl: Mit einem Stück Kreide zeichnete man die Felder des Himmel und Hölle-Spiels oder lange Rennstrecken, auf denen man Federn pustete; eine leere Konservenbüchse regte zum Fußballspiel an, der Besitzer irgendeines Stocks wurde Musketier, und wenn man die Jacke eines Kameraden an den hinteren Schößen hielt, verwandelte sich dieser in ein Pferd. Trotzdem war man stets auf der Suche nach etwas Neuem. »Kinder, was machen wir jetzt?«
Als Loulou, Capdeverre, Jack Schlack, Saint-Paul, Toudjourian, Tricot, Elie, Riri und sogar auch Lili und Myriam, die kleine Chamignon, sahen, daß David und Olivier sie im Stich ließen, um die Zobersche Reklame zu verteilen, erklärten sie sich alle bereit, ihnen zu helfen. Doch nicht etwa, weil die Geschäfte des Schneiders sie interessierten – es gab ihnen einfach Gelegenheit, ein wenig herumzubummeln. So trug jeder einen Stapel der bunten Zettel in seinem Schulranzen. Den anderen Schülern wurde gesagt: »Das gibst du deinem Vater!« Man teilte sich untereinander die Gebiete ein, und bald durchstreiften die freiwilligen Zettelverteiler die Boulevards Barbès und Ornano sowie die größeren Straßen: die Rue Caulaincourt, Ramey, Custine, Damrémont, Clignancourt, Marcadet, Ordener, Francœur, Doudeauville. Keinen Passanten ließen sie unbehelligt.
Olivier und David blieben unzertrennlich. Wenn sie jemandem einen Zettel gaben, sagten sie: »Nehmen Sie nur, es ist gratis!« oder »Für Sie ist es umsonst!« Warf

jemand das Papier fort, so las David es wieder auf, glättete es und steckte es in seinen Stapel zurück. Er gab auch Ratschläge: »Das müssen Sie unbedingt lesen; was da drin steht, ist wichtig!«
Der kleine Riri hätte sich gern ein großes Pappschild umgebunden, wie es die Plakatträger machen. Tricot, der einmal einen geschminkten Automatenmann als Reklame vor einem Hutgeschäft gesehen hatte, ahmte die ruckartigen Bewegungen der menschlichen Gliederpuppe nach. Als Capdeverre bemerkte, daß ein Clochard sehr aufmerksam die Reklame las, schloß er daraus, daß dieser Mann einen verborgenen Schatz besaß und sich bestimmt einen Anzug bei Monsieur Zober bestellen würde.
Der Schneidermeister warf seine Zettel in die Briefkästen, legte kleine Haufen auf die unterste Stufe der Haustreppen, steckte sie den Hausfrauen in die Einkaufstaschen, bat die Ladenbesitzer, sie an ihre Kunden zu verteilen, oder er zog mit einem Leimtopf aus und klebte die Zettel an Haustüren, Mauern, Laternenpfähle und die Rohre der Dachrinnen zwischen die Reklamen der Wahrsagerinnen und Tanzschulen.
Wenn er in seine Werkstatt zurückkehrte, fragte er Esther oder die große Giselle:
»Sind schon gekommen viele Kunden?«
War die Antwort enttäuschend, so ließ Monsieur Zober sich nicht entmutigen: Es brauchte bestimmt eine Weile, bis die Idee, sich ein Kostüm oder einen Anzug bei Zober zu bestellen, ihren Weg gemacht hatte.
»Madame Haque, sind gekommen Kunden und haben gefragt nach mir?«
»Da war ein reicher Protz, aber als er den Hof gesehen hat, scheint er Angst gekriegt zu haben...«
Der schmutzige und feuchte Hof mit all den Katzen war tatsächlich nicht gerade einladend. Monsieur Zober bat die Portiersfrau, ihn zu säubern. Aber sie hatte angeblich

einen Hexenschuß, und so mußte er es selbst tun, mußte versuchen, die stinkenden Mülleimer ein wenig zu tarnen. Um Wohlstand vorzutäuschen, stellte er zwei Grünpflanzen hin.

Als ihm nur noch ein Paket Prospekte blieb, kaufte er gelbe Briefkuverts und schickte sie an Adressen, die er auf dem Postamt aus dem Telefonbuch abgeschrieben hatte. Und dann wartete er, die Ellbogen auf den Fenstersims gestützt, den Hof überwachend, in ständiger Bereitschaft, den ersten Kunden zu empfangen. Die Nachbarn fragten: »Na, kommt die Kundschaft?«

»Och! Es geht gut. Sehr, sehr gut geht es. Arbeit habe ich alle Hände voll zu tun. Und Sie werden sehen, es wird noch kommen viel mehr!«

Er log nicht, er griff den Dingen nur ein bißchen voraus. Olivier hatte das ganze Schaufenster seiner Mutter mit seinen Zetteln ausgeschmückt. Monsieur Zober schaute es sich gerührt im Vorbeigehen an. Wie sollte da die schöne Kurzwarenhändlerin nicht an ihn denken? Er sah sie ihre Kundinnen bedienen, die Schubladen aufziehen, Bänder messen, doch er traute sich nicht zu ihr hinein. Wenn sie ihn hinter der Scheibe erblickte, verbeugte er sich würdevoll und mit trauriger Miene.

Bei jeder Gelegenheit fragte er Olivier über seine Mutter aus, über ihre Gesundheit, ihre Ansichten, das Geschäft, über ihre Freundschaften. Da er die Mutter nicht zu verführen vermochte, tat er alles, um Olivier zu gefallen, den er sich als einen Fürsprecher vorstellte. Eines Abends sah er Virginie geschminkt und in einem schönen Kleid ausgehen. Mit wem traf sie sich? Er kehrte völlig niedergeschlagen nach Hause zurück.

So wartete der Schneider und hoffte. Worauf? Auf Kunden? Auf ein Lächeln Virginies? Er wußte es selbst nicht mehr. Wie viele Stunden, Tage und Woche würden vergehen, bis ein Sonnenstrahl sich zeigte? Während er sich bemühte, seine Ruhe zu bewahren und seine Enttäuschung zu verbergen, hörte er nicht auf, das Schicksal herauszufordern, sich in Träumen zu verlieren, seine Hoffnungen zu nähren. Denn war er nicht der Erbe einer alten Tugend seiner Vorfahren, jener Art von Weisheit, die man Geduld nennt?

Monsieur Gineste, der Direktor der städtischen Volksschule in der Rue Clignancourt, allgemein »der Direx« genannt, verfehlte nie den Schulschluß um vier Uhr. Regungslos und aufrecht, stets am selben Platz, klappte er seine Brillenbügel auf und zu. Trotz seines Bemühens, sich wohlwollend zu zeigen, wirkte er streng und einschüchternd, und jeder Schüler sah in ihm den allgegenwärtigen obersten Richter, der alles über ihn wußte. Das bewies allein schon der vielsagende Blick, mit dem er die Schüler einen nach dem anderen musterte.

Kurz vor Schulschluß versammelten sich die Kinder in drei Gruppen auf dem Hof: Die Kleinen, die von den Eltern abgeholt wurden, diejenigen, die die Straße überqueren mußten, und die, deren Heimweg an der Mauer des Schulgebäudes entlangführte. Der Direktor inspizierte die Truppen, wechselte ein paar Worte mit dem Lehrer, der dann laut seine Anweisungen wiederholte. Wenn sich das schwere Tor auftat, sah man auf beiden Seiten die Gesichter der nach ihren Kindern ausblickenden Mütter. Mit einigen Pfiffen versuchten die Lehrer so etwas wie Ordnung zu bewahren, bis alle Kinder fröhlich auseinanderstoben.

Olivier leierte im Hinausgehen sein Pensum vor sich her: Die Bezirkshauptstädte der französischen Departements. »Nord, Hauptstadt Lille; Pas-de-Calais, Hauptstadt Arras; Somme, Hauptstadt Amiens...« Doch trotz seines Singsangs kam immer der Augenblick, da sein Gedächtnis auf der Reise steckenblieb und ihn im Norden Frankreichs im Stich ließ. Wenn man bedachte, daß sein Vetter Jean, der Kürassier, noch zusätzlich die Hauptorte der Unterpräfekturen lernen mußte!

David lief auf Olivier zu, als Monsieur Gineste ihn zurückhielt.

»Du bist doch Zober, der Sohn des Schneiders?«

»Ja, Herr Direktor!«

»Der mit den Prospekten?«

David blickte beschämt zu Boden. Bei der Verteilung hatte man weder die Pulte der Lehrer, noch den Briefkasten des Direktors verschont. Was würde nun dem Zweiten der Klasse geschehen? Eine Bestrafung? Nachsitzen? Vielleicht noch Schlimmeres.

»Das war ich, Herr Direktor!« rief Olivier.

»Du warst was? Chateauneuf, du Schwätzer! Ich rede mit David Zober. David, du wirst deinem Vater sagen, daß ich bei ihm vorbeikomme. Ich brauche einen neuen Anzug, denn bald ist die Preisverteilung. Geh, mein Junge. Und du, Chateauneuf, paß auf, daß du deine Arithmetik lernst!«

»Er weiß alles«, sagte sich Olivier. An der Ecke der Rue Custine vollführte David einen Freudentanz und sang Tra la la. Capdeverre schloß sich ihnen an. Bald wurden sie von Doudou, Salzkorn und Mauginot überholt. Wenn man auch in der Klasse einen relativen Waffenstillstand einhielt, so konnten die Feindseligkeiten, je mehr man sich den Straßen näherte, leicht wieder ausbrechen.

»Die drei Flaschen aus der Rue Labat!« sagte Salzkorn und schwenkte seinen Ranzen.

»Mach deine Klappe zu, sonst fliegen dir die Motten rein«, erwiderte Olivier.

»Ruhe, Kinder!« ermahnte sie der Lehrer, Monsieur Fringant, der auf seinen Autobus wartete.«

So blieb es dabei. David jubelte immer noch, und Capdeverre fragte:

»Was hat der Direx euch denn gesagt?«

»Allerhand Sachen«, sagte Olivier.

»Er will meinen Vater sprechen«, erklärte David versöhnlich.
»Na, da kannst du was erleben! Du kriegst bestimmt ganz großen Ärger...«
»Nein, Monsieur«, erwiderte David stolz. »Es handelt sich um persönliche Geschäfte.«
Er hatte Eile, heimzukehren, um die gute Nachricht loszuwerden. Daß eine so wichtige Persönlichkeit wie Monsieur Gineste seinen Vater besuchte, war schon an sich ein Ereignis, aber daß er zudem noch einen Anzug bestellte...! Er stürmte in den Hauseingang.
»Kannst du mir eine Tüte Schnupftabak holen, du Possenreißer?« rief Madame Haque Olivier zu. »Ich habe nämlich meinen Hexenschuß.«
»Wird gemacht«, sagte Olivier, »aber erst muß ich meinen Ranzen abstellen.«
Als er in den Laden trat, schaute Madame Rosenthal seiner Mutter beim Zuschneiden eines Stoffs nach einem Schnittmuster zu. Sie sagte:
»Schon vier Uhr! Da muß ich gehen. Na wie geht es dir, Olivier?«
»Bestens, Madame Rosenthal. Mama, ich muß für die Haque eine Besorgung machen. Sie wurde von ihrer Hexe angeschossen.«
»Von ihrer was? Ach so, sie hat ihren Hexenschuß«, sagte Virginie lachend.
Olivier ging, während die beiden Frauen weiterredeten.
»Er ist nicht mehr wiedergekommen«, erzählte Virginie, »aber er stellt sich vor das Schaufenster und wirft mir durch die Scheibe Blicke zu, und was für Blicke!«
»Könnten Sie ihn nicht doch ein bißchen ermutigt haben, Virginie? Sie sind so kokett...«
»Das hätte ich nie geglaubt. Es muß der Frühling sein!«
»Und auch der Sommer.«
»Wenn er wieder anfängt, Süßholz zu raspeln, kriegt er was von mir zu hören.«

»Der arme Monsieur Zober«, sagte Madame Rosenthal. »Es wird ihm schon vergehen, wenn er sieht, daß Sie ihn ignorieren.«
Im Cafe-Tabac *L'Oriental* begegnete Olivier dem schönen Loulou, der ein Paket *Naja* Zigaretten kaufte.
»Eine Tüte Schnupftabak, bitte!« rief Olivier über den Ladentisch.
»Ist das für deine Mutter?« fragte Loulou.
»Du machst wohl Witze? Es ist für die Haque.«
Sie gingen hinaus, taten als ob sie schnupften, und niesten dabei. Loulou befand sich in einer schwierigen Lage. Als er die Waffen kaufen sollte, hatte er erzählt, das Geld sei ihm durch ein Loch in der Hosentasche herausgefallen, und er hatte das Loch sogar gezeigt, aber der Verdacht blieb an ihm hängen. Saint-Paul hatte ihn einen Dieb genannt, und es war zu einer kleinen Rauferei gekommen. Zum Schluß hatte Loulou den letzten Fünffrancsschein herausgerückt und versprochen, das restliche Geld irgendwie aufzutreiben. Das, was vom Kriegsbudget übrigblieb, fand jedoch eine andere Verwendung: Damit sollte eine Freßorgie mit Schokoladenbrötchen und Apfelkuchen veranstaltet werden.
Was den Krieg anging, so begnügten sich die Gegner in Ermangelung eines Besseren mit Schimpftiraden und beleidigenden Ausdrücken wie Armleuchter, Blödmann, Kohlkopf, Matschbirne, Hornochse, Piesepampel, Gartenzwerg, Fiesling, Sackaffe, Kotzbrocken, Arschgesicht, Stinkwanze, Flasche und anderen dem Vokabular der Taxichauffeure entnommenen wie »Schneckenarsch« oder »Blattlaus auf Krücken«. Körperliche Besonderheiten oder Reime auf Namen und Vornamen halfen zur Bereicherung des Wortschatzes, wie Zwerg, Nase, Klafterfresse, Plattfußindianer oder Anatole Sauerkohl, Jack Schlack Läusesack usw. Aber warum »Leimtopf« und »Salzkorn«? Das hatte man längst vergessen. Sie wußten noch nicht, daß der kleine Riri einmal der große Riton sein

würde, Olivier nicht mehr die Olive, sondern Chateauneuf du Pape und Toudjourian nur noch Toudjou.

Monsieur Zober hatte Stoffmuster mit Preisangeboten und Kreditversprechen an die möglichen Kunden verteilt, die sich dann nicht mehr blicken ließen. Um so erfreuter war er über Davids Nachricht. Jetzt würde ihn also der Schuldirektor persönlich mit seinem Besuch beehren! Er gab David einen Kuß. Mit einem so wunderbaren Sohn war er gesegnet, weil er und Esther während der Schwangerschaftszeit viel gebetet hatten. Gerührt küßte er Esther auf beide Wangen und beschloß, die Vorwürfe, die er Giselle machen wollte, weil sie sich ständig draußen herumtrieb, aufzuschieben. David nutzte die gute Stimmung und bat um Erlaubnis, mit Olivier spielen zu dürfen.

»Und die Schularbeiten?«

»Morgen ist Donnerstag, Papa.«

»Dann gehe, aber du kommst zurück nicht spät.«

Olivier wartete im Hausflur. Er schien ganz aufgeregt. Gegenüber dem *Transatlantique* hockten bereits alle Kinder der Umgebung, um einem Schauspiel beizuwohnen, das, wie Olivier sagte, »eine wahre Wolke« war. Ein zerlumpter alter Mann mit einem großen Hut, unter dem lange weiße Haarsträhnen heraushingen, saß mit dem Rücken an die Mauer gelehnt. Er kam von Zeit zu Zeit zum Montmartre und wohnte auf irgendeinem anderen Hügel der Stadt, in Belleville oder Ménilmontant. Man nannte ihn »den Blinden mit den weißen Mäusen«.

Rücksichtslos schubste Olivier ein paar Zuschauer beiseite, um David Platz zu machen, und erklärte: »Er hat es noch nie gesehen!« Der Mann spielte auf einer Panflöte. Vor ihm stand eine leere Sardinenbüchse für seine Einnahmen. Bald kletterten weiße Mäuse mit rosa Schwänzen und Pfoten aus seiner Tasche, spazierten über seinen ganzen Körper bis zum Hut hinauf. Zuweilen griff er eine und setzte sie anderswo hin. Die Kinder stellten Fragen, auf die er wie ein Naturkundelehrer antwortete.

Die Allerkleinsten wichen erschrocken zurück, wenn eine Maus sie anschaute. David machte große Augen, schien fasziniert, schluckte ein paarmal und fragte:
»Was essen die Mäuse?«
»Kacke«, antwortete Schnittchen, der sich für sehr geistreich hielt.
»Meine kleinen Lieblinge essen alles«, erklärte der Blinde. »Katzen, unartige Kinder, und sie essen immerzu, die kleinen Vielfraße!«
Aus einer Ledertasche holte er Weizenkörner hervor, schüttete sie auf seine Handfläche, und sogleich liefen die Mäuse aus allen Richtungen herbei, um aus seiner Hand zu fressen.
»Es ist teuer, die Tierchen zu ernähren, Kinder. Vielleicht haben eure Eltern ein paar Münzen übrig, für einen armen alten Mann...«
Da inzwischen auch Erwachsene gekommen waren, der Schlächter Aaron, Leopold, die Küchentrulle, Monsieur Schlack und Madame Vildé, fielen einige Münzen in die Dose.
»Eine hat eben gekackt«, bemerkte David.
»I gittigitt!« sagte Elie.
»Mäusedreck ist nicht schmutzig«, sagte der Blinde.
»Und Mäusepipi?« fragte Capdeverre.
»Man gewöhnt sich dran.«
Der Mann griff nach seinen Mäusen. Seine Hand wußte, wo jede einzelne sich befand. Dann ließ er sie in seinen Sack gleiten, den er mit Wäscheklammern verschloß. Nur eine blieb auf seiner Schulter sitzen, und er nahm auch sie, küßte sie und setzte sie auf seinen Hut.
»Diese da ist Marguerite«, erklärte er, »meine beste Freundin.«
Nachdem er die Sardinenbüchse in seine Hand geleert und jede Münze betastet hatte, sagte er:
»Das macht den Kohl nicht fett, Kinder! Wer legt noch was dazu?«

Ernest, der Sohn Ernests, eilte davon und kehrte mit einem Zweifrancsstück aus der Bar seines Vaters zurück. Einige in Papier gewickelte Münzen wurden aus einem Fenster geworfen. Der Blinde steckte seine letzte Maus ein. Die Kinder versuchten, ihn zum Bleiben zu bewegen und riefen: »Noch ein bißchen, Monsieur, bitte noch ein bißchen!« aber der Blinde antwortete, er habe noch einen langen Weg vor sich. Als er aufbrach, begleitete ihn die ganze fröhliche Schar bis zur Rue Custine.

»Das war prima, was?« sagte Olivier.

»Und ob!« sagte Loulou, »ganz große Klasse!«

»Ja, aber das mit dem Pipi. Der Blinde spinnt ja!«

»Die Maus, die Maus...« sagte Elie und fuhr David mit dem Finger über den Nacken.

Das brachte sie auf die Idee, das Kitzelspiel zu spielen. Lärmend verfolgten sie einander, und die angerempelten Passanten nannten sie »Rotzbengel« oder »Dreckgören«.

»Mich könnt ihr kitzeln soviel ihr wollt«, brüstete sich Olivier. »Mir macht es nichts aus.«

Jetzt machten auch David und Elie mit, und Olivier widerstand nicht mehr lange, ohne lachen zu müssen. An der Ecke der Rue Ramey und der Rue Nicolet blieben sie vor dem Gefährt eines Weinlieferanten stehen. Der Mann hängte gerade seinem Pferd den Hafersack um. Der Gaul trug einen komischen, an den Ohren durchlöcherten roten Hut und große schwarze Scheuklappen. Mit dem Hafersack sah er wie vermummt aus.

»Wie heißt er?« fragte David.

»Mein Brauner? Der heißt Brutus.«

»Na Brutus, wie geht's?« fragte Loulou, und das Tier, das mit seinem Maul den Hafer suchte, nickte und schien zu antworten.

»Er sagt, es geht ihm gut«, erklärte David.

»Du sprichst wahr, Balthasar«, sagte Elie.

»M'sieur, jetzt schüttelt er den Kopf. Heißt das auch ja?« fragte Tricot.

»Manchmal sagt er auch nein«, brummte der Mann, »wenn er wie ein Esel bockt.«

Die Kinder betrachteten die blonden Mähnenfransen auf der Stirn des Perdes, das graumelierte Apfelschimmelfell, den Schweif, den es von Zeit zu Zeit hob, um ein paar Äpfel fallen zu lassen, und sie entdeckten die großen schwarzen Augen hinter den ledernen Scheuklappen, das gelegentliche Zucken des Fells. Brutus stampfte mit dem einen Fuß auf, dann mit dem anderen. Olivier stellte Fragen:

»Die aus der Rue Bachelet sind doof, nicht wahr, Brutus?«

Das Pferd antwortete zustimmend, und jetzt hagelte es Fragen bis zur Erschöpfung. Dann zog die Bande durch die Rue Nicolet, um rechts in die Rue Lambert einzubiegen. Papa Poileau führte seinen Hund spazieren, aber sie trauten sich nicht, ihn schon wieder um das Kunststück mit der Münze zu bitten, und riefen im Chor:

»Guten Tag, M'sieur Poileau.«

»Tag, Kinder!«

Capdeverre gab zu bemerken, daß die aus der Rue Bachelet während der ganzen Mäusevorstellung »keine Lippe riskiert« hätten.

»Die waren viel zu feige!« sagte Olivier.

»Jawohl, Schiß hatten sie!« fügte Loulou hinzu.

Mitten auf dem Fahrdamm torkelte der Tischler Boissard, der seinen Lohn kassiert und sich gehörig einen angetrunken hatte. Kurze Joppe, schwarze Manchesterhose, die Mütze schief auf dem Kopf, rote Krawatte mit Troddeln, Flanellgürtel, den metallenen Werkzeugkasten am Schulterriemen vor den Bauch geschnallt und ihn als Trommel benutzend, sang er aus voller Kehle *Die Rote Fahne*. Aus den Fenstern brüllte man ihm zu: »Halt's Maul, Boissard!« und »Hör auf mit dem Gegröl' du Säufer!« aber er lachte nur, streckte die Zunge heraus, schnitt lange Nasen, hob die Faust.

Die Kinder folgten ihm, äfften seine Gesten nach, torkelten und grölten. David blieb zurück, und Olivier wartete auf ihn.

»Du kommst sofort nach Hause!« schrie Madame Saint-Paul ihren Sohn an.

»Elie, komm her!« rief sein Vater, der Tapezierer, und sagte dann: »Ein schönes Beispiel für die Kinder!«

»Ist es nicht ein Jammer?« sagte Madame Saint-Paul. »Wie kann man sich nur so sinnlos besaufen!«

Wie immer in diesem Fall traten zwei Stadtpolizisten aus dem Kommissariat, packten Boissard und schleppten ihn auf die Wache.

»Die werden Punchingball mit ihm spielen!« prophezeite der Bäcker Klein.

»Oh nein«, sagte Madame Hauser, »sie werden ihn nur nüchtern machen und nach Hause schicken.«

»Schade, daß er sich so besäuselt, er ist sonst kein schlechter Kerl.«

Als Olivier das schwarz-rote Taxi erblickte, das holpernd über die dicken Pflastersteine der Rue Labat fuhr, verkündete er, er müsse jetzt türmen. Alle waren sich einig, daß sie einen Mordsspaß gehabt hatten. Der Taxichauffeur in einer grauen Joppe und Mütze mit Lederschirm stieg aus dem Wagen und trat in den Kurzwarenladen.

»Ich muß jetzt wirklich gehen«, sagte Olivier zu David. »Wir haben Besuch. Wirst du zu Hause von den weißen Mäusen erzählen?«

»Klar! Und vom Pferd, und von dem Besoffenen. Alles.«

»Wenn Besuch da ist, hauen wir uns die Wampe voll. Hast du deinem Vater gesagt, daß der Direx zu ihm kommt?«

»Klar! Er hat sich vielleicht gefreut!«

»Salut David.«

»Salut Olivier, und guten Appetit.«

»Danke gleichfalls.«

Die beiden waren wirklich unzertrennlich.

Olivier bewunderte das Innere des Taxis. Auf den roten

Plüschsitzen und den beiden Klappsitzen ihnen gegenüber konnte ein gutes halbes Dutzend Fahrgäste Platz finden. In einem Netz an der Decke lagen Straßenkarten und Zeitschriften. Auf der rechten Seite hing eine Laterne und auf der linken eine längliche Vase mit welken Maiglöckchen. Olivier versuchte, die Bedeutungen der Uhren auf dem Armaturenbrett zu erraten. Über dem Aschbecher sah er St. Christoph mit dem Jesuskind, hinter der Windschutzscheibe hingen einige Maskottchen: Alfred, der Pinguin, Nenette und Rintintin, Rick und Rack, ein Paar Miniaturholzpantinen. Der Taxameter mit seiner Fahne befand sich auf der Außenseite.
Olivier hatte große Hochachtung für den Vetter Baptiste, den Mann Angelas, der Cousine seines Vaters. Auch Jack Schlack bewunderte das Auto von seinem Fenster aus. Olivier lehnte sich lässig an die Kühlerhaube, in der Pose eines Teilnehmers am Eleganzwettbewerb für Automobile. Sein Freund rief ihm zu, er sei ein Fatzke. Die Tür des Kurzwarenladens ging auf.
»Olivier«, sagte Virginie, »hör endlich auf, den Clown zu spielen und komm deinem Vetter Baptiste guten Tag sagen.«
Vor seiner Nachtschicht besuchte Vetter Baptiste sie manchmal. Wenn Virginie ihn bat, zum Essen zu bleiben, zierte er sich zuerst, behauptete, er habe keinen Hunger, ließ sich dann schließlich überreden, aber nur unter der Bedingung, daß es wirklich keine Umstände mache. Worauf Virginie sagte: »Ach wo, es ist ja nur eine Kleinigkeit.« Und dann fraß er wie ein Scheunendrescher.
»Guten Tag, Vetter.«
»Guten Tag, Olivier. Komm, gib mir einen Kuß.«
Der Vetter hatte rote und borstige Wangen, einen runden Schädel, lachende Augen und dicke Lippen.
»Sie trinken doch einen *Banyuls*, Vetter.«
»Nur einen kleinen«, sagte Baptiste mit erhobenem Finger. »Vielen Dank, Cousine.«

»Olivier, du wirst eine Besorgung für mich machen. Geh ins Delikatessengeschäft *Salaisons d' Auvergne*. Ich habe dir alles aufgeschrieben. Und dann holst du ein Bauernbrot.«
»Machen Sie sich meinetwegen keine Mühe«, sagte Baptiste.
»Nimm das Einkaufsnetz und paß auf, wenn du über die Straße gehst.«
Olivier rannte die Straße hinunter, lief an der Kreuzung quer über den Fahrdamm und stürmte in den Laden, wo er seine Liste vorlegte.
»Und gute Portionen bitte, es ist für einen Kranken.«
Während der Mann sein Schinkenmesser wetzte, schaute sich Olivier die an den Haken hängenden Würste aller Größen an, die Speckstücke, die Kaldaunenwürste, Andouilles genannt, die Würstchenkränze, und auf dem Ladentisch aus geädertem Marmor all die Schüsseln mit eingelegtem Schinken, Schweinspastete, Fleischkäse, Sülze, Geflügelpastete in Gelee, die langen Reihen Blutwürste, die Frikandeaus, die Kutteln, die Schweinskoteletts. Einen Augenblick sah er sich als Schweineschlächter mit weißer Schürze. Die Fleischersfrau hinter ihrer Kasse starrte ins Leere. Als die Pakete fertig waren, zog sie einen Bleistift aus ihrem Haar und addierte. Olivier ließ absichtlich eine Münze zu Boden fallen, um ein »Das wächst nicht nach«, zu hören, doch da die Frau stumm blieb, sagte er es selbst. Der Schlächter öffnete ihm die Tür.
Als er zurückkam, zerstampfte Virginie Trockenerbsen in einem Mörser. Vetter Baptiste hatte sich seinen Kittel ausgezogen, saß in seiner Weste, das Hemd mit aufgekrempelten Ärmeln, und rauchte eine Pfeife mit Ochsenkopf und zwei kleinen Schildpatthörnern. Er wiederholte zum dritten Mal:
»Diesem Tardieu traue ich nicht!«*

---

* André Tardieu, französischer Ministerpräsident 1929–1930 und 1932. (A. d. Ü.)

Virginie nickte, um Interesse zu zeigen. Der Erbsengeruch ließ Olivier das Wasser im Munde zusammenlaufen.
»Mama, es gab kein Bauernbrot mehr, ich habe ein Kranzbrot genommen.
»Das geht auch.«
Olivier setzte sich auf einen Stuhl, ließ die Beine baumeln und beobachtete Vetter Baptiste, der in kurzen Zügen seine Pfeife paffte. Bei jedem ›Pff‹ stieg eine Rauchwolke auf, die Olivier in der Hoffnung auf einen Rauchring sich auflösen sah. Er erinnerte sich an seinen Vater, der sich auf die gleiche Art in denselben Korbsessel zu setzen pflegte, wo er zuweilen eindöste, aber er hatte gelbe Zigaretten geraucht, die er mit einem Feuerzeug anzündete, dessen Flamme ihm das Gesicht schwärzte.
»Olivier, wasch dir die Hände!«
»Mama, heute war der Blinde da mit seinen weißen Mäusen.«
»Ein Grund mehr.«
Olivier fragte sich, was das bedeuten sollte. Er half seiner Mutter, die schönen Teller mit den Bildern verschiedener Vögel auszuteilen, das schöne kristallene Stengelglas für den Vetter und die Senfgläser für seine Mutter und ihn, das Besteck, rechts das Messer, links die Gabel, aber der Vetter zog sein eigenes Klappmesser aus der Tasche.
Während die Koteletts schmorten, tauschten Virginie und der Vetter die bei solcher Gelegenheit üblichen Familiennachrichten aus, und Olivier hörte Vornamen wie Aline, Angela, Finou und auch die seiner kleinen Cousinen Jeanette, Pierette und Ginette, in die er sich später nacheinander verlieben sollte.
Vetter Baptiste korkte die Flasche *Postillon Monopole* auf, als Virginie den großen, ovalen Teller auf den Tisch stellte. Da jede auvergnatische Mahlzeit mit einer kalten Platte beginnt, gab es rohen Schinken, Dauerwurst, Sa-

lami, Fleischpastete, Frikandeaus, Andouilles in Scheiben, und dazu Essiggurken, kleine weiße Zwiebeln und Butterwürfel.

»Das Brot, ich habe das Brot vergessen.«

Nach einigen Bemerkungen über die köstlichen Speisen und den guten Wein schwiegen sie. Das Essen war eine ernsthafte Angelegenheit. Virginie, die gewöhnlich nur knabberte, griff herzhaft zu, als ob die Anwesenheit des Vetters Baptiste sie in die Gepflogenheiten der Heimat zurückversetzt hätte, wo die Bergluft so appetitanregend ist.

»Der Delikatessenhändler ist aus Saint-Chély. Er bezieht alles direkt von dort.«

»Das ist wirklich mal was anderes.«

»Essen Sie doch den Schinken auf, Vetter. Sie müssen noch die ganze Nacht durchhalten.«

Das ließ er sich nicht zweimal sagen. Während er aß, erzählte er Geschichten aus seinem Berufsleben, von den Fahrten durch Paris und von seinen Kunden. Er kannte alle Straßen und alle Strecken und hätte sich entehrt gefühlt, wenn ihm auch nur eine einzige entfallen wäre.

»Es ist ein Beruf, der ein gutes Gedächtnis erfordert. Eines Sonntags lade ich euch ein, mit Angela und Jeanette eine Spazierfahrt im Taxi zu machen, nach Corbeil oder Fontainebleau.«

Virginie servierte das Hauptgericht: Geschmorte Schweinskoteletts in Erbspüree mit Tomatensoße und Kapern. Für ihren Gast wählte sie das große aus, und das andere teilte sie sich mit Olivier.

»Ja, man kann schon komische Sachen erleben, besonders nachts«, sagte Vetter Baptiste. »Und es ist nicht immer gerade hübsch, was man da sieht. Na ja, manche profitieren ganz schön von der Wirtschaftskrise, so ist es doch! Da sind die Nachtbummler, die Lustmolche, die reichen Schieber und die kleinen Schnepfen, von denen sie ausgenommen und in die Pfanne gehauen werden.«

Olivier verstand nicht alles. Was waren das für Schnepfen, die einen reichen Schieber ausnehmen und in die Pfanne hauen konnten? Er hatte immer geglaubt, daß man Schnepfen ausnimmt und dann in der Pfanne brät.

»Vor ein paar Tagen zum Beispiel reicht mir so ein Gimpel einen dicken Schein, und als ich ihm rausgeben will, sagt die Strichbiene, die neben ihm sitzt, zu mir: ›Behalte den Kies, er weiß nicht wohin damit!‹«

Aber was machte ein Gimpel mit einer Biene? Versonnen zeichnete Olivier mit den Zinken seiner Gabel Striche auf das Erbspüree, überlegte, gelangte zum Schluß, daß es sich um irgendeine Geheimsprache handeln mußte, wie beim schönen Mac, den man aus einem dunklen Grund »Zuhälter« oder »Lude« nannte.

Wie immer steuerte das Gespräch schließlich der Heimat zu, das heißt Sauges, dem Stammort der Familie, der für sie das verlorene Paradies bedeutete. Sie nannten Leute beim Namen, sprachen von Beerdigungen, Hochzeiten und Taufen, vom jährlichen Festessen des Vereins *Lis Eclops* mit anschließendem Ball, auf dem man die Bourrée zum Klang des Dudelsacks und der Ziehharmonika tanzte.

»Sie sollten in die Heimat zurückkehren«, meinte der Vetter, »und dort einen kleinen Laden eröffnen, wie hier.«

»Oh nein! Ich liebe diese Straße zu sehr. Hier habe ich meine Gewohnheiten und meine Freunde.«

»Aber Olivier hätte es besser auf dem Lande. Die frische Bergluft täte ihm gut.«

»Die Luft auf Montmartre ist auch gut, Vetter. Wir sind hier in der Höhe.«

»Und du, Olivier? Möchtest du nicht in Sauges leben?«

»Ich kenne es nicht. Und hier habe ich meine Freunde...«

»Für uns gibt es kein Zurück«, schloß Virginie.

Sie erklärte es genauer: Hier hatte sie sich Freunde geschaffen, nicht nur Madame Rosenthal und ihre Töchter, sondern auch viele andere, mit denen sie sich gut verstand. Olivier hing ebenfalls an seinen Spielkameraden, besonders an David, der einen guten Einfluß auf ihn ausübte. Sie sagte, die Zobers seien Israeliten (weil sie glaubte, »Jude« sei ein Schimpfwort), und im allgemeinen kämen die Leute gut miteinander aus, ganz wie in einem Dorf.

Olivier stellte eine Frage, die ihm seit langem auf der Zunge brannte:

»Vetter Baptiste, sind Sie mit ihrem Taxi schon mal hundert die Stunde gefahren?«

»Ja, aber nicht in Paris, das kann man nur auf einer Fernstraße machen. Interessierst du dich für Autos?«

»Und wie!«

»Dann werde ich dir was schenken.«

Ohne die im Kragen steckende Serviette abzunehmen, ging Vetter Baptiste hinaus und holte etwas aus seinem Taxi. Er reichte dem Jungen einen Umschlag, auf dem zu lesen stand: »*Die schönsten Automobile.*«

»Du kannst es aufmachen. Es ist für dich.«

Olivier öffnete den Umschlag und entnahm ihm eine Serie farbiger Postkarten, auf denen je ein prächtiges Auto abgebildet war.

»Das ist für mich? Ich kann es behalten?«

»Ja, es ist mein Geschenk.«

»Olivier, bedanke dich bei Vetter Baptiste.«

Er gab ihm drei Küsse und bat um Erlaubnis, vom Tisch aufzustehen. Auf seinem Bettsessel sitzend, bewunderte er all die Cabriolets, Limousinen, Phaethons und Torpedos mit den außergewöhnlichen Namen wie *Hispano-Suiza, Packard, Chrysler, Bugatti, Amilcar, Graham Paige, Rolls Royce, Pierce-Arrow, Duesenberg ...* Er wiederholte seinen Dank, und Virginie meinte, der Vetter habe soeben jemanden glücklich gemacht. Mehrere Tage lang sollte Olivier die harmonischen Linien der Karosserien bewundern, die

endlos langen Kühlerhauben, die Trittbretter, die Stoßstangen, die Kühlerfiguren, die Ersatzräder, die Kofferkästen, all das funkelnde Zubehör und beschließen, eines Tages Chauffeur zu werden.
In seinen Sessel zurückgelehnt, die Hände auf einem imaginären Lenkrad, brauste er in rasender Geschwindigkeit dahin und vergaß dabei fast die Nachspeise, einen Cremepudding Marke *Franco-Russe*. Nach dem Kaffee schenkte Virginie zwei Gläser *Verveine du Velay* Likör ein.
»Macht es Ihnen gar nichts aus, allein zu leben, Cousine? Ein Haus ohne Mann...«
»Ich habe Olivier.«
»Ich weiß. Das Leben war nicht immer leicht mit dem armen Pierre. Wenn man auch zu seiner Entschuldigung sagen muß, daß er im Krieg nicht nur körperlichen, sondern auch moralischen Schaden genommen hat.«
Noch einmal sah Olivier seinen Vater wieder. Er trug einen orthopädischen Stiefel und ging am Stock. Wenn er das Kind auf die Knie nahm, pflegte er zu singen: »Hopp hopp hopp, gleich fällste auf den Kopp...« und es endete mit Worten ohne jeden Sinn: »...Pimmel, Pammel, Pummel!«
Das Gespräch geriet ins Schleppen. Vetter Baptiste sagte mehrere Male: »Ich muß jetzt gehen...« und dann sprang er entschlossen von seinem Stuhl auf, legte die Serviette auf den Tisch, zog sich seine Jacke an und nahm seine Mütze.
»Sie haben mich verwöhnt, Cousine!«
»Ach, Baptiste, es war ja nur ein kleiner Imbiß. Grüßen Sie Angela recht herzlich von mir.«
»Ich werde es ihr ausrichten, und nochmals vielen Dank.«
Banale Worte, die das Leben angenehm und leicht erscheinen ließen. Olivier mußte den Vetter noch einmal auf die stachligen Wangen küssen, bekam noch einen Klaps auf den Rücken und wurde ermahnt, sich hübsch artig zu benehmen, da seine Mutter Witwe sei.
Während Olivier zu seinen wunderbaren Karten zurück-

kehrte, räumte Virginie den Tisch ab und wusch das Geschirr mit einem Bürstenlappen. Nachdem sie ein Liedchen geträllert hatte, sagte sie:
»Er ist wirklich ein guter Kerl, der Vetter Baptiste, und so ruhig...«
Wie nach jedem Besuch des Vetters fügte sie hinzu: »Ruhig wie Baptiste!« und dann lachte sie. Später, als sie über ihr Witwendasein nachdachte, fiel ihr plötzlich *Die lustige Witwe* ein. Sie faßte Olivier bei der Taille, tanzte einen Walzer und sang: »Lippen schweigen, flüstern Geigen...«

Die Junisonne verlieh den Fassaden einen weißen Glanz. Ernest, der Vater Ernests, hatte zwei Tische und einige Stühle herausgestellt, die den Gehsteig blockierten. Aus den offenen Fenstern und durch die Raphiabastvorhänge drangen die vertrauten Töne der gerade modernen Schlager. Alles schien langsam und träge. Ein sonniger Tag war wie ein Sonntag, der sich in die Woche verirrt hatte.
Am Spätnachmittag hielten die Kinder der Straße in ihrer leichten Sommerkleidung eine Beratung vor der Wäscherei ab. Gegenüber hobelte Loriot seine Bretter. Papa Poileau saß auf einem Klappschemel und unterhielt sich mit ihm, während sein Hund auf den Spänen schlief. Madame Haque nähte an ihren Fenster.
Loulou hatte seiner Mutter zwei Kippen geklaut, und die Kinder rauchten heimlich. Sie waren alle da, saßen entweder mit dem Rücken an der Mauer, standen an das mit Wäsche verhängte Fenster gelehnt, hockten im Schneidersitz auf dem Fahrdamm oder lagen der Länge nach ausgestreckt. Das Gespräch kreiste um Zukunftspläne. Olivier hatte angefangen: »Wenn ich groß bin, werde ich Rennfahrer!«, und dann brachte jeder seine Träume vor.
»Ich werde Hauptmann«, sagte Loulou.

»Und ich General«, übertraf ihn Saint-Paul.
»Und ich, ich werde Tapezierer wie mein Vater«, verkündete Elie bescheiden.
Tricot wollte Gewichtheber werden, Jack Schlack Schneider, Riri Cowboy, Capdeverre Boxer, Toudjourian Tenor, Ernest Matrose. David zögerte zwischen Lehrer und Arzt. Olivier überlegte es sich anders, und alle taten es ihm nach, so daß es jetzt Flieger, Radrenner, Schlagersänger, Akrobaten und sogar einen Flohbändiger gab.
Ein rollendes Geräusch auf dem Gehsteig gegenüber versetzte sie in helle Aufregung. Auf einem Roller kniend, mit den Händen das vordere bewegliche Brett steuernd, raste Salzkorn die Straße hinunter und stieß dabei ein indianisches Kriegsgeheul aus. Ein selbstgebastelter Roller war noch beliebter als ein gewöhnlicher Roller. Um so ein Gefährt herzustellen, brauchte man vier Kugellager, zwei hinten eingebaut, zwei vorne an den Extremitäten des Steuerbretts. Das Lenken erforderte Geschicklichkeit, wenn man einmal in Schuß war, denn meist geriet das Ding dabei ins Schleudern, und dann landete der Fahrer der Länge nach auf dem Boden. Dieses bremsenlose Renngeschoß verbreitete Schrecken unter den Fußgängern.
»Oh, der hat aber Nerven!« rief Riri aus.
Salzkorn schaffte die Kurve und ging dann, sein Brett unter dem Arm, wieder die Straße hinauf. Man johlte ihm nach, beschimpfte den Feind aus der Rue Bachelet mit Worten wie Rotzlöffel, Angeber, Großklotz, Lackel, Halbstarker, aber er feixte nur, denn seine Kumpel standen angriffsbereit oben an der Straßenecke.
So mußten die Apachen die Demütigung über sich ergehen lassen und zusehen, wie der Roller nacheinander mit Anatole Leimtopf, Doudou, Mauginot, Lopez und Schnittchen, der wieder mal in der Kurve stürzte, ihr Gebiet durchraste. Den kleinen Schnittchen mochten die von der Rue Labat eigentlich ganz gern; sein einziger Fehler war,

in der feindlichen Straße zu wohnen. Sie bewunderten ihn sogar, als er aufstand und trotz seines blutigen Knies nicht jammerte oder weinte. So ließen sie ihn ohne Beschimpfungen ziehen.

Capdeverre, seiner Führerolle bewußt, erklärte:
»Von morgen an verbieten wir ihnen die Straße!«
»Warum nicht gleich?« fragte Tricot.
»Weil wir nicht bewaffnet sind«, sagte Olivier.
»Morgen gießen wir ihnen aus den Fenstern Wasser auf die Birne.«

Kurz darauf knallte ein Geschoß David mitten ins Gesicht und schlug dann auf den Gehsteig auf. Es war eine nasse Papierkugel. Aber dieser Schuß kam nicht von den Feinden, die inzwischen die Stufen der Rue Bachelet hinaufgestiegen waren, sondern aus einem Fenster in der Nähe. Während sie sich fragten, woher es kommen könnte, wurden sie mit weiteren solcher Kugeln bombardiert. Bougras lachte an seinem Fenster, und einen Augenblick verdächtigten sie ihn. Der feindliche Rollschlitten und dann dieser heimtückische Angriff, das war zuviel. Die Buben duckten sich, zogen die Schultern ein, bis Jack Schlack plötzlich ausrief:

»Mich laust der Affe! Kinder, es ist meine kleine Schwester!«

Er stürmte ins Haus, stieg in den ersten Stock, und man hörte Türen knallen, Schreie, und dann erschien er wieder mit einem Kupferrohr.

»Schaut euch das an! Damit schießt sie. Ich habe es ihr weggenommen.«

Doch das Schießen ging weiter. Jetzt kam es von gegenüber. Sie erkannten die Fenster, aus denen geschossen wurde, und Loulou sagte betrübt:

»Ihr werdet es nicht glauben! Die Mädchen greifen uns an!«

»Die Pimperliesen? Bei dir piept's wohl!«

Die Mädchen versteckten sich nicht einmal mehr. Loulou

hatte tatsächlich recht! Lili, die kleine Chamignon, Capdeverres Schwester, Zouzou, Myriam, sie alle besaßen Pusterohre.
»Hol deine Schwester«, befahl Capdeverre Jack Schlack. Bald kam er zurück, zerrte das kleine Mädchen bei der Hand. Sie war nicht mehr als fünf Jahre alt, und sie protestierte und kicherte gleichzeitig.
»Sie lacht auch noch!« stellte David entrüstet fest.
Das Mädchen setzte sich auf den Bordstein und verlangte seine Waffe. Die Buben filzten sie. Die Taschen ihrer rosa Jacke steckten voller Munition. Pusterohre hatten die Jungens auch, aber sie waren aus Pappe, aus Schulheftdeckeln und viel zu weich, hielten keinem Vergleich mit diesen Metallrohren stand. Die kleine Schlack bewies das, als sie auf Machillot zielte, der gerade mit dem Rollschlitten die Straße hinuntersauste. Jedes der Mädchen hatte eine solche Waffe.
»Wo habt ihr die aufgetrieben?«
»Bei Boissier. Es sind Rohrabfälle. Die Arbeiter geben sie uns.«
Nicht zu glauben! Daran hatte keiner der Jungen gedacht. Das Verhör wurde fortgesetzt, unter Androhung, sie an den Haaren zu ziehen. Wollten die Mädchen einen Geschlechterkrieg beginnen? Vor einer solchen Möglichkeit schreckten die Buben zurück.
»Warum schießt ihr auf uns?« fragte Olivier.
»Weil sonst niemand da ist.«
»Und warum schießt ihr überhaupt?«
»Weil es Spaß macht, darum!«
Loulou reckte sich empor, hielt sich die Hände wie ein Sprachrohr vor den Mund und rief zu den Fenstern hinauf:
»He Mädchen, wir machen Frieden, kommt runter zu uns!«
»Denkste!« rief Lili zurück.
»Nicht in die Tüte!« rief Myriam.
»Ehrenwort, wir tun euch nichts!« sagte Loulou.

»Wir haben keine Angst vor euch.«
Doch dann lehnte sich Lili hinaus und beriet sich mit ihren Freundinnen an den anderen Fenstern. Sie beschlossen, herunterzukommen. Um sich bitten zu lassen, spielten sie die Gleichgültigen, aber sie prusteten vor Lachen, hielten sich die Hand vor den Mund. Mit Ausnahme der pummeligen Zouzou stelzten sie auf langen dünnen Beinen daher. Die Jungen gaben sich freundlich, lächelten sogar.
»Kommt«, sagte David, »wir werden euch nicht fressen.«
»Nun kommt schon!« fügte Loulou hinzu.
Mißtrauisch überquerten sie die Straße, jede mit ihrem Pusterohr, und hielten sich in sicherer Distanz. Capdeverre ergriff das Wort:
»Die Knalltüten von der Rue Bachelet gehen uns allmählich auf den Wecker, aber diese Knilche, die pinkeln wir glatt um. Und jetzt greift ihr uns an, wo ihr doch unsere Freundinnen seid...«
»Ihr solltet euch lieber mit uns verbünden«, schlug Toudjourian vor.
»Wo die euch immer an den Zöpfen ziehen«, sagte Tricot.
»Und euch Pimperliesen nennen«, sagte Elie.
»Wir wollen euch doch nur beschützen«, ergänzte Olivier.
»Das ist doch die Höhe!« sagte Myriam. »Was diese Rotznasen sich einbilden! So eine Frechheit! Zieht ihr uns vielleicht nicht an den Haaren?«
»Na ja, aber es ist nicht das gleiche«, erklärte Olivier.
»Wir machen es nur zum Spaß, weil, weil...«
»Weil was?«
»Weil wir euch im Grunde mögen. Wir sind doch alle aus der Rue Labat.«
»Dieser Olivier! Hört euch den falschen Fuffziger an!« sagte Lili.
»Wir werden euch verteidigen«, versprach Capdeverre.

»Wir brauchen euch nicht!«
Nach diesem Wortgefecht trat ein eisiges Schweigen ein. Olivier spielte den Reumütigen, Tricot pfiff vor sich hin, die anderen überlegten. Arbeiter in blauen Leinenhosen kamen vorbei. Virginie warf einen Blick auf die Straße. Madame Murer leerte einen Eimer im Rinnstein. Eine Kundin von Mademoiselle Marthe trat mit einer Hutschachtel aus dem Haus Nummer 77. Monsieur Aaron fegte die Sägespäne seines Fleischerladens. An der Straßenecke plauderte der schöne Mac mit der großen Giselle.
»Was hat dieser pomadisierte Fatzke mit deiner Schwester zu reden? fragte Olivier David.
»Keine Ahnung.«
Der hübsche Loulou schenkte den Mädchen ein verführerisches Lächeln. Sie verhielten sich immer noch kühl, aber erstaunt waren sie doch. Noch nie hatten die Jungs sich so benommen. Loulou erklärte mit betörender Stimme, er gäbe zu, einiges Unrecht getan zu haben, aber es wäre doch ein wahres Glück, wenn seine Freundinnen sich der Bande der Rue Labat anschließen würden.
»Ich möchte schon!« sagte Lili, nun doch betört.
Alle Mädchen waren einverstanden. Sie näherten sich den Jungen, blieben aber zusammen.
»Also paßt auf. Ihr müßt die ganze Zeit Papierkugeln kauen«, erklärte Tricot, »und wir Jungen werden sie dann diesen Zulukaffern vor den Latz knallen.«
»Wenn wir sie kauen, schießen wir sie selbst«, sagte Myriam. »Kaut euch doch eure eigenen.«
»Streiten wir uns nicht«, sagte Capdeverre.
Wie auf Befehl kramte jeder in seiner Hosentasche und brachte zerdrückte Karamels, klebrige Bonbons, Gummidrops und Lakritzen hervor, die den neuen Verbündeten offeriert wurden. Die Mädchen lutschten, knabberten und leckten sich die Finger.
»Die Pusterohre besorge ich schon«, versprach Ernest, der Sohn Ernests. »Wenn die Arbeiter von Boissier bei mei-

nem Vater ihren Apéro trinken, bitte ich sie einfach, mir solche Rohrstücke zu geben.«
»Ist nicht nötig«, sagte die kleine Chamignon. »Wir geben euch welche ab. Wir haben jede Menge davon.«
Die jungen Damen verabschiedeten sich, um ihren eigenen Spielen nachzugehen. Die Jungen blickten ihnen ziemlich erstaunt nach. Sie berieten sich eine Weile, und Olivier gestand, daß Myriam ihm gut gefiel. Loulou erklärte, er ziehe Lili vor. Sie gelangten zu dem Schluß, daß alle Mädchen sich in dieser ernsten Sache als wahre Prachtstücke erwiesen hatten.

Als der feindliche Roller wieder die Rue Labat hinuntersauste, wendete Schnittchen ihn rechtzeitig, stand auf und bückte sich, um ihn unter den Arm zu nehmen. Während er das tat, fühlte er zwei Finger, die an seinen Rücken stießen. Es war der kleine Riri, und er befahl:
»Hände hoch!«
Schnittchen gehorchte, weil er es für ein Spiel hielt. Er lächelte sogar, während er überlegte, wie er sich der Bedrohung entziehen könnte.
»Nimm deinen lausigen Roller und komm mit!«
»Dieser Riri ist eine Nummer!« bemerkte David.
Die Blicke wandten sich der Rue Bachelet zu. Zum Glück waren Schnittchens Freunde verschwunden.
»Leute, ich habe einen Gefangenen gemacht!« verkündete Riri.
»Erschießen wir ihn!«, sagte Tricot.
»Wir könnten seinen Roller als Kriegsbeute behalten«, schlug Toudjourian vor.
Dies schien zu gefährlich. Schnittchen mußte sich, die Hände über den Kopf, mit dem Gesicht an die Wand stellen. Er versuchte zu fliehen, wurde aber festgehalten. Nach einigem Flüstern ließ Capdeverre sich vernehmen:
»Dreh dich um, behalt die Pfoten auf der Birne, spitz die Löffel und höre, was Olivier zu sagen hat!«

»Also«, begann Olivier, »du wirst den Knilchen von deiner Dreckstraße sagen, daß es von jetzt an verboten ist, mit dem Roller die Rue Labat herunterzufahren.«
»Aber wo denn sonst? Sie ist die einzige, wo es bergab geht«, schniefte Schnittchen.
»Das ist uns schnuppe! Der erste, der sich hier blicken läßt, wird zu Hackfleisch gemacht.«
»Mit oder ohne Schlitten!« erklärte Tricot.
»Wir knallen euch Nachttöpfe auf den Deckel und Wasserbomben.«
»Ihr werdet euer blaues Wunder erleben!« fügte Elie hinzu.
Tricot beschloß, daß der arme Schnittchen sich die Sandalen ausziehen und barfuß abhauen müsse.
Sie behaupteten, Schnittchen habe völlig verdreckte Käsemauken, und alle Knalltüten seien Drecksäue. Was ziemlich unverschämt war, da keiner von ihnen sich besonderer Sauberkeit rühmen konnte. Schnittchen wurde rot vor Wut. Er hatte sich Riri im Spiel ergeben, und jetzt demütigte man ihn.
»Das wird euch teuer zu stehen kommen!« sagte er.
»Klapp den Deckel zu, es riecht nach Kohlsuppe!« erwiderte Olivier.
»Los, verdufte, du Dreckspatz!« befahl Capdeverre.
Schnittchen rannte davon, die Schuhe in der Hand. Oben an der Straßenecke drehte er sich um, ließ seine Hose runter und zeigte ihnen seinen nackten Hintern zum Zeichen der Verachtung.
Einige in der Bande bedauerten, daß das Schicksal gerade Schnittchen als das Opfer ausgewählt hatte. Loulou fand ihn lustig, David fand ihn nett, und der stolze Sieger Riri, der nicht größer als sein Gefangener war, behauptete, Schnittchen sei ein »Dreikäsehoch«.
Um eventuellen Vergeltungsmaßnahmen zuvorzukommen, befahl Capdeverre seinen Leuten, sich zu verstreuen. Elie, Saint-Paul und Riri kehrten in die Rue Lambert zurück. Toudjourian, Tricot und Jack Schlack verzo-

gen sich zu einem Kartenspiel in einen Hinterhof. Lili rief Olivier zu: »Fang mich, wenn du kannst!« und lief um ihn herum. Immer noch beleidigt antwortete er:
»Wozu soll ich dir nachrennen, wo ich doch angeblich ein falscher Fuffziger bin?«
»Ach, wenn ich das sage, zählt das nicht, verstanden?«
»Hast du es gesagt oder nicht?«
Loulou und Capdeverre gingen die Straße hinauf. Die Mädchen spielten Puppengeschirrwaschen im Rinnstein. David und Olivier begleiteten Ernest, den Sohn Ernests, bis zum *Transatlantique*. An einem der Straßentische gab eine schwarzgekleidete Frau einem Baby in weiß die Brust. Ernests Vater, im Unterhemd, wusch Gläser. Poileau und Gastounet diskutierten bei einem Glas Rotwein. Der Schlächter Aaron scheuerte sein Hackbrett, Leopold lud Stühle auf einen Handkarren, die Grosmalard begoß ihre Grünpflanzen mit einer Spritze, Mademoiselle Marthe probierte ihre Hüte vor einem Spiegel an, und oben an der Straßenecke tauchte Anatole Leimtopf einen Fahrradschlauch in einen Wassereimer.
»Immer rennt er mir vor die Füße, dieser Schlingel!« rief die Küchentrulle Olivier zu.
»Der Gehsteig ist für alle da«, erwiderte der.
Sie bummelten noch eine Weile. David kannte jetzt alle Leute, fühlte sich ganz ungehemmt, wurde kühner in seiner Ausdrucksweise und seinen Spielinitiativen.
»Gehen wir zu mir«, schlug Olivier vor. »Ich will dir was zeigen. Aber nur dir, nicht den anderen...«
»Wie spät ist es? Ich will mir keinen Anschiß holen.«
»Wir haben Zeit. Bei Boissier arbeiten sie noch. Du wirst sehen...«
Es handelte sich um die Postkarten, die Vetter Baptiste ihm geschenkt hatte. Während Virginie mit Tränen in den Augen Zwiebeln schälte, könnten sie sich die schönen Autos anschauen. Und wenn sie sich verabschiedeten, würde Olivier in einem Anflug von Großzügigkeit sagen:

»Hier! Ich schenke dir den *Rolls Royce*.«
Dann würde er noch zwei andere hinzufügen, bevor sie sich Auf Wiedersehen sagten, als ob es für lange wäre, obgleich sie wußten, daß sie sich nach dem Abendessen wiederfinden würden.

Siebtes Kapitel

Nie sollten die Bewohner dieser Straßen die langen Sommerabende vergessen, als sie in Gruppen vor ihren Mietshäusern und Ladenfenstern und manchmal bis in die Nacht hinein im Halbdunkel, dem der gelbe Schimmer einer Gaslaterne einen zarten Glanz verlieh, gemütlich beisammen saßen.
Diese Gewohnheit liebten sie über alles, und niemand hätte gedacht, daß sie sich je verlieren könnte. Die Straße wurde im Sommer zu einer regelrechten Theaterbühne, auf der sich eine Komödie abspielte, in der jeder zugleich Schauspieler und Zuschauer war. Kaum hatte man zu Abend gegessen, dann nahm man einen Stuhl, einen Hocker, einen Klappschemel oder irgendeine andere Sitzgelegenheit, die Frauen ihren Nähkorb dazu, und machte es sich draußen bequem, um nach einem heißen Tag die Kühle des Abends zu genießen.
Viele fanden darin die Gepflogenheiten einer französischen Provinz oder eines fremden Landes wieder. Die musikerfüllte Straße wurde zum Garten aller. Für die Kinder bedeuteten diese Abende ein ganz besonderes Vergnügen, denn sie durften länger aufbleiben. So bildeten sie in diesem Konzert die anmutigsten Töne, und ihre Spiele und ihr Herumtollen machten den besten Teil der Vorstellung aus.
»Olivier! Olivier! Mein Vater hat mich ausgehen lassen...«
»David! Komm, wir treffen uns mit der Bande.«

An diesem Juliabend saßen die, die nicht auf der Straße waren, an ihren Fenstern. Vor der Nummer 76 teilte sich die versammelte Familie Schlack den Raum mit Madame Boissier, Papa Poileau mit seinem Hund und Silvikrin, der eine schwarze Weste auf seinem nackten Oberkörper trug. Etwas abseits hockte ein Verschwörertrio, bestehend aus Bougras, dem blinden Lulu und einem gewissen Biribi aus der Rue Hermel, einem Freund von Bougras. Weiter unten standen die drei Wäscherinnen in ihren weißen Kitteln, lehnten sich an die Scheibe der Wäscherei und rauchten ägyptische Zigaretten. Vor dem *Transatlantique* versammelten sich die Gäste bis auf die Pflastersteine bei Bier, einem Weißwein oder bei Bier mit Schuß. Gleich daneben, vor der Nummer 78, saßen das Portiersehepaar Grosmalard, die Damen Vildé und Chamignon, Adrienne und die beiden jüngeren Töchter Rosenthal. Vor der jüdischen Schlächterei spielten Monsieur Aaron und Monsieur Kupalski Dame, während Amar, Petit-Louis, Chéti und Paulo auf den Stufen der Rue Bachelet Karten klopften. Weiter oben hockten die von ihren Feinden als die »Knalltüten der Rue Bachelet« bezeichneten Kinder vor den Baracken.

Madame Haque hatte sich vor Nummer 73 auf einem Liegestuhl eingerichtet, der den Gehsteig blockierte. Neben ihr klöppelte Madame Papa einen Lakensaum, und die Küchentrulle schlürfte ihre Suppe aus einer riesigen Schale. Vor dem Kurzwarenladen saßen Madame Chateauneuf, die *Paris-Midi* las, die Murer mit ihrem Dackel, Madame Rosenthal mit ihrer Tochter Fernande und Virginie in einem weißen Kleid; sie erwarteten weitere Besucher, denn drei Stühle waren frei. Die Kinder der Rue Labat hatten sich vor der Bäckerei versammelt.

In der Schneiderwerkstatt im Hinterhofgebäude der Nummer 73 war die Hitze unerträglich, wie in einem Treibhaus. Monsieur Zober bemühte sich, seine Frau, die so ungern das Haus verließ, zu einem Spaziergang zu überreden.

»Ich sage dir, es ist eine Sache, was man hier macht. Wenn es ist heiß, du gehst auf die Straße, Esther, und alle werden reden mit dir, ganz bestimmt, und sie werden sein liebenswürdig und was weiß ich, und es ist gut für die Kundschaft auch.«

»All die Leute, was mich nicht kennen, wozu sollen sie reden mit mir, und wozu soll ich reden mit ihnen? Sie werden lachen Ha! Ha! Ha! wenn ich rede.«

»Ach was! Alle Leute kennen die Familie Zober, was ist beliebt und sympathisch.

Sie gab schließlich nach, traf aber lange Vorbereitungen, während ihr Mann zwei Stühle in der Hand hielt und ungeduldig wurde. Die Haque, Madame Papa und die Küchentrulle hießen sie willkommen und machten ihnen Platz. Madame Haque bot Esther sogar ihren Liegestuhl an, doch diese zog ihren Stuhl vor, setzte sich steif und aufrecht hin, die Hände über dem Bauch verschränkt. Man wechselte einige Worte über das Wetter. Monsieur Zober warf einen Blick hin zu Virginies Laden, erhob sich, um sich vor den Damen zu verbeugen. Dann steckte er eine Gauloise in seine Zigarettenspitze, riß ein Streichholz an, während die Haque unter Madame Papas angeekeltem Blick der Küchentrulle eine Prise Schnupftabak offerierte. Später schlossen sich ihnen noch der Tischler Loriot und Lilis Eltern an.

»Schau dort, Esther, der David, wie artig und wie fröhlich er spielt.«

»Verdammte Bengel!« sagte die Küchentrulle.

»Es werden immer mehr«, bemerkte Madame Papa. »Die Leute in dieser Straße sind die wahren Kaninchen.«

»Siehst du, Madame Zober, wie es ist angenehm hier?« sagte Isaak, und Esther nickte mit Würde.

Die Erwachsenen wußten noch nicht, daß die Kinder eine Großaktion vorbereiteten. Die unter den Jungen und Mädchen herrschende Ruhe täuschte. Vorläufig vergnügten sie sich mit Spielen, die sich von Generation zu Generation überliefert hatten. Für Olivier und David war es »Ich weiß etwas, was du nicht weißt«, oder jene komischen Reime, bei denen man ein ernstes Gesicht machen muß, weil der erste, der lacht, einen leichten Klaps auf die Backe bekommt. Danach kam »Alles was Flügel hat, fliegt«, wobei der eine ein Tier oder einen Gegenstand nennt und der andere entweder »fliegt« rufen oder schweigen muß, je nachdem, ob es fliegen kann oder nicht.

»Leute, jetzt paßt mal auf...« begann Capdeverre, aber er wurde von Loulou abgelenkt, der ihm in den Rücken stieß und »Katze«! rief.

Seit die Mädchen sich der Bande angeschlossen hatten, waren noch mehr Spiele dazugekommen. Zungenbrecher, absurde Abzählreime, Rätselraten und dergleichen mehr.

Riri hatte ein Plüschkaninchen, das er mit Hilfe eines Schlauchs und Gummibällen hüpfen ließ, und bald hüpften alle anderen auch. Tricot und Toudjourian spielten Murmeln, Jack Schlack ordnete Briefmarken in einem Heft, Saint-Paul versuchte eine Fliege zu fangen, um sie in seinen Fliegenkäfig zu sperren, wo ein Stück Zucker sie erwartete.

Und doch waren sie für den Angriff bereit. Alle Revolver und Pistolen, Pfeilgewehre, Steinschleudern und die Pusterohre von Boissier lagen in einem Puppenwagen versteckt. Elie und Saint-Paul trugen rote Papiermützen mit einer blauweißroten Kokarde, die im vorigen Jahr beim Kinderfest am Nationalfeiertag, am 14. Juli, verteilt worden waren. Capdeverre hatte die Polizistenpfeife seines Vaters geklaut.

Die Aktion, bei der sie aus den Fenstern der Rue Labat 73 und 75 Wasser- und Papierbomben geschleudert und Eimer ausgeschüttet hatten, war ein Erfolg gewesen. Der feindliche Roller fuhr nicht mehr die Straße hinunter, aber das verziehen ihnen Anatole, Salzkorn, Schnittchen, Lopez, Machillot und die anderen nicht. Gegenangriffe hatten bereits einigen Schaden angerichtet; es hatte blaue Flecken, Veilchen, Knieschürfwunden und blutige Nasen gegeben.

Die Knalltüten lauerten auf der Anhöhe wie die Raubvögel, aber in der Rue Labat vergnügte man sich trotzdem. Zum Beispiel mit dem Berufsspiel, bei dem einer die Anfangs- und Endbuchstaben angibt, aus denen man den Beruf raten muß.

»F...R«, gab Olivier zu raten.

»Fleischer!« rief Tricot.

»Frisör!« sagte Lili.

»Falsch. Flieger!«

»So ein Schummler!«

Vor dem Milchgeschäft *Achille Hauser* saß die sogenannte Madame Hauser mit Coquarelle, dem Färber aus der Rue Lambert, Madame Saint-Paul, der Wirtin des *Hôtel de l' Allier*, dem Ehepaar Leibowitz und Monsieur Pompom. Schräg unter ihnen, hinter dem Gitter seines Kellerfensters, schuftete der Bäcker Klein über seinen Backtrog gebeugt, rührte die schwere Teigmasse mit seinen kräftigen Vorderarmen, stöhnte und schnaufte dabei.

»Kinder, jetzt paßt mal auf...« wiederholte der Anführer Capdeverre zum x-ten Mal.

Die Leute plauderten in ihren Grüppchen, die Frauen bei ihren Näharbeiten, die Männer mit den Händen im Schoß. Doch stets wurde leise gesprochen, wie um die Nacht nicht zu wecken.

Am gesprächigsten war das Trio Bougras, Lulu und Biribi*, dessen Spitzname allein Bände sprach. Sie sprachen von verflossenen Zeiten, von der Zeit vor dem Krieg 14–18,

---

* Mit ›Biribi‹ bezeichnete man die Strafkolonien in Afrika und Guyana (A. d. Ü.)

und fanden, daß die Straße sich verändert hatte. Biribi erzählte von den stürmischen Demonstrationen zur Zeit der Dreyfus Affäre, beschrieb die Überführung der Asche Emile Zolas, bei der es zu blutigen Schlägereien gekommen war. Als Kind hatte ihn sein Vater einmal in die Rue de la Bonne geführt, wo er seine kleinen Finger in die Löcher der Kugeleinschläge stecken durfte, die von den Exekutionen der Generäle zur Zeit der Kommune herrührten. Bougras erzählte von einem gewissen Libertad, der bei den ersten Vorführungen des Kinematographen »Nieder mit dem Krieg« geschrien hatte, von seinen Händeln mit der Polizei, den Straßenschlachten, bei denen er mit seinen Krücken auf die Gegner einschlug.

Der blinde Lulu zählte die Namen all jener auf, die einander in den Portierslogen, den Wohnungen und den Läden gefolgt waren. Er fühlte sich als der Bewahrer eines Schatzes von Erinnerungen, um den sich außer ihm niemand zu kümmern schien. Und Olivier, der in ihrer Nähe stand, hörte die unbekannten Namen: Madame Chaffard, die ehemalige Wäscherin, Clérigo, der italienische Kolonialwarenhändler, Madame Dorange, die vor den Kleins die Bäckerei führte, Yvonne Boucharnin, die sich mit Oriol als Postkartenmodell für Verliebte fotografieren ließ, Madame Bourgeois, die ganz ungeheuer pichelte...

Die drei Männer redeten über Politik, Gewerkschaften und Anarchismus, und dann wandte sich das Gespräch frivoleren Dingen zu. Biribi sagte zu Lulu, er würde ihn in den Puff mitnehmen. Olivier fragte sich, was er damit wohl meinte. Wollte er etwa dem netten armen Lulu einen Puff versetzen?

Die Leute am oberen Ende der Rue Labat sahen einen Unbekannten ihre Straße betreten. Er trug eine braune Hose, ein weißes Hemd mit aufgekrempelten Ärmeln, schlenderte lässig, die Hände in den Taschen und lächelte. Als er vor dem Kurzwarenladen vorbeikam, warf er Virginie einen schelmischen Blick zu. Madame Rosenthal blickte ihre Freundin fragend an, aber diese gab durch ein Schmollen zu verstehen, daß sie ihn nicht kannte.

David stürzte auf ihn zu. Der Mann hob ihn auf, küßte ihn, tat das gleiche mit Olivier. Jetzt begriff Virginie, um wen es sich handelte, und sie flüsterte ihren Nachbarinnen den Namen zu.

»Isaak«, sagte Madame Zober, »du drehst um deinen Kopf und wirst sehen wen? Rate!«

»Samuel!« rief Monsieur Zober aus. »Die Überraschung machen, das kann er!«

Die beiden Männer begrüßten sich. Samuel küßte Esthers Hand. Man stellte die anderen vor. Madame Haque war sichtlich beeindruckt und erbot sich, einen Stuhl zu holen, aber der Neuangekommene lehnte höflich ab und nahm Isaak beim Arm.

»Gehen wir ein Stück?«

»Glänzende Idee«, sagte Monsieur Zober, »mir sind eingeschlafen die Füß, und vom Sitzen ich habe das Prickeln in den Beinen.«

Während sie die Straße hinuntergingen, drehte sich Onkel Samuel mehrmals um und betrachtete die Gruppen mit Wohlwollen. So schlenderten sie Arm in Arm bis zur Rue Custine. Samuel zwinkerte Isaak zu und fragte:

»Gehe ich recht in der Annahme, daß die schöne blonde Dame vor dem Kurzwarenladen die Frau deiner Träume ist?«

»Ach ja!« sagte Monsieur Zober. »Ich träume von Liebe wie was weiß ich, und sie redet nicht mehr mit mir.«

»Gewiß, sie ist wirklich schön, deine gojische Schikse, aber was erwartest du von ihr?«

»Ganz krank bin ich von der Liebe...« begann Monsieur Zober.

»Könnte es nicht der *Jejzer Hara* sein, der Trieb des Bösen? Und deine Esther...«

»Ich weiß. Die Frau ist nicht wie das Hemd, was man

wechselt, aber sie, ich denke an sie die ganze Zeit. Was kann ich dafür?«
»Und Esther, die dir überall hin gefolgt ist...«
»Die Esther, wer wird vergleichen die Esther. Sie hat nichts zu tun mit dieser Sache, gar nichts. Esther ist Esther, reden wir nicht davon. Und die Madame Virginie, zuerst immer so charmant, mit Monsieur Zober hier, Monsieur Zober da, und ich komme zu ihr mit Blumen, was ich ihr schenke, und ich mache ihr Liebeserklärung, und was ist? Wenn ich rede, sie guckt an die Decke und schaut sich an die Fliegen, und immer in der Eile mit Arbeit, damit ich soll gehen.«
»Und wenn sie dir in die Arme gesunken wäre? Welch ein Schlamassel! Also mach deine Mizwe, Isaak, kümmere dich um Esther und die Kinder.«
»Jetzt redest du daher wie ein Rebbe!«
»Und deine Prospekte? Haben sie dir Aufträge eingebracht?«
Monsieur Zober schilderte seinen Mißerfolg, sagte, er sei zu nichts gut, bezeichnete sich als einen Pechvogel, einen Schlemihl. Gewiß, der Schuldirektor war bei ihm gewesen. Um ihn zu empfangen, hatten sie das Zimmer neu tapeziert und überall Blumen hingestellt. Und das Resultat war ein marineblauer Anzug mit drei Anproben gewesen. Damit und mit ein paar kleinen Arbeiten blieb ihnen gerade genug, um zu essen.
»Anzüge wenden, das kann ich machen die ganze Zeit, aber das Glück wenden, das kann ich nicht.«
In der Rue Caulaincourt saßen nur wenige Leute vor den hohen Häusern, aber viele Spaziergänger gingen in Richtung Place Clichy. An der Ecke der Rue Hermel sahen die beiden Freunde eine große Schar Kinder. Es waren die aus der Rue Labat, denen sich unterwegs viele andere in der Hoffnung auf Zerstreuung angeschlossen hatten.
»David«, rief Monsieur Zober, »geh zurück in die Straße!«
»Gleich, Papa.«

Und Samuel sprach von Amerika. Vor dem Schaufenster eines Blumenladens blieben sie stehen, und Monsieur Zober fand plötzlich Virginie so schön wie eine Lilie. Ein Krankenwagen verließ seine Garage, ein leerer Autobus fuhr ratternd vorbei, und dann herrschte wieder eine solche Stille, daß die Stimmen der Passanten seltsam fern klangen. Monsieur Zober dachte an alles, was ihn in Frankreich zurückhielt: David, der Zweite seiner Klasse, Virginie, die Straße ...

»Die ganze Zeit ich nehme ab die Mütze, um mich zu kratzen am Kopf, was hat keine Läuse, ohne zu finden die Antwort.«

Jetzt fiel ihm ein, daß er sich nur um seine persönlichen Probleme sorgte, anstatt sich auch für seinen Vetter Samuel zu interessieren, der ihm ein so guter Freund geworden war. Um seine Gefühle auszudrücken, steigerte er sich in einen solchen Eifer, als ob er ein Versäumnis nachholen müsse:

»Samuel, was du bist für ein gebildeter Mensch, und du hast *Sejchel* was man hier nennt Intelligenz, und wie du kennst dich aus im Pariser Leben!«

»Findest du?« fragte Samuel lächelnd.

»Und schön im Gesicht, daß man würde glauben, du bist ein *Gojim* wie alle Franzosen von hier ...«

Er setzte seine Lobeshymne fort. Samuel stellte alles dar, was er hätte sein wollen. Auch er wäre gern bereit gewesen, seinen Freunden in der Not zu helfen, wie das Gesetz der Thora es empfiehlt. So bot er seinem Vetter wenigstens eine Zigarette an, die dieser annahm, weil er es als eine Geste der Freundschaft verstand.

»Danke, Isaak«, sagte er.

Während er dem sich in der Abendluft auflösenden Rauch nachblickte, sprach er mit melodiöser, von Nostalgie getönter Stimme:

»Ich bin wie du, Isaak. Alles, was du fühlst, fühle ich auch. Ich habe vielleicht das Gesicht eines Gojim, aber ein

jüdisches Herz. Oft sage ich mir: Dein Haar ist nicht kraus, du hast einen runden Kopf, du redest nicht mit den Händen, man könnte dich für einen Nichtjuden halten...«
»Und ob man das könnte!«
»Manchmal werde ich eingeladen. Ich bin in einem Salon, in Gesellschaft schöner Frauen und wichtiger Persönlichkeiten – das Pariser Leben, wie du sagst – und plötzlich ergreift mich eine absurde Furcht, ich halte mich abseits, ich isoliere mich, möchte am liebsten davonlaufen und frage mich, was ich in dieser Umgebung zu suchen habe...«
Monsieur Zober lauschte zitternd diesen Worten, aber da lachte Samuel schon wieder, scherzte, zeigte seinen Humor.
»Isaak, wir sind unmöglich! Wir möchten wie die anderen sein und gleichzeitig unseren Unterschied bewahren.«
Plötzlich packte Isaak ihn am Arm. Auf dem Gehsteig gegenüber spazierte die große Giselle, aber nicht mit dem höflichen Sepharden, den er vom Sehen kannte, sondern in Gesellschaft dieses Kerls aus der Rue Labat, der Mac hieß und einen so schlechten Ruf hatte. Sie gingen langsam. Giselle wandte den Kopf ihrem Begleiter zu, der auf sie einredete. Die auf dem Rücken verschränkten Hände spielten mit den Fransen ihres langen roten Zopfs, ihr Schritt war tänzelnd, ihre Schultern in ständiger Bewegung. Mac trug seine Jacke über dem Arm, und wenn er sich nicht mit der freien Hand über sein pomadisiertes Haar fuhr, versuchte er, sie bei der Taille zu fassen. Sie entwand sich ihm aber mit einer raschen Drehung.
»Sage mir, Samuel, was macht sie da mit diesem *Mamser*, mit diesem *Chaser* Schwein, diesem *Scheigez**, was man sagt ist ein Zuhälter, auf der Straße?« schrie Monsieur Zober rot vor Wut.

---

* Mamser: Bastard; Chaser: Schweinskerl; Scheigez: nichtjüdischer Junge, unverschämter Kerl.

»Bleib ganz ruhig, Isaak.«

»Ruhig? Meinen Fuß in den *Tuches*, in den Hintern wird er bekommen, jener da. Warte nur!«

Wenn Samuel seinen Vetter nicht am Arm zurückgehalten hätte, wäre es zu einem bösen Kampf gekommen. Giselle hatte inzwischen ihren Vater gesehen und beschleunigte ihre Schritte.

»Höre, Isaak, es ist bestimmt nicht so schlimm. Laß die Nacht vergehen, und morgen wird Esther mit ihrer Tochter reden...«

»Einen David habe ich, was mir öffnet die Tore zum Paradies, und eine Tochter, was mich bringt in die Hölle!«

»Deine Tochter hat diesem Mann nur zugehört und weiter nichts.«

»Samuel, immer du tust in meinen bitteren Tee die Orangenblüte.«

»Armer Isaak! Du kannst deine blonde Schöne nicht verführen, deine Geschäfte gehen nicht, du machst dir Sorgen um deine Tochter... und du bist immer noch da, quicklebendig und voller Hoffnung. Der Ewige läßt dich Schiffbruch erleiden, aber er wird dich nicht ertrinken lassen. Du wirst sehen, wenn du hier verlierst, wirst du anderswo gewinnen.«

»Oh, Samuel...«

Da er nicht allein war, da Samuel ihn beim Arm hielt, glaubte er, er könne das Schicksal wenden, den Heimsuchungen Segnungen folgen lassen, und obgleich er keinen Grund hatte, seine Enttäuschungen und Nöte zu vergessen, pfiff er vergnügt vor sich hin.

Virginie hatte eine Karaffe Zitronade zubereitet. Sie bewirtete damit zuerst ihre Nachbarinnen, und danach auch die Damen der Nummer 73. Madame Zober freundete sich mit Madame Papa an, die ihr das Laken anvertraut hatte, um ihr zu zeigen, wie man Spitzen klöppelt.

»Ein bißchen Zitronade, Madame Zober, das erfrischt!«
Madame Zober weigerte sich zuerst aus Höflichkeit, nahm dann an und hob sogar ihr Glas. Alle stießen an und sagten: »Auf Ihr Wohl!«
»Ich frage mich, wo die Kinder stecken«, sagte Virginie, fügte jedoch an Madame Zober gewandt hinzu: »Solange Olivier mit David zusammen ist, brauche ich mir keine Sorgen zu machen.«
Die Zitronade war gut. Es fehlte nur das Eis, aber der Eismann war nicht vorbeigekommen. Die Frauen tranken langsam und zerkauten dann die Zitronenschalenstücke. Virginie horchte auf. Könnten es die Kinder sein, die man von der Rue Bachelet her singen hörte? Gegenüber leerten Bougras, Biribi und Lulu einen Liter Rotwein aus der Flasche, fuhren mit der Handfläche über den Flaschenhals, bevor sie sie weiterreichten.

Nahe der Treppe zur Rue Bachelet versammelte sich die Armee der Rue Labat zur Schlacht. Im Puppenwagen lagen alte Kochtöpfe, Pfannen und Kessel, auf denen man mit Suppenkellen und Mörserstämpfern den Rhythmus schlagen würde. Das Heer verfügte noch über zwei Holztrompeten, Riris leider geplatzte Trommel und Capdeverres Trillerpfeife. Eine Standarte aus bunten Lappen wurde von David in die Höhe gehalten.
Capdeverre ordnete an, Dreierreihen zu bilden, Distanz zu halten, beim Marschieren den Arm zuerst nach vorn und zur Seite zu strecken, wie in der Schule, wenn der Lehrer antreten läßt. Die Hände auf dem Rücken verschränkt, inspizierte er seine Truppen. Alle Helden der Geschichte Frankreichs waren versammelt: Duguesclin, der Chevalier Bayard, der Grand Ferré, Bonaparte, Jeanne d'Arc und Jeanne Hachette, Bara und Viala, sogar auch einige Tarzans und Zorros zur Verstärkung.
»Aber nicht zu schnell marschieren, damit es länger dauert«, sagte Loulou.

»Auf meinen Befehl: Marsch!« rief Capdeverre und zückte ein hölzernes Schwert.
Bald wurden die friedlichen Anwohner von einem schrecklichen Getöse aufgeschreckt, als die lärmende, grölende, allen auf die Nerven gehende, bis auf die Zähne bewaffnete Armee sich in Bewegung setzte. Sie schrien: »Nieder mit der Rue Bachelet!« Die Mädchen schlugen auf die Kochgeräte. Olivier kam auf die Idee, eine Schlachthymne zu singen. Es war das erste Lied, das ihm einfiel, da er es noch am Nachmittag auf dem Sender Radio L. L. von Georges Milton gehört hatte. Bald ertönte es im Chor, es war weder die *Marseillaise* noch der *Chant du Départ*, sondern ein ganz albernes und absurdes Lied:

> *»Kurze Pyjamas,*
> *Die trägt mein Papa.*
> *Schöne Seidenhemden,*
> *Die trägt die Mama...«*

Es war eine mitreißende Melodie. Die Trillerpfeife, die Trompeten und die improvisierten Zimbeln fanden einen gemeinsamen Rhythmus. Die Erwachsenen begannen zu protestieren:
»Hört doch auf mit dem Lärm! So ein Radau! Ein wahrer Höllenspektakel! Krakeelerbande! Ruhe, ihr Gören!«
Vor Aarons Schlächterei versammelten sich nach und nach die aus ihren Spielen gerissenen Knalltüten. Während sie von den Baracken hinabstiegen, sahen sie die Truppe anmarschieren.
»Die sind ja bescheuert!« sagte Salzkorn.
»Was machen wir?« fragte Lopez.
»Wenn sie uns sehen, werden sie kneifen«, meinte Anatole Leimtopf. »Die haben ja alle Schiß!«
»Machillot! Mauginot! Albert! Bertolino! Hierher!« rief Schnittchen ganz aufgeregt und rannte hin und her.
Angesichts der Gefahr schlossen sich ihnen sogar die Jungen und Mädchen der Rue Bachelet an, die sich bisher

von den Kampfhandlungen ferngehalten hatten. Anna, Sarah, Lucette, Andrieu, Ramélie. Ernest, der Sohn Ernests, verschwand eiligst im *Transatlantique*, wo er sich hinter der Theke versteckte. Amar und seine Kumpel, die an einem Tisch auf dem Gehsteig saßen, drehten sich um. Der Straßenkrieg flammte wieder auf, wie in ihrer Kindheit. Dieser Aufmarsch war eine solche Provokation, daß die Kinder der Rue Bachelet wütend die Fäuste ballten, denn dieses idiotische Lied verhöhnte sie, machte sie lächerlich, schien voller schmählicher Andeutungen zu sein.

»*Kurze Pyjamas
Die trägt mein Papa...*«

Die beiden Banden standen einander gegenüber. Es hagelte Beschimpfungen. Die Apachen riefen im Sprechchor: »Bachelet, aufs Klosett! Bachelet, aufs Klosett!« Dann beschuldigte man sich gegenseitig der Feigheit. Und die Schlacht begann.
Da die Knalltüten von keinem Kriegsmaterial belastet waren, hatten sie die Beweglichkeit der Engländer in der Schlacht von Azincourt gegenüber der schweren Feudalarmee, denn in diesem Gedränge waren Waffen nur hinderlich, und so verliefen die Nahkämpfe einigermaßen sportlich. Jeder wählte seinen Gegner, Anatole und Capdeverre maßen einander wie zwei Boxer, Salzkorn nahm Oliviers Kopf in die Klemme, rubbelte ihm mit der Faust über die Tolle und verpaßte ihm, was man eine »Einreibung« nannte. David befreite sich von Sarah, die ihn am Kragen zerrte, um dem Quäler seines Freundes auf den Rücken zu springen, und sie stürzten alle drei zu Boden. Die Mädchen rissen die Gegner an den Haaren, ohrfeigten und kratzten sie. Toudjourian kämpfte gleichzeitig gegen Lopez und Schnittchen, der ihm in den Arm biß. Riri klammerte sich an die Beine der Größeren, um sie zu Fall zu bringen. Was die neuen Zuläufer der Apachenbande

betraf, so verzogen sie sich und wurden zugleich Scheißer und Beschissene geschimpft.

»Schaut euch diese Rasselbande an!« sagte Gastounet.

Niemand wußte, warum Tricot und Jack Schlack plötzlich aufeinander losprügelten und sich gegenseitig des Verrats beschuldigten, obwohl sie der gleichen Partei angehörten. Saint-Paul blutete aus der Nase und verlangte eine Kampfpause, während Elie in aller Ruhe Doudou versohlte. Bald artete die Schlacht in ein allgemeines Handgemenge aus, alle schlugen aufeinander ein, Arme und Beine zappelten in der Luft, einige brüllten, andere drohten oder lachten ganz unerwartet.

»Wir siegen, Leute, wir siegen!« schrie der Aufschneider Olivier.

Während David und Olivier mehr Zeit damit verbrachten, ihre Gegner mit Armdrehen und Beinstellen abzuwimmeln, als auf sie einzuschlagen, prügelten sich andere sehr kräftig, und man zählte kaum noch die verstauchten Gelenke, die Beulen und die Blutergüsse. Von Zeit zu Zeit war das Ratsch zerrissener Hemden und Hosen zu hören. Die Kochtöpfe, Kessel und Pfannen rollten auf die Straße.

»He, ihr Rotznasen, wollt ihr wohl aufhören?« rief Ernest, Ernests Vater, mit drohend erhobener Siphonflasche.

»Monsieur, es ist Krieg!« sagte David und wurde naßgespritzt.

»Olivier, du kommst sofort nach Hause!« befahl Virginie und fügte hinzu: »Morgen gibt's keine Süßspeise!«

Monsieur Zober, der mit Samuel von seinem Spaziergang zurückkehrte, packte David am Arm und sagte, er solle sich schämen, er, der Zweite seiner Klasse. Amar und seine Kumpel griffen ein, und die Kinder wurden eins nach dem anderen vom Schlachtfeld gezerrt, aber einige kehrten zurück, um weiterzukämpfen. Als sich endlich die beiden Gruppen trennten, glaubte jede, gesiegt zu haben. Jetzt blieb ihnen nur noch, die Phasen der Schlacht zu kommentieren.

Loulou blutete aus der Nase. Madame Haque befahl ihm, den linken Arm zu heben, den Kopf zurückzubeugen, und dann hielt sie ihm ihren Schlüsselbund an den Rücken. Madame Papa drückte ein Zweifrancsstück an die Beule auf Elies Stirn. Olivier lief vergnügt herum. Außer einem Riß in seinem Hemd, Kratzern auf dem Arm und einem blauen Fleck auf der Schulter hatte er keinen Schaden genommen.
»Denen haben wir's aber gegeben!« sagte David.
»Du hast dich verdammt gut geschlagen!« beglückwünschte ihn Olivier.
»Was werde ich jetzt bloß zu hören kriegen!«
»Oi, oi, oi!« jammerte Monsieur Zober.
Die Jungen und Mädchen stellten sich zu ihren Eltern vor die Häuser. Die Hände im Rücken verschränkt, ganz ruhig und still, spielten sie die artigen Musterkinder. Olivier und David ließen einander nicht aus den Augen. Wenn der eine eine Bewegung machte, das Bein einzog oder die Haltung der Hände wechselte, machte der andere es ihm nach, und dann lächelten sie sich verschwörerisch zu.
Virginie sammelte die leeren Gläser ein. Madame Zober lobte die Zitronade. Da noch etwas übriggeblieben war, bot man Isaak ein Glas an, der errötend abwehrte, und Samuel, der die Einladung mit einer eleganten Geste abschlug. Er tätschelte David die Wange, drückte Olivier die Hand, küßte Esther und Isaak und verneigte sich vor den entzückten Damen.
Die Nacht war ganz leise gekommen, und die Straße empfing sie wie eine wohltuende Gegenwart. Aus den Läden und den noch erhellten Fenstern drang ein blasses Licht. Einige kehrten heim, andere blieben noch eine Weile, aber die Gespräche verstummten, und im *Transatlantique* wurde es ruhiger. Eine frische Kühle verbreitete sich.
Olivier und David sprachen leise, zeigten sich so brav und lieb, daß die Eltern den Vorfall der offenen Schlacht

vergaßen. Und dann war es ein so schöner Abend gewesen!

»Ich gehe jetzt in die Falle«, sagte Bougras, »morgen muß ich ein Parkett schrubben, mit Stahlwolle und Bohnerwachs und dem ganzen Klimbim.«

»Ist schon schwer, seine Brötchen zu verdienen!« sagte Lulu.

Man hörte die Geräusche scharrender Stühle, sich schließender Fenster, man wünschte einander eine gute Nacht und schöne Träume. Virginie führte Olivier nach Hause, nachdem er mit David einen vielsagenden militärischen Gruß ausgetauscht hatte. Sie schloß die Holzläden vor dem Schaufenster, verriegelte sie mit den Eisenstangen, und dann bat sie Olivier, ihr sein Hemd zum Flicken zu geben. Ihm Vorwürfe zu machen, hatte sie längst vergessen. Während sie in einem Roman von Pierre Frondaie blätterte, sagte sie:

»Ich werde vor dem Einschlafen noch ein bißchen lesen. Das ist manchmal eine richtige Erholung.«

»Gute Nacht, Mama.«

»Schlaf gut, du Lausejunge«, erwiderte Virginie.

Und sie küßte ihn auf beide Wangen.

Achtes Kapitel

Konnten die Kinder damals schon ahnen, welche dauerhaften Bilder ihr Gedächtnis speichern würde? Noch lange sollten sie sich an den rührenden Anblick des mit Girlanden geschmückten Saals erinnern, an das zu einer Theaterbühne gewordene Podium mit dem auf Sperrholz gemalten Perspektivbild, das einen roten, von dicken Kordelschnüren mit goldenen Quasten gehaltenen Vorhang darstellte, über dem das Wappen der Stadt Paris mit der lateinischen Inschrift hing. Auf beiden Seiten des Vorhangs waren die antiken Masken der Komödie und der Tragödie abgebildet, die mit ihren zahnlosen, wurstförmigen Mündern Grimassen schnitten. Auf der Seitenwand thronte eine bemalte Gipsbüste der Marianne. Leinentücher verdeckten die Reihen der Waschtische. Das waren die Hauptelemente, die zur Verschönerung eines für den feierlichen Zweck der Preisverteilung hergerichteten Saals beitrugen.
Alle verfügbaren Stühle und Bänke hatte man für die Schüler und ihre Familien aufgestellt; die Bänke, auf denen die Schüler zusammenrücken mußten, Stühle für die Erwachsenen, aber viele mußten stehen, einige sogar bis draußen auf dem Schulhof. Die Offizianten dieses laïzistischen, dem Primarunterricht geweihten Tempels waren würdevolle Persönlichkeiten, meist mit Brille oder Kneifer, Weste mit Uhrkette, bunte Ordensbänder an den Rockaufschlägen, der Schuldirektor, die Lehrer und Lehrerinnen, der Bürgermeister oder sein Stellvertreter mit

blauweißroter Bauchbinde, ein Inspektor der Schulbehörde; hinter ihnen drei lange Tische mit Stapeln von Büchern, die in breite bunte Bänder mit Schleifen gewickkelt waren.
Die Eltern im Sonntagsstaat streckten die Köpfe empor, um ihren Sprößling zu sehen, in banger Erwartung des Augenblicks, da sein Name aufgerufen, und er die hölzernen Stufen hinaufsteigen würde, um seine Belohnung in Empfang zu nehmen. Die Bewohner der Rue Labat hatten sich gruppiert: Die Familie Zober, die Schlacks, die Capdeverres, die Leibowitz, die Saint-Pauls, Virginie im geblümten Kleid und einem Sommerhut, und alle lauschten aufmerksam den viel zu langen Reden, unterstrichen mit einem Kopfnicken die gewichtigen Worte.
Da die Ergebnisse der Abgangszeugnisse zufriedenstellend waren, wurden der Lehrer der Klasse und die für abschlußreif befundenen Schüler gelobt und je nach Leistung mit der Erwähnung »sehr gut« oder »gut« ausgezeichnet. Unter den Genannten sollten nur wenige ihre Studien fortsetzen, da sie für Handwerksberufe vorbestimmt waren, und so betrachteten sie diese Feier als einen Schlußpunkt ihrer Schulausbildung.
Es folgte die Preisverteilung für jede einzelne Klasse. Der jeweils aufgerufene Junge eilte auf das Podium, erhielt ein oder mehrere Bücher und kehrte auf seinen Platz zurück. Als die Schüler Monsieur Alozets an der Reihe waren, rief dieser zuerst den Ehrenpreisträger auf, den der Direktor beglückwünschte. Dann wurde verkündet:
»Erster Preis mit Auszeichnung: David Zober.«
Als der Kleine auf das Podium stieg, drehte er sich um und blickte zu seinen Eltern. Monsieur Zober erhob sich plötzlich. Zutiefst bewegt sah er, wie man seinem David einen Lorbeerkranz aus Glanzpapier aufsetzte, ihm vier in ein Band gewickelte Bücher überreichte, wie der Direktor ihm gratulierte und die Hand schüttelte. Dann setzte sich Monsieur Zober langsam. David belohnte ihn

für alle seine Mühe. Er hielt sich die Hände vor das Gesicht, um seine Tränen zu verbergen. Esther drückte ihm den Arm. Giselle fühlte sich sehr gerührt.

Monsieur Tardys Klasse kam als nächstes dran, und Virginie mußte lange warten, bis man »Olivier Chateauneuf« rief. Nach zahlreichen Aufrufen sah sie endlich ihren Sohn auf die Bühne steigen. Er erhielt ein bescheidenes, broschiertes Buch, immerhin mit einem Band, aber weder einen Kranz, noch ein Kompliment. Olivier versuchte, sich seine Niederlage nicht anmerken zu lassen, spielte den Gleichgültigen und hüpfte absichtlich auf einem Bein die Stufen hinunter, um wenigstens bei den Kindern einen Lacherfolg zu ernten.

Das Tempo beschleunigte sich zu einem wahren Rennen vom Saal zum Podium. Die hohen Persönlichkeiten blickten auf ihre Uhren. Endlich trat die Musiklehrerin vor die auf der Estrade versammelte Schar der besten Sänger. Gemäß einem eingeübten Ritus stimmten diese jetzt die erste Strophe der *Marseillaise* an, deren kämpferischer Text aus diesen kindlichen Mündern seltsam lieblich klang. Die stehenden Eltern brauchten sich nicht mehr zu setzen, denn die Preisverteilung war beendet.

Im Lärm der Gespräche und dem Scharren der Stühle waren die Abschiedsworte und Ferienwünsche Monsieur Ginestes, dem übrigens der von Zober maßgeschneiderte Anzug äußerst gut stand, kaum noch zu hören.

Während die Familie Zober ihrem David zu seinem Preis mit Auszeichnung gratulierte, nahm Virginie ihren nun sichtlich betrübten Sohn bei der Hand. Hatte er ein Wunder erwartet? Auf dem Podium hatte er den Hanswurst gespielt, aber jetzt stand ihm die Enttäuschung auf dem Gesicht geschrieben. Virginie sah es, und um ihm den Schmerz zu erleichtern, führte sie ihn fort von den Glücklichen, die ihren Triumph feierten.

In der Rue Custine begegneten sie den Mädchen, die mit ihren Eltern von der Preisverteilung in der benachbarten Schule kamen. Mit ihren Rosenkränzen aus Seidenpapier sahen sie allerliebst aus. Einige winkten Olivier zu, aber er antwortete kaum. Zouzou schenkte ihm ein hübsches schneeweißes Lächeln, das anmutig mit ihrem braunen Teint kontrastierte und sagte:
»Olivier, zeigst du mir deinen Preis?«
»Hau bloß ab!« fuhr er sie an.
»Olivier, so spricht man nicht mit jungen Mädchen«, ermahnte ihn Virginie.
Sie kehrten als erste in die Rue Labat zurück. Olivier dachte an David. Er hätte gern an seiner Stelle sein mögen. Aber was er empfand, war weniger Neid als die Blamage, und er sagte sich immer wieder: »Ich bin eine Null!«, fürchtete, in den Augen seines Freundes als eine »Flasche« zu gelten, quälte sich mit dem Gedanken, Davids Freundschaft nicht würdig zu sein. Voller Verständnis dafür traute Virginie sich nicht, ihm eine Aufmerksamkeit zu zeigen, die nur Argwohn erregen könnte. Zum Glück hatten Mutter und Sohn einen Hang zur Sorglosigkeit gemein, der sie die Enttäuschung bald vergessen machen würde.
Sie nahm die Schlüssel aus ihrer Handtasche, öffnete die Tür, und als sie im Hinterzimmer waren, löste Olivier das Band seines Buches und las den Titel: *Ausgewählte Fabeln* von Jean de La Fontaine.
»Siehst du«, sagte Virginie, »sie haben gedacht, daß dir das gefallen würde.«
»Ach, das sind ja bloß Gedichte zum Aufsagen«, brummte Olivier.
Innen, auf dem Schutzblatt, klebte ein Etikett. Da es zu groß war, hatte man es oben und unten beschnitten. Unter dem Gedruckten stand *Chateauneuf, Olivier*, der Name der Klasse, und dann: »Ermutigungspreis.«
»Es ist doch gut, daß du ermutigt wirst«, sagte Virginie.

»Das bedeutet, daß du im nächsten Jahr besser arbeiten mußt, und dann kannst du zu den ersten gehören, das kannst du ganz bestimmt; versprichst du mir das?«
»Ja, Mama«, sagte er, und sie gab ihm einen Kuß.
Nachdem er das Buch auf den Tisch gelegt hatte, vergnügte er sich eine Weile, mit dem Band Knoten und Schleifen zu knüpfen, holte dann ein schon x-mal gelesenes *Bibi Fricotin*-Heft hervor.
»Ich mache uns eine gute Schokolade«, verkündete Virginie, »und ich habe auch Kuchen besorgt.«
»Au, fein!« rief Olivier.

Für die Zobers war die Rückkehr ein Triumphmarsch. Sobald Isaak einen Bekannten erblickte, lief er auf ihn zu, rief David und forderte ihn auf, den Beweis seines Schulerfolgs zu zeigen. So wurde David von der Bäckerin Klein, den Damen Papa, Vildé und der Küchentrulle beglückwünscht. Im Munde des Vaters schmückte sich das Wort »Auszeichnung« mit einer ganz neuen Würde:
»Madame Haque, mein Sohn David, er hat bekommen persönlich den Ehrenpreis mit der Auszeichnung...«
Und wie Virginie bereitete Esther im Schneideratelier einen köstlichen Nachmittagsimbiß. Isaak legte Giselle die Hand auf die Schulter und sagte:
»Nu, ist sie zufrieden die Giselle mit ihrem Bruder, was er hat gern seine Schwester?«
Giselle aber flüchtete sich in ihre Kammer. Als man ein Schluchzen hörte, blickte Isaak Esther an, und sie ging zu ihrer Tochter. Er hatte Giselle verboten, mit dem schönen Mac zu sprechen, und sie hatte sich aufgelehnt. Seit sie bei Boissier als Schreibkraft arbeitete, fühlte sie sich unabhängig, glaubte zu wissen, was sie wollte, und ließ sich nicht bevormunden und dreinreden.
Unterdessen knüpfte David das Band auf und las die Titel seiner Bücherpreise: *Die Geschichte Frankreichs, den Kindern erzählt, Der kleine Pierre* von Anatole France, *Bambi*

von Felix Salten, *Der Roman von Miraut* von Louis Pergaud.
Monsieur Zober war überrascht, Giselle besänftigt zurückkommen zu sehen. Sie half sogar, den Tee zu servieren. Es gab Weißbrotschnitten mit Reineclaudemarmelade. David schob die Bücher beiseite, weil die Marmelade durch die Löcher im Brot drang.
»Papa, kann ich spielen gehen?« fragte er.
»Du kannst gehen, wann du willst«, sagte Madame Zober.
»Und du nimmst mit den Preis für Ehre und Auszeichnung, was du mußt zeigen allen Leuten«, sagte Monsieur Zober. »Du wirst ihn zeigen Monsieur Aaron und Monsieur Kupalski, gehe hin zu ihnen...«
Mit seinen Büchern unter dem Arm traf David sich mit Olivier, der ihn vor der Nummer 73 erwartete.
»Na, wie gefallen dir deine Bücher?«
»Ich habe sie noch nicht gelesen.«
»Du bist jetzt die große Nummer, was?«
»Ach, das ist ja bloß, weil die anderen in meiner Klasse nichts tun. Wenn du mit mir wärst, hättest du jede Menge Bücher gekriegt!«
»Laß nur«, sagte Olivier, »ich brauche die dußligen Schmöker nicht.«
Virginie ließ sie in den Laden treten, wo sie David ein Stück Kuchen gab. Olivier holte seine Spielzeugkiste hervor, aber David sagte, er müsse seinen Preis ein paar Leuten zeigen. Da er sich nicht mit all seinen Büchern abschleppen wollte, knüpfte er das Band auf und nahm eins heraus, *Die Geschichte Frankreichs*. Die anderen würde er später abholen.
»Kommst du mit, Olivier?«
»Einverstanden.«
Zum ersten Mal betrat Olivier Aarons Schlächterei. Der Schlächter schlug mit einem Fleischklopfer auf ein Kalbsvorderviertel ein, das er ständig abwischte. Es war ein Fleischerladen wie jeder andere. Rinderviertel und Ham-

melviertel hingen an den Haken. Der Hackblock war in der Mitte ausgehöhlt, und in einem Holzschlitz steckten Messer aller Größen.

»Ah, David Zober!« sagte der Fleischer. »Es muß eine Freude sein für Isaak, deinen Vater! Ein Sohn, der gut arbeitet in der Schul, welch ein Glück für ihn!«

»Papa ist zufrieden, und Mama auch.«

Monsieur Aaron zog seine Kassenschublade auf und entnahm ihr einen Fünffrancsschein.

»Du wirst sagen zu Isaak, daß Aaron ihm gratuliert zu seinem Sohn, und für dich wird es sein ein ganz neuer Fünffrancsschein.«

»Nein danke«, sagte David.

»Du wirst ihn nehmen, sage ich dir!«

Monsieur Aaron steckte David den Schein in die Hosentasche, und der Junge überhäufte ihn mit Dankesbezeugungen.

»Auf Wiedersehen Kinder, seid artig, ihr beiden guten Freunde.«

Sie durchquerten die Rue Bachelet, ohne von den ebenfalls mit ihren Preisen beschäftigten Feinden behelligt zu werden. Nur Schnittchen streckte ihnen die Zunge heraus, und Olivier nannte ihn einen »armen Irren«.

»Jetzt können wir uns was zu naschen kaufen«, sagte David, »aber erst muß ich noch zu Kupalski.«

Der jüdische Krämerladen war ein langer schmaler Raum; vollgepackte Regale mit Waren aller Arten und Aufschriften in hebräischer und französischer Sprache. Um zu Monsieur Kupalski zu gelangen, der hinter seiner Kasse saß, schlängelten sie sich zwischen Gemüsekästen, und Kartoffelsäcken, Gurken- und Sauerkrautfässern hindurch. An der Decke hingen Knoblauch-, Zwiebel- und Paprikaschotenkränze. Es roch nach Gewürzen, Zimt und Pfeffer, nach Geräuchertem und Kohl.

Olivier betrachtete die golden und silbern schimmernden sauren Heringe, die blassen Rollmöpse, den in Scheiben

geschnittenen Rettich, die roten Rüben, die Reis- und Tomatengerichte, die Mohn- und Kümmelbrote, die Matzen, all die unbekannten Kuchen, und überall Kartons, Konserven, Flaschen mit Rosenwein, Bier, Limonade, importierte Produkte mit Etiketten in hebräischer Schrift, die das Kind für Zeichnungen hielt. David begann eine Rede, die ihn in Erstaunen versetzte:
»*Schalom*, Monsieur Kupalski, mögen Sie tausend Jahre in Weisheit leben, das wünscht Ihnen mein Vater...«
»*Schalom aleichem*, David, aber für lange Worte habe ich keine Zeit nicht. Was will er, dein Vater?«
»Er will, daß ich Ihnen den Schulpreis zeige...«
Monsieur Kupalski wischte sich die Hände an seiner blauen Schürze ab, setzte sich eine Brille auf, deren eines Glas zerbrochen war, und las zuerst den Titel des Buches, dann das Etikett mit dem Namen des belohnten Schülers. Der Krämer war ein sehr alter Mann, und während er las, kratzte er seine grauen Bartstoppeln, die unter seinen Fingernägeln knisterten. Eine Persianermütze, die er Sommer und Winter trug, bedeckte ihm den Schädel bis an die Ohren, und in seiner gebückten Haltung ähnelte er dem Schauspieler Charles Dullin. Nachdem er eine Weile in dem Buch geblättert hatte, als ob er etwas Bestimmtes suchte, sagte er schließlich:
»Es ist gut, daß du lernst die Geschichte von Frankreich, aber die deine, sie ist auch eine Geschichte. Er wird sein zufrieden, dein Vater Isaak, und auch deine Mutter Esther!«
»Monsieur Kupalski«, bat David, »könnte mein Freund die Fische sehen?«
Handelte es sich um Goldfische? Der, den Virginie Olivier geschenkt hatte, war nur eine Woche am Leben geblieben. Eines Morgens hatten sie ihn mit dem Bauch nach oben auf der Oberfläche des Aquariums gefunden. Olivier erinnerte sich noch mit Kummer daran. Der kleine Fisch war so niedlich gewesen, wie er herumschwamm, das

Maul auf und zu machte und Worte sagte, die niemand hören konnte. Er hatte ihn heimlich in einem der Blumentöpfe der Portiersfrau begraben.

Der Krämer führte sie zu einem mit Brettern und Plakatpappe ausgebesserten Wellblechschuppen im Hinterhof. Hinter einem Gitterzaun versuchten zwei für das jüdische Osterfest gemästete Gänse, die Kinder in die Beine zu zwicken. Olivier fragte sich schon, ob das vielleicht die Fische sein sollten, als David ihm eine Badewanne zeigte, in der schwarze Karpfen im Wasser planschten. Monsieur Kupalski griff in eine Schachtel, nahm einige Brotkrusten heraus und warf sie ihnen zu. Die Karpfen stießen einander beiseite, um die Nahrung zu schnappen. Ihre Freßgier schien erschreckend.

»Du wirst sagen deiner Mutter, daß Kupalski macht gute Preise für die Fische«, sagte der Krämer. »Und auch für die Gänse, was sind schön fett, und voll Fleisch.«

Als David wieder sein Buch nahm, wickelte Monsieur Kupalski einen sauren Hering in Zeitungspapier und sagte, es sei ein Geschenk für Davids Mutter.

Draußen packte David den Hering aus, ließ ihn am Schwanz baumeln, und sie lachten. Wäre es der erste April gewesen, so hätte man ihn zum Spaß jemandem in den Kragen werfen können, dem alten Gastounet zum Beispiel. Da der Rinnstein der Rue Labat gerade voller Wasser war, kam David auf eine Idee.

»Wir lassen ihn schwimmen«, sagte er.

Sie riefen Loulou, Jack Schlack und Capdeverre, die vor der Wäscherei diskutierten. Und die wiederum riefen die anderen Jungen und Mädchen herbei. Bald hatte sich ein Dutzend vor der Rue Labat 77 versammelt. Olivier erklärte, der Fisch würde durch die Abwässer in die Seine gelangen und dann bis ins Meer schwimmen.

Es war wie der Stapellauf eines Schiffs. Die Kinder liefen neben dem sauren Hering her, aber das Rinnsal war so dünn, daß er mehrmals auf dem Pflaster strandete. Zwei-

mal konnten sie ihn im letzten Moment vor dem Gully retten, aber dann wurden sie des Spiels müde, und der Fisch verschwand. Capdeverre hielt sich die Finger vor die Nase und sagte:
»Mensch, riecht mal, wie eure Pfoten stinken!«
»Oh weh!« rief David, »und meine Mutter, die sich beim Krämer nicht bedanken wird!«
»Na wenn schon, ist doch schnuppe!« sagte Loulou.
Seit der nächtlichen Schlacht zwischen den Apachen und den Knalltüten, in der sich alle gründlich ausgetobt hatten, passierte gar nichts mehr. Nach der Preisverteilung war man in eine neutrale Zone gelangt, in der man nicht recht wußte, wie man sich die Zeit vertreiben sollte.
Vor dem Kurzwarenladen hatten die Mädchen die Kreidestriche eines Himmel und Höllespiels gezogen. Falls die Murer nicht mit ihren Wassereimern dazwischenkam, könnte es bei diesem Sommerwetter noch lange halten. Als Wurfscheibe benutzten sie eine leere Dose *Valdapastillen*, hüpften bald auf dem einen, bald auf dem anderen Bein, stießen die Dose von Feld zu Feld bis zum Himmel, und dann zurück. Die kleine Schlack zog das Seilhüpfen vor. Da sie nur bis zehn zählen konnte, fing sie nach jedem zehnten Sprung von neuem an. Sarah und Lucette, beide aus der Rue Bachelet, vergaßen die Feindschaft und spielten Ball neben ihnen.
Loulou tanzte Step und blickte in die Richtung Lilis und Myriams in der Hoffnung, bemerkt zu werden. David war zu Madame Cassepatte gelaufen und kehrte mit einem Paket roter Bonbons zurück, die er an alle verteilte. Diese Süßigkeiten namens *Coquelicot* schmeckten köstlich. Zuerst lutschte man, dann kaute man den halb zerschmolzenen Bonbon, um den Geschmack noch intensiver zu genießen.
Aus einem Fenster der Nummer 74 ertönten die Klänge eines Grammophons, und man hörte das Orchester *Jack Hilton and his Boys*, in dem das Xylophon, das Banjo, die

Gitarre, das Akkordeon und das Saxophon miteinander wetteiferten. Petit-Louis und Amar folgten dem Rhythmus, schnippten mit den Fingern und wackelten mit den Köpfen. Madame Haque blickte aus ihrem Fenster, zufrieden darüber, daß die Kinder so ruhig waren. Sie trauten sich nicht, ihre für die Preisverteilung angelegte Sonntagskleidung zu beschmutzen.

»David, guck mal!« sagte Olivier.

Der Besenhändler kam die Straße herunter. Die große Auswahl an Bürsten, Staubwedeln, Handfegern, Schrubbern, Flederwischen, Kehrbesen, Reisigbesen, Roßhaarbesen und Borstenbesen, die er mit sich schleppte, war immer wieder erstaunlich. Er rief: »Bürsten und Besen zum Schrubben und Fegen!« und sein dicker borstiger Schnurrbart wirkte wie das Aushängeschild seiner Ware.

Von Fenster zu Fenster wurden Betrachtungen über das Sommerwetter ausgetauscht: »Kinder, ist das eine Hitze...!« »Das sind die Hundstage...!« »Der reinste Brutofen...!« »So eine Bullenhitze!« Die Männer in ihren Leibhemden wischten sich die Stirn und die Achselhöhlen; Gastounet fächerte sich mit seiner Baskenmütze, Papa Poileaus Hund hechelte, die Straße flimmerte in einem weißen Licht, wie unter dem Magnesiumblitz eines Fotografen. Ernest, der Vater Ernests, goß einige Karaffen Wasser auf den Gehsteig, und ein Safranduft verlieh der Straße einen südländischen Charakter.

»He, ihr Kumpel, aufgepaßt!« rief Toudjourian plötzlich.

Unglaublich! Anatole Leimtopf, Lopez, Mauginot, Salzkorn und Schnittchen kamen sehr würdig auf sie zu und musterten sie geringschätzig.

»Die suchen Streit«, sagte Tricot.

Und das heute, wo man im Sonntagsstaat war! Jack Schlack runzelte die Brauen, Olivier, Tricot und Loulou taten bedrohlich. David steckte sich die Daumen in den Gürtel, beschloß dann, sein kostbares Buch zu beschützen. Die Mädchen näherten sich ihnen. Riri schickte sich

an, Schnittchen anzugreifen, aber Capdeverre, seiner Führerrolle bewußt, bewahrte die Ruhe.
»Wir rühren uns nicht, wir tun, als wenn nichts wäre. Sie sind bloß fünf, und Schnittchen zählt sowieso nicht!«
Die anderen blieben drei Meter vor ihnen stehen. Salzkorn streckte ein weißes Taschentuch empor und verkündete:
»Macht euch bloß nicht gleich in die Hose. Wir wollen mit euch reden.«
»Ihr habt wohl Schiß, was?« erwiderte Tricot.
»Wenn wir wollten, könnten wir euch zusammenhauen«, sagte Anatole, »aber wir wollen euch nicht wehtun, ihr armen Hühnchen.«
Die von der Rue Labat antworteten mit Gelächter und ironischen Bemerkungen, aber man respektierte die weiße Fahne. Im Grunde beeindruckte sie der Besuch dieser Delegation. Sie spielten die Hochmütigen.
»Was habt ihr uns zu sagen?« fragte Capdeverre kühl.
»Wir wollen Waffenstillstand«, sagte Lopez.
»Ihr ergebt euch also?«
»Einen Dreck ergeben wir uns«, sagte Anatole, »ich habe gesagt, wir wollen mit euch reden.«
»Dann rede nur, aber wir haben euch nichts zu sagen«, antwortete Capdeverre.
Es handelte sich um den Roller. Anatole verlangte freie und unbehinderte Fahrt, ohne Güsse, durch die Rue Labat und versprach dafür, daß die Apachen nicht mehr von der Bande der Rue Bachelet angegriffen würden. Capdeverre zeigte sich skeptisch. Außerdem wäre es doch furchtbar langweilig, wenn es keine Schlägereien mehr gäbe. Inzwischen waren Saint-Paul und Elie aufgetaucht und wollten wissen, was los ist. Loulou erklärte es ihnen. Die Vertreter der Rue Lambert verhielten sich ablehnend. Sie fürchteten eine Invasion ihrer Straße.
»Wieso denn? Das wird man dann ja sehen«, meinte Capdeverre.
»Du scheinst mir ein Verräter zu sein«, sagte Saint-Paul.

»Mensch, bei dir piept's wohl im Dachstübchen! Wir haben schon immer gefunden, daß ihr Typen von der Rue Lambert ein bißchen bescheuert seid«, erwiderte Capdeverre.

»Elie, komm, wir haben hier nichts verloren!« sagte Saint-Paul.

Das versprach einen neuen Konflikt. Die von der Rue Bachelet wurden ungeduldig.

»Wir müssen das zuerst unter uns besprechen«, erklärte ihnen Capdeverre.

»Wir geben euch drei Minuten.«

»Nun werdet mal bloß nicht knausrig... in fünf Minuten habt ihr die Antwort.«

Sie zogen sich zur Beratung zurück. Tricot schlug vor, die Feinde sofort anzugreifen, aber er stieß auf Ablehnung. Jeder gab seinen Senf dazu. Die unerwartete Wendung der Ereignisse gefiel ihnen, und sie ließen mit der Antwort auf sich warten. Schließlich stellte sich Capdeverre, die Hände in die Hüften gestemmt, vor Anatole hin und sagte: »Der Roller darf durch die Rue Labat fahren, aber nur am Vormittag. Und dann...«

»Und dann was noch?«

»Ihr müßt ihn jedem von uns für eine Tour ausleihen...«

»Die träumen ja!« sagte Salzkorn.

»Und dann«, fuhr Capdeverre fort, »verlangen wir fünfzig Murmeln, sechs Ballongummis, drei Sem Sem, zehn Illustrierte...«

»So ist es. Entweder oder«, erklärte David.

»Ihr seid ja völlig behämmert« empörte sich Lopez, und dann rief er laut über die Straße: »Alles Spinner! Reif für die Klapsmühle!«

»Wir müssen mit den anderen reden«, sagte Mauginot versöhnlicher.

»Wir aber auch«, sagte Olivier, »um zu sehen, ob sie einverstanden sind.«

Damit endete die Verhandlung, und die fünf von der Rue

Bachelet zogen wieder ab. Die Apachen jubelten. Sie hatten einen Sieg errungen. Auf die Kriegsspiele folgten die des Friedens.

»Aber dem Schnittchen verpasse ich trotzdem eine Wucht«, sagte Riri, »weil er mich ständig anpflaumt.«

»Kinder, ich lache mir'n Ast«, sagte Olivier.

Aus der Wäscherei kam der Gesang der Arbeiterinnen. Sie erhielten Antworten von den Vögeln, die an den Fenstern in Käfigen hingen. An einem Fenster räkelte sich ein Mann und gähnte dabei wie ein Walroß. Bei Boissier klapperte die Schreibmaschine, auf der jetzt die große Giselle tippte. David streckte den Zeigefinger zum Himmel, wo ein Flugzeug kreiste. Sie stritten sich darüber, ob es ein Monoplan oder ein Doppeldecker sei. Als es im hellen Sonnenlicht eine Kurve nahm, triumphierte die Doppeldeckerpartei.

»Wenn ich groß bin, werde ich Flieger«, verkündete Olivier.

David begleitete ihn zum Kurzwarenladen, wo Virginie einige Fachzeitschriften auf einen metallenen Präsentierteller legte, und sie lasen die Titel: *Moderne Stickerei, Die Kunst des Klöppelns, Das Wunder der Nadeln* ...

Während Olivier am Wasserhahn trank, packte David seine vier Bücher zusammen, und Virginie half ihm beim Binden der Schleife. Olivier warf einen Blick auf die *Ausgewählten Fabeln*. Jack Schlacks ältester Bruder hatte ihm einmal die Argotfassung von *Der Rabe und der Fuchs* beigebracht, und er begann sie zu rezitieren:

> »*Das Rabenaas sitzt auf 'nAst gestemmt*
> *Hat sich 'nKäse in die Fresse geklemmt* ...«

»Olivier, willst du wohl aufhören!« ermahnte ihn Virginie. Sie gab David einen Kuß auf die Stirn, begleitete ihn bis zur Tür und versprach ihm einen Nachmittagsimbiß mit Kuchen für den nächsten Tag.

»Tschüß David«, sagte Olivier.

»Tschüß Olivier, und Auf Wiedersehen, Madame Chateauneuf.«
Jetzt salutierte David spaßig, legte sich zwei Finger an die Schläfe, drehte sich noch einmal um und lächelte. Das Glockenspiel an der Tür geleitete ihn hinaus. Virginie blickte ihm gerührt nach, fuhr Olivier durchs Haar, hob ihn hoch und stellte fest, daß er immer schwerer wurde. Dann sagte sie:
»Er ist wirklich nett, dein Freund David, er hat so große verträumte Augen«, und bei sich selbst fügte sie hinzu: »Wie sein Vater.«

Nur wenige Leute der Straße gingen in die Ferien. Eines Morgens hielt ein königsblauer Delage vor der Nummer 77, was großes Aufsehen erregte. Die schöne Mado in einem Seidenkleid und Kapuzenhäubchen reichte dem uniformierten Chauffeur ihre Koffer, Reisetaschen und Hutschachteln. Als sie abfuhr, lächelte sie den Kindern zu und winkte mit ihren frisch manikürten Händen.
»Die fährt zu den Millionären«, sagte Loulou.
Fast alle Spielkameraden Davids und Oliviers gingen in die Ferienkolonien, die »Kolos«, und bald war die Straße nur noch von Erwachsenen bevölkert. Alles schien still und träge, wie auf einem Wartegleis.
Trotzdem ging das Leben in der Rue Labat während der Sommertage weiter und brachte seine Zahl an glücklichen und traurigen Ereignissen. In der Nummer 74 starb Madame Pallot, eine alte Heimnäherin. Da sie nie ausging und ein stilles, unbemerktes Dasein geführt hatte, dachte niemand an sie, und wenn nicht der bescheidene Leichenwagen mit einem schwarzverhüllten und mit weißen Litzen geschmückten Pferd vorgefahren wäre, hätte sich kaum jemand an ihre Existenz erinnert. Zwei Tage später zog eine andere Frau in die Wohnung ein. Sie hieß Madame Ali, und man fragte sich, ob dieser Name eine Verkleinerungsform von Aline sei, oder ob sie die Witwe

eines Arabers war. Ein anderes Ereignis war der ständige Krach zwischen Adrienne und der Grosmalard, die sich gegenseitig Säuferinnen schimpften und sich schließlich in einem Besenduell in die Haare gerieten. Loriots Frau gebar eine kleine Tochter. Den schönen Mac sah man nicht mehr, und einige behaupteten, er sitze eine Knaststrafe ab.
Virginie verreiste für drei Tage unter dem Vorwand einer Familienangelegenheit in Mittelfrankreich. Olivier aß während dieser Zeit bei Madame Haque, die ihn mit Fleischragouts, Schlemmertöpfen und lange geschmorten, doch für die heiße Jahreszeit wenig geeigneten leckeren Gerichten fütterte, wie Kalbskeule, Hammelragout mit weißen Rüben und Kartoffeln, Rindsbraten in Rotweinsoße. Für Madame Haque war es Ehrensache, daß Virginie ihren Olivier wohlgenährt wiederfand.
»Na, ist meine Apfeltorte nicht gut? Doch? Dann nimm dir noch ein Stück.«
»Ich habe keinen Hunger mehr, Madame Haque.«
»Das möchte ich mal sehen. Es bleibt immer ein bißchen Platz!«
Virginie kehrte vollbeladen zurück, mit einem ganzen Schinken, einem Paket Wurstwaren, regionalen Käsesorten aller Arten, wie Schafsmilchpilzkäse, Ziegenkäse usw., und kandierten Früchten in einem Holzkasten. Einige Tage lang war sie melancholisch. Nur Madame Rosenthal vertraute sie ihren Kummer über eine aussichtslose Liebe an.
Für David und Olivier war es ein schöner Sommer. Sie lebten kaum noch ohne einander, genossen das Beisammensein im Spiel, auf Spaziergängen, bei der Lektüre, in allem. Zuweilen, wenn der gleiche Gedanke in ihnen aufkam, entfuhr ihnen gleichzeitig derselbe Satz. Dann legten sie einander die Fingerspitzen an die Nase und gaben sich ein Rätsel auf, dessen Lösung sie im voraus kannten. Wenn sie sich trennten, fiel ihnen immer etwas

Wichtiges ein, das sie sich zu sagen vergessen hatten, und dann suchten sie sich wiederzufinden. Sie konnten miteinander geschäftig sein oder sich ganz still verhalten. Wenn sie lasen, oft über das gleiche Buch oder die gleiche Zeitschrift gebeugt, unterstrich jeder von ihnen mit dem Finger die Stelle, die dem anderen gefiel. Sie lachten ohne Unterlaß, oft ohne Grund, kicherten geheimnisvoll. Für die Leute der Straße war es ein Vergnügen, sie beisammen zu sehen. Das Wort »unzertrennlich«, schien für sie erfunden worden zu sein.

»Mama, ich gehe mit David spazieren.«

»Aber nicht zu weit.«

Manchmal wanderten sie ziemlich weit, aber nie ohne Montmartre aus den Augen zu verlieren. Die äußersten Grenzen ihrer Spaziergänge waren die Boulevards Barbès, Rochechouart und Clichy im Süden, die Grandes Carrières, Clignancourt, Ornano, die Fortifs und der Flohmarkt von Saint Ouen im Norden. Stets kehrten sie von jedem dieser Punkte über die steilen Straßen zur Place du Tertre zurück.

Mitte August, zu Oliviers Geburtstagsfeier, kaufte Virginie in der Konditorei Leducq in der Rue Ramey einen *Pithiviers*, eine köstliche Mandeltorte mit goldener Kruste, die sie mit neun Kerzen schmückte. David und Myriam wurden eingeladen, und nachdem Olivier die Flammen ausgepustet hatte, ließen sie es sich schmecken. Später schlenderten David und Olivier durch die Rue Bachelet, die, da fast alle in den Ferienkolonien waren, keine Gefahr mehr bot.

Auf dem Bordstein saß Schnittchen, barfuß, mit nacktem Oberkörper, und rieb einen Aprikosenkern auf dem Boden, um die Spitzen abzuwetzen, weil er ihn dann mit den Löchern an beiden Enden als Pfeife benutzen konnte. Als David und Olivier sich ihm näherten, rief er:

»Vor euch habe ich keine Angst!«

»Wir wollen dir ja nichts tun«, sagte David.

»Schnittchen, du bist unbezahlbar!« sagte Olivier.
»Erstens mal heiße ich nicht Schnittchen.«
»Daran kannst du nichts ändern, Kleiner.«
Sie setzten sich zu ihm. David nahm den Kern, rieb, und dann rieb Olivier. Aber sie wurden es bald müde. Am besten wäre es, sich bei Boissier eine Feile auszuleihen, aber Schnittchen behauptete, es müsse unbedingt der Bordstein sein. Die Abreisen hatten die Verhandlungen zwischen den beiden Straßen unterbrochen, und Schnittchen sagte weinerlich: »Ich kann nicht mal mit meinem Roller die Rue Labat runterfahren.«
»Wir erlauben es dir«, sagte Olivier, »aber nur vorübergehend.«
»Wirst du ihn uns leihen?« fragte David.
Schnittchen rannte bereits zu seinem Hausflur, um sein Lieblingsfahrzeug zu holen. David und Olivier lachten. Dieser Dreikäsehoch Schnittchen mit seinen sechs Jahren war wirklich ein Unikum, schlau wie kaum einer, mutig und lustig wie sonstwas.
»Wenn ich bedenke, daß ich neun bin!« sagte Olivier.
»Und ich noch nicht zehn«, erwiderte David.
Daraus schloß Olivier, daß sie jetzt gleichaltrig waren, aber nur bis zu Davids nächstem Geburtstag. Obskure Berechnungen gingen ihm durch den Kopf. Schnittchen lief mit dem ihm um einiges überragenden Roller zur Rue Labat.
Frauen mit aufgekrempelten Ärmeln und nassen Röcken traten aus der Wäscherei, rieben sich die Arme, lachten, setzten sich auf den Gehsteig, um sich in der Sonne zu trocknen. Eine sang: »*Frag nicht, warum ich gehe.*« Als David und Olivier an ihnen vorübergingen, scherzten die Frauen. Louisette sagte, sie zöge den kleinen Blonden vor, während Dédée lieber den kleinen Schwarzhaarigen mochte. An der Straßenecke schnitt Olivier ihnen eine lange Nase, aber die Wäscherinnen beachteten sie nicht mehr.

Sie bogen in die Rue Nicolet ein und von dort in die Rue Lambert. Um sich etwas Kühle zu verschaffen, gossen die Leute Eimer Wasser auf den Gehsteig. Monsieur Leibowitz arbeitete auf der Straße, und es machte den Kindern immer wieder Vergnügen, ihm beim Kardätschen der Matratzenwolle zuzuschauen. Das Hin und Her seiner Maschine erinnerte an eine Schaukel, und man sah, wie sich die kardätschte Wolle aufblähte, ein Vorgang, der ihnen geheimnisvoll erschien. Die grau-weiß-gestreifte Matratzenhülle wurde dann damit aufgefüllt. In der Werkstatt gegenüber hingen die Stuhl- und Sesselgerüste wie Skelette an den Haken, und es gab soviel Staub, daß man niesen mußte.

»Guten Tag, Monsieur Leibowitz«, riefen die beiden Jungen gleichzeitig.

»Guten Tag, ihr kleinen Teufel.«

»Wie geht es Elie?«

Das Gesicht des Handwerkers strahlte auf. Er schob einen Haufen Wolle beiseite, rieb sich die Hände, klopfte sich auf seinen grauen Kittel und holte eine Postkarte, die in einem Holzspalt an der Wand steckte.

»Diese Karte habe ich heute früh bekommen.«

Auf dem Bild war ein Strand mit Badekabinen und Feriengästen im Schwimmtrikot zu sehen, und darüber, im Himmel, stand *Cabourg. Strandansicht*. Monsieur Leibowitz drehte die Karte um, und sie lasen: »Herzliche Grüße aus Cabourg, Elie«, sonst nichts, um nicht die fünf Worte des Grußkartentarifs zu übersteigen.

»Heute abend werde ich ihm antworten«, sagte Monsieur Leibowitz.

»Könnten Sie ihm Grüße von uns bestellen?« fragte David.

»Wird gemacht«, antwortete Monsieur Leibowitz. »Du bist doch David, nicht wahr? Und dein Freund da ist Loulou?«

»Nein, ich bin Olivier. Loulou ist auch in der Kolo.«

Weiter unten begegneten sie einem Warenhauskassierer in Uniform und Zweispitz, der mit einer an sein Handge-

lenk geketteten dicken Mappe die Straße hinaufging. Er war in Schweiß gebadet, und Olivier sagte: »Heiß, was?« bekam aber keine Antwort. In der Rue Ramey wurde Kaffee geröstet, und die Luft war von dem Geruch danach erfüllt.
Alles, was Elie seinem Vater nicht geschrieben hatte, erfanden nun David und Olivier. Als sie an einem Fischstand vorüberkamen, sagte David:
»Der Elie fischt jetzt Krabben und Krebse!«
»Und Hummer, so groß wie die da...«
»Und saure Heringe und Thunfisch und marinierten Lachs...«
»Und sogar Haifische!«
Auf der Postkarte war ihnen das Meer grau erschienen, mit einem weißen Strich auf einem Wellenkamm. Keiner von ihnen hatte je das Meer gesehen, und sie beneideten die Kameraden in den Ferien, die bei ihrer Rückkehr von allen möglichen wahren und erfundenen Heldentaten erzählen würden.
»Ich wäre auch ganz gern in die Ferienkolonie gefahren«, sagte Olivier.
»Ich auch.«
Ihre Mütter hatten es nicht gewollt. Sie hätten sich zuviel Sorgen gemacht. In Ermangelung des Meers betrachteten die Jungen das Wasser im Rinnstein, und das war schmutzig, weil man die Geschirrspüleimer darin leerte.
»Mein Vater hat gesagt, daß wir nach Amerika gehen«, erzählte David.
»Machst du Witze?«
»Ach, er sagt oft solche Sachen... aber das sind bloß Reden.«
Wer unter den Bewohnern der Straße träumte nicht von Reisen? Madame Haque hatte sich, wie jeder wußte, eine steinreiche Tochter erfunden, die ständig in der Welt herumreiste und eines Tages heimkehren würde, um ihre Mutter aus ihrem Portiersdasein zu befreien. Papa Poileau

erzählte von den Hafenstädten, in denen er als Matrose angeblich gewesen war, obgleich er nie das Arsenal von Toulon verlassen hatte. Von Bougras wurde erzählt, er sei in seiner Jugend zu Fuß durch ganz Europa gewandert. Zouzou hatte das heimatliche Martinique als Zweijährige verlassen und erinnerte sich nicht mehr an die ferne Insel, auf der sie zur Welt gekommen war. Nur die Zobers bewahrten ein galizisches Dorf und wirkliche lange Reisen in Erinnerung, aber sie sprachen nicht darüber.

An der Ecke Nicolet und Ramey, in der *Chope Ramey*, saßen zwei dicke Männer in Westen an einem Tisch und tranken Bier, das in einer großen Karaffe vor ihnen stand. An einem anderen Tisch tunkten drei zarte junge Mädchen ihre Hörnchen in Milchkaffee und warfen den Spatzen Krumen zu.

Olivier stellte fest, daß er noch nie durch die Cottin Passage gegangen war, und so führte er seinen Freund dorthin. Diese Straße schloß sich einer schmalen steilen Treppe an und verlief wie ein langer schwarzer Strich zwischen den Häusern. Sie schien verlassen, wie entmutigt von all der Sonne. Wäsche trocknete an den Fenstern, und man hörte Geschirrgeräusche, die sich in der Stille sehr klar voneinander abhoben. Sie gingen jeder auf einen Gehsteig, wanderten im gleichen Rhythmus, mit geschlossenen Augen und ausgestreckten Händen, wie zwei Schlafwandler. Olivier hielt sich die Nase zu und bemerkte:

»Du, das stinkt hier aber!«

»Ja, wie die Pest!« sagte David.

»Wie ein Klo!«

Als sie die Quelle des Geruchs entdeckten, schien sie ihnen weniger unangenehm. Am Ende rechts, vor der Treppe, befand sich eine Käseengroshandlung, und in einem langen Raum, der zur Straße ging, lagen große Stapel riesiger runder Schweizer Käse. Auf einem solchen Stapel saß ein gewaltig dicker Mann, einen Zigaretten-

stummel an die Unterlippe geklebt. Als er die Kinder eintreten sah, riß er seine kurzsichtigen Augen auf.
»Wo wollt ihr hin, ihr Rotzbengel?«
»Nirgends, Monsieur, wir gucken bloß«, sagte Olivier.
»Wir wollen nur mal sehen«, sagte David.
»Was sehen, verdammt noch mal?« sagte der Mann. »Hier gibt's nichts zu sehen.«
»Die Käse...« erklärte Olivier.
»Ich werde euch Käse geben! Einen Tritt in den Arsch werde ich euch geben, dann habt ihr euren Käse!«
David und Olivier tauschten betrübte Blicke aus. Der Mann zeigte bedrohlich seine Stiefelspitzen, und er sah wirklich böse aus. Aber nach seinem Fettwanst zu urteilen, der ihm über den Gürtel hing, konnte er bestimmt nicht schnell laufen. So sagte Olivier rasch:
»Ihre Käse stinken wie Hundescheiße!«
Vorsichtshalber rannten sie bis zur Treppe und stiegen, zwei Stufen auf einmal nehmend, bis zum ersten Absatz. Nachdem sie sich versichert hatten, daß er ihnen nicht folgte, setzten sie sich, lachten, wiederholten immer wieder, daß die Käse stanken, und Olivier behauptete sogar, der dicke Meckerer habe noch übler gestunken.
Diese steile Treppe hinaufzuklettern, war amüsant. Da sie kein Geländer hatte, kamen sie sich wie Bergsteiger vor. Durch die Fenster konnte man in die Wohnungen hineinsehen, die sich alle ähnelten, und an den Küchengerüchen konnte man erraten, was jede Familie aß. Da einige noch bei Tisch saßen, riefen sie: »Schmeckt's?« Oben angekommen, waren sie außer Puste.
»Mensch, das macht Spaß!« sagte David.
Sie erkannten die Rue Lamarck und bogen von dort in die Rue de Chevalier-de-la-Barre ein, die direkt zur weißen, wie in Schweineschmalz gemeißelten Sacré-Cœur Kirche führte. Dort begegneten sie zu ihrer Überraschung der großen Giselle, die ein unbekannter Jüngling um die Taille faßte.

»Was treibt ihr denn hier?« fragte sie, und dann erklärte sie ihrem Freund: »Das ist mein kleiner Bruder David.«

»Wir gehen spazieren«, sagte David.

»Guten Tag«, sagte der Jüngling und reichte ihm die Hand. »Ich heiße Jules.«

Auch Olivier drückte Jules die Hand und sagte sich: »Wie kann man bloß Jules heißen!« Aber der große, knochige Junge mit seinem offenen Blick sah sympathisch aus.

»Du erzählst nicht, daß du mich gesehen hast«, sagte Giselle zu ihrem Bruder.

»Und du hast mich auch nicht gesehen.«

»Wir haben euch nicht gesehen«, fügte Olivier hinzu und hielt sich die Hände vor die Augen.

»Du bist doch zu süß!« sagte Giselle zu ihm.

»Nur wenn ich will«, erwiderte er frech.

David blickte dem Pärchen nach. Jules hielt Giselle beim Nacken, sie gingen langsamer, und sie lehnte den Kopf an seine Schulter.

»Die wechselt aber ständig ihren Verehrer«, sagte David.

»Das ist das Alter«, behauptete Olivier, weil er diesen Satz einmal in einer ähnlichen Situation gehört hatte.

Ein Maler zeichnete falsche Marmoradern auf die Holztäfelung eines Bistros, zitternde gelbe Linien auf braunem Grund, und sang dabei ein Lied auf Italienisch. David und Olivier bewunderten die Arbeit.

»Wäre es nicht toll, wenn wir die Häuser anmalten?« sagte David.

»Ja, rot und blau und gelb und grün und mit Dreiecken wie der Laden vom Farbenhändler...«

»Das wäre ein Spaß!«

Sie fanden einen öffentlichen Brunnen. Olivier setzte sich rittlings auf den dicken Hahn, drückte auf den Messingknopf und verkündete, er pinkle. Außer einem alten Herrn im Pyjama war die Straße menschenleer, und wegen der Hitze hatte man alle Fensterläden geschlossen.

Wenn auch die Leute in der Rue Labat weiterhin am

Abend vor den Häusern saßen, so überraschte die in Abwesenheit der Kinder herrschende Stille. Die Zobers kamen nur selten herunter.
»Nach dem Essen hört die ganze Familie die Platten, um Englisch zu lernen«, hatte David seinem Freund anvertraut, »und mit Papa lerne ich eine Menge Worte auswendig. Er hat auch eine Musikplatte gekauft, eine einzige, von Mendelssohn, und die hören wir uns ständig an.«
»Meine Mutter«, hatte Olivier erwidert, »gibt mir Diktate zu schreiben, und vergißt dann, sie zu korrigieren.«
»Manchmal besuche ich Onkel Samuel. Vor ein paar Tagen hat er mich in ein Restaurant in der Rue Francoeur mitgenommen, nur er und ich. Da waren eine Menge Schauspieler aus den Filmateliers, und die hatten altertümliche Kostüme an. Und danach mußte ich für Onkel Samuel eine Rechenaufgabe machen...«
David hatte auch erzählt, daß Onkel Samuel ihm Stellen aus Werken schwieriger Schriftsteller zu lesen gab und ihn anhielt, nach jedem Satz gut darüber nachzudenken. Einmal hatte er eine Stelle aus der Thora gewählt, die David lesen und dann abschreiben mußte, und dann hatte er gesagt: »Der Ewige erfreut sich am Hauch, der den Lippen des Kindes, das die Thora lernt, entweicht.«
Nachdem sie am Brunnen getrunken hatten, gingen sie weiter. Ein Beiwagen erregte ihre Aufmerksamkeit. Das auf Hochglanz polierte Motorrad blitzte in der Sonne, und es hatte eine Windschutzscheibe aus Zelluloid und eine Tute, auf die sie schüchtern drückten. Dann machten sie ›Wrumm, Wrumm‹ und rannten auf imaginären Motorrädern davon.
Diese Fahrt brachte sie bis auf die Paris überblickende Esplanade. Auf Zehenspitzen gereckt, beugten sie sich über die steinerne Balustrade. Von dort sahen sie die sich endlos vor ihnen ausdehnende Stadt. Zwischen den schwarzen Massen der Dächer, die in der Ferne in ein dunstiges Grau übergingen, zogen sich die Striche der

Boulevards, Avenuen und Straßen hin. Einige Gebäude zeichneten sich klar ab, Saint-Ambroise, Notre-Dame, Saint-Sulpice, der Louvre und Orte wie der Mont Valérien, die Hänge von Suresnes, Belleville, aber beim Namen kannten sie nur den Eiffelturm.

Im Hitzedunst schien sich die Stadt im fernen Himmel zu verlieren. Rauchschwaden stiegen in mehreren Richtungen empor und lösten sich in kleine Wolken auf. David und Olivier blickten lange herum, aber soviel Raum entmutigte sie. Von Zeit zu Zeit streckten sie einen Finger aus, um auf einen bestimmten Ort zu weisen. Olivier dachte an die Ermahnung seiner Mutter: »Man zeigt nicht mit dem Finger!« aber wie sollte er es anders zeigen? Sie verspürten eine Art von Schwindelgefühl. David stellte sich die Millionen von Menschen vor, die in dieser Stadt lebten, und die er nie kennenlernen würde. Die Kinder blickten sich an, wußten nicht, was sie sagen sollten. Fast sehnten sie sich in den sicheren Schoß ihrer Straße zurück.

»Eine schöne Aussicht hat man von hier«, sagte Olivier.

»Ja, es ist groß, aber mein Vater sagt, daß New York noch größer ist.«

Als sie auf den Platz vor der Basilika gelangten, sahen sie eine Dame, die Virginie ähnelte, einen Kinderwagen auf vier kleinen Rädern schieben. Eine Klapper baumelte am Verdeck, schaukelte auf dem blauen Hintergrund des Himmels vor den Augen des Babys. Die Kinder näherten sich. Olivier kam plötzlich auf die Idee, seinen Freund in Erstaunen zu setzen, und sprach die Dame an:

»Schönes Wetter heute, nicht wahr, Madame? ... Können Sie mir sagen, wie Ihr Baby heißt?«

»Es ist ein Mädchen und heißt Josephine. Wie Josephine Baker.«

Die Mutter schlug das Verdeck zurück, und sie schauten sich das Wunder an. Josephine lächelte. Olivier fand, daß er etwas sagen mußte.

»Ein hübsches Gesichtchen hat sie!«
»Hast du keine kleine Schwester?« fragte die Dame.
Olivier überlegte, blickte David an, und dann sagte er:
»Doch. Vier sogar!«
»Oh«, sagte David.
»Vier?« sagte die Dame. »Da langweilst du dich bestimmt nicht.«
»Ich muß ihnen immer die Flasche geben«, behauptete Olivier.
Dann nahm er David bei der Hand, und sie rannten davon, schlitterten, blieben schließlich stehen, sahen die Dame mit dem Baby verschwinden, und lachten.
»Ich kann ganz schön lügen, was?« brüstete sich Olivier.
»Die Dame hat alles geglaubt.«
»Manchmal fallen mir Sachen ein! Ich weiß nicht, warum.«
»Weil es dir Spaß macht«, sagte David. »Mit dir kann man sich krumm und schief lachen...«
»Wie'n buckliges Kamel mit zwei X- und zwei O-Beinen!«
Auf den Wandmeißeleien der Basilikafassade sah man Jesus und die Samariterin, Magdalena bei Simon, und auf den Tympanons Moses, Christus, den heiligen Thomas. David erkannte Moses und Olivier Christus.
»Gehen wir rein«, sagte er.
»Meinst du? Wird man uns nichts sagen?«
»Ach was!«
Sie blickten auf die drei riesigen Bronzetüren und ihre Verzierungen. David zögerte, schließlich sagte er:
»Geh du, ich warte hier.«
»Nein, komm, sei kein Drückeberger.«
Olivier war schon ein paar Mal mit seiner Mutter hier gewesen, und sie hatte ihn die Gesten der Religion gelehrt, obgleich sie selbst nicht besonders fromm war. So hob er die Hand zum Weihwasserbecken und bekreuzigte sich. David hielt sich verschreckt die Hände hinter den Rücken und blickte sich verlegen um.

»Bist du noch nie hier gewesen?«
»Eben nicht. Du weißt doch, wir gehen in die Synagoge in der Rue Sainte-Isaure, an der Place Jules-Joffrin.«
»Wie ist es da?«
»Wie hier, aber kleiner, weil es nur für die Juden ist, verstehst du?«
»Und was macht man da?«
»Gottesdienste, Hochzeiten und Beerdigungen, und dann betet man wie die Dame dort.«
»Komm, wir machen mal einen Rundgang.«
Olivier wollte nicht zeigen, daß dieser Ort auch ihn sehr beeindruckte. David folgte ihm ganz eingeschüchtert, blickte sich um, fand all diese barhäuptigen Männer seltsam und irgendwie respektlos. Sie gingen langsam. Das Mosaik der Kuppel, auf dem Frankreich dem heiligen Herzen Jesu in Andacht huldigt, die Statuen der Jungfrau Maria, der heiligen Johanna, der großen Prälaten, die Säulen, die Monumente aus Stein und Bronze, die Mosaiken, der Marmor, das alles schien ihnen grandios und von einem erdrückenden Reichtum.
»Der liebe Gott, an den glaube ich nicht sehr«, flüsterte Olivier, »aber ein bißchen doch.«
Die Gläubigen küßten den Fuß der nachgebildeten St. Petersstatue. Virginie hatte Olivier erklärt, daß die Bronze an der Stelle, die die Andächtigen mit den Lippen berührten, abgenutzt war, und er fragte sich, wie so etwas möglich sein könne. Die beiden Kinder setzten sich schweigend. Olivier sprach heimlich ein Gebet; er betete, daß die Familie Zober nicht nach Amerika gehen sollte, und daß er im nächsten Schuljahr einer der ersten seiner Klasse sein würde, und da er glaubte, daß der Weihnachtsmann zu den Persönlichkeiten der Religion gehörte, nutzte er die Gelegenheit und bat ihn um einen Roller mit Pedal. Als sie wieder draußen waren, freute sich Olivier, eine Tat vollbracht zu haben. David beschloß, diesen Besuch seinen Eltern zu verschweigen.

»Wir gehen durch die Anlagen herunter«, schlug Olivier vor.

Sie schlenderten am Wasserreservoir von Montmartre entlang, an der alten St. Peterskirche mit ihrem geschlossenen Friedhof. David blieb nachdenklich. Plötzlich kam ihm ein Satz in den Sinn, den er von irgendwem einmal gehört hatte, von seiner Mutter, seinem Vater oder Onkel Samuel, vielleicht aber auch vom Rabbiner, und er sprach ihn laut aus:

»Eines Tages wird der Messias kommen, auf einem weißen Pferd, und uns befreien.«

Olivier kannte das Wort Messias nicht, glaubte falsch verstanden zu haben, und sagte:

»Du meinst Heinrich IV.? Kennst du die Farbe von Heinrichs weißem Schimmel?«

Jetzt verstand wiederum David nicht, warum Olivier von König Heinrich IV. redete, den er aus einer Abbildung in seinem Geschichtsbuch kannte, wie er auf allen vieren kroch und seinen kleinen Sohn auf dem Rücken trug. Und Olivier erklärte:

»Die Farbe des weißen Schimmels von Heinrich IV. ist weiß.«

David war sprachlos über diese Binsenwahrheit. Jeder hatte den Eindruck, daß der andere unverständliche Sachen sagte. Aber keiner von ihnen war erstaunt darüber. Oft fiel es ihnen ein, irgend etwas Absurdes zu sagen, Sätze ohne jeden Sinn zu erfinden, Blödeleien zu verzapfen oder in tierischen Lauten zu reden.

David drehte sich noch einmal um und warf einen Blick auf die Basilika. Sie sah wie eine Gluckhenne mit ihren Küken aus.

Um die große Parkanlage am Fuße des *Sacré Cœur* zu durchqueren, nahmen sie die rechte Rampe. Dort befand sich ein Brunnen, der den Kindern viel Vergnügen machte, denn das Wasser floß in einem dünnen Strahl aus dem

Schniepelchen eines bronzenen Babys. Gleich daneben fuhr die wie ein Spielzeug aussehende hydraulische Zahnradbahn, die, wie man sagte, bald verschwinden sollte.

David und Olivier liefen den Hang hinunter, blieben hie und da stehen, um die vor kurzem hergerichteten Parkanlagen im französischen Stil zu betrachten. Schön wär's, sich auf dem Rasen auszustrecken oder Purzelbäume zu schlagen, aber die Wächter paßten auf, und überall zeigten Schilder an, daß das Betreten der Rasenflächen verboten war. Olivier blickte David schelmisch an, denn er plante einen köstlichen Streich, der zugleich Angst und Spaß machte.

»Weißt du was?« sagte er. »Jetzt flitzen wir mal ganz schnell über den Rasen.«

»Das ist verboten.«

»Ach, die kriegen uns doch nicht.«

»Nein, lieber nicht.«

Aber schon lief Olivier durch das Gras. David zögerte, folgte ihm dann. Sie rannten schnell, doch plötzlich ertönte ein Pfiff. Der Wächter zeigte mit dem Finger auf sie und pfiff noch einmal. Spaziergänger drehten sich nach den Kindern um. David wurde puterrot, und Olivier, der es nun auch mit der Angst zu tun bekam, grinste verlegen.

Als sie unten angekommen waren, kramten sie in ihren Taschen, fanden ein paar Münzen und konnten sich gemeinsam eine Waffel Himbeereis kaufen. Eine einzige, wo es in der Kiste auf dem Dreirad des Eisverkäufers soviel davon gab! Die Portion schien ihnen äußerst klein und schwer zu teilen, und nachdem sie versucht hatten, abwechselnd daran zu lecken, beschlossen sie, daß David die Hälfte aufschleckte und Olivier den Rest. Die Waffel würden sie sich dann teilen.

Die fette Verkäuferin der roten, blauen, gelben und grünen Luftballons riskierte wirklich nicht, mit ihrer Ware davonzufliegen. Neben ihr stand ein spindeldürres Männchen mit einem großen Schnurrbart. Er hielt einen langen Stab mit Querstangen, auf denen Hampelmänner, Stoffpuppen, nackte Zelluloidpuppen, Hanswurstfiguren und Plüschtiere hingen, sowie Springseile, Bälle in Netzen, Kindertrompeten, Kegelspiele mit Kugel, Sandeimer mit Schaufel und Harke, Kaleidoskope, Klappern, Kreisel, Spielzeuge aller Arten, kostbare Schätze, die die Kinder mit glänzenden Augen betrachteten und in Gedanken auswählten.

Nachdem das Eis verzehrt war, verließen David und Olivier den Park durch die knarrende Gitterpforte. Hinter ihnen saß eine Frau auf einem Mietstuhl und spielte Cello, ohne sich um die Leute zu kümmern, als ob sie allein wäre. Ein Maler im weißen Kittel, einer Halsbinde mit großer Schleife, mit Spitzbart und Kneifer, stand vor einer von einem grünen Regenschirm überdachten Staffelei. Wie viele andere Schaulustige traten die Kinder zu ihm, schauten abwechselnd auf die bemalte Leinwand und auf die Kuppel des Sacré Cœur, und gelangten dann zum Schluß, daß es »ähnlich« war.

»Ich würde gern Maler sein«, sagte David.

»Ich nicht«, erwiderte Olivier. »Und dabei habe ich einen Tuschkasten mit acht Farbenplätzchen, eine Tube Weiß und drei Pinsel. Das leihe ich dir, wenn du willst...«

»Hast du das vom Weihnachtsmann?«

»Nein, von meinem Vetter Jean, dem Kürassier.«

Auf den Terrassen der beiden sich gegenüberliegenden Cafés an der Ecke der Rue Steinkerque saßen viele Leute, tranken Bier oder Apfelmost, aßen die mit Puderzucker bestreiten Waffelkuchen oder knackten Erdnüsse, deren Schalen sich auf den Sägespänen des Fußbodens häuften. Weiter unten sahen sie sich die Schaufenster mit den Andenken für Touristen an. Auf dem Boulevard Rochechouart bogen sie nach kurzem Zögern nach rechts ab, um die Mühlenflügel des *Moulin Rouge* zu bewundern, und andere Orte, die Olivier gut kannte, da diese Gegend ein beliebtes Promenadenziel der Montmartre-Bewohner war. Manchmal ging Virginie Sonntagnachmittags mit ihm hier spazieren, zeigte ihm das *Trianon Lyrique* oder den Zirkus *Médrano* und Vergnügungsstätten wie *L'Enfer* (die Hölle) mit der rachenförmigen Eingangtür und den Teufeln, das von Engeln umschwebte *Paradis* oder die beiden benachbarten Lokale *La Cigale* und *La Fourmi* (die Grille und die Ameise).

»Warte nur, was ich dir noch alles zeigen werde, David!«

Auf dem Boulevard fanden sie sich inmitten so vieler Spaziergänger, Straßenhändler, Ausschreier, Glücksspieler, Renntipvermittler, Straßensänger, Taschenspieler, Gaukler, Maler, die ihre Bilder ausstellten, Araber, die Teppiche feilboten oder Erdnüsse verkauften, Touristen aus aller Welt, Anreißer vor den Tingeltangellokalen, Musiker, Leute, die sich auf Bänken oder sonstigen Sitzgelegenheiten sonnten, und in einem solchen Verkehr, einem solchen Gedränge von Autos, Taxis, Bussen, Handkarren, Pferdewagen, Transportdreirädern, Ziehwagen, Motorrädern, Fahrrädern, daß sie sich ganz winzig und verloren vorkamen, überrascht und überwältigt von all dem Lärm und den vielen Menschen. Welch ein Gegensatz zu der geborgenen Ruhe auf den Höhen Montmartres! Und da sie Angst hatten, sie könnten einander verlieren, hielten sie sich bei der Hand.

Um aus dem Gedränge zu kommen, setzten sie ihren Weg über die mittlere Anlage fort. Auf der Place Pigalle schauten sie dem Verkehrspolizisten zu, der sehr kunstvoll seinen weißen Stab schwang, hörten seine Trillerpfeife, die Hupen, die Tuten, das Klingeln der Autobusse, das schrille Gebimmel der Kinos, das Quietschen der Bremsen, die Schimpftiraden der Chauffeure, atmeten die Gerüche von Benzin und Bratöl, von Gras und fauligem Wasser, von Parfüm und Körperschweiß, waren wie benommen von allem, was sie umgab, von all den Namen der Cafés, der Kinos, der Nachtlokale, der Ladengeschäfte, und sie lasen die Plakate und fragten sich, wie der Weinlieferant *Nicolas* eine derartige Auswahl von Flaschen auf Lager haben konnte, oder sie amüsierten sich über die rotweißen Kellner auf der *Saint Raphael Quinquina* Reklame.

Begeistert, doch auch ein wenig ängstlich und erstaunt über ihren Wagemut, rannten sie über die Place Blanche, aber allmählich wurden sie des Abenteuers müde und sehnten sich nach der heimischen Ruhe. Deshalb mieden sie die Place Clichy und bogen rechts in die Rue Caulaincourt ein, gegenüber dem großen *Gaumont* Filmpalast, dem Stolz des Stadtviertels. Beruhigt fühlten sie sich erst, nachdem sie die Brücke über den Friedhof von Montmartre überquert hatten. Von hier an gingen sie langsamer.

»Die Boulevards solltest du mal sehen, wenn Jahrmarkt ist«, sagte Olivier.

Und er beschrieb seinem Freund das Jahrmarktsfest, so gut er es konnte, mit all den Schaustellerwagen, den Schießbuden, den Manegen und Menagerien, den Monsterschaus, den Ringkämpferbaracken, erzählte lange von einer gewissen Miarka, die fast nackt in einem gläsernen Sarg voller Schlangen lag, vom japanischem Billard und den holländischen Krapfen, vom Glücksrad, bei dem man Kilos von Zucker gewinnen konnte, von dem schweren Eisenwagen, den die Kraftprotze auf einer immer steiler werdenden Schiene emporstießen, vom Entenfischen, von der großen Schaukel... Die Familie Zober war eines Sonntagnachmittags auf diesem zauberumwitterten Ort gewesen, aber David erwähnte es nicht, um Olivier das Vergnügen des Erzählens zu lassen und mit ihm diese glücklichen Stunden wiederzuerleben.

Zwei Polizisten mit Pelerinen überholen sie, schoben schwitzend und schnaufend ihre Fahrräder. Olivier äffte sie nach, und David imitierte Olivier. Als einer der Polizisten sich umdrehte, flüchteten sie sich hinter einen Hauseingang. Dann watschelte David wie Charlie Chaplin, spreizte die Füße, schwang einen imaginären Spazierstock, und Olivier wetteiferte mit ihm.

»Mensch, ist das toll!« sagten sie gleichzeitig.

»Weißt du, wieviel Uhr es ist?« fragte David.

»Klar, das weiß ich schon lange.«

Damit wollte Olivier nur sagen, daß er ein Zifferblatt lesen konnte, aber die genaue Zeit kümmerte ihn nicht. So fragte David einen Passanten.

»Fünf Uhr! Ich muß nach Hause zum Englischunterricht.«

»Fünf ist doch nicht spät.«

Jetzt kamen sie an Onkel Samuels Haus vorbei. Dachte er noch an die versprochene Filmvorführung mit seinem *Pathé Baby*? Welch ein Wohlgefühl, in der Nähe der Rue Labat zu sein! Vor ihnen lag die Becqereltreppe, wo ihr gemeinsames Abenteuer begonnen hatte.

In der Rue Bachelet drückte sich ein kleines Kind an die Rockschürze seiner Mutter. So fanden David und Olivier die Geborgenheit ihrer Straße wieder, vernahmen die vertrauten Laute, das Klirren der Gläser im *Transatlantique*, das Zischen der Lötrohre bei Boissier, die knisternden Nebengeräusche eines Radioapparats, das Echo eines fernen Liedes, das Klappern der Bügeleisen, das Sprudeln des Waschbrunnens, das Scharren eines Reisigbesens auf dem Gehsteig. Die Straße hörte nicht zu singen auf. Es war die Stunde, da die Hausfrauen von ihren Einkäufen zurückkamen, und da man die Heimkehr der Arbeiter und Angestellten erwartete.

»Guten Abend, Monsieur Aaron... Guten Abend, Madame Rosenthal... Wie geht's, Monsieur Poileau...? Heiß heute, was, Mademoiselle Marthe...? Salut, Petit-Louis... Alles klar, Amar...?«

David und Olivier begrüßten jeden, den sie trafen. Stolz, so viele Leute zu kennen und überall bekannt zu sein, fühlten sie sich wohl in der buntgemischten Völkerschar. Hier war die Menge nicht anonym wie auf den Boulevards, hier stellte sie eine Versammlung von Einzelmenschen dar, und jeder hatte seine allen bekannte Besonderheiten. Um diese Tageszeit, in der Perspektive eines langen Abends, bereiteten sich die Schauspieler auf ihre Rolle in einem neuen, sein Maß an Unerwartetem versprechenden Stück vor.

Virginie saß im Schatten vor dem Kurzwarenladen, eine Handarbeitstasche auf einem Stuhl neben ihr, und strickte einen Pullover für Olivier, denn man mußte bereits an den Winter denken.

»Ach, da sind sie endlich, die kleinen Teufel«, sagte sie.
»Wo habt ihr euch herumgetrieben?«
»Da hinten...«, sagte Olivier.
»Wo da hinten?«
»In der Rue Bachelet«, log Olivier.
»Na also!«

Sie trug ein ärmelloses Kleid und Lockenwickler im Haar. Auf ihrer Stirn perlten kleine Schweißtropfen. Die Kinder setzten sich zu ihr auf den Gehsteig.

Monsieur Zober kam die Straße herauf, die Jacke über die Schultern gehängt, seine Zigarettenspitze in der Hand. Er rief David zu, er habe ihn überall gesucht, dann verneigte er sich vor Virginie und stammelte ein paar Worte. Sie antwortete: »Guten Abend, Monsieur Zober«, wandte sich wieder ihrer Strickarbeit zu, die sie Olivier an die Schultern hielt. »Ein bißchen zu groß, aber es wird gehen«, sagte sie. Monsieur Zober führte David nach Haus.

»Salut, Kumpel! Sehe ich dich später?« fragte Olivier.
»*Yes, Sir!*« sagte David, um seinem Vater eine Freude zu machen.
»*Yes, yes*«, antwortete Olivier.
»Geh dir die Hände waschen«, befahl Virginie, und dann begrüßte sie eine Dame:
»Guten Abend, Madame Vildé.«
»Ich habe Heringe gekauft«, sagte Madame Vildé. »Ich werde sie mit Senf anrichten.«

Olivier rümpfte die Nase. Senf hatte Virginie ihm auf die Finger gestrichen, als er noch seine Nägel kaute.
»Du hast deinen Nachmittagsimbiß vergessen«, fiel Virginie ein. »Mach dir ein kleines Butterbrot...«
Olivier hörte sie nicht. Er war in Gedanken versunken, dachte an den Spaziergang, den meckernden Käsehändler, die Begegnung mit Giselle, den Besuch im Sacré Cœur und Davids Scheu in der Kirche...
»Mama?«
»Ja, was denn?«
»Mama, warum sind wir nicht jüdisch?«
Virginie lächelte. Eigentlich wußte sie nicht, was sie antworten sollte. Kinder stellen manchmal die seltsamsten Fragen! Sie zögerte zwischen »Wir sind es eben nicht, darum!« und »Du redest schon wieder Dummheiten!« und sagte schließlich:
»So ist es nun einmal, und das ist alles...«
Und um der Diskussion ein Ende zu setzen, griff sie auf eine jener Redensarten des Volksmundes zurück, die auf alles eine Antwort wußten:
»Was willst du! Gäb's nicht von allem auf der Welt, so wär es schlecht um sie bestellt!«

Neuntes Kapitel

Daß die Zobers ihren Lebensunterhalt zu bestreiten vermochten, verdankten sie weniger dem Schneiderhandwerk als einigen Nebenbeschäftigungen. Auf Empfehlung Monsieur Schlacks fand Isaak eine provisorische Anstellung in einem Atelier der Rue de la Tour-d'Auvergne, wo er vorübergehend die Hosennäherin Madame Irma ersetzte, die gerade ein Töchterchen geboren hatte. Doch acht Tage nach der Niederkunft nahm sie ihre Arbeit schon wieder auf.
Dann bekam Isaak einen Tip von dem blinden Lulu, der sich am besten im Stadtviertel auskannte, und stellte sich frühmorgens vor den Filmateliers der Rue Francœur an, um sich unter Dutzenden anderer als Statist engagieren zu lassen, was ihm gestattete, über die Runden zu kommen. Selbst in der Menge verloren, hatte er den Eindruck, ein Filmschauspieler zu sein, und das schmeichelte ihm.
Esther Zober blieb auch nicht untätig. Sie machte Flick- und Stopfarbeiten. Gemäß einer alten Tradition gab man kleine Inserate bei der Bäckerei auf, wo sie auf kleinen Zetteln und mit einer Steuermarke versehen auf die Innenseite des Schaufenster geklebt wurden. Die Angebote bezogen sich meist auf gebrauchte Möbel. Tanzkurse, Gesangstunden, Stenographie- oder Englischunterricht, und in seltenen Fällen auch auf Arbeit. Dank einer solchen Annonce fand Esther eine Anstellung für täglich vier Stunden als Putzfrau in einer Villa in der Avenue

Junot. Mit dem bescheidenen Gehalt Giselles, das dazukam, konnten sie sich gerade über Wasser halten.
Und dann brach eines Tages alles zusammen. Esthers Arbeitgeberin zog es vor, ein Mädchen für alles anzustellen, die Filmateliers brauchten keine Statisten mehr, die Firma Boissier engagierte eine erfahrene Sekretärin, und die Aufträge wurden immer seltener, da die Krise immer schlimmer wurde, und die Leute nur noch Konfektionsware kauften. Der in der Hoffnung auf einen Ausgang mit Virginie verwahrte Hundertfrancsschein verschwand im Schiffbruch.
Von nun an verbrachte der entmutigte und zur Untätigkeit gezwungene Isaak seine Tage in der verödeten Schneiderwerkstatt. Zuweilen verfiel er in Selbstgespräche, oder er lief stundenlang in den Straßen herum, kehrte völlig erschöpft heim, ließ sich auf seinen Stuhl sinken, wo er bald eindöste. Er war im Begriff, seine Träume und seine Hoffnungen, sein kostbarstes Gut, zu verlieren. Und während er auf seine nutzlosen Hände starrte, rief er aus:
»Ach! All die Arbeit, was ich könnte machen, und niemand gibt sie mir nicht, kein Jid, kein Gojim, niemand nicht!«
»Im Winter, was wird sein kalt wie was weiß ich«, tröstete ihn Esther, »die Leute werden brauchen Mäntel, und sie werden alle kommen zu dir!«
»Höre, was ich dir sage, ich, Isaak Zober, ich sage dir, wir werden weggehen von hier, und wie wir werden weggehen! Wir werden gehen weit fort zu Apelbaum, was nicht hat gegeben ein Zeichen für nichts. Dort, in Amerika, wird er beachten, der Ewige, die Zobers, was er hier nicht sieht!«
Er beabsichtigte wieder einmal, das Silber auf die Pfandleihe zu bringen, aber Esther widersetzte sich. Giselle fand eine Stelle als Lehrling in einem Frisörgeschäft, aber ohne Gehalt. David erbot sich, die Schule zu verlassen und Arbeit zu suchen. Gerührt küßte ihn sein Vater. Aber für nichts auf der Welt durfte der Ehrenpreis der Auszeich-

nung sein Studium aufgeben. Die Gasgesellschaft drohte mit Einstellung der Zufuhr, der Hausverwalter sprach im Namen einer unbekannten Eigentümerin von Betreibung und Pfändung. Sollte die Verschlimmerung der Lage sie noch an den Bettelstab bringen? Den Zobers blieb nichts als ihr Stolz. Aber auch ihn fürchteten sie zu verlieren.
Als Madame Rosenthal sie zum Abendessen einlud, lehnten sie ab, da sie sich nicht revanchieren konnten. Nur Olivier luden sie eines Abends ein, um das Mahl mit ihnen zu teilen. Nach einer Suppe mit Matzeknödeln hatte es einen Karpfen mit Zwiebeln gegeben, ein Geschenk von Kupalski, und danach Honigkuchen. Als Olivier nach Hause kam, erzählte er seiner Mutter:
»Weißt du, bei David waschen sie sich zweimal die Hände vor dem Essen.«
»Na, siehst du...«
Das erste Mal unter dem Wasserhahn war für die Hygiene. Das zweite Mal, wenn man sich in einer Schüssel wusch und dabei eine segnende Geste machte, war es aus Frömmigkeit, aber das wußte Olivier natürlich nicht. Die Zobers hatten ihn mit Aufmerksamkeiten überschüttet. Dieser so lebhafte und aufgeweckte Junge gefiel ihnen. Die große Giselle hatte nicht aufgehört, ihn zu verzärteln, ihm Leckerbissen in den Mund zu stopfen, ihn zu kämmen, ihm die Fingernägel zu schneiden, als ob er ihre Puppe wäre.
Olivier erzählte seiner Mutter auch, daß Onkel Samuel in Amerika sei und bald zurückkäme, daß David ganze Sätze auf Englisch sagen könne, und daß Monsieur Zober betrübt dreingeschaut habe.
»Hast du gut gegessen? Und hast du dich anständig bei Tisch benommen?«
»Klar, Mama, ich war ganz artig. Ich habe nicht mal gesagt, daß ich Fisch nicht mag.«
»Ich werde David einladen und eine Apfeltorte machen, wie du sie magst.«

»Mit Sahne?«
»Sogar mit Sahne!«
Und Virginie sang »Sogar mit Sahne« in allen Tonarten. Dann lachte sie ohne Grund, verkündete, sie würde Olivier seinen bald fertiggestrickten Pullover anprobieren und habe im übrigen vor, heute abend auszugehen, käme aber nicht spät zurück.
»Mama, Madame Haque hat gesagt, daß du einen Verehrer hast!«
»Was du nicht sagst! Nein, so etwas! Du bist ein kleiner Naseweis. Jawohl, ich habe einen Verehrer, und das bist du. Du bist mein Verehrer.«
»Ist das auch wirklich wahr?«
»Gib mir einen Kuß, du Dummerchen. Ich muß doch auch mal ausgehen können. Das wirst du später verstehen.«

Als die Kinder von der Ferienkolonie heimkehrten, wurde den ganzen Tag gespielt, denn die Schule hatte noch nicht begonnen. David und Olivier reihten sich wie zwei Schwesterinseln in das fröhliche Archipel ein. Die jungen braungebrannten Reisenden hatten viel zu erzählen. In Loulous, Capdeverres oder Elies Mund verwandelte sich die Muschelsuche auf den Klippen in eine Expedition in Neufundland, das Baden am Strand in ein Wettschwimmen über den Ärmelkanal, der Spaziergang in den Wäldern in ein Urwaldabenteuer.
Olivier antwortete mit anderen Prahlereien. Er würde bald wirklich über den Ärmelkanal schwimmen, und sein Vetter Jean, der bald aus dem Militärdienst zurückkäme, brauchte ihm nur noch das Kraulen beizubringen, denn das Brustschwimmen und das Rückenschwimmen konnte er bereits. Ferner erzählte er, David und er hätten in der Gegend »eine Menge Dinge« angestellt, ohne zu erwähnen, welche.
Eins war neu: In der Kolo hatten sich die Jungen der Rue Labat mit den Feinden der Rue Bachelet angefreundet,

was sich besänftigend auf den Krieg auswirkte. Doch Capdeverre gefiel es gar nicht, als er erfuhr, daß Schnittchen mit seinem Roller die Rue Labat hinunterfuhr, ohne einen Tribut zu entrichten. David und Olivier wurden der Schwäche bezichtigt, und als David darauf erwiderte, die Straße sei für alle da, kam es zu einer tätlichen Auseinandersetzung mit Loulou. Beim dritten Fausthieb griff Olivier in die Schlägerei ein, dann Capdeverre, aber der Kampf dauerte nicht lange. Jack Schlack ermahnte die Apachen zur Solidarität.

So beschlossen sie, die fünf Stufen bis zum feindlichen Gebiet emporzusteigen, um, wie Capdeverre es nannte, die Sache von Mann zu Mann zu besprechen.

Obgleich es in diesen späten Septembertagen noch ziemlich warm war, hatte Olivier sich seinen neuen Pullover angezogen. Die anderen waren in kurzärmeligen Hemden oder Leibtrikots. Capdeverre trug, um seiner Überlegenheit Ausdruck zu geben, eine viel zu große, ausgediente und für ihn hergerichtete Hose, was Olivier zu dem Ausspruch bewegte: »Je größer die Hose, um so stärker der Mann!« Der Eleganteste war der schöne Loulou in seiner schwarzen Samthose mit großen weißen Knöpfen und seinem weißen Hemd. Die von der Rue Bachelet waren wie immer in Lumpen. Nur wenige ließen sich beim Frisör die Haare schneiden, und so wirkten sie struppig und ungewaschen.

Abgesehen von Riri und Schnittchen, die einander pufften und stießen, herrschte eine friedliche Atmosphäre. Auf beiden Seiten bewahrte man Erinnerungen an die Ferienkolonie, über die man gern geplaudert hätte. Alle waren sie da: Salzkorn, Anatole, Doudou, Lopez, die beiden Machillots, Mauginot, Schnittchen und einige andere auf der einen, Capdeverre, Loulou, Saint-Paul, Elie, Jack Schlack, Toudjourian, Tricot, David und Olivier auf der anderen Seite.

Capdeverre hob die Hand wie ein Tribun und verkündete,

der Spaß sei nun vorbei, und man habe wichtige Dinge zu besprechen. Da keine Stille eintrat, brüllte Elie:
»Maul halten! Capdeverre hat das Wort!«
Olivier hielt dem geschwätzigen Schnittchen den Mund zu, und der Kleine versuchte ihn zu beißen. David machte »Psst!« und hob den Zeigefinger vor den Mund. Endlich sprach Capdeverre:
»Die Ferien sind zu Ende!«
»Nein! Nein! Nein!« riefen mehrere Stimmen aus beiden Lagern.
»Na schön, sie sind noch nicht zu Ende, aber eins wollen wir mal gleich klarstellen, ihr Typen von der Rue Bachelet. Wie es scheint, fährt der Roller schon wieder die Rue Labat runter...«
»Na und?« unterbrach ihn Salzkorn.
»Gesetzlich verboten!«
»Daß ich nicht lache! Wollt ihr mal wieder Keile beziehen?« rief Lopez.
In einer gleichzeitigen Bewegung scharte sich die Garde der Rue Labat um ihren Chef, während die von der Rue Bachelet dichter aneinanderrückten. Die beiden Heere standen sich also wieder gegenüber.
»Wir verhandeln«, sagte Capdeverre.
»Warum nehmt ihr nicht die Rue Nicolet?« fragte David.
»Da geht es ja auch den Gehsteig runter und sogar bis zur Rue Ramey«, fügte Olivier hinzu.
»Wenn schon. Aber in der Rue Labat macht es mehr Spaß«, sagte Anatole, »und dann...«
Er unterbrach sich, und alle von der Rue Bachelet lachten. Anatole fuhr fort: »Und dann...« aber sie lachten noch immer, und Tricot sagte laut:
»Ich glaube, die wollen bloß Stunk machen!«
»Und die weiße Fahne?« sagte Capdeverre. »Wir wollen einen Vertrag schließen.«
»Einen was?« fragte Machillot.
»Ihr müßt Bonbons blechen«, sagte Jack Schlack.

»Sonst kriegt ihr wieder 'ne Fuhre Wasser in die Fresse«, drohte Riri und versetzte Schnittchen einen hinterlistigen Fußtritt.

Der Krieg schien unvermeidlich. Immer schärfere Worte fielen, die Gesichter wurden bedrohlich, man machte sich auf die schlimmsten Beleidigungen gefaßt.

»In der Kolo waren wir Kumpel«, bemerkte Loulou mit Bitterkeit.

David blickte Olivier an, suchte eine Ermutigung. *Die Geschichte Frankreichs* hatte ihn auf eine Idee gebracht. Unter dem Eindruck der Lektüre seines Preisbuchs waren ihm alle glanzvollen und grandiosen Taten und Ereignisse durch den Kopf gegangen, und er sah in Gedanken Helden und Kriegsmänner an sich vorüberziehen. Die Erinnerung an eine Illustration in seinem Buch hatte die Idee ausgelöst. Er flüsterte sie Olivier ins Ohr.

»Hört mal her«, rief dieser. »David hat eine Idee.«

Da der kleine Zober zu den Unaufdringlichsten zählte, schenkte ihm die Meute der Schwätzer jetzt ganz besonders Aufmerksamkeit. Einige setzten sich auf die Stufen. Monsieur Aaron näherte sich, um ihnen zuzuhören. Und David begann:

»Es war einmal...«

»Er will uns Rotkäppchen erzählen«, sagte Salzkorn.

»Unterbrecht ihn nicht!« sagte Olivier.

»Eines Tages lud König Franz I. den Kaiser Karl V. ein. Da waren viele Soldaten, Offiziere und Leute, die sich Herzöge und Fürsten nannten...«

»Und die waren ganz toll aufgetakelt«, bekräftigte Olivier, »und die beiden Könige, die hatten vielleicht Muskeln, sage ich euch! Die reinsten Schwergewichtler!«

»Und dort, wo sie sich alle trafen«, fuhr David fort, »war das Lager vom goldenen Tuch.«

»Goldene Tücher, die gibt's gar nicht!« warf Schnittchen ein.

»Doch gibt es die, mein Freund! Das Lager vom goldenen

Tuch hieß es, weil sie überall Gold hingetan hatten, auf die Campingzelte, auf die Kleider und Hüte, überall. Sogar die Teller und die Messer und die Gabeln waren aus Gold. Und ganze Hammelkeulen haben sie gegessen, und Hühner, und alles mit den Fingern...«
»Na und?« sagte Anatole. »Bis jetzt verstehe ich nur Bahnhof!«
»Warte doch«, sagte Olivier. »Er hat noch nicht alles erzählt. Ich kenne die Geschichte. Also los, weiter, David!«
»Na schön. Also Franz I. und Karl V., die schienen die dicksten Freunde zu sein, weil sie nämlich in den Ferien waren, aber sonst hatten sie ständig Krieg miteinander. Und da sie ein bißchen besäuselt waren, haben sie beschlossen, einen Zweikampf zu machen, nur sie beide.«
»Nun mach mal Schluß, ich verstehe kein Wort!« sagte Machillot.
»Ich habe kapiert«, sagte Anatole. »Rede weiter.«
»Also«, sagte David, »für den Straßenkrieg könnten wir es auch so machen. Wir lachen uns'n Ast, essen Bonbons, nur zwei prügeln sich, und die anderen gucken zu...«
»Der Stärkste von jeder Straße«, ergänzte Olivier.
»Das bin ich! Das bin ich!« schrie Schnittchen.
»Wir müssen das unter uns besprechen«, sagte Anatole.
Die beiden Parteien trennten sich. In der Rue Labat kamen die Arbeiter von Boissier in ihren blauen Kitteln, den Sack über der Schulter, aus der Werkstatt. Papa Poileau führte seinen Hund spazieren, und wenn er ihm nicht aufs Fell klopfte, fuhr er sich mit der Hand an den Schnurrbart, als wollte er sich versichern, daß er noch da war. Virginie plauderte mit Adrienne vor ihrem Laden. Die Mädchen sprangen Seil und fragten sich, was die Jungen schon wieder aussheckten. Ernests Bar füllte sich allmählich.
Nach beendeter Beratung trafen sich die beiden Banden wieder. Anatole fragte David:
»Wer hat bei deiner Keilerei gewonnen?«
»Franz I., aber der andere hat sich gut gewehrt.«

»Dann werde ich Franz I. sein.«
»Ja, wenn du gewinnst, und dann ist der andere Karl V.«
Die Idee gefiel allen. Falls die Rue Bachelet mit ihrem Champion siegte, hatte der Roller freie Fahrt. Die Ernennung der Kämpfer war nur eine Formalität, denn jeder wußte, daß es Anatole und Capdeverre sein würden. Sie maßen sich bereits mit den Blicken wie zwei Kampfhähne. Es war die Rede von Ringkampf, von Catch und sogar vom Freistilringen, aber man entschied sich für den populärsten Kampfsport, das Boxen. Die Aufregung war groß. David fühlte sich stolz, das Spiel veranlaßt zu haben. Ausrufe wurden laut: »In drei Runden!« »Nein, in zehn!« »Durch K. o. Sieg!« »Nach Punkten!« »Ich gehe jede Wette ein...«
»Ich bin bereit«, sagte Anatole und stellte sich in Positur.
»Ich auch«, sagte Capdeverre und schwang die Fäuste.
»Moment mal!« rief Toudjourian. »Ein Match muß vorbereitet werden. Ihr müßt zuerst trainieren. Was wir brauchen, ist eine Organi...«
»Und Trainer brauchen wir«, unterbrach ihn Mauginot.
»Eine Organisation«, fuhr Toudjourian fort, »und dann müssen wir Pfleger haben, und einen Schiedsrichter...«
Für das Match wurde eine Frist von zehn Tagen festgesetzt, was dem Tag vor Schulbeginn entsprach. Ernest, der Sohn Ernests, wurde ohne sein Wissen zum Schiedsrichter ernannt, weil er an der Ecke der beiden Straßen wohnte und somit als neutral galt. Im Lauf der Diskussionen sprach man von Boxhandschuhen, einem Gong und einem Boxring, benutzte gern die Fachausdrücke der edlen Kunst wie Linke, Rechte, Haken, Schwinger, Uppercut... Riri und Schnittchen maßen sich in einem Miniaturmatch. Schließlich schüttelte Capdeverre Anatole die Hand, und sie trennten sich mit rollenden Schultern. Die Bande der Rue Labat scharte sich um ihren Champion, als sie die Stufen hinabstiegen. Salzkorn rief ihnen nach:
»Capdeverre kriegt die Fresse voll!«

»Der arme Anatole wird im Krankenhaus landen!« erwiderte Tricot.
Und alle Apachen brüllten im Chor: »Der arme Anatole!«
Olivier erinnerte die anderen daran, daß sie David, von dem diese gute Idee stammte, dankbar sein sollten, aber sie hatten ihn längst vergessen. Alles Interesse konzentrierte sich auf Capdeverre, der den Kraftmeier spielte. Olivier warf David einen Blick zu, mit dem er sagen wollte: »Immerhin warst du derjenige, der die Idee hatte!« Und David antwortete mit einem resignierten Achselzucken. Die anderen befühlten die Armmuskeln ihres Champions.
»So große Steaks mußt du essen!« sagte Elie und spreizte die Hände.

Virginie erhielt eine Briefkarte von Jean, dem Kürassier. Er hatte nur noch hundert Tage Dienst zu machen. Auf seine Bitte fuhr sie durch ganz Paris nach Montrouge zu seinem Arbeitgeber. Da der Druckereibesitzer abwesend war, empfing sie der Werkmeister. Die Wirtschaftskrise verschlimmerte sich, ständig wurden Arbeiter entlassen, die Hälfte der Maschinen war außer Betrieb. Virginie kehrte besorgt heim.
»Ich werde Jean inzwischen etwas Geld überweisen«, sagte sie zu Olivier. »Komm, wir gehen auf die Post.«
Eines Sonntagmorgens hielt Vetter Baptiste ganz unerwarteterweise mit seinem Taxi vor Virginies Geschäft. Seine Frau Angela, die ihn begleitete, trug einen großen, mit Wachskirschen geschmückten Sommerhut. Ihnen folgte ihre Tochter Jeannette, ein äußerst hübsches Mädchen in einer weiß pikierten Seemannsbluse mit blauem Kragen und einer amerikanischen Matrosenmütze. Baptiste trat in den Laden, gab Virginie drei schmatzende Küsse und sagte:
»Los, beeilt euch! Ich fahre euch aufs Land!«
»Aber... ich bin noch gar nicht angezogen. Ich muß mich frisieren, und Olivier ist nicht da.«

»Der wird nicht weit sein!«
Virginie bot ihnen Bier an und lief von der Küche ins Zimmer, um sich schön zu machen. Dann rannte sie in den Hof der Nummer 73 und rief Olivier. Er erschien an Zobers Fenster.
»Komm schnell! Wir fahren aufs Land. Mit Vetter Baptiste.«
»Jetzt gleich? Und David?«
Die Köpfe der Eltern Davids beugten sich über Olivier.
»Guten Tag, Madame, guten Tag, Monsieur Zober«, sagte Virginie. »Unser Vetter fährt uns aufs Land. Könnte David nicht mitkommen?«
Die Zobers kamen in den Hof hinunter. Auf der Treppe hatte Olivier nicht aufgehört, sie zu bitten:
»Lassen Sie ihn doch mitkommen, Madame Zober, wir werden viel Spaß haben!«
Um sie zu überzeugen, schaltete Virginie sich ein, brachte alle möglichen Argumente hervor, wie das schöne Wetter, die gute Landluft, die Sicherheit mit einem geübten Berufsfahrer am Steuer, die Sorgfalt, mit der sie sich um die Kinder kümmern würde. Als aller Widerstand gewichen war, stieg Madame Zober in ihre Wohnung, um David mit unnützen Kleidungsstücken zu beladen.
»Vetter, macht es Ihnen was aus, wenn wir Oliviers Freund mitnehmen? Die beiden sind unzertrennlich.«
»Aber nein, im Gegenteil. An Platz fehlt es nicht.«
Jeannette, die zwei Jahre älter als David und Olivier war, betrachtete die Buben mit Distanziertheit. Mit ihrem dunklen Haar und der Schmachtlockenfrisur, ihren wunderbaren großen braunen Augen, dem hübschen Mund mit der kleinen Narbe auf der Seite, die ihr immer ein lächelndes Aussehen verlieh, wirkte sie äußerst anmutig, und wenn sie die Kinder anblickte, erröteten sie und traten von einem Fuß auf den anderen.
»Ich nehme den Wein«, schlug Virginie vor.
»Nein, Cousine, ich lade euch in ein Restaurant am Flußufer ein.«

Auf dem Gehsteig gegenüber machte Capdeverre, ein Handtuch um den Hals geschlungen, in Begleitung von Loulou und Saint-Paul einen Trainingslauf. Sie blieben stehen, um der Abfahrt beizuwohnen. Die Zähluhr des Taxis verschwand unter einer schwarzen Hülle. Vetter Baptiste holte eine Papiertüte hervor, entnahm ihr einen Strohhut, setzte ihn sich auf und betrachtete sich im Rückspiegel. Als er abfuhr, drückte er auf die Tute, und Madame Haque winkte mit einem Taschentuch.

Angela saß vorne neben ihrem Mann. Virginie und Jeannette hatten es sich auf dem mit einem Überzug bedeckten Rücksitz bequem gemacht, während David und Olivier ihnen gegenüber auf den Klappsitzen Platz nahmen. Die Fahrt durch Paris war für die beiden Buben von großem Interesse, denn die Bewohner Montmartres kannten die übrige Stadt kaum. Sie schauten nach rechts und nach links, und da sie viel Platz hatten, rückten sie ständig hin und her, um die Häuser, die Geschäfte und die Passanten zu bewundern. Im Markthallenviertel erkannten sie die Gemüsewagen, die Frachtwagen, die Handkarren, die Lastenheber, die Gefährte aller Arten, vom Kippwagen bis zum Lieferwagen, vom Lastfahrrad bis zum Beiwagen, und all die Autos, deren Marken Vetter Baptiste beim Namen nannte.

Die Fahrt durch die Vorstädte schien endlos, und wiederholt fragte Olivier seine Mutter mit leiser Stimme, ob sie nun bald auf dem Lande wären. Endlich, nach einer langen Folge schmaler rechteckiger Schrebergärten und Laubenkolonien wurden die ersten Wiesen und Felder sichtbar. Als sie an einem Ort namens La Vache Noire (die schwarze Kuh) vorbeikamen, wollte David wissen, wo diese schwarze Kuh sei, worüber dann ausgiebig gelacht wurde. Sie sahen zwar eine Herde, blickten aber vergeblich nach ihr aus. Aber welch ein Glück, all diese Tiere zu sehen, die Kühe, Schafe, Hühner, Gänse und Enten, die man nur aus dem Bilderbuch kannte!

Zweimal mußten sie anhalten: Einmal, um ein Radrennen vorbeizulassen, das von den Automobilisten, die ausgestiegen waren, mit Beifall ermutigt wurde, und mit den sattsam bekannten Zurufen wie: »Mach Tempo, Maxe!« oder »Bück dich, dann siehste wie'n Renner aus!« oder »Immer feste treten, dann kriegste die Moneten, feste aufs Pedal, dann kriegste den Pokal!« Das zweite Mal, weil Jeannette, die das Autofahren nicht vertrug, plötzlich blaß wurde. Ihre Mutter gab ihr ein in Pfefferminzgeist getränktes Stück Zucker, und als Vorbeugungsmaßnahme bekamen die beiden Jungen auch jeder eins. Der Alkohol brannte auf der Zunge, aber der starke Pfefferminzgeschmack war köstlich. Und dann ging es weiter. Olivier fand, daß sie schnell fuhren, aber der Zähler zeigte nicht mehr als sechzig Stundenkilometer an. Von Zeit zu Zeit nahm Virginie einen Spiegel aus ihrer Handtasche, sagte »Ich sehe schrecklich aus!« und fuhr sich mit einer Puderquaste über die Wangen. Angela belehrte sie eines Besseren.

»Olivier ist Ihnen wie aus dem Gesicht geschnitten, Virginie«, sagte sie, und Olivier fragte sich, wie man jemanden aus einem Gesicht schneiden kann.

»Na Kinder, wie geht's?« fragte Baptiste und beantwortete seine Frage selbst: »Klar. Gut geht's. Das hätte gerade noch gefehlt...«

»Wir sind bald da«, sagte Angela. »Gleich hinter Corbeil, am Ufer der Seine, das *Rendez-vous des Pêcheurs*. Der Wirt ist aus Marvejols.«

Als das Taxi am Uferhang hielt, schien die Seine den Kindern unendlich breit. Sie legten etwa noch hundert Meter zu Fuß zurück. Virginie und Angela wirkten sehr jugendlich in ihren geblümten Sommerkleidern, und sie lachten, lachten über alles. Wenn sie jemandem begegneten, zeigten sie sich jedoch plötzlich zurückhaltend. Baptiste fächerte sich mit seinem Hut frische Luft zu.

»Mein Gott, diese Hitze«, sagte Virginie und zog ein Spitzentaschentuch hervor.

Der Wirt führte sie auf eine Terrasse am Fluß, von wo man angeln konnte. Boote glitten auf dem Wasser vorüber. Rudernde Männer in Hemdsärmeln und ihnen gegenüber die Damen, die sich den Hut hielten oder die Hand im Wasser gleiten ließen. Auf einem Schleppkahn trocknete Wäsche, und es sah gerade so aus als würden Fahnen im Wind flattern. Unter den Bäumen saßen Angler mit breitkrempigen Strohhüten.
»Ist es nicht eine Wucht, David?« fragte Olivier.
Er suchte auf dem Gesicht seines Freundes den Widerschein seines eigenen Vergnügens. Doch da David von Natur aus zur Melancholie neigte, versuchte er, ihn zu erheitern. Aber auch für seine Mutter hatte er eine Regung, und er flüsterte ihr ins Ohr:
»Mama, du bist schön, viel schöner als Mado.«
»Welch ein Kompliment! Du wirst noch ein richtiger Schmeichler«, sagte Virginie und küßte ihn auf die Stirn.
Er hätte auch gerne Jeannette gesagt, daß er sie hübsch fand, aber er fürchtete ihren Spott.
Weinranken überwuchsen das Laubendach, und Wespen umschwirrten die blauroten Trauben. Auf den Tischen mit ihren blauweiß-karierten Decken glitzerten die weißen Teller, die Gläser und die Bestecke. Man zögerte, die wie Bischofsmützen gefalteten Servietten zu benutzen, und wenn andere Gäste sich setzten, begrüßte man sie diskret. Man brauchte nicht zu wählen, und jedes Gericht war eine Überraschung. Der Wein wurde in Steinkrügen serviert, und die Reklamekaraffen mit dem Eiswasser für den Aperitif waren beschlagen. Auf die Radieschen folgten Eier »Mimosa«. In Anbetracht des großen Zulaufs und der Hitze wurde die Bedienung ziemlich nachlässig, und der Hecht ließ lange auf sich warten. Baptiste zeigte sich ungeduldig, die Kellnerin sagte, sie habe nur zwei Arme, aber dann war der Fisch so köstlich, daß man ihr verzieh.
»Paß auf die Gräten auf, Olivier, und auch du, David.«
Baptiste hatte verkündet, daß die Spezialität des Hauses

Entenbraten mit Oliven sei, und als das Gericht auf dem Tisch stand, sagte er immer wieder: »Seht ihr, was habe ich gesagt?«

»Schau, Olivier, wie manierlich Jeannette bei Tisch sitzt. Du solltest dir ein Beispiel nehmen!«

»Ja, Mama.«

Nach der Ente gestattete man David und Olivier, sich über die Brüstung der Terrasse zu lehnen, um den Fluß anzusehen. Jeannette blieb bei den Erwachsenen. Olivier warf ihr einen verstohlenen Blick zu und empfand jenes zarte Gefühl, das sich bei Kindern nicht über die Schwelle des Verliebtseins hinauswagt und sich in stumme Bewunderung verwandelt.

»Kommt zurück zu Tisch, Kinder!«

Sie hatten zwar keinen Hunger mehr, aber wie konnte man weißem Rahmkäse widerstehen? Und was die »Eier im Schnee« betraf, so gestand David, er habe noch nie etwas so Gutes gegessen. Er hörte nicht auf, mit den Blicken zu danken. Wenn er das alles erst seinen Eltern und seiner Schwester erzählen würde! Das Menü beabsichtigte er ihnen jedoch nicht zu beschreiben, da es bestimmt gegen die jüdischen Gebräuche verstieß.

Olivier hörte, daß man von seinem Freund sprach. »Der Schneider von Nummer 73...« sagte Virginie gerade, und dann flüsterte sie Angela etwas ins Ohr. Die Frauen lachten, und Baptiste sagte: »Ich habe natürlich kein Recht, eure Geschichten zu hören!«

»Unter Frauen haben wir unsere kleinen Geheimnisse«, sagte Virginie.

Um für die Langsamkeit der Bedienung Abbitte zu leisten, spendierte der Wirt eine Runde Birnenschnaps, der die Gesichter rötete. Als die Rechnung kam, wollte Virginie teilen, aber Baptiste wehrte ab: »Aber nein, was denken Sie!« und er zog eine riesige, mit Fotografien vollgestopfte Brieftasche hervor. Dann zündete er sich einen Zigarillo an, und die Damen rauchten *Baltos* Zigaretten. Als Jean-

nette sich zu den Jungen gesellt hatte, nahm er die Gelegenheit wahr, um einen saftigen Witz zu erzählen. Darauf beschlossen sie, einen kleinen Spaziergang auf dem Uferpfad zu machen.
»Auf in die Natur!« rief Baptiste.
Einen Angler fragte er, ob die Fische heute gut anbissen, und jedesmal, wenn sie anderen Spaziergängern begegneten, grüßte er sie. Manche antworteten nicht, und dann brachte Virginie alle zum Lachen, indem sie ihre gezierten Mienen nachahmte. Man war sich darüber einig, daß es ein schöner Sonntag war, und daß man nicht viel braucht, um glücklich zu sein. Schmachtende Akkordeonklänge ertönten aus der Ferner, Virginie trällerte »Oh Jugend, genieße die Frühlingszeit«, und die Vögel zwitscherten in den Bäumen.
Am Fuß einer Birke breiteten sie Taschentücher aus, um sich nicht zu beschmutzen. Baptiste, den Strohhut über das Gesicht gezogen, döste ein und schnarchte, während die beiden Frauen sich leise unterhielten.
Jeannette ließ sich herab, mit den Kindern spazierenzugehen. Sie liefen und hielten sich alle drei an den Händen. Olivier wäre gern Boot gefahren, und so tat er, als ob er paddelte, und David machte es nach. Dann entblätterten sie einen Zweig und hielten ihn wie eine Angelrute. Jeannette, die Hände im Rücken verschränkt, spielte die Gelangweilte, während sie ihre Gefährten mit amüsierter Nachsicht betrachtete. David und Olivier redeten von einem Boxkampf zwischen zwei Jungen ihrer Straße, aber Jeannette mischte sich nicht in ihr Gespräch ein. Nachdem sie sich ziemlich weit von den Eltern entfernt hatten, stiegen sie eine zum Wasser führende Treppe hinab, zogen sich die Schuhe aus, wateten ein Stück und versuchten Fische zu fangen.
Als sie eine ganze Weile später zu den Erwachsenen zurückkehrten, berieten sich die Frauen, ob sie Baptiste wecken sollten. Angela kitzelte ihm die Lippen mit einem

Grashalm, er öffnete die Augen, schob den Strohhut zurück, richtete sich auf und behauptete, er habe nicht geschlafen. Als Angela Anspielungen auf sein lautes Schnarchen machte, leugnete er es und rief Virginie zum Zeugen auf. Sehr diplomatisch sagte sie, sie habe nur eine Katze schnurren gehört. Dann fügte sie verträumt hinzu:
»Die Tage werden kürzer.«
Das Wasser des Flusses schien träger und dunkler, die Boote legten am Ufer an, und im Restaurant deckten die Kellnerinnen bereits die Tische zum Abendessen. Sie blieben noch eine Weile, und dann beschlossen sie heimzukehren. So hatte der Zauber sein Ende erreicht. David und Olivier warfen einen letzten Blick auf die Seine. Gern wären sie noch länger geblieben, um mit den Augen der Strömung zu folgen, von Seefahrten und Abenteuern zu träumen, von Schiffbrüchen und fernen Inseln.
Da der Motor des Taxis nicht anspringen wollte, mußte Baptiste die Kurbel benutzen. Die Rückkehr nach Paris dauerte lange. Den Eltern fiel nichts anderes ein, als immer wieder »Was für ein schöner Sonntag!« zu sagen oder »Die schönen Stunden vergehen zu rasch!« Jeannette gähnte diskret, Baptiste dachte an seine Nachtschicht, David und Olivier plauderten leise. Nicht nur den Kameraden von der Rue Labat würden sie eine stark glorifizierte Version dieser Reise erzählen, sondern auch sich selbst, denn durch den Zauber ihrer Phantasie waren sie viel weiter als Corbeil gewesen. So war das, was sie sagten, nur ihnen verständlich, denn zwischen ihnen spann sich ein Netz von Kommunikationen, in welchem die kleinen Ereignisse der Straße, das Spielzeug, die Spiele, die Spaziergänge und frühere Gespräche einen eigenen Sprachschatz gebildet hatten.
Während sie ihre Gedanken austauschten, entging nichts ihren Blicken: ein Motorrad, Gruppen von Rad-

fahrern, ein Chauffeur, der vor dem Abbiegen den Arm ausstreckte, ein Pferdegespann, das den Verkehr aufhielt, Polizisten mit strengen Mienen, Kinder auf den Rücksitzen anderer Autos, die ihnen Grimassen schnitten, am Straßenrand winkende andere Kinder, denen sie zurückwinkten, das Auf und Nieder des Hebels einer Benzinpumpe an einer Tankstelle, die Namen der Dörfer und Siedlungen, die Schwalben auf den Telegraphendrähten.
»Na Kinder, wie geht's?« fragte Baptiste.
»Prima, sauwohl geht's uns, Vetter!«
»Olivier, hör gefälligst auf, so zu reden«, sagte Virginie.
»Er wird noch ein richtiger Straßenbengel...«
Angela bemerkte, man habe »die gute Landluft in vollen Zügen genossen«. Das Gespräch wandte sich wieder der guten Mahlzeit zu und dem, was ihr gefolgt war, weil man noch ein bißchen in der Erinnerung an die schön verbrachten Stunden schwelgen wollte. Virginie lud die Vettern ein, bei ihr zu Abend zu essen, aber sie mußten nach Asnières zurück. Vor dem Kurzwarenladen wurden ausgiebig Küsse ausgetauscht, und dabei fehlte es nicht an Zuschauern. Die Apachen hatten sich an ihrem Lieblingsplatz vor der Wäscherei versammelt, Silvikrin betrachtete sein Spiegelbild im Schaufenster des Bäckers, Capdeverre übte sich im Seilspringen, die Mädchen spielten Kaufmannsladen, die Grosmalard bohrte sich in der Nase, die Schlacks lehnten sich aus ihrem Fenster.
Bevor Olivier und David sich trennten, gesellten sie sich zu ihren Freunden und hörten sich an, was inzwischen geplant worden war. Alles drehte sich um den Boxkampf. Ernest, der Sohn Ernests, hatte sich bereit erklärt, Schiedsrichter zu sein. Amar und Chéti, die Amateurboxer waren, würden ihn beraten. Anatole Leimtopf schien seines Sieges so sicher, daß er das Training verschmähte. Er konnte auf den Händen gehen und verfehlte keine Gelegenheit, um vor seinem Rivalen zu prahlen. Elie fragte Olivier und David:

»Na, wie war's auf dem Kaff?«
»Das geht dich gar nichts an«, sagte Olivier, denn das Wort »Kaff« ärgerte ihn.
»Bei den Kuhbauern...«
»Die blödeste Kuh bist du!« erwiderte David.
»Habt ihr 'ne Gans gesehen und rosa Ferkel und Stiere und Bullen?« wollte Riri wissen.
»Klar, und noch 'ne Menge Sachen mehr«, sagte David mit vielsagender Miene.
Olivier fügte hinzu:
»Das erzählen wir euch vielleicht ein andermal. Aber jetzt muß ich nach Hause. Tschüß ihr alle!«
David und Olivier zwinkerten sich zu, und dann schnitten sie Grimassen, die den anderen gelten sollten. Wie immer, wenn sie sich trennten, schüttelten sie sich ein wenig zeremoniell die Hand.
»Salut, David!«
David zog die Nase kraus, wiegte sich in den Hüften, und seine Augen strahlten.
»Salut, Kumpel!«

Capdeverre trainierte, umgeben von seinen Anhängern und Pflegern, lief, streckte Hanteln, übte sich im Schattenboxen oder kämpfte mit der flachen Hand gegen freiwillige Sparringpartner. Saint-Paul brachte einen Kartoffelsack, den man mit Sand füllte, und der als Punchingball dienen sollte, aber wo könnte man ihn aufhängen? Monsieur Boissier protestierte, als er ihn an seinem schönen Klempneraushängeschild befestigt sah. Dann fiel die Wahl auf den Laternenpfahl an der Ecke der Rue Bachelet, aber die Knalltüten verhohnepipelten sie derartig, nannten sie »Wurstpellensammler«, »Sackaffen« und »Bananenpflücker«, daß sie es aufgeben mußten.
»Kinder, ich habe eine Idee!«
Wer sagte das? Bald der eine, bald der andere. Die Kinder legten all ihre Habe zusammen und brachten Capdeverre

jeden Tag ein Paket gehacktes Pferdefleisch, das er verschlingen mußte, oder Zuckerwürfel aus den Dosen ihrer Familien.
Olivier bekam von seiner Mutter einen abgetragenen Schlafrock geschenkt, den die in der Nähkunst bewanderten Lili und Zouzou auf die Größe des Boxers zurechtschnitten, Jack Schlack fand in einer Mülltonne eine Emailleschüssel, deren Löcher man mit Kitt stopfte, Tricot erbot sich, einen Wassereimer zu bringen, Toudjourian lieferte Handtücher, Saint-Paul einen Küchenschemel, und die Mädchen spielten Krankenschwestern.
»Was hecken die bloß schon wieder aus?« fragte sich Madame Haque.
Während dieser Vorbereitungen fuhr Schnittchen unbeirrt mit seinem Roller die Rue Labat herunter. Die Apachen ignorierten ihn, hofften nur, er würde den Passanten auf die Nerven gehen oder endlich einmal eine schöne Bruchlandung machen.
»Und der Boxring?« fragte David.
Das hatte man ganz vergessen. Nach einigem Verhandeln mit den Knalltüten wurde beschlossen, vier Pfähle in die lockere Erde vor Monsieur Aarons Schlächterei zu rammen. Elie würde sich ein paar Matratzenrahmenseile von seinem Vater ausleihen. Der Ring sollte erst im letzten Moment aufgebaut werden.
»Der Capdeverre fängt an, sich ganz schön dickezutun«, fand Olivier.
»Ist doch normal für einen Champion«, meinte David.
»Vielleicht bin ich stärker als er. Und du auch.«
Man redete nur noch vom Boxen, und die Namen der berühmten Vorbilder waren in aller Munde: Criqui, Young Perez, Gene Tunney, Marcel Thil... Man warf mit Fachausdrücken um sich wie Schwinger, Jab, Linkshaken, Gerade, Uppercut, Knockout, aber in welche Gewichtsklasse sollte man die Kämpfer einreihen? Capdeverre und Anatole entsprachen keiner der Kategorien wie Leicht-

gewicht, Federgewicht, Fliegengewicht, oder Halbfliegengewicht. Amar bezeichnete sie als »Mikrobengewicht«, was ihnen gar nicht gefiel.
Am Tag vor dem Match hatte Olivier es so satt, sich Capdeverres Prahlereien anzuhören und ihm zuzuschauen, wie er sich aufplusterte und den Muskelprotz spielte, daß er zu David sagte:
»Komm, wir verduften.«
»Aber... die anderen?«
»Die können uns mal...«
Olivier schlenderte laut pfeifend die Rue Labat hinunter, während David sich noch einmal nach Capdeverre und seinen Trainern umdrehte. Monsieur Zober ging gerade heim, die Hand auf Giselles Schulter gelegt, und fragte:
»Wo gehen sie hin, die beiden Freundchen da?«
»Nicht weit, Monsieur Zober«, beteuerte Olivier.
Ein Schneider, der in der Rue André-del-Sarte einen Laden hatte, beschäftigte Isaak mit kleinen Arbeiten.
»Von der Hand in den Mund«, pflegte er zu sagen, da er diesen Ausdruck entdeckt hatte, »so leben wir, von der Hand in den Mund!«
Er war sehr stolz, einem englischen Touristen mit einer Auskunft geholfen zu haben, was ihn vorübergehend in seinem Selbstbewußtsein gestärkt hatte. Im übrigen flüchtete er sich oft in sentimentale Träumereien, wenn die täglichen Sorgen ihn plagten. So stellte er sich vor, er käme in einer Limousine vor dem Kurzwarenladen an, ein Chauffeur in Uniform öffnete ihm die Tür, er stiege aus, Virginie erschiene in einem Nerzmantel, er helfe ihr in den Wagen und führe mit ihr nach Deauville. In diesem Traum verloren, lächelte er einen Augenblick in Glückseligkeit, doch dann verfinsterte sich plötzlich die rosige Wolke. Er blickte Esther an, machte sich stumme Vorwürfe, und sagte zu ihr:
»Du wirst sehen, wir werden gehen nach Amerika, und

wir werden haben viel Geld, was uns wird machen glücklich, und keine Sorgen nicht mehr, und du wirst haben einen Pelzmantel und ein Auto und was weiß ich. Warte nur, wann wird kommen zurück der Samuel. *Good Morning*, Samuel, werde ich sagen zu ihm...«
David und Olivier traten ins Café *L'Oriental*, wo es immer so laut und betriebsam war und so schön nach Kaffee, Tabak, Anis, Bier und Aperitiven roch. Die Schwierigkeit war, bis zum Billardtisch zu gelangen, ohne von den Kellnern bemerkt zu werden, die einem mit ihren feuchten Tüchern vor die nackten Beine knallten. Es gelang ihnen, und sie bewunderten die Spieler, wenn sie die Spitzen ihrer Stöcke mit blauer Kreide einrieben und dann kunstvoll die weiße Kugel stießen, so daß sie die beiden anderen berührte. Das Klicken der Kugeln war angenehm zu hören. Auf einem Rechenschieber markierte man die Punkte mit der Stockspitze. Fast eine ganze Partie sahen sie sich an, doch dann rief der Wirt von der Theke: »Los! Raus mit euch!«
Gegenüber bot die Apotheke Gié viel Sehenswertes: Riesige, flammenförmige rote, grüne und gelbe Glasbehälter, daneben kleinere, in denen Ringelnattern, Blindschleichen und Frösche saßen, ein buntbebildertes Plakat mit allen eßbaren Pilzen, links davon die Reklame für *Kruschensalz* mit dem jugendlich munteren Greis, und rechts die der *Thermogenwatte* mit dem Feuerbläser. Nahe der Eingangstür hing ein Schild an der automatischen Waage, auf dem zu lesen stand: »Außer Betrieb – Auskunft im Laden.« Olivier trat beherzt ein.
»Tag allerseits, also die Waage geht nicht?«
»Wolltest du dich wiegen?« fragte die Apothekerin, eine weißhaarige Dame.
»Ja, Madame, und mein Freund hier auch.«
Sie wies auf eine andere nicht automatische Waage mit zylindrischen Schiebegewichten aus Kupfer und graduierten Stangen.

»Steig da drauf, und du siehst Montmartre.«
»Aber ich habe nur zehn Sous«, sagte Olivier. »Wir könnten uns zusammen wiegen.«
»Und dann durch zwei teilen?« fragte die Dame lachend.
Das Ergebnis waren 26 kg und 250 g für Olivier und genau 24 kg für David, der als guter Rechner das Gesamtgewicht von 50 kg 250 g kundgab, denn auf die Summe kam es ihnen vor allem an. Die Apothekerin fand die Idee spaßig und wog sie noch einmal zusammen. Aber das Fünfzigcentimestück, das Olivier ihr reichte, schlug sie ab und schenkte sogar jedem von ihnen eine *Roy Soleil* Pastille. Die Kinder dankten ihr überschwenglich.
»Das war ein gutes Geschäft«, sagte Olivier, und als er die Reliefinschrift auf der Schaufensterscheibe neben dem großen Thermometer gelesen hatte, fügte er hinzu: »Es ist eine Apotheke erster Klasse!«
Nach dem Warenhaus *La Maison Dorée*, wo es einen Teesalon und ein Kasperletheater gab, kamen sie nach Château Rouge. Vor der Metrostation hatte sich eine Menschenmenge um einen Banjospieler versammelt, der »Geh, ohne dich umzuschauen« sang, während seine Gefährtin die Notenblätter mit dem Text verkaufte.
Sie hörten einen Moment zu, sangen mit im Chor der Schaulustigen, und dann durchliefen sie die Straßen der Umgebung, deren Namen sie auf den Schildern lasen: Doudeauville, Christiani, Polonceau, Rue du Poulet, Rue des Poisonniers, Rue de Suez. Es genügte, die Straßen zu nennen, um ihre Besonderheiten wiederzuerkennen. Einige Namen waren leicht zu behalten wie Rue de la Bonne, Rue des Saules, Rue du Baigneur, Rue Myrha. Sie zählten sich die Namen dieser Straßen gegenseitig auf.
Über den Boulevard Barbès und die Rue Ordener ge-

langten sie zur Place Jules Joffrin, wo eine Fahne auf dem Rathaus des XVIII. Arrondissements wehte. Dort sagte David:
»Komm, ich will dir was zeigen.«
Dies eine Mal war er der Führer. Er ging mit seinem Freund in die Rue Sainte Isaure, um ihm den jüdischen Tempel zu zeigen.
»Siehst du, das ist unsere Synagoge.«
»Ach ja? Also wie unser Sacré-Cœur?«
»Na ja, etwas ähnliches...«
Auf der Fassade, über dem steinernen Buch des Gesetzes, war der sechszackige Davidstern in einen Kreis gemeißelt. Eine Inschrift empfahl, seinen Nächsten wie sich selbst zu lieben. Die Tür befand sich zwischen zwei massiven Säulen, und aus ihr traten zwei Rabbiner im Kaftan, mit langen Bärten und schwarzen Hüten, aus denen Schläfenlocken hingen. Solchen Leuten begegnete man häufig in den Straßen von Montmartre. Olivier blickte seinen Freund an und fand ihn plötzlich sehr geheimnisvoll.
In der Rue Hermel pickte ein Clochard Zigarettenstummel mit einem langen Stock auf und steckte sie dann in eine Blechschachtel. Einmal aussortiert und verkauft, verwandelten sie sich durch eine seltsame Metamorphose in Rotwein und Camembert.
Auf einem Anschlagebrett vor der Sporthalle in der Rue Lamarck klebten die Fotos wild dreinblickender Boxer in makellosen Kampfstellungen. Olivier meinte, Capdeverre sollte sich Bügeleisen in die Boxhandschuhe stekken, denn das habe er einmal in einer Illustrierten gelesen.
»Glaubst du, daß Capdeverre und Anatole sich wehtun werden?« fragte David.
»Das will ich hoffen! Die sollen sich nur beide die Fresse einschlagen.«
Nachdem Olivier seine Gleichgültigkeit gegenüber dem

sich vorbereitenden Ereignis signalisiert hatte, empfand er wieder Reue.

»Laß nur, ich werde dem Capdeverre schon erklären, wie er boxen muß«, prahlte er.

»Ein richtiges Match habe ich noch nie gesehen.«

»Aber ich. Eine Menge sogar«, sagte Olivier, dem eine Lüge mehr oder weniger nichts ausmachte.

Aber er traute sich nicht, David in die Augen zu schauen, weil er fürchtete, er würde sich verraten, und so fuhr er rasch fort:

»Außerdem ziehe ich das französische Boxen vor. Da kann man nämlich auch Fußtritte geben.«

Sie gingen durch die Rue Bachelet, wo ihnen bis zum Match keine Gefahr drohte, und sie winkten sogar ironisch den Knalltüten zu, die emsig schreibend vor einem Haufen Zettel saßen. Auch in der Rue Labat beschäftigten sich die Kameraden vor der Bäckerei mit Schreibarbeiten.

»Kommt und schaut euch mal an, was wir machen, ihr Würstchen!« rief Loulou ihnen zu.

Jeder schrieb mit einem blauen oder roten Farbstift auf einzelne Schulheftseiten, und Loulou laß vor:

Samstagabend um 6 Uhr vor Aarons Schlächterei

GROSSER BOXKAMPF

Capdeverre   gegen   Anatole
(Rue Labat)   (Rue Bachelet)

in zehn Runden von je 3 Minuten
Eintritt: 50 Centimes oder 10 Bonbons

David und Olivier zeigten sich beeindruckt. Olivier verkündete, er würde sich Kohlepapier aus dem Bestellblock seiner Mutter verschaffen und Kopien anfertigen.

»Aber für die Dreiminutenrunden brauchen wir eine Uhr«, sagte er.
»Was du nicht sagst!« erwiderte Toudjourian. »Haben wir längst. Einen Wecker mit'ner großen Glocke drauf, du Klugscheißer!«
»Und du bist ein Blödscheißer!«
»Habt ihr auch einen Gong?« fragte David.
»Nein«, gestand Elie, »den haben wir ganz vergessen.«
»Siehste!« triumphierte David.
»Ach, dann nehmen wir einfach eine Bratpfanne und eine Gemüsequetsche«, erklärte Olivier, und dann sagte er: »Wenn wir nicht da wären, David und ich...«
»He! He!« brüllten die anderen.
Virginie klebte eine große Antituberkulosemarke ans Schaufenster ihres Ladens. Olivier verließ David und die Kameraden.
»Hier bin ich, Mama. Ich hatte ganz irre zu schuften.«
»Da ist eine Überraschung für dich«, sagte Virginie. »Schau, was auf dem Tisch liegt.«
Olivier näherte sich mit einiger Scheu. Es war eine Pappschachtel. Seine Mutter wies ihn an, sie zu öffnen, und er tat es langsam, mit großer Vorsicht, als ob er erwartete, einen Teufel aus der geheimnisvollen Schachtel springen zu sehen.
»Oh! Mama...«
Unter dem Deckel lag ein herrlicher Schulranzen aus vergoldetem Rindsleder. Er nahm ihn heraus, fuhr mit der Hand über die glänzende Oberfläche, hängte ihn sich über die Schulter. Der Riemen war zu lang, aber seine Mutter ließ ihn durch die Schnalle gleiten und paßte ihn an. Dann legte er das Wunder auf den Tisch zurück und drückte auf das Metallschloß. Im Innern fand er in einem der drei Fächer aus dem gleichen Leder eine Tasche mit zwei Federhaltern, einem schwarzen Bleistift, einem Doppelfarbstift mit rotem und blauen Ende, einem Lineal, einem Wischer, einem Anspitzer, einem Radiergummi,

einem graduierten Lineal, einem Winkelmesser und einem Zirkel. Und das alles gehörte ihm! Sprachlos starrte er auf seine Schätze.
»Wenn du damit nicht gut arbeitest...« sagte Virginie und setzte sich an den Tisch. Dann zog sie ihn auf ihren Schoß, herzte und küßte ihn, wiegte ihn wie früher, als er noch ganz klein gewesen war, und er beugte sich an ihr Ohr, an die Stelle, wo der Silberring mit der winzigen Perle hing, und flüsterte: »Danke, Mama, danke!« Erfreut und gerührt dachte er an die Schule, die morgen wieder beginnen würde. Gern hätte er seiner Mutter noch so vieles gesagt, ihr seine Gefühle ausgedrückt, aber er fand keine Worte. Fast glaubte er, vor Freude weinen zu müssen, und er stammelte:
»Du wirst sehen, daß ich auf der Schule... daß ich auf der Schule...«
»Wenn du unter den zehn ersten sein könntest, wäre es schon gut.«
»Ich schwöre es dir!«
»Hmm!« sagte Virginie. »Inzwischen wirst du zuerst mal den Tisch decken, während ich den Kartoffelbrei anrichte. Ich habe Würstchen gekauft.«
»Au fein! Wir werden uns die Wampe vollschlagen«, sagte Olivier.
Und er drückte den schönen Schulranzen an seine Brust.

Mit dem Kampf zwischen den beiden Champions trat die alte Rivalität der Rue Labat und der Rue Bachelet in eine neue Phase, und gleichzeitig krönte dieses Ereignis das Ende der Ferien.
Alles entsprach dem Bild eines wahren Matchs. Die beiden Boxer Anatole (»Da ist er!« brüllte man gemäß den Gepflogenheiten) und Capdeverre (»Da ist der andere!«) erschienen zuerst in Bademänteln, dann mit nacktem Oberkörper, jeder in seiner Ecke, musterten einander

abschätzend, setzten sich, der eine auf eine Kiste, der andere auf einen Küchenschemel, standen wieder auf, hüpften, fuchtelten mit den Fäusten in der Luft, machten Knie- und Armbeugen. Als Boxhandschuhe trugen sie mit Matratzenwolle gepolsterte Fäustlinge.

Gegenüber dem breitschultrigen und untersetzten Capdeverre wirkte Anatole, der ihn um einen Kopf überragte, eher schlaksig und schmalbrüstig. Auf der Waage beim Packer in der Rue Lambert hatte sich für Capdeverre ein Kilo mehr als für Anatole ergeben, aber da Anatole zwei Jahre älter war, kam man überein, daß Alter und Gewicht einander ausglichen.

Der Plan, von jedem Zuschauer Eintrittsgeld zu verlangen, erwies sich als undurchführbar, und so wurde beschlossen, sich mit freiwilligen Spenden zu begnügen. Jedes Lager ernannte einen Delegierten, und bald sah man Schnittchen und Riri, jeder mit einer Mütze in der Hand, beim Einsammeln. Alle Kinder waren anwesend, auch einige Erwachsene, und andere schauten aus den Fenstern.

Loulou und Elie überhäuften Capdeverre mit Ratschlägen und Ermutigungen. In der ersten Reihe hinter den Seilen hockten David und Olivier, Saint-Paul, Toudjourian, Tricot, Jack Schlack und ein halbes Dutzend andere. Die Mädchen der beiden Straßen betätigten sich in der mit einem roten Kreuz markierten Erste-Hilfe-Station vor Monsieur Leopolds Werkstatt. Die gegenseitigen Schmährufe hielten sich in gemäßigten Grenzen, denn es galt, den diesem Kampf angemessenen Ernst zu bewahren.

Der Schiedsrichter Ernest, der Sohn Ernests, wiederholte die ihm von Amar zugeflüsterten Ermahnungen, und die vier Fäuste berührten sich. Sowie der Schlag der Gemüsequetsche auf der Bratpfanne ertönte, ging Capdeverre, den Kopf in die Schulter gezogen, zum Angriff über, und Anatole mußte trotz seiner längeren Armreichweite zurückweichen. Um seine Ehre zu retten, hüpfte er herum, machte ein ironisch ängstliches Gesicht und schnitt den Zuschauern Grimassen.

»Oh, oh! Er spielt die Ballerina!« brüllte Olivier.

»Maul halten!« fuhr Salzkorn ihn an, und dann rief er Anatole mit dumpfer Stimme zu: »Ran an die Brust!«

Alles johlte und grölte. Das ganze Vokabular der Keilereien wurde durchgenommen, und sogar einige neue Ausdrücke wurden erfunden. Der überforderte Schiedsrichter bemühte sich verzweifelt, dem zu einem wahren Wettlauf ausartenden Kampf zu folgen. Die beiden Boxer verfolgten einander, hüpften und tänzelten. Capdeverre war ausgezeichnet, aber es gelang ihm nicht, den geschmeidigeren Anatole zu treffen, der ihn außer Atem kommen ließ. Als der am Gong tätige Lopez das Ende der Runde verkündete, kehrte jeder in seine Ecke zurück, wo er von seinen Pflegern mit großen Schwämmen benetzt wurde.

Die beiden nächsten Runden waren enttäuschend. Pfiffe wurden laut, und Anatole hätte sich beinahe mit seinem Trainer Salzkorn angelegt.

Auf der anderen Seite machte sich Olivier ganz offen über Capdeverre lustig, der ihm eine Tracht Prügel versprach. Als Anatole endlich in der vierten Runde einen direkten Treffer auf die Nase bekam, verlor er die Nerven und versetzte Capdeverre einen Fußtritt. Darauf gerieten sich die beiden Jungen richtig in die Haare, und der Kampf artete in eine Straßenprügelei aus. Ernest wollte intervenieren, wurde jedoch in die Seile geschleudert, und die zerbrechliche Konstruktion brach zusammen. Als Tricot die beiden Kämpfer »Zimperliesen« schimpfte, wäre es zu einem allgemeinen Handgemenge gekommen, wenn Amar nicht eingegriffen hätte. Er erklärte sich bereit, Ernest, der sein Amt niederlegte, als Schiedsrichter zu ersetzen, trennte die beiden Kampfhähne, schickte sie in ihre Ecken zurück, ließ die Pfähle und die Seile wieder

aufbauen und erklärte, jetzt sei ein für alle mal Schluß mit dem Affentheater, und das wahre Match würde beginnen.
»Kommt her, ihr Macher, ich habe euch was zu sagen.«
Er sprach zuerst ein paar versöhnliche Worte, dann las er Capdeverre und Anatole die Leviten und hielt ihnen eine Rede über die Würde des Sports. Von da an wurde es ein wirklicher Boxkampf. Nach jedem Schlagwechsel nahmen die Gegner eine makellose Haltung ein, ließen die Fäuste kreisen und griffen einander wieder an. Capdeverre landete einen Uppercut, Anatole zwei rechte Schwinger, und man klatschte Beifall, aber keiner von ihnen schlug wirklich fest zu. In der sechsten Runde gewann Anatole einen Punktvorsprung dank seiner weiteren Armlänge. Capdeverre hatte seinen Pfleger erklärt, er suche einen K. o.-Sieg, aber niemand glaubte daran.
Es dauerte zu lange. Einige Kinder wandten sich vom Ring ab und boxten unter sich. Die Erwachsenen gingen fort. Amar versprach den Kämpfern richtigen Boxunterricht, falls sie sich beherzter zeigten. Und dann sah man Capdeverre aufs Ganze gehen. Anatole versuchte nur noch, sich zu decken. Die von der Rue Labat schrien sehr laut, und Olivier mußte eingestehen, daß sein Champion gar nicht so schlecht war.
Das Interesse stieg wieder, und man begann gerade die achte Runde, als eine donnernde Stimme ertönte:
»Nein, das ist doch die Höhe! Jetzt schlägt's aber dreizehn! Warte nur, du Schlingel, dir werde ich das Boxen austreiben!«
Capdeverres Vater in Gendarmeuniform, ein kräftiger Kerl von der Größe eines Gardegrenadiers, sprang über die Seile, fiel beinahe der Länge nach hin, was seine Wut noch steigerte, packte seinen boxenden Sprößling bei der Taille, schwang ihn sich unter den Arm und trug ihn fort wie ein ganz gewöhnliches Paket. Capdeverre junior strampelte, schrie und protestierte. Amar hob resigniert die Arme.

»Lassen Sie ihn doch, Monsieur Capdeverre!« bat Olivier.
»Ihr verdammten Rotznasen! Lausebande, Galgenstricke! Strolche!« erwiderte der empörte Vater.
»Aber... aber...« sagte Amar, aber der Polizist war bereits mit seinem Sohn unter dem Arm im Hauseingang 75 verschwunden.
Jetzt herrschte allgemeine Bestürzung. Elie, Jack Schlack, David und Toudjourian erboten sich nacheinander, den entführten Boxer zu ersetzen, aber das verstieß gegen die Regeln, und alle Begeisterung war sowieso hin. Salzkorn hatte die Nerven, Anatoles Arm zu heben und ihn zum Sieger wegen Ausscheidens des Gegners auszurufen.
»Capdeverre hätte gewonnen!« protestierte Olivier.
»Wenn nicht sein Vater dazwischen gekommen wäre«, sagte Elie.
»Nieder mit der Polente!« fügte Loulou hinzu.
Man pöbelte sich an, schlug sich ein bißchen herum, aber ohne Überzeugung. Monsieur Aaron forderte die Kinder auf, alles vor seinem Laden wegzuräumen und sauber zu machen, und die Banden der beiden Straßen trugen die Pfähle, Seile, Eimer, Pfannen und andere Geräte fort.
Die Tage waren merklich kürzer geworden. Schon seit einer Weile verbreitete die Gaslaterne an der Straßenecke ihr flimmerndes Licht. Die Fensterläden wurden geschlossen, außer einer kleinen Gruppe vor der Nummer 78 saß niemand mehr draußen. Die Abende begannen kühl zu werden.
»Olivier, Olivier, marsch ins Bett!« rief Virginie.
»Und du kommst jetzt auch nach Hause!« befahl David seiner Schwester Giselle, die von ihrem Verehrer heimbegleitet wurde.
»Salut, David, bis morgen!«
»Gute Nacht, Olivier!«
»Dieses Match war wirklich ein Affentheater!« sagte sich Olivier. Und morgen fing die Schule wieder an. Zum Glück hatte er den neuen Ranzen. Und die Tasche mit all dem

Zubehör. Das war besser als ein Federkasten. In dem würde er seine Bleisoldaten aufbewahren. Und dann das seiner Mutter gegebene Versprechen, einer der ersten zehn seiner Klasse zu sein, wie sollte er das halten? Als er in den Kurzwarenladen trat, stieß er einen tiefen Seufzer aus.

ZEHNTES KAPITEL

Der schwarze Kittel mit den roten Litzen hing unter dem kurzen Mantel hervor, auf dem der Schulranzen auf- und abwippte. Vorläufig enthielt er nur das Schreibnecessaire, ein Holzlineal, zwei Hefte, ein Löschblatt, sowie die vier Butterkekse für die große Pause, und später kämen noch die neuen Schulbücher hinzu, die man in blaues Papier einschlug, mit einem Etikett in der Ecke, auf dem der Name des Schülers und die Klasse stehen würden.
Trotz seiner Sorgen zottelte Olivier fröhlich in Begleitung Loulous, dessen Eltern beschlossen hatten, ihn Tanzunterricht nehmen zu lassen, Davids, der eine Pelerine und Mütze trug, sowie eine behelfsmäßige Schulmappe, die seine Mutter aus gerripptem Samt und mit einem Griff aus Leinen verfertigt hatte. Die drei hörten nicht auf, stehenzubleiben, sich anderen Buben anzuschließen, von denen sie einige seit dem vorigen Schuljahr nicht mehr gesehen hatten, so daß sie sich fast verspäteten.
Monsieur Gineste stand unter dem Torbogen, begrüßte jeden Schüler, sprach ein paar Worte zu ihm, und viele waren erstaunt, in dieser Menge erkannt worden zu sein. So fragte er David, wie es seinem Vater ginge. Olivier erfuhr später, daß er mit knapper Not versetzt worden war, weil man seinem »Arbeitseifer« Vertrauen schenkte. Das Wort »Arbeitseifer« beeindruckte ihn. Er kam also in Monsieur Alozets Klasse, die David verließ, um in die von Monsieur Fringant befördert zu werden.

»Wie ist Monsieur Alozet?« fragte Olivier seinen Freund.
»Er hat einen Akzent und redet wie Marius aus Marseille, aber du darfst nicht lachen, sonst zieht er dir das Haar über die Schläfen.«
»Gibt er Strafzeilen auf?«
»Noch viel schlimmer! Konjugationen.«
»Da muß ich aufpassen! Und Monsieur Fringant?«
»Weiß ich noch nicht.«
Alles verlief bestens. Jetzt durfte Olivier auf den Hof der Großen. Der Kreidestrich trennte ihn nicht mehr von David. Doch der Klassenwechsel brachte auch Überraschungen. Ende Oktober passierte etwas Unangenehmes für David und für Olivier gab es Grund, erstaunt zu sein. Warum war der Ehrenpreis mit Auszeichnung, David also, nur noch Vierter seiner Klasse, und welches Wunder hatte Olivier auf den elften Platz von einunddreißig gebracht? Monsieur Zober verbarg seine Enttäuschung, und Virginie zeigte ihre Freude, indem sie immer wieder sagte:
»Na siehst du, wenn du willst...«
Zur Belohnung führte sie ihn in den Zirkus Médrano. Die Clowns fand er gar nicht lustig, zog ihnen die Artisten am fliegenden Trapez, die jonglierenden Seehunde, die eleganten Pferde, die gutmütigen dicken Elefanten und die Raubtiere vor. Am nächsten Tag sagte er zu David:
»Wenn ich groß bin, werde ich Löwenbändiger.«
Das Leben ging friedlich weiter, im Rhythmus der Ereignisse auf der Straße, des beginnenden Herbsts, der schulfreien Donnerstage und der gemütlichen Sonntage. Im November gewannen Olivier und David jeder einen Platz. Das Boxmatch war vergessen, und die beiden Straßen warteten nur auf eine Gelegenheit, die Feindseligkeiten wieder aufzunehmen.
Monsieur Zober hatte sich Mäßigung auferlegt und besuchte Virginie wieder von Zeit zu Zeit. Wie zu Beginn ihrer Bekanntschaft zeigte er sich heiter und erzählte lange Geschichten aus seiner Vergangenheit. Aus Furcht

vor einer Zurückweisung vermied er schmachtende Blicke und Anspielungen auf die Dinge des Herzens. Madame Zober war gekommen, um Wolle zu kaufen, und die beiden Frauen hatten über die Kinder geplaudert, über ihre Freundschaft und die gemeinsamen Schularbeiten im Hinterzimmer oder bei den Zobers, und auch über die große Giselle, von der Esther sagte: »Sorgen sie macht mir wie was weiß ich!« Wenn Virginie von den Zobers sprach, fügte sie stets hinzu: »Sie sind hochanständige Leute!«
Wann immer sie konnte, kam Madame Rosenthal, um mit Virginie zu stricken oder zu häkeln. Zuweilen brachte sie eine ihrer Töchter mit, und dann wurde viel gelacht. Der Frohsinn Virginies war so ansteckend, daß Madame Rosenthal sich manchmal gehen ließ und mit ihr einen Schlager sang. Sie lieh ihr Romane von Myriam Harry, Henry Duvernois oder Colette. Virginie hatte eine Vorliebe für Liebesgeschichten, und da Olivier sie so oft lesen sah, tat er es ihr nach und entdeckte auf diese Weise zwei Bücher der Comtesse de Ségur.
Ständig hörte man von der anderen Straßenseite das Lachen und Singen der Wäscherinnen, als ob das Waschen und Bügeln all der Wäsche sie in gute Laune versetzte. Wenn ein Straßensänger seine Schauerballaden zum besten gab, warf man ihm eine in Zeitungspapier gewickelte Münze zu, und dann sang er zum Dank noch ein Lied. Und immer wieder kamen wie erwartet die herumziehenden Handwerker und Händler wie der Scherenschleifer, der Glaser, der Lumpensammler, der Zeitungsausrufer, die Vogelfutterverkäuferin mit ihrer Miere, oder der Ziegenführer, bei dem man Käse und frische Milch kaufte.
Von Zeit zu Zeit verfiel Virginie ganz ohne Grund in Schwermut, meist wenn sie es am wenigsten erwartete. Und da sie an einer leichten Herzschwäche litt, hielt sie sich die Hand an die Brust, sprach von einem Schmerz,

fühlte sich einer Ohnmacht nahe, sagte dann, es sei nichts und erholte sich wieder. Madame Rosenthal vertraute sie sich an:
»Alles ist zu schön, um so zu bleiben...«
»Nichts bleibt ewig, Virginie, aber wir haben noch viele schöne Jahre vor uns.«
»Wer weiß das schon?«
»Ach, immer diese Vorahnungen! Seien Sie doch vernünftig. Ihr Herz... das ist wahrscheinlich nur eine kleine Tachykardie. Fragen Sie mal Dr. Lehmann.«
»Es ist nichts, aber was wollen Sie... dieses Gefühl ist stärker als ich.«
Dann verschwand die schwarze Wolke, und die Sorglosigkeit kehrte zurück. Virginie warf einen Blick in den Spiegel, der ihr ein so schönes Bild zeigte. Viel Geld hatte sie nicht, aber sie kam ganz gut zurecht. Und sie hatte ihren Olivier. Auf die Trübsal folgte die Ausgelassenheit, und um Madame Rosenthal zu erheitern, ahmte sie die Frauen der Straße nach, Madame Haques schwerfälligen Watschelgang, Madame Papas zimperliches Getue, die Küchentrulle beim Schnupfen einer Prise Tabak, die betrunkene Adrienne, Madame Murers boshaftes Keifen, die Grosmalard, wenn sie die Fäuste in die Hüften stemmte, und sie wechselte ohne Übergang von einer Person auf die andere über, spielte die Verrückte oder die Neckische.
»Wie jung Sie sind, Virginie!«
Schlußendlich war es die so viel ernsthaftere und nachdenklichere Madame Rosenthal, die bei ihrer Freundin Trost und Ermutigung fand, denn Virginie vergaß trotz ihrer vorübergehenden Depressionen nie, daß es gegen die Übel des Daseins kein besseres Heilmittel als das Lachen gab.
In der Straße waren diese Übel nur allzu gegenwärtig. Die Wirtschaftskrise und die Arbeitslosigkeit nahmen überhand, und so manche begaben sich heimlich und verschämt in die Volksküche auf dem Boulevard Ney oder

holten sich eine Schüssel Suppe auf der Place du Tertre bei der Heilsarmee oder der freien Kommune, die auch Hilfe spendete, wie den »Bouillontopf für die Alten«, der von einer Kantinenwirtin ausgeschenkt wurde. Manchmal kamen auch Künstler und Chansonniers dorthin, um Zerstreuung zu bieten.

Jetzt fürchteten die alten Leute vor allem den Winter. Um Kohle zu sparen, sammelten sie Kistenbretter auf den Märkten und auch Gemüseabfälle, die noch eßbar waren. Man wärmte sich im Café bei einer Tasse *Viandox*, in die man einen Brotkanten tunkte, und man blieb so lange wie möglich. Aber die Leute beklagten sich nicht, sagten, es könnte schlimmer sein, es würde nicht ewig dauern, es sei nur eine etwas schwere Zeit, die man durchstehen mußte, und man dürfe nicht die gute Laune verlieren. Solange man gesund ist, nicht wahr? Und dann trösteten sich einige mit der allem Unheil trotzenden Schlagfertigkeit des Pariser Argots, oder indem sie einem noch Unglücklicheren halfen.

Die Ärmsten sprachen von ihren Nöten, um die »Not« nicht beim Namen zu nennen. Gewiß, hie und da lehnte man sich in Beschimpfungen gegen die Ungerechtigkeit des Schicksals auf. Wie Bougras, der der Gesellschaft alle Schande sagte, Gerechtigkeit statt Barmherzigkeit forderte, die Machthaber anklagte und sowohl die Verantwortlichen als ihre willigen Opfer schmähte. Er legte sich mit allen an, einschließlich sich selbst. Wenn Gastounet vor seiner Tür vorbeikam, überhäufte er ihn mit Beschimpfungen, oder er stellte sich vor das Polizeikommissariat und ereiferte sich in lautstarken Wutreden gegen die »Polypen«, die Pfaffen und die Säbelraßler, was ihm manchmal eine Nacht auf der Wache einbrachte. Am Morgen verließ er das Revier mit rächendem Gelächter.

»Himmeldonnerwetter, nochmal!« brüllte er dann, und das war der Beginn neuer Fluchreden, in denen sich Zorn und Humor, Wut und Witz mischten.

Am Sonntagnachmittag ging Virginie mit David und Olivier ins Kino, ins *Marcadet Palace*, ins *Montcalm* oder ins *Barbès Palace*. Sie nahm die billigsten Plätze in den ersten fünf Orchesterreihen. Viele machten es wie sie und setzten sich im Laufe der Vorstellung auf die teureren Plätze. In der Pause kaufte sie den Kindern stets eine Orange Marke *Valencia*, und auf dem Heimweg diskutierten die von den Bildern berauschten Buben über den Film. Während sie Abenteuerfilme vorzogen, liebte Virginie die Liebesgeschichten wie *Bettelprinz, Liebesparade, Törichte Jugend* oder *Illusionen*. Die Kinder wunderten sich über seltsame Titel wie *Tarakanova* oder *Das grüne Gespenst*, wünschten sich Rächer und Helden zu sein, während die schöne Kurzwarenhändlerin sich in die Rollen ihrer Lieblingsschauspielerinnen Marcelle Chantal, Danièle Parola oder Jeanette Mac Donald versetzte.

Mit den Kindern des Stadtviertels folgten David und Olivier den Läufern des *Cross Country de la Butte*, wohnten dem Ballonaufsteigen bei oder besuchten eine Gratiskinovorstellung für die Stadtjugend. In einem gemeinsamen Universum vereint, verständigten sie sich ohne Worte, nur durch Blicke und Zeichen. Zwischen ihnen hatte sich eine Art von Mimikry gebildet, durch die sie sich trotz ihrer Verschiedenheit ähnelten. Wenn sich Davids Versonnenheit auf Oliviers Gesicht widerspiegelte, so übertrug dieser wiederum auf ihn seine Sorglosigkeit und seine Gabe, sich an allem zu vergnügen. Es schien, als könnte nichts sie je voneinander trennen.

An jenem Sonntag verweilten Isaak und Esther Zober in langem Schweigen. Sie hörte nicht auf, zu stopfen und zu nähen, zu waschen und zu putzen, zu scheuern und Staub zu wischen, die gleiche Geste zehnmal zu wiederholen. Er saß, die Zigarettenspitze in der Hand, ließ die Asche zu Boden fallen. In Träume versunken, die Augen halb geschlossen, lächelte er starr und ekstatisch vor sich hin.

»Deine Asche, Isaak... und der Aschenbecher, du siehst ihn nicht.«
Er entschuldigte sich auf Jiddisch, dann auf Französisch, einem Französisch mit starkem Akzent, das fast wie seine Muttersprache klang.
»Esther, wir werden trinken ein Glas Wein, nur du und ich, und wir werden trinken auf gute Gesundheit. *Le-Chajm*!«
»*Le-Chajm*! Isaak.«
Sie tranken langsam einen Schluck, blickten sich über die Gläser an. Esthers braune Augen errieten die Gedanken ihres Mannes.
»Manchmal ich bin wie meschugge mit all den Sorgen, was auf uns kommt zu, Esther!«
Seine Augen waren feucht, seine Stimme unsicher. Sie schmiegte in einer mütterlichen Geste ihren Kopf an seine Hüfte.
»Isaak, solange wir sind da, wir beide... und so viele Sachen, was du denkst in deinem Kopf und was du kein Wort nicht sagst.«
»Wir werden gehen fort von hier, Esther«, sagte Isaak ernst und betrübt.
»Ja, Isaak.«
Dann schwiegen sie wieder. Samuel war auf der *Ile de France* aus New York zurückgekehrt und hatte Monsieur Zober in ein jüdisches Restaurant im Viertel des Sentier eingeladen. Während der Mahlzeit hatten sie von diesem und jenem gesprochen, während sie sich das Huhn mit Knoblauch schmecken ließen, und erst beim Kaffee war Samuel auf sein eigentliches Anliegen gekommen:
»Isaak, du weißt, daß ich dich wie einen Bruder liebe. Deine Kinder sind meine Kinder, und ich will, daß deine Giselle und dein David ein gutes Leben haben. Ich war bei Simon Apelbaum, und wir haben von dir gesprochen. Da wir wissen, wie arbeitsam und mutig du bist, haben wir uns einige Gedanken über dich gemacht...«
»Danke, Samuel.«

»Laß mich ausreden. Meine Geschäfte gehen gut. Ich brauche ein Büro in New York, nicht weil es dort besonders viel zu tun gäbe, sondern um eine Adresse zu haben. Das werde ich dir noch erklären. Und nun schlage ich dir folgendes vor: Du wirst mit Apelbaum arbeiten, das ist abgemacht. Du bekommst eine schöne Wohnung im Gebäude der Fabrik. Gleichzeitig wirst du mein Korrespondent sein. Darum könnte sich übrigens Giselle bekümmern. Und du wirst dort gut verdienen.«
Monsieur Zober hatte mit höchster Aufmerksamkeit zugehört. Es war, als wenn ein alter Traum sich von den anderen löste, um Wirklichkeit zu werden. Und dieser Traum sagte zu ihm: »Isaak, wenn du dich jetzt nicht entschließt, dann bleibe ich ein Traum, und du verwandelst dich in eine Salzsäule!«
Samuel fuhr fort:
»Die Überfahrt werdet ihr auf der *De Grasse* machen, aber nicht als arme Emigranten, sondern in der zweiten Klasse. Die Schiffskarten besorge ich, jawohl, ich schieße dir das Geld vor, und von Schulden werden wir später reden. Und wie du mir alles zurückzahlen wirst! Ich rechne fest damit. Jeden Monat ein bißchen, ohne daß du es merkst, und in gar nicht langer Zeit hast du keine Schulden mehr und ein dickes Sparkonto auf der Bank...«
»Und die Zinsen, Samuel, du mußt nehmen Zinsen!«
»Meine Zinsen sind für deine Familie, Isaak. Ich werde euch hier sehr vermissen, aber ich komme euch jedes Jahr in New York besuchen... Und eines Tages werdet ihr sagen: Schon wieder der Samuel, der Esthers gutes Essen kosten will!«
»Ach! Niemals werden wir das nicht sagen.«
»Ich mache doch nur Spaß, Isaak. Siehst du, was dir fehlt, und was du unbedingt wiederfinden mußt, ist ein frohes Lachen. Ich will nicht, daß man von dir und Esther sagt: Er ist ein Jeremias, und sie... ist auch ein Jeremias! Sei fröhlich von jetzt an. Dein Glück beginnt nicht am anderen

Ende des Ozeans, sondern hier, und sage dir, daß ein Übel, dem man mit Geld abhelfen kann, kein Übel ist.«
»Du gießt mir die Sonne in das Herz, Samuel, wenn du redest mit deiner Stimme so schön französisch und korrekt und was weiß ich. Aber ich muß denken an David, was er arbeitet so gut in der Schule...«
»Mach dir keine Sorgen um ihn. Er wird sich schneller anpassen als du, und du wirst bald seine Fortschritte feststellen können. Natürlich wird er seine Studien fortsetzen, und er wird es weit bringen, dein Junge, du wirst sehen.«
»Hier wir könnten sein zufrieden, wenn es nicht würde sein, daß es keine Arbeit nicht gibt.«
»Ergreife deine Chance, sie kommt nicht wieder.«
»Und wie ich sie werde ergreifen, die Chance!«
Welch ein Freund, dieser Samuel! Aber wie hätte Isaak lachen können? Trotz seiner Armut liebte er diese Straße, dieses Stadtviertel und darüber hinaus dieses gastliche Land, von dem er geglaubt hatte, es sei das Land seiner letzten Chance. Ihm gegenüber kam er sich undankbar vor. Kaum hatte er begonnen, sich französisch zu fühlen, da sollte er ein Amerikaner werden. Und dann lebte er in Gedanken immer noch mit dem Bild der schönen Kurzwarenhändlerin, die so lieblich anzuschauen war, und die so charmant zu plaudern wußte.
Er schüttelte den Kopf, legte seine Zigarettenspitze hin und sagte zu Esther, die ihm den Kopf streichelte:
»Wir werden nichts sagen jetzt gleich zu den Kindern nicht. Der David, er wird sich grämen und unglücklich sein, wenn er wird müssen verlassen seinen Freund Olivier und die Schule.«
»Was du sagst, Isaak, so wird es gemacht.«
»Und wenn wir werden sein dort drüben, das schwöre ich dir, wir werden uns nie mehr rühren vom Fleck nicht, und die Zobers, sie werden sein wie ein junges Paar, was beginnt ein neues Leben.«

Nach dem Essen mit Samuel, als sie durch die Rue Réaumur geschlendert waren, hatte er Fröhlichkeit vorgetäuscht, mit einem spaßhaften amerikanischen Akzent gesprochen, den Yankee gespielt und getan, als rauche er eine dicke Zigarre. Jetzt wollte er Esther das gleiche vorspielen, aber das Herz war nicht dabei. Wahrscheinlich, so sagte er sich, war er noch nicht unglücklich genug, um wirklich komisch zu sein. Und bei diesem Gedanken mußte er lächeln, dann über sich selbst lachen, und er lachte so laut, daß Esther ihrerseits fröhlich zu glucksen begann. Und dann sagte sie:
»Wenn man ist mit dir, Isaak Zober, man fängt immer wieder an das Leben. Was man muß haben, ist nur Mut. Und dann lacht man, und das macht voll den Koffer.«
»Ehrenwort! Danach es wird nicht mehr geben kein Zügeln nicht.«
Isaak trat ans Fenster, schob die Scheibe hoch und blickte auf die streunenden Katzen, die einander zwischen den Blumentöpfen nachjagten. Die Mauer gegenüber zeigte einen tiefen Riß. Bald fühlte er sich jung, bald alt und verbraucht. Wie in einem verschwommenen Film zogen rasche Bilder vor ihm vorüber, zuerst die jener Orte, in denen er gelebt hatte, und dann waren es Visionen der Zukunft: Unter einem blauen Himmel glitt ein Ozeandampfer an der Freiheitsstatue vorbei, und im Hintergrund ragten die Wolkenkratzer auf. Doch dann kehrte er wieder in die Rue Labat zurück, die David und Olivier Hand in Hand überquerten. Ein Seufzer, der einem Schluchzen ähnelte, stieg in ihm auf. Seine Augen blieben trocken, aber in seinem Innersten weinte etwas sehr leise.

»Olivier!«
»David!«
Der Winter war ganz plötzlich gekommen. Sie beide trugen die gleichen Kapuzenpelerinen, die ihre Eltern im *Palais de la Nouveauté* gekauft hatten. Olivier hatte darun-

ter den von seiner Mutter gestrickten Pullover an, während David in mehreren Schichten viel zu enger Trikots steckte. Der langsam fallende, tanzende Schnee bedeckte die Straße wie ein auf den Mund gelegter Finger, der Schweigen gebot, um sein Geheimnis zu wahren.

Ein neues Jahr hatte begonnen, und die Kinder liebten den diesen Beginn begleitenden Schnee. Nach der Schule hatten sie sich mit Schneebällen beworfen, die sie auf den Dächern und Kühlerhauben der Autos auflasen, und die Schlacht wurde bis in die Rue Labat fortgesetzt, wo die Mädchen sich dem Spiel anschlossen. Sie trugen kurze Woll- oder Ziegenfellmäntel, die ihnen kaum die Schenkel bedeckten, Baumwollstrümpfe, Häubchen oder Zipfelmützen, und sie alle, Lili, Chamignon, Sarah, Myriam, griffen in den Schnee, um sich gegen die ihnen hart zusetzenden Jungen zu wehren. Toudjourian schob den Achtlosen Schneebälle in den Nacken, Jack Schlack, Elie, Riri, Capdeverre, Saint-Paul verwandelten die Straße in ein Schlachtfeld. Vor Aarons Schlächterei hatten Anatole Leimtopf, Salzkorn, Schnittchen und die anderen einen Schneemann gebaut, den sie mit einem Besen und einem Hut schmückten.

Vor den Hauseingängen traten sich die Leute die Füße ab und schüttelten ihre Mäntel. Frauen mit Kopftüchern, einem Einkaufskorb unter dem Arm, mit roter Nase und Handschuhen, unter denen sich Frostbeulen verbargen, eilten heim, um sich am Ofen zu wärmen. An den Fenstern schoben einige die Gardinen zurück, blickten auf den fallenden Schnee und verstanden nicht, warum er den Kindern eine solche Freude bereitete. Die Portiersfrauen schippten den Schnee von ihren Gehsteigen, und das Scharren ihrer Schaufeln hob sich von der Stille ab.

»Gehen wir spazieren?« schlug Olivier seinem Freund vor.

»Wenn du willst...« sagte David.

Er traute sich nicht zu erzählen, daß das eiskalte Wasser

durch seine durchlöcherten Sohlen drang. Olivier hatte Stiefel an, die ihn gut schützten. In der Rue Caulaincourt waren die Bäume kahl. Hie und da hing noch ein welkes Blatt an einem Zweig und hinterließ einen Eindruck von Zerbrechlichkeit. Die Autos spritzten Schlamm auf, die Pferdewagen fuhren langsam und vorsichtig. Unter dem Schnee wanderten David und Olivier in einer Märchenlandschaft.

Auf der Schule hatte David sich seinen zweiten Platz zurückerobert, und Olivier war um einen Platz vorgerückt. Der Weihnachtsmann hatte Olivier ein Kegelspiel gebracht und im Auftrag der Tante Victoria einen Baukasten mit bunten Holzklötzen. Für David war es nur die Pelerine gewesen, in deren Kapuze die Spielkameraden aus Jux Papierkugeln stopften. Auf der Straße wurden Neujahrswünsche und Küsse ausgetauscht.

Während sie durch den Schnee stapften, bemühte David sich zu vergessen, was seine Schwester Giselle ihm angedeutet hatte:

»Ich weiß etwas, das du nicht weißt.«

»Entweder du sagst es, oder du sagst es nicht.«

»Wenn ich will, sage ich es, und wenn ich nicht will, sage ich es nicht.«

Schließlich hatte sie ihm zugeflüstert: »Wir gehen nach Amerika«, aber da er es nicht glauben wollte, hatte er es als eine Phantasie seiner flunkernden Schwester abgetan. Warum jedoch hatte seine Mutter den Koffer aus dem Schrank geholt und die Koffertruhe aus dem Keller heraufgeschleppt? Und warum verbrachte sie all ihre Zeit mit dem Aussortieren von Wäsche?

Sie erreichten die Place du Tertre, die im Sommer so belebt und jetzt ganz verödet war, mit Ausnahme eines Kastanienverkäufers mit Lederschürze, der auf seine glühenden Kohlen blies und »Heiße Maroni!« rief. Niemand hatte daran gedacht, den Schnee wegzuschaufeln, und sie kamen nur mühsam voran.

Aus einem Hauseingang drang eine Dampfwolke. Die Heilsarmee verteilte Suppe an die Armen, die sie mit allen möglichen Gefäßen holen kamen, mit Milchkannen, Kochtöpfen, Feldflaschen. Die beiden Kinder froren und drängten sich hinter die Tür. Eine Salutistin reichte ihnen einen Becher mit Fleischbrühe, die ihnen köstlich schmeckte.

»Jetzt sind wir Bettler! Die reinsten Pennbrüder!« sagte Olivier vergnügt.

»Erzähle das aber nicht meiner Mutter«, bat David.

Plötzlich regte Oliviers Phantasie ihn zu einer absurden Idee an, und er verkündete:

»Jetzt stecke ich mir mal die ganze Kälte ein, dann gibt's keine mehr.«

Eine eisige Bö ließ die Schneeflocken auseinanderstieben. Olivier öffnete den Haken seiner Pelerine, bot seinen Körper dem kalten Wind und rief herausfordernd:

»Die Kälte macht mir keine angst! Die Kälte macht mir keine angst!«

Die Kälte drang ihm in die Augen, die Nase, die Ohren, unter die Haut, prickelnd und beißend, und er begann am ganzen Körper zu zittern. Aber er konnte sich nicht vorstellen, daß die Kälte zugleich in ihm war und doch draußen blieb.

»Manchmal spinnst du gewaltig«, sagte David. »Du bist total übergeschnappt. Zieh dir deine Pelerine an!«

Olivier schwang die Pelerine mit weit ausholender Geste über seine Schultern und prahlte:

»Immerhin bin ich stärker als die Kälte!«

Sie begegneten Kindern, die einen Schlitten gebaut hatten, und bewarfen sie mit Schneebällen, aber es kam zu keiner Schlacht. Die anderen spielten nicht mit jedem Beliebigen. Dann stiegen sie die Becquereltreppe hinunter, gingen die Rue Custine entlang, darauf die lange Rue Doudeauville bis zur Eisenbahnbrücke der Nordbahn, wo der Schnee ihnen langsamer zu fallen schien.

Auf dieser Brücke erfanden sie ein neues Spiel. Sie stellten sich über die Bahnlinie, wo sie den grauen Rauch der Lokomotive direkt ins Gesicht bekamen und sich einen Augenblick lang nicht mehr sehen konnten, und während ihre Körper in diesem Dampf verschwanden, erlebten sie die Angst, sich zu verlieren. Dann befreite sie der Wind, und sie fanden sich wieder wie nach einer abenteuerlichen Reise. Sie blieben eine Weile auf der Brücke und betrachteten all die den weißen Schnee durchfurchenden Gleise.

Eine Zeitlang hatten diese Spiele sie die Kälte vergessen lassen. Doch jetzt fühlten sie sie um so stärker. Frostschauder schüttelten Olivier, und seine Zähne klapperten. Davids Füße waren wie erfroren. Der Wind rüttelte an den Aushängeschildern und drang in die Pelerinen. Olivier hatte seinen Kampf verloren, und sie machten sich mit eingezogenen Schultern auf den Heimweg, ohne ein weiteres Wort zu wechseln.

In der Rue Labat gerieten sie in einen wahren Schneesturm. Bougras, der sich den Kopf in allerlei Tücher gewickelt hatte, begegnete ihnen und rief ihnen zu:

»Kinder, ist das eine Affenkälte! Geht mal schnell nach Hause!«

David rannte zur Nummer 73, und Olivier trat in den Kurzwarenladen. Im Hinterzimmer hackte Virginie Petersilie mit einem Wiegemesser. Der Ofen war auf Rotglut geheizt, und doch zitterte Olivier noch lange. Er wiederholte Bougras' Worte:

»Ist das eine Affenkälte!«

Virginie hängte die Pelerine zum Trocknen über eine Stuhllehne. Dann schürte sie das Feuer an und legte Kohle hinzu. »So ein Hundewetter!« sagte sie, und Olivier dachte an Papa Poileaus Gefährten, der so gern im Schnee tollte. Und wieder prahlte er, erklärte seiner Mutter, er habe keine Angst vor der Kälte. Dabei zitterte er noch immer. Sein Kopf war heiß und sein Körper wie Eis.

Virginie legte ihm ihre kühle Hand auf die Stirn und rief entsetzt aus:
»Mein Gott... du brennst ja wie Feuer! Du hast Fieber? Du wirst mir doch nicht etwa krank werden?«
Sie wärmte Milch in einem Topf auf, fügte Orangenblütenextrakt hinzu. Olivier trank langsam. Der Hals tat ihm weh, und er hatte Mühe zu schlucken. Seine Mutter blickte ihn besorgt an. »Mach den Mund auf, streck' die Zunge raus und sage Ah«, befahl sie, und dann inspizierte sie seinen Rachen mit einer Taschenlampe.
»Du gehst sofort ins Bett«, sagte sie. »Ich werde deine Temperatur messen und dir ein Senfpflaster machen.«
»Ach, Mama, es ist ja nichts. Gestern hatte ich auch Fieber, und dann war es vorbei.«
»Und du hast mir nichts gesagt! Du wirst dich jetzt gleich in mein Bett legen.«
»Kann ich die Illustrierten lesen? Kommt David mich besuchen?«
»Das werden wir sehen.«
Zu sich selbst fügte sie hinzu: »Das hatte gerade noch gefehlt!« Sollte sie ein Omelett machen oder lieber eine Tapiokasuppe? Beunruhigt vertröstete sie Olivier:
»Du wirst sehen, wie gut ich dich pflegen werde. In meinem Bett hast du es bequem, du kannst lesen und Radio hören, und ich werde dich verhätscheln. Der wahre Hahn im Korb.«
Als David am folgenden Nachmittag in den Kurzwarenladen kam, sagte sie, sein Freund schliefe. Später fand sie Olivier wach, jedoch niedergeschlagen und fiebrig.
»Fühlst du dich besser, Olivier?«
Er antwortete mit einem krächzenden Husten. Sein Gesicht war rot und geschwollen, sein Kopf fiel erschöpft auf die Kissen zurück, und er glaubte zu ersticken. Als er sich beruhigte, war sein Atem stockend, zuckend und pfeifend, seine Haut von kaltem Schweiß bedeckt.
Virginie wurde kopflos vor Angst. Sie wischte ihn trocken,

rieb ihn mit Kölnisch Wasser ein, klopfte ihm auf den Rücken, drückte ihn an sich, küßte ihn, und er murmelte:
»Oh Mama, es tut mir so weh!« Da lief sie auf die Straße hinaus, rief Madame Rosenthal, die mit ihr zurückkehrte.
»Ich bin so beunruhigt, Madame Rosenthal!«
Madame Rosenthal beruhigte sie, legte Olivier die Hand auf die Stirn, hörte sich seinen Husten an, fühlte ihm den Hals und sagte:
»Bleiben Sie schön ruhig, Virginie. Ich hole Dr. Lehmann. Hoffentlich kann er kommen. Ich fürchte, es ist eine starke Angina. Das kann man heilen...«
»Danke, Madame Rosenthal, danke!«
Virginie setzte sich zu ihrem Sohn, nahm seine feuchte Hand und führte sie an ihre Lippen. So blieb sie eine Weile, starr und zu Tode erschrocken. Dann flüsterte sie besänftigende Worte, wie sie es getan hatte, als Olivier noch ein Baby war und zahnte. Er versuchte zu lächeln. Noch wußte er nicht, daß ihm eine lange Zeit des Leidens und der Nacht bevorstand.

Unter dem Torbogen der Gemeindeschule drückte der Schuldirektor Gineste lange Monsieur Zober die Hand und wünschte ihm Glück. David stand neben seinem Vater steif und aufrecht, bemüht, seinen inneren Kampf zu verbergen. Was ihm sein Vater an diesem Morgen mit schlecht gespielter Jovialität eröffnet hatte, ahnte er seit Wochen, trotz seiner Weigerung, den Andeutungen Giselles Glauben zu schenken, und nun war das Urteil wie ein Fallbeil auf ihn niedergegangen. Er würde also nie der erste seiner Klasse sein. Das Bedauern darüber las er im Gesicht des Direktors, der ihm auf die Schulter klopfte. Er würde auch nicht der zweite oder der dritte sein, denn er mußte die Schule in der Rue de Clignancourt verlassen, wo er bereits seine Bücher abgegeben hatte, mußte die Rue Labat verlassen, Montmartre, Paris, Frankreich...
Monsieur Gineste wiederholte sein Bedauern. David war

ein guter Schüler, er hätte es weit bringen können, sogar bis zum Universitätsstudium. Und je mehr er redete, desto stärker hatte David das Gefühl, daß man sein Leben aus der normalen Bahn lenkte. Doch was half es ihm zu protestieren? Die ganze Familie litt am gleichen Übel. Er hörte den Schuldirektor sagen, er solle nie die französische Sprache vergessen. Wie sollte er sie vergessen, da sie doch seine Sprache war?

»Nie wir werden vergessen zu sprechen französisch, das schwöre ich, was ist prima Sprache wie was weiß ich!« sagte Monsieur Zober.

»Und heutzutage«, fuhr der Direktor fort, »ist es äußerst nützlich, zwei Sprachen zu beherrschen.«

Monsieur Zober seufzte. Ihm hatte die Kenntnis mehrerer Sprachen nicht viel genützt. Die Hand auf Davids Schultern gelegt, gingen sie die Rue Custine hinauf und blieben vor jedem Schaufenster stehen. Sie sahen Virginie aus der Apotheke Gié treten und raschen Schrittes davoneilen. Der Gehsteig war matschig. Monsieur Zober zog sich die Hose hoch.

»In Amerika«, begann er, »dort gibt es auch Schnee und Apotheken, wo man kann alles kaufen, und Farbenhändler und Autobusse und alles...«

Alles, was er sah, verlegte er nach Amerika, um David zu trösten, und am liebsten hätte er ganz Montmartre nach Übersee verlegt.

»...und Bäume mit Vögeln drauf zehnmal soviel wie hier, und Kinder, was spielen auf der Straße wie was weiß ich mit dir, David, was du wirst sein ihr Freund. Und der David in der Schule zuerst er wird es haben nicht leicht, und dann hopp! weil er ist intelligent wie Vater und Mutter, er wird sein erster, *First*, in der Klasse, was ist voll Amerikaner...«

»Papa«, sagte David, »ich will nicht weg von hier.«

»Niemand will weg von hier, David, aber trotzdem wir müssen gehen weg von hier. Der Herr im Himmel, er hat

gesagt: Die Zobers, die ganze Familie, sie muß gehen weg von hier!«
»Gar nichts hat er gesagt, der Herr im Himmel.«
»Und die Schiffskarten, was hat gebracht der Onkel Samuel? Und die Pässe und Visas? Und der Vetter Apfelbaum mit drei Kinder und reich wie was weiß ich, was uns erwartet mit Auto so lang wie ein Autobus? Und die Wohnung, wo du wirst haben ein Zimmer für dich ganz allein, David, das Bett, der Tisch, die Regale vollgepackt mit Büchern, was ich werde kaufen? Alles das will er, der Herr im Himmel!«
David schwieg. Wie oft hatte er seinen Vater laut träumen hören! Trotz der Unabwendbarkeit hoffte das Kind noch immer auf irgendein Ereignis in letzter Minute, das die Abreise verhindern würde.
Zu Hause stapelte Madame Zober Wäsche, Kleidungsstücke und Haushaltsgegenstände, packte das Silberzeug ein, um alles in der großen Truhe zu verstauen. Auf Samuels Rat, sich nicht mit unnützen Dingen zu beladen und nur das Notwendigste mitzunehmen, hatte sie einiges beiseite gelegt, aber da sie auf nichts verzichten wollte, stopfte sie immer wieder allen möglichen Kram zwischen die Wäscheballen.
»Mama, Olivier ist nicht in die Schule gekommen, und ich darf ihn nicht besuchen, weil Madame Chateauneuf Angst hat, ich könnte mich anstecken.«
»Recht hat sie. Du sollst bleiben gesund. Ich werde gehen und ihm bringen eine Orange.«
»Danke, Mama, und dann sagst du ihm... dann sagst du ihm...«
Er konnte nicht weiterreden, rannte in Giselles Kammer. Die war auch beim Kofferpacken. Er sagte:
»Giselle, Giselle, ich will nicht weg!«
»Ich auch nicht. Niemand will es. Aber es hilft uns nichts...«
Diese sonst so exaltierte, ihren romantischen Träume-

reien nachhängende, komödiantische große Schwester, die ihn immer anzuschnauzen pflegte, schien jetzt ernsthaft, gereift und voller Mitgefühl. Sie zog ihn zu sich aufs Bett, wiegte ihn und sagte immer wieder:
»Ich bin ja da! Ich bin bei dir! Du und ich, wir bleiben zusammen.«
So verweilten sie lange Zeit, sprachen leise, und es war, als ob sie sich ihre Tränen zuflüsterten.

Alle Leute in der Gegend kannten Dr. Lehmann. Dieser praktische Arzt war der Freund der Familien. Wenn er Fragen stellte, belohnte er die Antworten mit feinsinnigem Humor. Er interessierte sich für seine Patienten, und er schrieb nicht nur Rezepte aus, sondern steuerte dazu noch das allerbeste Heilmittel bei: seine lächelnde und besänftigende Gegenwart. Man hatte den Eindruck, daß er zur Familie gehörte.
Madame Rosenthal war bei ihm hereingeschneit, als er beim Mittagessen saß, und er hatte alles stehen und liegen gelassen, um mit ihr zu Virginie zu eilen. Ein Eigelbfleck klebte ihm noch am Kinn. Nachdem er seine Tasche auf den Tisch gestellt, sich die Hände gewaschen und mit einem frisch aus dem Schrank geholten karierten Handtuch abgetrocknet hatte, sah er sich Olivier an, der reglos und fiebrig in seinem Bett lag.
»Na, wir haben uns aber tüchtig erkältet und brauchen Pflege«, sagte er.
Mit diesem »wir« nahm er bereits an der Krankheit des jungen Patienten teil. Mit einem Löffel drückte er ihm die Zunge herunter, dann horchte er die Brust ab, nahm den Puls, faßte ihn an die Stirn, untersuchte noch einmal den Rachen und sagte: »Hmm!« Die beiden Frauen blickten ihn unverwandt an. Nach ein paar Worten zu Olivier, den er »junger Mann« nannte, zog er quasi als Belohnung seine an einer goldenen Kette hängende Uhr mit Spielwerk aus der Westentasche, und man hörte ein altes Lied,

das auf Oliviers verkrampftem Gesicht ein schwaches Lächeln erscheinen ließ.
Als Dr. Lehmann das Zimmer verließ, zeigte er sich besorgt und erklärte den beiden Frauen:
»Ich befürchte eine schwere Angina.«
»Oh!« rief Virginie aus.
»Wir werden ihn schon kurieren, diesen großen Jungen! Ist er geimpft worden?«
»Gegen was? Nein, ich glaube nicht. Sein Vater war gegen solche Sachen.«
Der Arzt schüttelte unwillig den Kopf und sagte: »Nein, also wirklich!« Dann setzte er sich an den Tisch, schraubte einen Füllfederhalter auf, nahm einen Block aus seiner Tasche und erklärte:
»Ich werde ein Rezept ausschreiben. Sie müssen ihm jede Stunde den Rachen pinseln. Morgen um elf komme ich wieder vorbei, um zu sehen, wie es sich entwickelt. Falls Komplikationen auftreten sollten, holen Sie mich. Ich habe eine Nachtglocke. Und daß mir um Gotteswillen keine anderen Kinder ihn besuchen kommen! Eine Epidemie muß unbedingt vermieden werden!«
Bei dem Wort »Epidemie« stieß Virginie einen Schrei aus.
»Ach, übertreiben wir nichts«, fuhr der Arzt fort. »Sagen wir lieber, daß eine Ansteckungsgefahr besteht. Also gut einpinseln, Schleim aushusten lassen...«
An Madame Rosenthal, die er gut kannte, gab er noch andere Anweisungen. Sie sagte:
»Virginie, ich werde bei Ihnen sein.«
In der Nacht litt Olivier mehrere Male an Atemnot. Am Morgen pinselte ihm Madame Rosenthal wieder den Rachen mit einem Wattebausch auf einer dicken Stricknadel, den sie bedeckt mit weißlichem, zähflüssigem, klebrigem Schleim herausnahm. In tausend Ängsten schwebend, erwarteten sie Dr. Lehmann. Dieser nahm nach seinem Besuch Madame Rosenthal beiseite.
»Die Mutter scheint mir nicht bei besten Kräften zu sein.

Sagen Sie ihr vorläufig nichts. Ich fürchte, es ist eine Kehlkopfdiphtherie, das, was man den Krupp nennt, wenn Sie wollen. Aber diese Blödheit des Vaters, die Impfung zu verweigern! Eine solche Ignoranz...«

»Er ist tot«, sagte Madame Rosenthal.

»Das ändert nichts an der Sache. Jetzt müssen wir den Bazillus bekämpfen. Also völlige Isolierung, damit nicht noch alle Kinder der Gegend krank werden.«

Die Arme über der Brust verschränkt, trat Virginie aus dem Zimmer. Sie schien so zerbrechlich, als ob sie die Kranke wäre. Fragend blickte sie den Arzt an, und er sagte:

»Sie müssen jetzt unbedingt in guter Form sein. Der Körper des Kleinen wehrt sich gegen die Krankheit, und wir sind da, um ihm zu helfen. Wenn Sie schlappmachen, wird er die Folgen zu tragen haben. Also Mut! Jawohl, jawohl, es ist eine schwere Angina...«

Dann erklärte er, es bestünde Gefahr, daß der sich bildende Fibrinschleim die Luftröhre, die Rachenhöhle und den Gaumen verstopfe, was zur Erstickung führen könnte. Emetika, also Brechmittel, würden das Ausscheiden erleichtern, aber den Kranken zu sehr ermüden. Er verordnete noch Abführmittel, Einreibungen mit Ammoniumsalbe, hustenlindernden Sirup.

»Meine dritte Tochter hatte das gleiche«, sagte Madame Rosenthal, »ich weiß, was zu tun ist.«

Als Dr. Lehmann den Kurzwarenladen verließ, trauten sich die Frauen der Straße nicht, ihn auszufragen, aber mit Madame Rosenthal war es etwas anderes. Die Holzläden wurden zugezogen, und an der Glastür hing ein Schild *»Wegen Krankheit geschlossen.«* Alle mochten die Kurzwarenhändlerin und ihren Sohn gern. Madame Haque, Madame Vildé und Madame Chamignon erboten sich, die Besorgungen zu machen. Madame Zober klopfte an die Tür zum Hausflur und überreichte Virginie zwei in Seidenpapier gewickelte Orangen. Nach Schulschluß sah

man Loulou, Capdeverre und die anderen mit besorgten Mienen, und überraschenderweise erkundigten sich sogar Salzkorn und Schnittchen nach Oliviers Befinden.
Der Arzt kam zweimal am Tag. Eine Woche lang schwebte Olivier zwischen Leben und Tod. Er sonderte viel Schleim durch die Nase aus, sein allgemeiner Zustand verschlechterte sich, und er zeigte ganglienschwellende Reaktionen. Ohne Unterlaß litt er an Erstickungsanfällen. Madame Rosenthal verließ Virginie nicht mehr. Der völlig erschöpfte kleine Körper schien wie gelähmt, reagierte kaum noch. Man munkelte bereits, daß Olivier nicht mehr zu retten sei.
Ein kalter Dauerregen hatte den Schnee weggeschwemmt. Unter dem schweren Himmel lag die Straße wie in ständiger Nacht. Die Leute eilten durch das Stadtviertel oder blieben zu Hause. Die prasselnden Güsse und die in den Rinnsteinen rauschenden Bäche übertönten alle anderen Geräusche.
Virginie, ganz am Ende ihrer Kräfte, mit wirrem Haar und starrem Blick, die Hände an das tränenüberströmte Gesicht gepreßt, als ob sie es mit ihren Nägeln zerreißen wollte, sagte zu Madame Rosenthal:
»Ich möchte sterben. Für ihn würde ich mein Leben hergeben.«
»Virginie, Sie magern ab, passen Sie auf sich auf. Der Arzt hat es gesagt...«
»Ich werde mit Olivier sterben. Meine Vorahnung...«
»Man spricht nicht so in Ihrem Alter. Niemand wird sterben. Ich habe es Ihnen gesagt: Er wird gesund werden, und damit basta! Sie werden für ihn sorgen und auch etwas für Ihre eigene Gesundheit tun.«
»Ach. Ich...«
Mit aufgelöstem Haar lief sie in den strömenden Regen hinaus, rannte zur Becquereltreppe, nahm zwei Stufen auf einmal, eilte die Straßen zum Sacré Cœur hinauf, trat in die Basilika, tauchte die Hand in das Weihwasserbek-

ken und bekreuzigte sich mehrere Male. Dann zündete sie Kerzen an, betete vor allen Altären, kniete vor allen Statuen, flehte die Jungfrau Maria an.
Sie, die seit langem der Religion entfremdet war, fand den Glauben ihrer Kindheit wieder, rief Gott und alle Heiligen zu ihrer Hilfe. Sie flehte um Gnade für Olivier, bot sich an seiner Stelle als Opfer an. Aber ach! Nichts schien den Kranken mehr retten zu können.

»Mama, Papa, Capdeverre hat gesagt, daß Olivier sterben wird!«
»Und ich, dein Vater, ich sage dir, daß er wird werden gesund! Und ich habe gesprochen das Gebet hier und in der Synagoge. Deine Mutter, sie hat getan dasselbe.«
David stellte sich mit dem Gesicht zur Wand wie ein bestrafter Schüler. Ständig dachte er an Olivier, redete mit ihm, als ob er anwesend wäre. Vier Tage blieben den Zobers noch bis zu ihrer neuen Verbannung, er hatte es an den Fingern abgezählt. Onkel Samuel würde sie mit dem Auto nach Le Havre bringen. Und nun fügte sich der Trostlosigkeit dieses Ereignisses noch die Angst vor einer anderen, viel schrecklicheren Abreise hinzu – die Oliviers in eine andere Welt. Doch selbst wenn sein Freund genesen sollte, schien David die Trennung so ungeheuerlich, daß er sich mit allen Kräften dagegen wehrte. Plötzlich drehte er sich um und sagte:
»Papa, wir gehen nicht fort!«
»David hat recht«, sagte Giselle, »wir können nicht fortgehen. Und Olivier, wer weiß, was aus ihm werden wird...«
David erwartete keine Antwort von seinem Vater. Er lief hinaus, stürmte die Treppe hinunter, rannte zum Kurzwarenladen, klopfte an die Scheibe, dann an die Tür zum Hausflur. Madame Rosenthal öffnete, stieß ihn sanft auf die Straße zurück und sagte:
»Du kannst nicht herein zu ihm, mein Kleiner.«
»Wie geht es ihm? Was sagt er?«

»Er ruht sich aus.«
»Die anderen haben gesagt, daß er sterben wird.«
»Aber nein, es wird schon besser werden. Laß mich ihn nur pflegen.«
David wanderte durch die Straße, ohne zu wissen, wohin, und immer wieder sagte er »Olivier, Olivier...« Auch er hätte am liebsten sterben wollen. Jemand packte ihn beim Arm, und er erkannte Madame Haque, die zu ihm sagte:
»Willst du dir den Tod holen in diesem Regen? Komm!«
Sie führte ihn in ihre Loge, trocknete ihn ab, machte ihm ein Butterbrot mit Johannisbeermarmelade. Da David es nicht auszuschlagen wagte, biß er automatisch hinein.
»Du wirst eine schöne Reise machen«, sagte die Frau.
»Freust du dich denn gar nicht auf die Schiffahrt?«
»Weiß ich nicht«, murmelte David.
»Du wirst viel von der Welt zu sehen kriegen, mein Junge!«
»Weiß ich nicht.«
»Und du wirst andere Freunde haben.«
»Will ich nicht.«
»Na gut, wenn es so ist, dann geh jetzt mal schön nach Hause, und daß ich dich nicht noch einmal bei einem solchen Regen auf der Straße sehe!«
David ging hinaus. Die Schnitte hatte er auf dem Wachstuch liegen gelassen. Was die Erwachsenen sagten und taten, war ihm unverständlich.
Unbeholfen in der Pflege ihres Kindes, verausgabte sich Virginie in ungeschickten Gesten, um ihm nicht wehzutun. Madame Rosenthal dagegen war äußerst behende, entfernte Tag für Tag das sich immer wieder durch den Bazillus neu in der Rachenhöhle bildende häutige Fibringewebe, erfüllte diese unangenehme Aufgabe mit bewundernswerter Exaktheit. Auf Anraten des Arztes setzte sie ihm auch Blutegel auf dem Hals und den Armadern an. Nach drei Tagen eines ungewissen Kampfes blieb Dr. Lehmann lange allein mit dem jungen Kranken, unter-

suchte die Augen, den Hals, das Herz, nahm den Puls, maß die Temperatur, während Virginie hinter der Tür wartete. Als der Arzt nach einer halben Stunde herauskam, bestürmte sie ihn.

»Nun, Herr Doktor, Herr Doktor?«

»Das Fieber fällt. Ich möchte keine voreiligen Schlüsse ziehen, aber... ich glaube, daß er es schaffen wird. Jetzt kann ich es Ihnen sagen: Er ist mit knapper Not davongekommen. Dafür haben Sie Madame Rosenthal zu danken...«, und er fügte lächelnd hinzu: »oder dem Himmel, oder vielleicht sogar der Medizin...«

»Meinen Sie wirklich, daß...«

»Er wird sich langsam erholen. Aber vor allem keine Besuche bitte. Und Sie, Madame Chateauneuf, Sie kommen zu mir in die Konsultation. Sie müssen unbedingt wieder zu Kräften kommen. Ach, da ist ja Madame Rosenthal. Ich werde mit ihr reden.«

Dr. Lehmann nahm seinen nassen Regenschirm aus dem Spülstein. Bevor er hinausging, warf er einen Blick auf die Regale und Schubladen des Kurzwarenladens, drückte jeder der beiden Frauen die Hand, und als Virginie ihm die Tür öffnete, setzte er sich den Hut auf und sagte:

»Sehen Sie, meine Damen, der Regen hat aufgehört. Es fehlt nicht mehr viel, und dann wird die Sonne wieder scheinen!«

An diesem denkwürdigen Vormittag hatte Onkel Samuel seinen Peugeot vor dem Eingang Nummer 73 geparkt, und nun half er Isaak, die große Truhe, die Koffer, die Bündel und die mit Bindfaden verschnürten Kartons im Wagen zu verstauen. Die Reisenden sollten nach dem Mittagessen abfahren und würden an Bord der *De Grasse* schlafen.

Die im Schrank verbleibenden Mundvorräte wurden Madame Ali geschenkt, der es an allem fehlte. Die an Monsieur Schlack verkauften Schneiderpuppen, Stoffballen und kunstseidenen Futterrollen hatten ihnen etwas Geld eingebracht, und sie konnten endlich die rückständige Miete bezahlen. Am Vorabend war Isaak ausgegangen, um einige Abschiedsbesuche zu machen. Monsieur Aaron hatte ihm zu der Reise gratuliert, aber Monsieur Kupalski war skeptisch gewesen und hielt es für einen Wahnsinn, nach Amerika auszuwandern. Andere hatten ihm Glück gewünscht, viele wollten ihm nicht glauben oder zeigten sich gleichgültig.

»Ich komme euch um zwei Uhr abholen«, sagte Onkel Samuel.

In der leeren Wohnung sammelte ein jeder die letzten Eindrücke von diesem jetzt verödeten Ort, in dem man gelebt hatte, und den man nie mehr wiedersehen würde. Madame Zober fegte den Fußboden zum letzten Mal, Giselle starrte, ohne zu sehen, aus dem geschlossenen Fenster, David hockte am Boden und betrachtete die Rillen zwischen den Planken, Isaak, die Zigarettenspitze in der Hand, ging auf und ab. Von Zeit zu Zeit warf er einen Blick auf die Pässe und die Schiffskarten. Dann beschloß er hinauszugehen und verkündete, er wolle sich die Straße zum letzten Mal ansehen.

Durch den Hausflur trat er in die Nummer 75. Da Madame Murer gerade herauskam, verbarg er sich hinter der Treppe. Dann klopfte er an Virginies Tür. Sie öffnete ihm und flüsterte:

»Also, Monsieur Zober, geht es jetzt auf die Reise?«

»Ich komme um zu nehmen Abschied. Und der kleine Olivier?«

»Es ist noch nicht gerade glänzend, aber es geht ihm besser. Ich habe ihn im Bett aufgesetzt.«

Monsieur Zober seufzte. Zum ersten Mal sah er Virginie in einem so vernachlässigten Zustand, unfrisiert und ungeschminkt, mit einem verhärmten Gesicht, das baldige Runzeln ahnen ließ.

»Und mein David, könnte er nicht kommen zu besuchen den Olivier?«

»Das ist leider nicht möglich. Der Arzt hat es verboten. Die Ansteckungsgefahr... Und Olivier weiß nicht, daß David fortgeht. Das würde ihm einen zu schlimmen Schock versetzen. Ich werde es ihm später beibringen, so nach und nach.«

»Alles das ich verstehe. Kinder, was sind solche Freunde, das habe ich niemals nicht gesehen...«

»Setzen Sie sich doch ein bißchen, Monsieur Zober.«

Als sie sich gegenüber saßen, wurde das Schweigen bedrückend. Monsieur Zober suchte nach Worten. Schließlich standen sie gleichzeitig auf, und Virginie sprach.

»Ich errate alles, was Sie mir nicht sagen, Monsieur Zober. Ich weiß auch, daß wir über gewisse Dinge nicht reden dürfen. Was Sie fühlen, fühle ich vielleicht ebenfalls, wenn auch auf andere Art.«

»Nein, nicht ebenfalls, überhaupt nicht«, murmelte Monsieur Zober.

»Da wir Abschied nehmen müssen, warum sollen wir es uns nicht eingestehen? Sie waren ein Freund für mich. Nichts an Ihnen hat mich je gleichgültig gelassen.«

»Ich?« sagte Isaak, die Hand auf der Brust.

»Sie sind einer der charmantesten Männer, die ich je gekannt habe, jawohl! Ich wünsche Ihnen viel Glück und einen großen Erfolg. Es war mir immer ein solches Vergnügen, mit Ihnen zu plaudern, aber...«

Monsieur Zobers Hände verschränkten sich, und ein Ausdruck schmerzlichen Entzückens verklärte sein Gesicht. Virginie schaute ihn zärtlich, aber auch traurig mit ihren schönen grünen Augen an.

»... aber«, fuhr sie fort, »da alles zwischen uns von vorneherein aussichtslos war, mußte ich stark sein und Vernunft für zwei haben.«

»Virginie«, flüsterte Isaak.

Zum ersten Mal sprach er diesen so oft im geheimen wiederholten Vornamen aus.

»Und wenn ich unsere Kinder sah«, fuhr Virginie fort, »immer beisammen und so vereint, war das nicht, als wenn sich in ihnen ein Teil Ihres und meines Wesens begegneten?«
»Wie ist es schön, was Sie sagen!« rief Monsieur Zober aus.
»So ist das Leben, Monsieur Zober. Nicht immer so, wie man es sich wünschte, aber so ist das Leben nun einmal! Jetzt müssen wir uns trennen.«
Sie trat auf ihn zu, legte ihm die Hände auf die Schultern, blieb einen Augenblick reglos, neigte sich ihm zu und berührte seine Lippen. Dann wich sie zurück und sagte: »Gehen Sie jetzt, schnell!«
Nachdem sie die Tür zum Hausflur hinter ihm geschlossen hatte, ging sie in den Laden, um ihn durch die Glastür die Straße überqueren zu sehen. Er ging mit gesenktem Kopf, eine Hand an die Stirn gedrückt. Sie seufzte. Es fiel ihr ein, daß ihr nicht mehr viel Geld blieb. Sie müßte den Laden bald wieder öffnen.
Ohne daß sie es wußte, spielte sich nicht weit von ihr ein stummes Drama ab. David hatte wie sein Vater die leere Wohnung verlassen, war durch den gleichen Flur der Nummer 75 gegangen und von dort auf den Hof.
Durch die Netzgardinen des Zimmers betrachtete er lange seinen Freund, klopfte dann an die Scheibe. Olivier, auf zwei dicke Kissen gestützt, wandte sein abgezehrtes Gesicht dem Fenster zu, sah David, der sich die Nase an der Scheibe plattdrückte. Seine Hände lagen flach in Kopfhöhe. Hätte Olivier die Kraft gehabt, so wäre er aufgestanden, um seinen Freund hereinzulassen oder wenigstens ans Fenster zu gehen. Er machte eine Anstrengung, doch sein Kopf fiel zurück.
Aber warum diese Verzweiflung auf Davids Gesicht? Oliviers Lippen bewegten sich. Er sagte seinem Freund, der ihn nicht hören konnte, er sei bald wieder gesund, und dann würden sie aufs neue miteinander spielen. Um ihn

zu amüsieren, legte er sich die Daumen an die Schläfen und bewegte die anderen Finger wie kleine Flügel. Oft hatten sie dieses Spiel gespielt, aber David erwiderte seine Geste nicht. Jetzt schnitt er eine Grimasse, zog die Nase kraus, beugte den Arm, befühlte seine Muskeln, um ihm zu zeigen, daß er kräftig war. Davids Augen wurden immer größer. Olivier sah nicht die kalte Träne, die ihm über die Wange lief.

Endlich löste sich die Starre des an die Scheibe gepreßten Munds, und es war, als deutete er einen Kuß an. Olivier las seinen Namen auf Davids Lippen: »Olivier...«, und er murmelte: »David...« Die beiden Kinder blickten sich immer noch an, David verzweifelt, Olivier bemüht, ihn zu beruhigen, aber die Anstrengung hatte den Kranken erschöpft, und er döste ein, ohne es zu merken.

Später ließ Onkel Samuel den Motor seines Wagens an. Madame Haque, ein gesticktes Taschentuch in der Hand, wohnte der Abfahrt bei. Vor der Wäscherei winkten Loulou und Capdeverre einen Abschiedsgruß, aber David sah sie nicht. Zwischen seiner Mutter und Giselle saß er, in sich zusammengesunken. In seiner Tasche trug er den von Olivier geschenkten Dominostein, und er drückte ihn in seiner Hand. Monsieur Zober, der neben dem Fahrer saß, starrte vor sich hin. Giselle hatte den Kopf zurückgelehnt, als ob sie schliefe. Niemand sprach ein Wort.

ELFTES KAPITEL

Während Olivier langsam genas, kamen viele Besucher in den wieder geöffneten Kurzwarenladen, aber vorsichtshalber wurden nur Erwachsene eingelassen. Vetter Baptiste fuhr mit seinem Taxi vor, trat ein und unterhielt sich mit Virginie lange über die vermaledeiten Kinderkrankheiten wie Scharlach, Masern, Röteln, Windpocken, Keuchhusten, Ziegenpeter und Diphtherie, die allerschlimmste. Man kommentierte die Erkältungen dieses Winters und alle sonstigen Ärgernisse. Durch den Vetter erfuhren die in Paris lebenden Leute aus Saugues von Oliviers Krankheit, und gemäß dem beliebten alten Sprichwort »Geteiltes Leid ist halbes Leid« verging kein Tag, an dem Virginie ihren Bekannten nicht eine *Suze* und Gebäck anbieten mußte.

Auch Tante Victoria wurde informiert. Sie machte einen kurzen Besuch, seufzte beim Anblick des Hinterzimmers, das sie armselig fand, erteilte viele Ratschläge und warf Virginie vor, sie nicht früher unterrichtet zu haben.

Ein angenehmes Ereignis war die Heimkehr Vetter Jeans aus dem Militärdienst. Dieser hochgewachsene, stets lächelnde und gutgelaunte junge Mann freute sich, Virginie und Olivier, sowie seine alten Kumpel Chéti, Amar, Petit-Louis und Paulo, und sogar seine Halbtagsstelle in der Druckerei wiederzufinden. Er versprach Olivier, mit ihm am Sonntagmorgen ins Schwimmbad zu gehen, wenn er wieder ganz gesund sei.

Vom Hinterzimmer aus, wo er jetzt wieder in seinem Sesselbett liegen durfte, hörte Olivier, wie die Kundinnen sich nach seinem Befinden erkundigten, worauf Virginie zu antworten pflegte, er würde bald wieder der gleiche kleine Teufel wie früher sein. Sie erlebte eine Überraschung, als die Mado, die sie sonst gar nicht mochte, gelegentlich eines Einkaufs einen Rosenstrauß brachte und dem Kranken gute Besserung wünschte.
»Im Grunde ist sie kein schlechtes Mädchen«, mußte Virginie eingestehen.
»Mama, und David? Kann er mich besuchen kommen?«
Was sollte sie darauf antworten? Die Tage verstrichen. Je besser es Olivier ging, desto mehr gewann seine Mutter an Reiz und desto mehr erstrahlte sie in Schönheit. Sie erfand einen Ferienaufenthalt in der Normandie, erwähnte auch Le Havre, weil ihr das dann nur wie eine halbe Lüge erschien. Denn war es nicht die erste Reiseetappe der Zobers? Die grausame Wahrheit, daß er David nie mehr wiedersehen würde, konnte sie ihm doch jetzt nicht erzählen!
Olivier fand wieder Gefallen am Lesen. Mit den Abenteuern *des Königs der Pfadfinder* und denen des *Pariser Lausbuben* durchreiste er die ganze Welt. Zuweilen nahm er sich eins seiner Schulbücher vor, denn er fürchtete, das Pensum nicht einholen zu können und am Ende des Schuljahres die Klasse wiederholen zu müssen. Virginie versuchte ihm zu helfen, aber sie war keine gute Pädagogin. Ach, wenn David da wäre! Er stellte sich ihn vor, wie er auf einem Strand im Sand tollte. Was würde er alles zu erzählen haben!
Virginie fand Madame Rosenthal immer liebenswerter. Sie kam jeden Nachmittag, erkundigte sich, ob alles gut ging, blieb aber nicht lange, als ob sie sich genierte, so viel für ihre Freundin getan zu haben. Um ihr mit einem dauerhaften Geschenk zu danken, kaufte Virginie bei *Dufayel* ein Bordeauxservice mit einer Karaffe und sechs dekorierten Kristallgläsern.

Sie ging nicht mehr aus. Abends hörte sie Radio, Operetten, Chansons oder Vorträge. Das Essen bereitete sie mit großer Sorgfalt zu, da sie Olivier »aufpäppeln« wollte, und er trank viel Hühnermilch (geschlagenes Eigelb in heißem Zuckerwasser) und Bouillon aus gehacktem Rindfleisch. An die Wand ihres Zimmers hatte sie ein Kruzifix gehängt. Olivier sagte: »Mama, ich langweile mich...« und dann: »Kommen die Zobers bald zurück?« Warum schickte David keine Postkarte? Virginie lenkte das Gespräch ab, dachte sich alle möglichen Vergnügungen und Zerstreuungen aus.

»Wenn du wieder gesund bist, gehe ich mit dir auf den Eiffelturm.«

Oder sie versprach ihm den Zoo im *Jardin d'Acclimatation*, Luna Park, den *Cirque d'Hiver*, das Kasperletheater, das Kindertheater. Und dann war in den Zeitungen und im Radio jetzt ständig die Rede von der Kolonialausstellung, die in einigen Wochen eröffnet werden würde. Auf das alles hätte Olivier gern verzichtet, wenn er David wiedersehen könnte. Was machten die Zobers eigentlich in Le Havre? Virginies Antworten wurden immer verlegener. Bald würden die Kinder der Straße es ihm ohnehin sagen. Oder vielleicht sogar die Haque, die sich nicht gerade durch schonende Rücksicht auszeichnete. So suchte Virginie, auf welche Art sie ihrem Sohn die für ihn so bestürzende Nachricht beibringen könnte.

Eines Morgens, als Olivier im Pyjama frühstückte, zeigte er auf das Kruzifix und sagte zu seiner Mutter:

»Der Jesus ist ein Jude, weißt du das?«

»Was erzählst du da schon wieder?«

»Die Wahrheit, Madame!« erwiderte er.

Auf Madame Rosenthals Rat ging Virginie zu Dr. Lehmann zur Untersuchung. Er stellte eine Herzarrhythmie fest und gab ihr die Adresse eines Kardiologen. Aber die unbesonnene junge Frau ließ es dabei bleiben. Ihrer Freundin Madame Rosenthal erklärte sie, es ginge ihr mit dem

Herzen nur deshalb nicht so gut, weil sie zu sentimental sei.

Die schöne Jahreszeit kündigte sich an. Bald kam der März und dann der April, und obgleich es im Sprichwort heißt: »Im April mach dich nicht frei, warte bis zum Monat Mai!«, trug Virginie bereits ein gepunktetes Satinkleid im gutgeheizten Laden. Bald sollte der nun genesene Olivier seinen ersten Ausgang machen, und nach Ostern konnte er dann wieder die Schule besuchen. So nahm Virginie sich vor, ihm morgen die Nachricht über David beizubringen. In ihrem Abschiedsgespräch mit dem netten Monsieur Zober hatte sie ihre Gefühle ein bißchen übertrieben, aber er verdiente es, daß man ihm diese Freude machte. Und dann war es eine so schöne Szene gewesen – wie in einem Liebesroman. Er träumte bestimmt von ihr in New York, und der Gedanke, daß jemand so fern von hier, am anderen Ende des Ozeans ihr Bild in seinem Herzen bewahrte, rührte sie. Sie sang: *»Oh komm zurück...«*

An jenem Abend verwöhnte Virginie ihren naschhaften Sohn mit einer köstlichen Mahlzeit, einer Erbsensuppe mit gerösteten Brotwürfeln, gebackenen und panierten Jakobsmuscheln und einem Vierviertelkuchen mit englischer Soße.

Nach dem Essen brachte sie das Gespräch in aller Behutsamkeit auf die Familie Zober, diese hochanständigen Menschen, die jedoch nie lange am selben Ort bleiben, und auf den so netten David, dem eine schöne Zukunft bestimmt sei, und den Olivier in so guter Erinnerung bewahren würde, auch wenn er neue Freunde gewonnen hätte... Und dann, da es kein Zurück mehr gab, und da Oliviers fragende Blicke ihr immer peinlicher wurden, erzählte sie von der Abreise in Onkel Samuels Auto, beschrieb ihm, so gut sie konnte, den Überseedampfer in Le Havre, die Schiffsreise, die Ankunft in New York, und sie redete rascher und rascher, erfand absurde Einzelheiten, die schließlich die ganze Geschichte unwahr erscheinen ließen.

»Das ist gelogen!«

Unter anderen Umständen hätte Virginie ihn gescholten: »Man sagt nicht ›das ist gelogen‹, das ist unhöflich!« Nachdem Olivier alles heftig abgestritten hatte, wiederholte er, um sich selbst zu überzeugen mit leiser Stimme: »Es ist nicht wahr! Es ist nicht wahr!« und warf seiner Mutter wütende Blicke zu.

»Es ist nicht wahr! Er hat mir nicht Auf Wiedersehen gesagt...«

»Du warst krank, ansteckend krank. Du hättest doch nicht gewollt, daß er sich auch die Diphtherie holt? Nein, das hättest du bestimmt nicht gewollt!«

»Es ist nicht wahr!«

Olivier schloß die Augen über seinem Schmerz. Zur Wand gedreht, den Kopf in den Armen verschränkt wie beim Versteckspiel, saß er reglos. Virginie seufzte. Womit könnte sie ihn trösten? Nachdem sie den Tisch abgeräumt hatte, ging sie ins Zimmer, um die am Nachmittag gebügelte Wäsche mit Lavendelriechkissen, die sie dazwischenpackte, in den Schrank zu legen. Der arme Olivier! Es war sein Kummer, und man ließ ihn jetzt am besten allein.

Hinter Oliviers geschlossenen Augen zogen rasche Bilder vorüber. Er sah Davids an die Fensterscheibe gepreßtes Gesicht wieder, aber nur verschwommen. Bald verschwand es, bald tauchte es wieder auf. Die Lippen bewegten sich, die Finger auch, und Olivier, auf die Kissen gestützt, antwortete ihm.

Er blickte zum Zimmer, wo die Schranktür knarrte, ging in den Laden, und dann trat er, trotz des Verbots, zum ersten Mal seit seiner Krankheit auf die Straße hinaus, lief bis zur Portiersloge Madame Haques, die gerade über einer Patience grübelte, welche sie auf einem grünen Teppich vor sich ausgebreitet hatte.

»Madame Haque, es ist doch nicht wahr, daß David fort ist?«
Die Portiersfrau legte ihr Herz As nieder. Sie wurde in einem Augenblick unterbrochen, da die Karten sich günstig zeigten, und sie hätte ihn beinahe mit einem »Hau bloß ab!« angefahren, aber Oliviers fragender Blick, dieses gewisse Etwas von einer Erwachsenentragödie auf dem Kindergesicht, diese bange Erwartung, rührte sie. Sie vergaß ihre Rauhheit, stellte sich das sich in seinem Inneren abspielende Drama vor, und die in den Tiefen ihres Herzens verborgenen Gefühle kehrten an die Oberfläche zurück. Sie sprach mit einer ungewöhnlich sanften und ein wenig heiseren Stimme.
»Doch! Die Zobers sind fort. Zwei Damen haben die Wohnung gemietet, zwei Strumpfstopferinnen. Nimm's nicht so schwer, geh! So ist nun einmal das Leben. Die einen ziehen aus, die anderen ziehen ein. Die Leute kommen und gehen. Man verliert die einen und findet dafür andere. Die Zobers werden es dort besser haben. Denke doch nur: Amerika! Dort erwartet sie das Glück, und da mußten sie doch gehen. Ja, er mochte dich gern, der kleine David. Und er war todunglücklich, die Straße zu verlassen. Sie hatten alle rote Augen, weißt du. Aber der David wird sich dran gewöhnen, und du auch...«
Ohne ein Wort rannte Olivier ebenso rasch fort, wie er gekommen war, lief zu seiner Mutter, verbarg seinen Kopf in ihrem Schoß und sagte mit tonloser Stimme:
»Mama, es ist wahr. Er ist fort. Verzeihung.«
Warum gab sie ihm einen Pfefferminzbonbon? Er blickte auf den Hof hinaus. Auf dem Fenstersims leckte eine getigerte Katze ihr Fell. Virginie sagte:
»Wenn du willst, schaffen wir uns ein Kätzchen an.«
Abends in seinem Bett sah Olivier mit geschlossenen Augen noch einmal das Bild von David hinter dem Fenster, und jetzt war es so deutlich und intensiv, daß er aufstand und in den Hof schaute. Als er sich wieder hin-

legte, verstand er, daß sein Freund sich an jenem Morgen von ihm verabschiedet hatte, und er warf sich seine Begriffsstutzigkeit vor. Er hätte rufen, schreien, aufstehen sollen. Ein Gefühl von Schuld fügte sich seinem Schmerz hinzu.

Während der folgenden Tage blieb er unzugänglich, versonnen, teilnahmslos. Er weinte nicht, klagte nicht, verspürte ein seltsames Weh, hatte das Gefühl, jemanden im Stich gelassen zu haben und selbst im Stich gelassen worden zu sein, etwas zu suchen, was unmöglich zu finden ist, von einem unbekannten Gegenstand, der sich ständig dem Blick entzieht, angelockt zu werden.

»Du könntest jetzt auf der Straße spielen«, sagte seine Mutter. »Der Arzt hat es erlaubt.«

Aber er zog es vor, im Hinterzimmer zu bleiben, saß im Korbsessel mit einem Buch oder einer illustrierten Zeitschrift, die er jedoch nicht las. Wenn er die Augen schloß und sie wieder öffnete, schien er erstaunt, noch da zu sein. In Wachträumen sah er die Bilder von vor seiner Krankheit, bald deutlich, bald verschwommen, als kämen sie aus einem anderen Dasein. Orte erschienen ihm, Boulevards, Straßen, verwildertes Gelände, Kinosäle, Treppen, Höfe, Plätze, Parks, Kirchen, und dort veranschaulichten sich die Episoden der mit David gemeinsam erlebten Zeit.

»Olivier, bist du auf dem Mond? Komm, geh dir ein Schokoladenhörnchen kaufen.«

Aber er wollte nicht ausgehen, wünschte nicht, den Jungen von der Rue Labat zu begegnen. Ohne zu wissen, warum, warf er ihnen vor, anwesend zu sein, da David fort war. Er blieb sitzen, tat so, als ob er läse, und sowie seine Mutter ihn nicht mehr beobachtete, versetzte er sich in die Stube der Zobers, hörte die große Giselle, aß in Gedanken einen von Davids Mutter gebackenen Strudel, besuchte die schöne Wohnung Onkel Samuels. Andere Bilder schienen ihm fern, die Verteilung der Reklamezettel der Schneide-

rei, die Prügelei mit den Knalltüten der Rue Bachelet, die Streifzüge durch Montmartre, der Ausflug im Taxi des Vetters Baptiste. Stets endeten seine Träumereien auf einer Brücke über einer Eisenbahnlandschaft, wo der Rauch die beiden Freunde verhüllte. Sie verloren sich aus den Augen in der Erwartung, sich wiederzufinden, aber dieses Mal hatte der Dunst David fortgeweht.
»Olivier, was führst du da für Selbstgespräche?«
Sie ahnte nicht, daß er mit jemandem sprach, mit David, der in seiner Phantasie bei ihm war. Für Virginie handelte es sich um eine vorübergehende Phase, um eine Nachwirkung der Krankheit. Bald ist er darüber hinweg, sagte sie sich. Doch wie dieser ansteckenden Betrübnis abzuhelfen wäre, das wußte sie nicht. So sang sie, erzählte Geschichten, glaubte sich für ihre Mühe belohnt, wenn sich so etwas wie ein Lächeln auf dem Gesicht ihres Kindes zeigte.
»Olivier, du kannst ruhig ausgehen, weißt du...«
Um ihr die Freude zu machen, ging er hinaus, aber nicht sehr weit. Im Hof der Nummer 73 blickte er zu den Fenstern der Zoberschen Wohnung empor, als ob er dort David zu sehen erwartete.
Eines Abends ging er bis zur Becquereltreppe, setzte sich auf eine Stufe und starrte in jene Ecke, wo er David zum ersten Mal begegnet war. Er hörte ihn noch: »Rue Labat 73, Paris, achtzehntes Arrondissement«, diese Adresse, die sein Freund für den Fall, daß er sich verlaufen würde, auswendig gelernt haben mußte. Dort traf ihn Loulou, der von seinem Tanzkurs kam. Er sagte: »Salut, Kumpel!« und Olivier antwortete: »Salut!«
»Wie fühlt man sich, wenn man krank ist?« fragte Loulou.
»Wie wenn man tot ist«, antwortete Olivier.
Da er das Gespräch nicht fortzusetzen wünschte, sprang er auf und rannte davon. Vergeblich rief Loulou ihm nach: »Wir von der Bande haben dir eine Menge zu sagen...«
Es war nicht die Stimme, die Olivier hören wollte. Und

bald behaupteten die Apachen der Rue Labat, indem sie sich mit dem Finger an die Stirn klopften, daß Freund Chateauneuf nicht ganz richtig im Oberstübchen sei, daß seine Diphtherie ihm auch die Birne behämmert habe.

Für Olivier war die Krankheit schuld an Davids Verschwinden. Ohne sie, so glaubte er, wäre sein Freund geblieben, Davids Fortgehen sei der Preis für seine Genesung gewesen, und all das richtete eine Verwirrung seiner Gedanken an, die zur Melancholie und Zurückgezogenheit führte.

»Ich weiß nicht mehr, was ich tun soll«, vertraute Virginie ihrer Freundin Madame Rosenthal an.

»Tun Sie nichts, Virginie. Auch der Kummer braucht seine Genesungszeit.«

Und Madame Rosenthal dankte ihr noch einmal herzlich für das so schöne Bordeauxservice, das sie im Kreise der Familie eingeweiht hatte.

Von seiner Krankheit geheilt, gelang es Olivier nicht, jene andere Genesung zu finden, die ihn die Abwesenheit seines Freundes vergessen machen würde. Er lebte im Anderswo seiner Gedanken und seines Kummers. Plötzlich horchte er auf. Über all den Geräuschen bemühte er sich, eine Stimme zu vernehmen, vermeinte, David aus der Ferne nach ihm rufen zu hören, so wie alles in ihm nach David rief.

Während er sich diesen Hirngespinsten hingab, bat ihn Virginie, in den Laden zu kommen, wo sie eine soeben eingetroffene Lieferung nachprüfte.

»Willst du mir helfen?«

»Ja, Mama.«

Sie wollte ihn beschäftigen, ließ ihn Garnrollen je nach Farbe aussortieren, und Nadelpackungen nach Größe.

»Schau, wie die Sonne draußen auf der Straße scheint!« sagte Virginie.

Sie öffnete die Tür, und das Glockenspiel ließ seine Musik

ertönen. Als sie Olivier sanft hinausstieß, blieb er auf der Schwelle stehen, und sie gesellte sich zu ihm, ging dann einen Schal und eine Mütze holen, die sie ihm auf den Kopf setzte. Während der Krankheit waren seine Haare gewachsen und leuchteten mit einem goldenen Glanz.

Damen, die von ihren Einkäufen zurückkehrten, verweilten einen Augenblick, sagten Liebenswürdigkeiten, streichelten Olivier die Wange, bemerkten, daß die Tage länger wurden und beklagten sich über die zu langen Winter. Und Virginie ließ ihr helles Lachen erklingen, verbreitete Fröhlichkeit, antwortete auf die Banalitäten wie erwartet mit anderen Gemeinplätzen. Dann zwinkerte sie Olivier zu, flüsterte ihm eine Spöttelei ins Ohr, gestand, daß sie die Leute gern mochte.

Ohne es zu merken, nahm Olivier wieder Kontakt mit der Straße auf. Sie umhüllte ihn, ermutigte ihn, zog ihn aus seiner Starre, bot ihm ihr Schauspiel.

Bougras stand an seinem Fenster und streichelte ein graues Kaninchen. Madame Grosmalard rieb ihre Fensterscheiben mit einem Trockenputzmittel ein, und wenn sie drüberwischte, stob das weiße Pulver aus, was ein Niesen auslöste, das sie stark übertrieb und in der Hoffnung, gehört zu werden, mit einem »Hatschi!« begleitete. Riri rannte und blies auf eine Vogelfeder, die er sich in der Luft zu halten bemühte. Eine Wäscherin legte gebügelte Laken in einen Korb. Papa Poileau spazierte im Rhythmus seines Hundes, blieb stehen, wenn dieser stehenblieb, ging weiter, wenn er weiterging.

Die Arbeiter der Firma Boissier luden lange Rohre auf einen Handkarren, und man hörte ein metallisches Klirren. Weiter unten, vor dem Polizeikommissariat, ratterte ein Motorrad und schreckte die Tauben auf. Ein Duft von warmer Butter drang aus Monsieur Kleins Kellerfenster. Madame Murer teilte Virginie mit, daß sie den Gasglühstrumpf im Hausflur auswechseln würde. Und an ihrem Fenster sang Madame Haque mit kreischender Stimme *»Wenn der Mohn im Weizen blüht.«*

So machte Virginie es sich zur Gewohnheit, mit Olivier an der Tür des Ladens zu stehen. Er wagte sich nicht weiter hinaus, als ob die Straße ein unüberquerbarer Fluß wäre. Aber Virginie fand, daß er so wenigstens frische Luft schöpfte. Das war immerhin etwas.

Eines Donnerstagnachmittags folgte Olivier von der Schwelle des Ladens aus mit den Augen dem Treiben seiner Spielkameraden. Sie hatten einen ausgedienten Fußball aus brüchigem Leder gefunden, ihn zusammengeflickt, das ihn schließende Lederband durch eine Strippe ersetzt und die Luftblase mit Fahrradschlauchstücken ausgebessert.

»Na, Olive, willst du nicht mitspielen?« rief Jack Schlack.

Er schüttelte den Kopf. Der Ball rollte, sprang auf, flog in bedrohliche Nähe der Fensterscheiben. Wenn er in die Richtung der Straßenecke fiel, fand sich immer ein Passant, der ihn auflas und mit einem Fußtritt zurückschleuderte. Manche blieben stehen, um den Spielern mit kennerischem Blick zu folgen und Ratschläge zu erteilen, auf die niemand hörte.

Seltsamerweise und vielleicht, weil »der Affe den Menschen nachahmt«, wie Loulou feinsinnig bemerkte, spielten die von der Rue Bachelet das gleiche Spiel, aber mit einem nicht vorschriftsmäßigen Ball. Wenn dieser in die Rue Labat rollte, stieß man ihn herablassend zu ihnen zurück.

Während Tricot in der Richtung der Rue Custine dem Ball nachlief, traten Capdeverre, Loulou, Saint-Paul, Elie, Riri und Toudjourian auf Olivier zu.

»Wir stellen eine Fußballmannschaft auf«, erklärte Capdeverre, »und wir werden den Typen von der Rue Bachelet eine Schlappe beibringen, die sich gewaschen hat.«

»Und wie wir sie schlagen werden!« sagte Saint-Paul.

»Die spielen ja wie die Dorftrottel!« sagte Riri.
»Das Dumme ist nur, daß wir bloß acht sind«, fügte Toudjourian hinzu.
»Also los, Olivier, komm spielen! Du bist jetzt gesund...« forderte Loulou ihn auf.
»Noch nicht«, murmelte Olivier.
Und das Spiel ging weiter. Einmal rollte der Ball in die Wäscherei. Eine der jungen Damen im weißen Kittel trat heraus, hielt ihn in den Händen, kickte ihn mit einem vortrefflichen Stoß himmelwärts. Der schöne Mac, der gerade vorbeikam, nahm seinen Hut ab, fing den Ball mit dem Kopf auf, stieß ihn zu den Jungen zurück, setzte sich seinen Hut wieder auf. Der große Amar griff einen Augenblick in das Spiel ein. Loulou und Capdeverre tribbelten gekonnt, spielten sich den Ball geschickt einander zu. Capdeverres Finten erregten Bewunderung. Schwitzend und außer Atem riefen die Spieler: »Laß mich ran! Laß mich ran!«
Olivier stellte sich vor, daß David dabei sei und auch spielte. Er sah ihn laufen, sich von Zeit zu Zeit nach ihm umdrehen, ihm zum Spiel rufen, ihn mit dem Blick seiner großen braunen Augen bitten.
»Nun komm doch schon!« rief Loulou ihm erneut zu.
Und Olivier glaubte Davids Stimme zu hören. Beinahe wäre er in den Laden gelaufen, um sich trostsuchend an seine Mutter zu drücken. Zuweilen rollte der Ball an ihm vorbei wie eine Katze, die eine Liebkosung erwartete.
Plötzlich fühlte Olivier kurze Zuckungen seiner Muskeln, eine Art von Impuls, einen gebieterischen Ruf, der stärker als die ihn lähmende Traurigkeit war, und der Ball, wie von einer geheimen Sendung beseelt, die ihm ein unabhängiges Leben verlieh, rollte in seine Richtung, drehte sich um sich selbst, blieb einen kurzen Augenblick vor ihm liegen. Jetzt konnte er sich nicht mehr zurückhalten. Er gab ihm einen ersten Stoß, folgte ihm, rannte, stieß ihn wieder, mischte sich ins Spiel. Und alle

Kameraden schrien: »Hurra!« und zeigten strahlende Gesichter.
Hinter der Glastür stand Virginie. Sie lächelte und fing zu singen an. Ja, auf der Straße schien wieder die Sonne.